MW01710353

Un mari féroce

JULIE GARWOOD

Sur ordre du roi	*J'ai lu* 3019/**5**
Un ange diabolique	*J'ai lu* 3092/**5**
Un cadeau empoisonné	*J'ai lu* 3219/**5**
Désir rebelle	*J'ai lu* 3286/**5**
La fiancée offerte	*J'ai lu* 3346/**5**
Le secret de Judith	*J'ai lu* 3467/**5**
Un mari féroce	*J'ai lu* 3662/**6**

Julie Garwood

Un mari féroce

Traduit de l'américain
par Paul Benita

Éditions J'ai lu

Titre original :

SAVING GRACE
Pocket Books, New York

PROLOGUE

Monastère de Barnslay, Angleterre, 1200

— Monseigneur Hallwick, voulez-vous nous expliquer la hiérarchie au ciel et sur terre ? Qui a la préférence de Notre-Seigneur ? demanda l'étudiant.

— Ce sont sûrement les apôtres qui trouvent les premiers grâce à Ses Yeux, remarqua le deuxième disciple.

— Non, répliqua le sage évêque. L'archange Gabriel, protecteur des femmes et des enfants, le champion des innocents, est le plus éminent de tous.

— Qui vient ensuite ? demanda le premier étudiant.

— Tous les autres anges, bien sûr. Les douze apôtres, avec Pierre à leur tête, viennent après. Suivent les prophètes et les faiseurs de miracles qui ont fait connaître la Sainte Parole. Tout en bas de la hiérarchie du ciel se trouvent les autres saints.

— Mais qui est le plus important ici sur terre, monseigneur Hallwick ? Qui a la bénédiction de Notre-Seigneur ?

— L'homme, fut la réponse immédiate. Et le plus grand et le plus important d'entre eux : notre Saint-Père, le Pape.

Les deux étudiants approuvèrent cette hiérarchie péremptoire. Thomas, le plus âgé des deux, fixait l'horizon loin au-delà des murs du monastère, les sourcils froncés dans un effort de concentration.

— L'amour du Seigneur se porte ensuite sur les cardinaux et tous les prêtres, annonça-t-il.

— C'est exact, fit l'évêque avec satisfaction.

— Mais qui vient après ? s'enquit le deuxième étudiant.

— Eh bien, tous les maîtres de nos royaumes terrestres, expliqua l'évêque en lissant avec précaution les plis de sa belle robe rouge. Les rois qui accroissent le trésor de l'Eglise sont, bien sûr, plus estimés de Notre-Seigneur que tous ceux qui gardent leurs richesses pour eux-mêmes.

Trois nouveaux jeunes élèves vinrent se joindre à eux pour écouter la leçon du saint homme. Ils s'installèrent en demi-cercle aux pieds de l'évêque.

— Ensuite, viennent les hommes mariés puis ceux qui ne le sont pas, devina Thomas.

— Oui. Et ils sont au même niveau que les marchands et les prévôts mais juste au-dessus des serfs enchaînés à leur terre.

— Et après, monseigneur ?

— Les animaux, et tout d'abord le plus fidèle à l'homme : le chien, répondit l'évêque. Le dernier est le bœuf à l'esprit lent. Voilà ce que vous enseignerez à votre tour à vos étudiants quand vous aurez prononcé vos vœux et serez devenus des hommes de Dieu.

Thomas secoua la tête.

— Vous avez oublié les femmes, monseigneur Hallwick. Quelle place ont-elles dans l'amour de Dieu ?

L'évêque se caressa le lobe de l'oreille.

— Je n'ai pas oublié les femmes, répondit-il finalement. Leur place est la dernière aux yeux de Notre-Seigneur.

— En dessous des bœufs ? s'étonna un étudiant.

— Oui, sous les bœufs.

Les trois garçons assis par terre hochèrent la tête en signe d'approbation.

— Monseigneur ? fit Thomas.

— Qu'y a-t-il, mon fils ?

— Est-ce là la hiérarchie de Dieu ou bien celle de l'Eglise ?

Cette interrogation interloqua l'évêque. Elle avait un parfum de blasphème.

A cette époque reculée, la plupart des hommes croyaient que seule l'Eglise savait interpréter la Parole de Dieu.

Certaines femmes n'étaient pas du même avis. Voici l'histoire de l'une d'entre elles.

1

Angleterre, 1205

La nouvelle allait la briser.

Kelmet, le fidèle régisseur et responsable des affaires du château depuis le départ du baron Raulf sur ordre du roi, avait la pénible obligation d'annoncer à sa maîtresse la terrible nouvelle. Il n'envisageait pas de tergiverser car lady Johanna souhaiterait sûrement interroger les deux messagers avant qu'ils ne repartent pour Londres... à condition, bien sûr, qu'elle soit en état de parler à qui que ce soit après avoir appris ce qui était arrivé à son cher mari.

Oui, il devait le lui dire le plus tôt possible. Kelmet était un homme de devoir, possédant une haute idée de ses charges. Malgré cela, il traînait les pieds en se dirigeant vers la chapelle nouvellement construite où lady Johanna priait comme tous les après-midi.

Traversant la cour, Kelmet aperçut le père Peter MacKechnie, un prêtre arrivé récemment du domaine MacLaurin dans les collines d'Ecosse. Il laissa échapper un soupir de soulagement avant de l'appeler. L'homme lui fit grise mine.

— J'ai besoin de vos services, MacKechnie, annonça-t-il en haussant la voix pour dominer le vent qui se levait.

Le prêtre lui jeta un regard en coin : il lui gardait toujours rancœur.

— Désires-tu me faire entendre ta confession ?

— Non, mon père.

MacKechnie secoua la tête.

— Ton âme est noire, Kelmet.

Le régisseur discerna une lueur d'amusement dans ses yeux sombres et comprit que le prêtre n'était pas sérieux.

— Il y a quelque chose de plus important que ma confession, commença Kelmet. Je viens juste d'apprendre...

Mais MacKechnie ne voulait pas céder aussi facilement.

— C'est aujourd'hui le Vendredi saint, l'interrompit-il. Rien ne peut être plus important. Je ne te donnerai pas la communion de Pâques si tu ne confesses pas dès aujourd'hui tous tes péchés et si tu n'implores pas le pardon de Notre-Seigneur. Tu pourrais commencer par avouer l'écœurant péché d'impolitesse, Kelmet. Oui, ce serait un bon début.

Kelmet prit son mal en patience.

— Je vous ai présenté mes excuses, mon père, mais vous ne m'avez toujours pas pardonné, n'est-ce pas ?

— Toujours pas.

Le régisseur fit la moue.

— Comme je vous l'ai déjà expliqué hier et avant-hier, je ne vous ai pas permis d'entrer au château car j'en avais reçu l'ordre formel du baron Raulf lui-même. En son absence, je devais même interdire l'accès du château à tout le monde sans exception, y compris au propre frère de lady Johanna si, d'aventure, il se montrait. Mon père, essayez de comprendre. Je suis le quatrième régisseur de ce domaine en moins d'un an et j'essaye simplement de garder ma situation un peu plus longtemps que les autres.

MacKechnie ricana avec mépris. Kelmet ne s'en tirerait pas à si bon compte.

— Sans l'intervention de lady Johanna, je serais encore en train de camper à l'extérieur de ces murs, n'est-ce pas ?

— Oui, admit Kelmet, à moins que vous ne vous soyez décidé à rentrer chez vous.

— Je ne rentrerai nulle part tant que je n'aurai pas parlé au baron Raulf des ravages causés par son vassal à MacLaurin. On assassine des innocents, Kelmet, et j'espère, je supplie le Ciel, pour que votre baron ignore quel homme abject est ce Marshall qui le représente. Il doit immédiatement mettre un terme à ses agissements. Car, dès à présent, certains MacLaurin cherchent assistance auprès de MacBain le Bâtard. Dès qu'ils lui auront juré fidélité et l'auront déclaré leur seigneur, l'enfer se déchaînera. MacBain entrera en guerre contre Marshall et tout autre Anglais s'aventurant sur les terres de MacLaurin. En bon Ecossais, il n'ignore rien de la fureur et de la vengeance et je suis prêt à parier le salut de mon âme que le baron Raulf lui-même sera en danger une fois que MacBain se sera mis en tête de faire payer les atrocités commises en son nom.

Même si cette querelle avec les Ecossais ne le concernait pas directement, l'intérêt de Kelmet était éveillé. D'autre part, le prêtre lui accordait un répit bienvenu avant d'annoncer la sombre nouvelle à sa maîtresse.

— Vous croyez que ce MacBain viendrait guerroyer jusqu'en Angleterre ?

— Je ne crois rien, rétorqua le prêtre, j'en suis certain. Et votre baron ne se doutera même pas de son approche jusqu'à ce qu'il se retrouve avec la lame de son épée sur la gorge. Et là, ce sera trop tard, bien sûr.

Le régisseur secoua la tête.

— Les gardes du baron Raulf le tueront avant qu'il n'atteigne le pont-levis.

— Ils n'en auront pas l'occasion, affirma MacKechnie.

— A vous entendre, ce guerrier est invincible.

— Je ne suis pas loin de le penser. A la vérité, je n'ai jamais rencontré quelqu'un comme lui. Je ne vais pas vous effrayer avec les histoires que j'ai entendues à son sujet. Croyez-moi sur parole : mieux vaut éviter sa colère.

— Rien de tout cela ne compte, à présent, mon père, chuchota Kelmet d'une voix lasse.

— Bien sûr que cela compte, répliqua le prêtre. J'attendrai le baron aussi longtemps qu'il le faudra. Cette affaire est trop grave. (Il considéra le régisseur et reprit d'un ton plus calme :) Tu es encore un pécheur, Kelmet, et ton âme est celle d'un chien galeux mais tu es un honnête homme qui essaye d'accomplir son devoir. Dieu s'en souviendra quand tu te retrouveras devant Lui le jour du jugement. Si tu ne veux pas te confesser, quel service attends-tu de moi ?

— J'ai besoin de votre aide auprès de lady Johanna, mon père. Un message vient d'arriver du roi John.

— Oui ? l'encouragea MacKechnie tandis qu'il hésitait à poursuivre.

— Le baron Raulf est mort.

— Seigneur Tout-Puissant, tu n'es pas sérieux !

— C'est la vérité, mon père.

MacKechnie laissa échapper une sourde exclamation avant de se signer rapidement. Il pencha la tête, joignit les mains et murmura une prière pour le repos de l'âme du baron.

Le vent faisait claquer sa robe de bure noire mais MacKechnie, tout à sa ferveur, ne s'en souciait guère. Kelmet leva les yeux vers le ciel. Les nuages lourds et sombres se tordaient hideusement sous l'action d'un vent hurleur. Un orage menaçait...

Le prêtre se signa à nouveau.

— Pourquoi ne me l'as-tu pas dit tout de suite ? Pourquoi m'avoir laissé débiter mon histoire ? Seigneur, que va-t-il arriver aux MacLaurin à présent ?

Kelmet secoua la tête.

— Je n'en sais rien, mon père. J'ignore tout des biens du baron dans les Highlands[1].

— Tu aurais dû me le dire tout de suite, répéta le prêtre encore sous le choc.

— Cela n'aurait rien changé, répondit Kelmet. Et je n'étais pas si pressé d'aller trouver lady Johanna. Mais c'est mon devoir de lui annoncer la nouvelle et j'apprécierais grandement votre aide. Elle est si jeune, si innocente. Son cœur va en être brisé.

MacKechnie approuva.

— Je ne connais ta maîtresse que depuis deux jours mais cela me suffit pour affirmer que sa nature est bonne et son cœur pur. J'ignore si je vais pouvoir t'aider. Ta maîtresse semble me craindre énormément.

1. *N.d.T.* : littéralement les Hautes Terres, servant à désigner les collines d'Ecosse.

— Elle a peur des prêtres, mon père. Et elle a de bonnes raisons pour cela.

— Quelles bonnes raisons ?

— Son confesseur est l'évêque Hallwick.

Le père MacKechnie fronça les sourcils.

— N'en dis pas plus, fit-il avec dégoût. La sale réputation d'Hallwick a même atteint les Highlands. Pas étonnant que cette pauvre petite soit terrifiée. Il est curieux qu'elle soit quand même venue à mon aide et ait insisté pour que tu me laisses entrer, Kelmet. Cela exigeait du courage de sa part, je m'en rends compte à présent. La malheureuse, soupira-t-il, elle ne méritait pas de perdre son époux à un âge aussi tendre. Depuis quand étaient-ils mariés ?

— Depuis plus de trois ans. Lady Johanna n'était guère plus qu'une enfant quand on l'a mariée. Mon père, s'il vous plaît, venez avec moi à la chapelle.

— Bien sûr.

Les deux hommes se mirent en marche. Kelmet reprit la parole d'une voix hésitante :

— Je crois que je ne saurai pas trouver les mots... Comment lui dire ?

— Sois direct, conseilla le prêtre. Cela vaudra mieux pour elle. N'essaye pas de la faire deviner en lui donnant des indices. Peut-être pourrions-nous nous faire accompagner par une de ses dames de compagnie ? Lady Johanna aura sûrement besoin du réconfort et de la compassion d'une femme.

— Je ne sais à qui demander, avoua Kelmet. La veille de son départ, le baron Raulf a remplacé une nouvelle fois tout le personnel de la maison. Milady connaît à peine les noms de ses servantes. Ma maîtresse reste souvent seule, ces jours-ci. Elle est très bonne, mon père, mais assez distante et très réservée. Elle n'a pas de confidente.

— Depuis quand le baron est-il parti ?
— Près de six mois, maintenant.
— Et depuis tout ce temps, elle n'a trouvé personne avec qui parler ?
— Non, mon père. Elle ne se confie à personne, même pas à son régisseur, marmonna Kelmet. Le baron nous a dit qu'il serait absent une semaine ou deux. Ce qui fait que, chaque jour, nous attendons son retour.
— Comment est-il mort ?
— Il a perdu l'équilibre et est tombé d'une falaise. (Kelmet secoua la tête.) C'est étrange car le baron n'avait rien d'un homme maladroit.
— Un malheureux accident, décida le prêtre. La volonté du Seigneur a été accomplie.
— Ou bien l'œuvre du démon, maugréa Kelmet.
MacKechnie ne s'attarda pas sur cette possibilité.
— Lady Johanna se remariera sûrement, annonça-t-il avec un hochement de tête. Elle fera un bel héritage, n'est-ce pas ?
— Elle recevra le tiers des vastes domaines de son mari, expliqua Kelmet.
— Et il se pourrait que dans le lot se trouvent les terres de MacLaurin que votre roi a volées au roi d'Ecosse et offertes au baron Raulf.
— C'est possible, concéda Kelmet en haussant les épaules.
Le prêtre changea de sujet.
— Avec ses cheveux blonds et ses magnifiques yeux bleus j'imagine que tous les nobles célibataires d'Angleterre sont prêts à courtiser votre maîtresse. Elle est très belle et, même si c'est probablement un péché de ma part de l'admettre, je dois confesser que sa vue m'a bouleversé. Elle pourrait faci-

lement ensorceler un homme, avec ou sans héritage.

Ils atteignaient les marches étroites qui descendaient vers la chapelle.

— Elle est très belle, approuva le régisseur. J'ai vu bien des hommes l'admirer ouvertement. Et les barons voudront sûrement d'elle, ajouta-t-il, mais pas pour épouse.

— Et pourquoi pas ?

— Elle est stérile, chuchota Kelmet d'un air craintif.

Le prêtre écarquilla les yeux.

— Seigneur, murmura-t-il en se signant à nouveau.

Il prononça une rapide prière pour aider la malheureuse à supporter ce terrible fardeau.

Devant l'autel, lady Johanna priait elle aussi. Si seulement le Seigneur pouvait l'inspirer ! Mais elle était décidée à accomplir son devoir. Le parchemin à la main, elle termina sa supplique avant d'enrouler le rouleau dans un morceau d'étoffe qu'elle avait étalé sur le marbre.

Une fois encore, elle envisagea de détruire cette preuve qui accablait son roi. Mais elle secoua la tête. Si un jour un homme découvrait ce parchemin et apprenait la vérité à propos de ce roi félon qui s'était hissé sur le trône d'Angleterre, il se pourrait que justice soit rendue. La chance était infime mais elle existait.

Johanna glissa le rouleau entre deux plaques de marbre sous la table de l'autel. Elle s'assura qu'il n'était pas visible et bien à l'abri. Puis elle prononça une nouvelle prière, se signa à genoux et sortit de la chapelle.

A sa vue, Kelmet et le père MacKechnie se turent aussitôt.

Comme lors de leurs précédentes rencontres, lady Johanna produisit un effet certain sur le prêtre. MacKechnie ne s'estimait pas coupable du péché de luxure simplement parce qu'il remarquait la brillance de sa chevelure ou bien admirait un peu trop longuement la beauté de son visage. A ses yeux, Johanna était une des créatures de Dieu, la magnifique preuve de Sa Capacité à créer la perfection.

Sans le moindre doute, c'était une Saxonne avec ses pommettes hautes et son teint délicat. De taille moyenne, elle semblait pourtant plus grande en raison de sa silhouette et de son port de reine. Oui, son apparence était exquise, se dit le prêtre et, plus que tout, cette apparence était à l'image de son âme : belle et pure.

MacKechnie était un homme doué de compassion. Il souffrait pour cette beauté que le malheur accablait : une femme stérile ne servait à rien en ce bas monde. Son unique raison d'exister lui avait été dérobée. Cela expliquait sûrement le fait qu'il ne l'avait encore jamais vue sourire.

Et maintenant, ils allaient lui porter un nouveau coup.

— Pourrions-nous vous dire un mot en privé, milady ? demanda Kelmet avec respect.

La voix du régisseur la mit aussitôt en alerte. L'air méfiant, elle scruta alternativement les deux hommes en serrant les poings. Sans un mot, elle acquiesça et remonta l'allée entre les bancs.

Ils la suivirent. Parvenue près de l'autel, elle leur fit face. La seule lumière provenait des quatre chandelles brûlant derrière elle sur la table de marbre.

Lady Johanna, les mains jointes, les épaules raidies, ne quittait pas le régisseur des yeux. Elle semblait se préparer à quelque atrocité. La voix basse, dépourvue de toute émotion, elle demanda :

— Mon époux est-il rentré ?

— Non, milady, répondit Kelmet avant de se retourner vers le prêtre qui l'encouragea d'un signe. Deux messagers viennent d'arriver de Londres. Ils sont porteurs d'une terrible nouvelle. Votre mari est mort.

Une pleine minute de silence accueillit cette annonce. Kelmet se tordait les mains en attendant l'explosion. Mais sa maîtresse ne réagissait toujours pas... si bien qu'il se demanda si elle l'avait bien compris.

— C'est la vérité, milady, le baron Raulf est mort.

Toujours aucune réaction. Les deux hommes échangèrent un regard inquiet.

Soudain, des larmes apparurent dans les beaux yeux bleus de lady Johanna. Le père MacKechnie faillit laisser échapper un soupir de soulagement. Elle avait enfin compris.

A présent, il attendait sa dénégation car, depuis un nombre considérable d'années qu'il consolait les malheureux de la perte d'un être cher, il savait que, presque toujours, ils commençaient par refuser la réalité.

Elle nia avec plus de violence que les autres.

— Non, s'écria-t-elle en secouant sauvagement la tête. Je n'écouterai pas ce mensonge.

— Kelmet a dit la vérité, intervint MacKechnie d'une voix apaisante.

Elle se tourna vers lui.

— C'est une supercherie. Il ne peut pas être mort. Kelmet, tu dois découvrir la vérité. Qui a inventé ce mensonge ?

Le prêtre esquissa un pas pour prendre dans ses

bras cette femme en détresse. L'angoisse dans sa voix était insoutenable.

Mais elle ne voulait pas de son réconfort. Elle recula précipitamment en demandant :

— S'agit-il d'une plaisanterie cruelle ?

— Non, milady, répondit Kelmet. La nouvelle vient du roi John lui-même. Il y a eu un témoin. Le baron est mort.

— Paix à son âme, fit le prêtre.

Lady Johanna éclata en sanglots. Les deux hommes se précipitèrent mais, une fois de plus, elle les retint d'un geste. Incertains, ils s'immobilisèrent, la contemplant tandis qu'elle leur tournait le dos. Elle s'effondra à genoux, les bras serrés sur le ventre, pliée sur elle-même comme si on venait de la frapper.

Ses sanglots étaient déchirants. Ils la laissèrent épuiser sa douleur pendant de longues minutes. Les hoquets s'espacèrent enfin. Le prêtre posa alors la main sur son épaule et murmura des paroles de réconfort.

Cette fois, elle ne le repoussa pas. Retrouvant sa dignité, elle aspira profondément, s'essuya le visage avec le linge qu'il lui tendait et l'autorisa à l'aider à se redresser.

Gardant la tête baissée, elle s'adressa aux deux hommes.

— J'aimerais rester seule à présent. Je dois... prier.

Elle n'attendit pas leur assentiment et rejoignit le prie-Dieu le plus proche. Elle s'agenouilla et se signa.

MacKechnie fut le premier à sortir. Kelmet le suivit plus lentement. Il refermait la porte derrière lui quand sa maîtresse le rappela.

— Jure-le, Kelmet. Jure sur la tombe de ton père que mon mari est vraiment mort.

— Je le jure, milady.

Il attendit encore quelques instants au cas où elle aurait toujours besoin de ses services puis referma soigneusement la porte.

Johanna fixa l'autel durant un long, un très long moment. Le chaos régnait dans son esprit.

— Je dois prier, chuchota-t-elle. Mon mari est mort, je dois prier.

Elle ferma les yeux, croisa les mains et entama enfin sa prière. C'était une litanie simple qui lui venait droit du cœur.

— Merci, mon Dieu… Merci, mon Dieu…

2

Les Highlands d'Ecosse, 1206

Le baron avait visiblement envie de mourir. Le laird[1] était tout prêt à lui donner satisfaction.

Depuis quatre jours, MacBain était tenu informé de l'approche du baron Nicholas Sanders qui se frayait un chemin à travers les collines glacées d'Ecosse jusqu'à son domaine. L'Anglais n'était pas un inconnu : ils avaient combattu côte à côte contre la racaille anglaise qui avait pris possession des terres des MacLaurin. Cette belle bataille terminée, MacBain était devenu le laird du clan MacLaurin. En tant que nouveau chef, il avait pris la décision d'autoriser Nicholas à rester le temps nécessaire pour se remettre de ses blessures. Ce faisant, MacBain s'était trouvé d'une bonté coupable mais il avait ses raisons. Le baron Nicholas lui avait sauvé la vie au cours du combat. Le nouveau laird était un homme fier. Il lui était excessivement difficile de prononcer le mot « merci » ; pour s'éviter ce supplice, il avait choisi de ne pas

1. *N.d.T.* : Laird, titre de noblesse écossais.

laisser Nicholas saigner à mort. Comme il ne disposait pas d'un guérisseur, MacBain avait personnellement lavé et pansé les plaies du baron. Et sa générosité ne s'était pas arrêtée là... alors qu'il avait déjà plus que largement remboursé sa dette. Quand Nicholas eut retrouvé suffisamment de forces pour voyager, il lui avait laissé reprendre son magnifique étalon et lui avait donné un de ses propres plaids afin de lui assurer un retour en toute sécurité en Angleterre. Nul autre clan n'oserait s'attaquer à un MacBain. Le plaid à ses couleurs offrait la meilleure des protections.

Oui, il avait été plus qu'hospitalier et voilà que le baron abusait de ses largesses.

Bon sang, il n'avait pas le choix, il allait devoir le tuer.

Une seule idée l'empêchait de sombrer dans la mélancolie : cette fois, il garderait le cheval de Nicholas.

— Nourris une seule fois le loup, MacBain, et il reviendra rôder par chez toi, ricana Calum.

Son lieutenant était un guerrier blond aux épaules larges et l'étincelle dans ses yeux indiquait que l'arrivée du baron l'amusait prodigieusement.

— Tu vas le tuer ?

MacBain réfléchit longuement avant de répondre d'un ton blasé :

— Probablement.

Calum éclata de rire.

— Le baron Nicholas est courageux de revenir ici.

— Pas courageux, idiot.

— Il grimpe la colline en arborant fièrement tes couleurs, MacBain !

Keith, le chef du clan MacLaurin, venait de faire son entrée.

— Tu veux que je l'amène à l'intérieur? demanda Calum.

— A l'intérieur? répéta Keith. Il n'y a plus d'intérieur ici. Le toit a brûlé et il ne reste plus que trois murs sur quatre.

— Ce sont les Anglais qui ont fait cela, rappela Calum à son laird. Nicholas...

— Nicholas est venu ici pour chasser ces pillards, les sermonna MacBain. Il n'a rien détruit.

— C'est quand même un Anglais.

— Je sais.

Une poutre en bois s'effondra avec fracas derrière MacBain qui maugréa un juron avant de gagner la sortie. Calum et Keith lui emboîtèrent aussitôt le pas et prirent position derrière lui en bas des marches.

MacBain dominait ses soldats. C'était un géant aux cheveux sombres et aux yeux gris, doté d'une force qui n'avait d'égale que sa férocité. En cet instant, il avait l'air particulièrement mauvais: les jambes écartées, les bras croisés sur sa poitrine massive et le regard meurtrier.

Nicholas le repéra aussitôt. Aïe, MacBain avait sa tête des mauvais jours. Non, se dit-il, pour MacBain les bons jours n'existaient pas. Mais, aujourd'hui, il semblait plus terrible encore qu'à l'ordinaire. Tant et si bien que le baron commença à regretter d'être revenu. Je dois être idiot, pensa-t-il. Il respira un bon coup avant d'émettre, en guise de salut, un long sifflement. Pour faire bonne mesure, il leva le poing en signe de bonne volonté.

MacBain ne fut guère impressionné par cette débauche de bonnes manières. Il attendit que Nicholas ait atteint le centre de la cour désolée avant de lui ordonner d'un geste sec de s'arrêter.

— Je croyais pourtant avoir été précis, baron. Je t'avais dit de ne pas revenir ici.

— Oui, acquiesça Nicholas. Je m'en souviens.

— Tu dois aussi te souvenir que je t'ai prévenu que je te tuerais si jamais tu reposais un pied sur mes terres.

— J'ai une excellente mémoire, MacBain. Je me souviens aussi de ce détail.

— Donc, tu me défies ?

— C'est ce que tu pourrais conclure, répondit Nicholas avec un haussement d'épaules négligent.

MacBain gronda.

— Enlève mon plaid, Nicholas.

— Pourquoi ?

— Je ne veux pas répandre ton sang sur mes couleurs.

Sa voix tremblait de fureur. Nicholas pria le Ciel pour que cela ne soit qu'une rodomontade. Il s'estimait aussi fort et puissant que le laird et il était, en tout cas, aussi grand. Cependant, MacBain se battait toujours à mort — caractéristique qu'admirait grandement Nicholas. Il ne voulait donc pas se battre contre lui. S'il tuait l'Ecossais, son plan échouerait. Et si le laird le tuait, eh bien, son plan disparaîtrait avec lui...

— Nos couleurs, MacBain, cria-t-il au barbare. Cette terre appartient désormais à ma sœur.

La vérité écorcha les oreilles de MacBain. De rage, il tira son épée.

— Enfer, marmonna Nicholas en sautant de selle. Rien n'est jamais facile avec toi, n'est-ce pas, MacBain ?

Il n'espérait pas de réponse et n'en obtint pas. Il enleva le plaid qu'il portait en travers de l'épaule et dégaina, à son tour, son arme. Un des hommes du clan MacLaurin vint prendre son cheval par la bride pour l'éloigner. Nicholas ne lui prêta aucune attention. Il essayait d'ignorer la foule qui se rassemblait en cercle autour d'eux pour se concentrer sur son adversaire.

— C'est ton beau-frère qui a détruit ce château et assassiné la moitié du clan MacLaurin, rugit MacBain. Ta présence est une offense à mes yeux.

Les deux géants s'affrontaient du regard. Nicholas secoua la tête.

— Tu déformes les faits, MacBain. C'est le mari de ma sœur, Raulf, qui a placé ce chacal de Marshall à la tête de ce domaine. Mais Raulf est mort et, dès qu'elle a été libre de sa tutelle, ma sœur m'a envoyé ici pour chasser ces traîtres. Ce domaine lui appartient, MacBain. Votre roi William le Lion a oublié de le racheter à Richard quand il était sur le trône d'Angleterre et avait tant besoin d'argent pour ses croisades mais John[1], lui, n'a pas oublié. Il a donné ces terres à Raulf et, maintenant qu'il est mort, Johanna en hérite. Ce domaine lui appartient de droit que cela te plaise ou non.

La charge des deux guerriers ressembla à celle de deux taureaux furieux. Le choc assourdissant de leurs épées provoqua une gerbe d'étincelles. Le bruit dévala la colline, soulevant des murmures d'approbation dans la foule des soldats.

Aucun des deux ne dit mot durant les vingt minutes qui suivirent. Le combat exigeait toute leur concentration, consumait la moindre parcelle de leur force. MacBain était l'agresseur tandis que Nicholas bloquait chacun de ses coups mortels.

Dans le clan des MacBain comme dans celui des

1. *N.d.T.:* Il s'agit du roi Richard Cœur de Lion, mort aux Croisades. Quant à John, il est mieux connu en France sous le nom de Jean sans Terre.

MacLaurin, on se régalait du spectacle. Plusieurs guerriers marmonnaient même des éloges pour l'Anglais. Dans leur esprit, Nicholas avait déjà prouvé son immense habileté en survivant si longtemps.

Soudain, MacBain fit mine de rompre et, masquant son geste, crocheta la jambe du baron. Celui-ci tomba en arrière, roula sur lui-même et se releva tel un chat avant que le laird ne tire profit de la situation.

— Tu as vraiment un curieux sens de l'hospitalité, haleta Nicholas.

MacBain sourit. Il aurait pu mettre un terme au duel quand son adversaire était à terre mais, à la vérité, son esprit n'était pas entièrement au combat.

— Je te garde en vie par curiosité, annonça-t-il, le souffle court.

Son front ruisselait de sueur mais il attaqua encore, abattant son épée de toutes ses forces.

Nicholas para le coup, non sans mal.

— Nous allons être parents, MacBain.

Le laird ne réagit pas à cette étrange annonce. Il se rua à nouveau en avant en demandant :

— Comment cela se pourrait-il, Nicholas ?

— Je vais devenir ton beau-frère.

MacBain n'essaya même pas de dissimuler sa stupéfaction devant une assertion aussi ridicule. Il recula d'un pas et abaissa sa lame.

— Aurais-tu perdu la tête, Nicholas ?

Le baron éclata de rire. Il jeta son arme.

— On dirait que tu viens d'avaler ton épée, MacBain.

Tout en parlant, il s'était jeté tête la première sur la poitrine du laird. Il eut la douloureuse impression d'avoir heurté un mur. Le choc l'assomma à moitié mais provoqua son petit effet. Le laird laissa échapper un grognement sourd. Les deux hommes roulèrent à terre. MacBain lâcha son épée. Nicholas termina sa course au-dessus du laird mais il était trop épuisé pour bouger et il avait trop mal pour en avoir envie. MacBain le rejeta sur le côté, parvint à s'agenouiller et esquissa un geste vers son épée avant de se raviser. Il se tourna lentement vers Nicholas.

— Epouser une Anglaise ?

Il était horrifié. Et à bout de souffle. Cette dernière constatation procura un immense plaisir à Nicholas.

MacBain se redressa avant de tendre la main à son adversaire. Il le repoussa violemment dès qu'il fut debout afin de lui prouver que ce n'était en rien un geste de bonté. Il croisa les bras.

— Et qui vais-je épouser selon toi ?

— Ma sœur.

— Tu as vraiment perdu l'esprit.

Nicholas ricana.

— Si tu ne l'épouses pas, le roi John la donnera au baron Williams. C'est un sacré fils de garce, ajouta-t-il d'une voix enjouée. Que Dieu te vienne en aide, MacBain ! Williams enverra ici des hommes à côté desquels Marshall fera figure d'angelot.

Le laird restait impassible. Nicholas se massa le cou qu'il avait fort meurtri avant de poursuivre :

— Il est probable que tu les tueras dès leur arrivée.

— Tu peux en être certain, rétorqua MacBain.

— Mais Williams se vengera en envoyant encore plus d'hommes et encore... et encore. As-tu les moyens de t'offrir une guerre permanente contre l'Angleterre ? Combien de morts faudra-t-il avant que cette affaire ne soit réglée ? Regarde autour de toi, MacBain. Marshall et ses hommes ont déjà pratiquement tout rasé. Les MacLaurin se sont tournés vers toi pour demander ton aide. Ils ont fait de toi leur laird. Ils comptent sur toi. Si tu épouses Johanna, ces terres te reviendront légalement. Le roi John te laissera tranquille.

— Ton roi approuve cette union ?

— Absolument, fit Nicholas avec emphase.

— Pourquoi ?

Nicholas haussa les épaules.

— Je n'en sais trop rien. J'ai l'impression qu'il veut se débarrasser de Johanna, l'éloigner d'Angleterre. Il l'a déjà dit plusieurs fois. Il semble tenir à voir cette union se réaliser et il est prêt, pour cela, à te donner les terres des MacLaurin. Et moi, j'obtiendrai les titres de Johanna en Angleterre.

— Pourquoi veut-il l'éloigner ?

Nicholas soupira.

— Ma sœur le sait... mais elle refuse de me le dire.

— Alors pourquoi désires-tu tellement que ta sœur...

Nicholas ne le laissa pas terminer.

— John ne comprend que la soif de richesse. S'il pensait que je ne cherche qu'à protéger ma sœur du baron Williams, il déclinerait ma proposition. Il a évidemment réclamé une dot conséquente... que j'ai déjà payée.

— Tu te contredis, baron. Si John tient tant à éloigner Johanna, pourquoi voudrait-il la donner à Williams ?

— Parce que Williams lui est absolument loyal. C'est son chien de garde. Il garderait ma sœur sous contrôle. (Nicholas reprit son souffle avant d'ajouter à mi-voix :) Elle détient, j'en suis certain, un renseignement gênant pour John. Bien sûr, en tant que femme, il n'est pas question pour elle de témoigner contre lui. Mais certains barons sont prêts à se rebeller et si jamais Johanna révèle ce qu'elle sait... Tout ceci n'est que supposition de ma part, MacBain, mais plus j'y réfléchis, plus il me semble que c'est la seule explication possible. Le roi a peur de ce que sait Johanna.

— Si tu dis vrai, je suis surpris qu'il ne l'ait pas déjà fait assassiner. Ton roi en est capable.

Pour espérer gagner la coopération de MacBain, Nicholas devait se montrer parfaitement honnête avec lui.

— Oui, il en est capable, admit-il. J'étais avec Johanna quand elle a reçu le message la convoquant à Londres. J'ai vu sa réaction. On aurait dit qu'elle se rendait à son exécution.

— Pourtant, elle est toujours vivante.

— Le roi la tient sous bonne garde. Elle est enfermée et ne peut recevoir aucune visite. Elle vit chaque jour dans la terreur. Je veux qu'elle quitte l'Angleterre. T'épouser est la seule solution.

Il était sincère et le laird appréciait la sincérité par-dessus tout. Il fit signe au baron de l'accompagner vers les ruines qui lui servaient de demeure.

— C'est toi qui as élaboré ce plan extravagant ?

— Oui, répondit Nicholas. Et il était temps. Voilà six mois que John tente de lui faire épouser Williams. Jusqu'ici, elle pouvait lui résister.

— Comment cela ?

Nicholas esquissa un sourire.

— Elle a demandé une annulation.

La surprise de MacBain n'était pas feinte.

— Comment est-ce possible ? Son mari est mort.

— C'était très malin de sa part, expliqua Nicholas. Il y a bien eu un témoin à la mort de Raulf mais son corps n'a pas été retrouvé. Ma sœur a dès lors déclaré qu'elle ne se remarierait pas tant qu'il subsistait l'espoir, même infime, que son époux soit vivant. Il n'est pas mort en Angleterre, tu comprends. Le roi ayant trop de démêlés avec l'Eglise ces derniers temps, il a décidé de faire les choses dans les règles. Johanna vient de recevoir les papiers. L'annulation lui a été accordée.

— Qui était le témoin de la mort de son mari ?

— En quoi cela t'intéresse-t-il ?

— Simple curiosité. Tu le sais ?

— Oui, répondit Nicholas. C'était Williams.

MacBain enregistra soigneusement ce renseignement.

— Pourquoi me préfères-tu à un baron anglais ?

— Williams est un monstre et je ne peux supporter l'idée qu'elle se retrouve à sa merci. Des deux maux, j'ai choisi le moindre. Elle sera sous ton contrôle mais je sais que tu la traiteras correctement... si elle t'accepte.

— Si elle m'accepte ? Quelle est cette absurdité ? Elle n'a pas son mot à dire.

— J'ai bien peur que oui, répondit Nicholas. Johanna doit d'abord te rencontrer et t'accepter. En vérité, elle n'épouserait personne si elle pouvait continuer à payer le dédit que le roi exige d'elle pour qu'elle reste célibataire.

— Ton roi est un homme avide. Ou bien s'agit-il d'un traitement spécial réservé à ta sœur ?

— Le dédit ? demanda Nicholas.

MacBain hocha la tête.

— Non. John a le pouvoir d'obliger les veuves de ses barons à se remarier. Si elles veulent rester libres ou bien choisir elles-mêmes leur époux, elles doivent payer.

— Tu as déjà payé pour ta sœur. Tu penses donc qu'elle me trouvera acceptable ?

Nicholas hocha la tête.

— Ma sœur ignore que j'ai payé et j'apprécierais que tu ne mentionnes pas ce détail devant elle.

Ils pénétrèrent dans le château en ruine.

— Je dois réfléchir à ta proposition, annonça le laird. L'idée d'épouser une Anglaise est dure à digérer... d'autant plus si c'est ta sœur.

Nicholas ne releva pas l'insulte. Le laird était parfois un peu rude mais c'était un homme d'honneur et courageux.

— Il y a autre chose que tu devrais prendre en compte avant de te décider, ajouta Nicholas.

— Quoi encore ?

— Johanna est stérile.

MacBain hocha la tête pour montrer qu'il l'avait entendu mais ne fit aucun commentaire. Finalement, il haussa les épaules et annonça.

— J'ai déjà un fils.

— Tu veux parler d'Alex ?

— Oui.

— On m'a raconté que trois hommes au moins pourraient être son père.

— C'est vrai, admit MacBain. Sa mère était une des femmes du camp. Elle n'aurait su dire qui était le père mais elle pensait que cela pouvait être moi. Elle est morte en lui donnant naissance. Je l'ai reconnu.

— Et pas les autres ?

— Non.

— Johanna ne peut te donner d'enfant. Le fait qu'Alex soit illégitime aura-t-il une importance plus tard ?

— Non, répliqua MacBain d'un ton n'admettant

aucune réplique. Je suis, moi aussi, un enfant illégitime.

Nicholas rit de bon cœur.

— Tu veux dire que quand je te traitais de bâtard au plus fort de la bataille contre Marshall, je ne t'insultais pas mais je ne faisais que proclamer la vérité ?

— J'en ai tué beaucoup pour avoir prononcé ce mot devant moi, Nicholas. Ne force pas ta chance.

— C'est toi qui auras de la chance si Johanna accepte de t'épouser.

MacBain secoua la tête.

— Je veux ce qui m'appartient de droit. Si pour obtenir ces terres, je dois épouser cette mégère, je le ferai.

— Pourquoi crois-tu que c'est une mégère ? s'étonna Nicholas, abasourdi.

— Tu m'as donné suffisamment d'indices pour que je devine à quoi elle ressemble, répondit MacBain. A l'évidence, c'est une femme obstinée puisqu'elle refuse de confier à son propre frère un renseignement de la première importance. Elle a besoin d'un homme qui la contrôle... ce sont tes propres mots, Nicholas, alors ne fais pas semblant d'être surpris. Et, pour finir, elle est stérile. Le portrait est flatteur, tu ne trouves pas ?

— Oh, le modèle est parfois mieux que le portrait.

MacBain se gaussa.

— Je n'attends rien d'elle comme épouse mais tu as raison, je la traiterai correctement. J'imagine que nous trouverons un moyen de nous éviter réciproquement.

Le laird versa du vin dans deux gobelets d'argent et en tendit un à Nicholas. Ils les levèrent ensemble et les vidèrent jusqu'à la dernière goutte. Nicholas connaissait l'étiquette propre aux Highlands. Il rota promptement. MacBain eut un geste approbateur.

— Je suppose que cela signifie que tu reviendras ici à chaque fois que l'envie t'en prendra ?

Nicholas rugit de rire. Cette éventualité donnait déjà des aigreurs à MacBain.

— J'aurai besoin de plusieurs plaids, dit-il alors. Tu ne voudrais pas qu'il arrive quelque chose à ta future épouse, n'est-ce pas ?

— Je te donnerai mieux que cela, Nicholas. Tu auras une escorte d'au moins trente hommes. Chacun portera mes couleurs. Mais je te préviens : seuls ta sœur et toi serez admis sur mes terres, est-ce bien compris ?

— Je plaisantais à propos de ces plaids. Je suis de taille à prendre soin de ma sœur.

— Tu feras comme je l'ordonne.

Nicholas préféra renoncer. Le laird changeait déjà de sujet.

— Depuis combien de temps Johanna est-elle veuve ?

— Près de neuf mois.

MacBain en fut stupéfait.

— Ton roi ne lui accorde même pas l'année de deuil ?

— John est un homme pratique, expliqua Nicholas. Les sentiments de ma sœur ne l'intéressent pas. Il la garde sous clé depuis son arrivée à Londres. On m'a permis une seule et brève visite et John y assistait. Comme je te l'ai déjà dit, il tient à ce que ma sœur soit tenue en laisse, MacBain.

Celui-ci fronça les sourcils. Soudain, Nicholas sourit.

— Qu'est-ce que cela te fait de savoir que tu es la réponse aux soucis du roi John ?

Cette plaisanterie n'amusa guère le laird.

— J'aurai les terres. C'est tout ce qui compte.

L'attention de Nicholas fut détournée par l'apparition de l'énorme chien-loup de MacBain. C'était une bête d'aspect terrifiant à la fourrure tavelée et aux yeux noirs. Nicholas se dit qu'elle devait peser le poids d'un homme vigoureux. L'ayant repéré, l'animal laissa échapper un grondement menaçant.

MacBain ouvrit la bouche. Un ordre sec en gaélique claqua. Le monstre vint immédiatement se coucher à ses pieds.

— Un conseil, MacBain. Cache cette gargouille quand j'amènerai Johanna ici. Si elle vous voit ensemble, elle repartira aussitôt pour l'Angleterre, persuadée que l'Ecosse n'est peuplée que d'abominations.

MacBain éclata de rire.

— Crois-moi sur parole, Nicholas. Elle ne me repoussera pas. Ta sœur m'épousera.

3

— Je ne veux pas de lui, Nicholas. Tu dois avoir perdu la tête pour croire que j'épouserais ce monstre.

— Les apparences sont trompeuses, Johanna, répliqua son frère. Attends que nous soyons plus près. Tu verras la bonté dans ses yeux.

Elle secoua la tête. Ses mains tremblaient si violemment qu'elle avait du mal à tenir les rênes de sa monture. Elle raffermit sa prise en essayant de ne pas rouler des yeux horrifiés à la vue du gigantesque guerrier… et de l'animal effroyable affalé à ses pieds.

Ils approchaient du site désolé. Le laird se tenait sur les marches menant à un château en piteux état. Il ne semblait pas particulièrement ravi de la voir.

Quant à elle, la vue du laird MacBain la terrifiait. Elle respira profondément pour tenter de se calmer.

— De quelle couleur sont ses yeux, Nicholas ?

Il n'en savait rien.

— Ainsi, tu as remarqué la bonté dans ses yeux mais pas leur couleur ?

— Les hommes ne remarquent pas les détails aussi insignifiants, se défendit-il.

— Tu m'as dit que c'était un homme gentil, à la voix douce et au sourire prompt. Il ne sourit pas en ce moment, n'est-ce pas, Nicholas ?

— Ecoute, Johanna...

— Tu m'as menti.

— Je ne t'ai pas menti. MacBain m'a sauvé la vie deux fois au cours du combat contre Marshall et ses hommes et il n'y a jamais fait allusion. C'est un homme fier mais noble. Tu dois me faire confiance sur ce point. Je ne t'aurais pas suggéré de l'épouser sans être convaincu que cette union est raisonnable.

Elle ne répondit pas. La panique la tenaillait. Son regard voyageait du guerrier à la bête.

Nicholas se dit qu'elle n'allait pas tarder à s'évanouir. Il chercha quelque chose d'intelligent pour la calmer.

— MacBain est celui qui est debout, Johanna.

Cette plaisanterie ne l'amusa pas.

— Il est vraiment très grand, non ?

Son frère lui caressa la main.

— Pas plus que moi.

Elle repoussa sa main. Elle ne voulait pas de son réconfort. Et surtout pas qu'il sente sa peur.

— La plupart des veuves seraient heureuses d'épouser un homme fort qui puisse les protéger. La taille de MacBain est un point en sa faveur.

Elle secoua la tête.

— C'est un point contre lui, annonça-t-elle.

Elle l'examinait encore. Il semblait grandir à chaque pas qui la rapprochait de lui.

— Il est beau.

Elle avait émis cette opinion d'une voix accusatrice.

— Si tu le dis, fit Nicholas sans prendre de risque.

— Encore un point en sa défaveur. Je ne veux pas épouser un bel homme.

— Ça ne veut rien dire.

— Ça veut dire ce que ça veut dire. Ma décision est prise. Je ne veux pas de lui. Ramène-moi chez moi, Nicholas. Tout de suite.

Nicholas tira sur les rênes de sa sœur pour l'obliger à s'arrêter et à le regarder. La peur qu'il lisait dans ses yeux lui tordit le cœur. Il était le seul à savoir l'enfer qu'elle avait enduré avec Raulf et, même si elle refusait d'en parler, il connaissait les réelles raisons de sa terreur. Il prit la parole d'une voix basse mais fervente.

— Ecoute-moi, Johanna. MacBain ne te fera aucun mal.

— Je ne lui permettrai pas de me faire mal.

Sa véhémence le fit sourire. Raulf n'était pas parvenu à la transformer en une chose soumise. Pour Nicholas, la force de caractère de sa sœur était une bénédiction.

— Pense à toutes les bonnes raisons que tu as de l'épouser, dit-il. Tu seras à l'abri du roi John et de ses hommes : ils ne viendront pas te chercher aussi loin. Ici, tu seras en sécurité.

— C'est à prendre en considération.

— MacBain hait l'Angleterre et notre roi.

Elle se mordilla la lèvre.

— Voilà qui plaide en sa faveur, admit-elle.

— Cet endroit, aussi désolé qu'il soit, sera un jour un paradis et tu auras aidé à sa reconstruction.

— Oui, j'aiderai à reconstruire, dit-elle. Et j'attends avec impatience qu'il fasse beau. Je n'ai accepté de venir ici que parce que tu m'as convaincue que ces terres sont hautes et plus proches du soleil et qu'il y fait donc plus chaud. Je ne comprends pas pourquoi je n'y avais pas pensé avant. Tu as bien dit qu'il est extrêmement rare qu'il fasse aussi frais en mai ?

Seigneur, il avait oublié ce petit mensonge. Johanna détestait le froid et ne savait absolument rien des Highlands. Il l'avait délibérément trompée pour la décider à quitter enfin l'Angleterre et ses dangers et maintenant il en éprouvait des remords. Et il avait entraîné dans sa faute un homme d'Eglise car il avait supplié le père MacKechnie de ne pas le démentir.

Le prêtre avait ses propres motifs pour désirer voir Johanna épouser le laird MacBain et il avait gardé le silence à chaque fois qu'elle faisait allusion au merveilleux climat écossais si doux, si ensoleillé. Mais il couvait Nicholas d'un regard noir.

Celui-ci laissa échapper un soupir. Quand Johanna se retrouverait dans la neige jusqu'aux genoux, elle comprendrait qu'il lui avait menti. Son seul espoir était qu'à ce moment-là son opinion concernant MacBain aurait évolué. Dans le bon sens.

— Me laissera-t-il tranquille, Nicholas ?

— Oui.

— Tu ne lui as pas parlé de ce qui se passait entre Raulf et moi ?

— Non, bien sûr que non. Je ne briserai jamais la parole que je t'ai donnée.

Elle acquiesça.

— Et il sait, de façon certaine, que je ne peux pas lui donner d'enfant ?

Ils en avaient discuté des dizaines de fois au cours

du voyage. Il ne savait plus quoi dire pour la rassurer.

— Il sait, Johanna.

— Pourquoi cela ne compte-t-il pas pour lui ?

— Il veut le domaine. Il est laird à présent et il doit mettre le clan au-dessus de ses propres considérations. T'épouser était la façon la plus simple d'atteindre son but.

C'était une réponse froide mais honnête. Elle hocha la tête.

— J'accepte de le rencontrer, annonça-t-elle enfin. Mais je ne te promets pas que je l'épouserai, alors ravale ce sourire imbécile, Nicholas.

MacBain commençait à trouver le temps long. Sa fiancée ne se décidait toujours pas à approcher. Il descendit les marches au moment où elle poussait à nouveau sa monture en avant. Il n'avait même pas pu la regarder correctement car elle était complètement couverte par une longue cape noire et une capuche. Toutefois, sa taille le surprenait. Il s'était attendu à une femme de stature équivalente à celle de son frère. Celle-ci était beaucoup plus petite.

De toute manière, son apparence n'avait aucune importance. Ce mariage était un arrangement pratique et rien de plus.

Nicholas descendit de selle le premier. Il jeta ses rênes à un des soldats et se précipita aux côtés de Johanna pour l'aider.

MacBain fronça les sourcils. Elle était vraiment minuscule. Le sommet de sa tête arrivait à peine aux épaules de son frère qui lui manifestait une affection un peu trop débordante à son goût.

Quand Johanna défit le nœud du cordon qui retenait son manteau, les soldats se rangèrent sur les marches derrière leur chef : les MacLaurin sur la gauche, les MacBain sur la droite. En quelques secondes, les six marches se remplirent de curieux. Ils voulaient tous voir la nouvelle fiancée du laird.

MacBain perçut vaguement le murmure d'approbation quand Johanna se débarrassa enfin de sa cape qu'elle tendit à son frère. Il n'aurait su dire si lui-même avait laissé échapper une exclamation. Elle était d'une beauté saisissante.

Nicholas n'avait rien dit de son apparence et MacBain, que ce sujet laissait alors indifférent, ne lui avait rien demandé. Il jeta un coup d'œil au baron qui affichait un air rieur. Il sait que je suis épaté, se dit-il. MacBain masqua sa stupéfaction et concentra toute son attention vers la superbe jeune femme qui venait vers lui.

Seigneur, elle était magnifique ! Ses longs cheveux blonds lui balayaient la taille à chaque pas. De minuscules taches de rousseur se serraient sur les ailes de son nez. Ses yeux étaient d'un bleu clair et limpide, son teint parfait et sa bouche... Bon sang, sa bouche aurait damné tous les saints du Paradis.

Certains membres du clan MacLaurin n'étaient pas aussi disciplinés que les MacBain. Deux hommes se tenant juste derrière le laird émirent un long sifflement admiratif. En général, MacBain ne leur tenait pas rigueur de leurs écarts de conduite. Cette fois-ci, il se tourna à moitié, saisit à bout de bras chaque bonhomme par le collet, les souleva du sol d'un bon mètre et les envoya bouler au bas des marches.

Johanna se figea sur place. Elle regarda les deux hommes étalés par terre avant de se tourner vers leur chef. Cette impressionnante démonstration de force ne l'avait même pas essoufflé.

— Gentil, hein ? murmura-t-elle à Nicholas. Encore un mensonge, n'est-ce pas ?

— Donne-lui une chance, Johanna. Tu lui dois bien ça et à moi aussi.

Elle le gratifia d'un regard écœuré et fixa son attention sur le laird.

MacBain fit un pas en avant. Son chien-loup bondit aussitôt pour rester à ses côtés.

Johanna pria le Ciel de lui donner le courage de continuer d'avancer. Arrivée à deux pas du géant, elle effectua une impeccable révérence.

Elle fut heureuse de ne pas s'effondrer sur place. Ses genoux tremblaient face à une telle humiliation.

Le laird portait son tartan. Il possédait des jambes incroyablement musclées. Elle essaya de ne pas trop les contempler.

— Je vous salue, laird MacBain.

C'était net, sa voix tremblait. Elle avait peur de lui. Il discernait cette peur non seulement dans sa voix mais aussi dans son regard. Cette réaction ne surprenait guère MacBain. Il jouissait d'une réputation exécrable auprès du beau sexe des Highlands. Avec lui, les femmes n'avaient qu'une envie : courir se réfugier dans les jupes de leurs mères. Sa taille intimidait les plus jeunes et sa férocité terrorisait les plus expérimentées. Il n'avait jamais envisagé de changer d'attitude car cela n'avait guère d'importance pour lui.

Aujourd'hui, cela en avait. Il ne convaincrait jamais cette femme de l'épouser s'il ne parvenait à dissiper sa peur. Elle ne cessait de jeter des regards angoissés vers son chien. Elle devait avoir peur des bêtes.

Et Nicholas qui ne faisait rien pour l'aider, se

contentant de rester là à sourire comme un demeuré. MacBain lui lança un regard noir.

Mauvaise initiative : Johanna, qui s'en était aperçue, eut un geste instinctif de recul.

— Parle-t-elle gaélique ?

Il s'était adressé à Nicholas mais elle répondit.

— J'ai étudié votre langue.

Elle serrait les mains si fort que les jointures de ses doigts étaient blanches.

Pour la mettre à son aise, MacBain décida d'entamer une conversation mondaine.

— Et combien de temps l'avez-vous étudiée ?

Surprise par cette attaque directe, elle en perdit tous ses moyens. Il la fixait avec une telle intensité. Seigneur, elle ne se souvenait même plus de quoi ils parlaient.

Patient, il reposa sa question.

— Presque deux semaines, bafouilla-t-elle.

Il ne rit pas. Un de ses soldats commença à ricaner mais le regard de MacBain le réduisit aussitôt au silence.

Nicholas contemplait sa sœur avec perplexité, se demandant pourquoi elle n'avait pas dit la vérité. Cela faisait près de six mois que le père MacKechnie lui donnait des leçons. Elle leva vers lui des yeux implorants et il comprit. Elle était tout simplement trop paniquée pour réfléchir correctement.

MacBain décida de poursuivre cette entrevue devant un public moins nombreux.

— Nicholas, attends ici. Ta sœur et moi allons rentrer pour parler.

Ayant donné ses ordres, MacBain s'avança pour prendre le bras de Johanna. Le chien le suivit. Instinctivement, elle recula. Se rendant compte de son geste, elle se rejeta précipitamment en avant.

La bête gronda. MacBain cracha un ordre en gaélique. Le chien se tut aussitôt.

Johanna semblait à nouveau au bord de l'évanouissement. Nicholas voulut lui donner un peu de temps pour retrouver son sang-froid.

— Pourquoi avoir interdit à mes hommes et au père MacKechnie de passer Rush Creek ? intervint-il.

— Ta sœur et moi devons nous mettre d'accord avant l'arrivée du prêtre. Quant à tes hommes, ils n'auront jamais la permission de fouler mes terres, Nicholas. As-tu oublié mes conditions ? Nous avons évoqué ces détails lors de ta dernière visite.

Nicholas hocha la tête. Il ne voyait plus quoi dire.

— Le père MacKechnie a été très choqué que vous lui ordonniez d'attendre là-bas, déclara alors Johanna.

MacBain haussa les épaules. Provoquer la colère d'un homme de Dieu ne semblait guère l'émouvoir. Johanna roula des yeux effarés. Durant ses trois années de mariage avec Raulf, elle avait appris à redouter les prêtres : ceux qu'elle avait connus étaient des personnages puissants... et sans merci. Pourtant MacKechnie était différent. C'était un homme bon qui avait risqué sa vie en venant en Angleterre plaider la cause du clan MacLaurin.

Elle n'acceptait pas qu'on lui manquât de respect.

— Le père MacKechnie est épuisé par ce long voyage, milord, et il apprécierait sûrement un bon repas. S'il vous plaît, faites preuve d'hospitalité.

MacBain se tourna vers Calum.

— Occupe-t'en, commanda-t-il.

Le fait d'avoir accepté sa requête allait sûrement la tranquilliser, pensa-t-il. Il venait de prouver qu'il savait se montrer bienveillant. Pourtant, elle semblait encore prête à bondir au moindre bruit. Et le chien n'arrangeait rien. Elle ne cessait de lui jeter des regards inquiets et, à chaque fois qu'elle le regardait, le chien grondait.

MacBain envisagea de la jeter sur son épaule pour la porter à l'intérieur mais se ravisa. La pensée était pourtant plaisante. Faisant preuve d'une patience héroïque, il lui tendit la main.

Retenant son souffle, Johanna l'accepta.

Il était vraiment colossal. Sa main faisait bien deux fois la sienne et, maintenant, il se rendait sûrement compte qu'elle tremblait. Mais il était laird après tout et il ne pouvait avoir atteint cette position sans faire preuve de manières dignes d'un gentilhomme. Elle présuma donc qu'il ne ferait aucune allusion à cette humiliante attitude.

— Pourquoi tremblez-vous ?

Elle essaya d'enlever sa main. Il ne la lâcha pas.

Avant qu'elle n'ait trouvé une réponse satisfaisante, il tourna les talons et l'entraîna à sa suite sur les marches.

— C'est qu'il fait froid pour la saison, bafouilla-t-elle soudain.

— Il fait quoi ?

Il semblait interloqué.

— Peu importe, milord.

— Expliquez-vous, ordonna-t-il.

Elle soupira.

— Nicholas m'a assuré que le temps ici est chaud en toute saison... je pensais qu'il vous avait parlé de...

Elle se ravisa. Le laird ne comprendrait pas son sens de l'humour et la façon dont elle s'était amusée des incroyables fadaises que son frère lui avait racontées sur les Highlands.

— De quoi ? s'enquit MacBain.
— D'après lui, il est inhabituel que le vent soit aussi frais en mai, dit-elle.

MacBain faillit rugir de rire. Il se retint à temps. En réalité, le printemps était incroyablement doux cette année. Il ne sourit même pas. La jeune fille possédait à l'évidence une tendre nature et rire de sa naïveté serait cruel.

— Et vous croyez tout ce que raconte votre frère ? s'enquit-il.
— Bien sûr, répondit-elle pour lui faire savoir qu'elle était parfaitement loyale à Nicholas.
— Je vois.
— Je tremble à cause du froid, déclara-t-elle faute d'un meilleur mensonge.
— C'est faux.
— Faux ?
— Vous tremblez parce que vous avez peur de moi.

Il s'attendait à ce qu'elle continue à lui mentir.

— Oui, admit-elle. J'ai peur de vous... Et de votre chien.
— Votre réponse me plaît.
— Cela vous plaît de savoir que j'ai peur de vous ?

Il sourit.

— Je savais déjà que vous aviez peur de moi, Johanna. Ce qui me plaît c'est que vous l'admettiez. Vous auriez pu mentir.
— Vous auriez su que je mentais.
— Oui.

Quelle arrogance ! Elle se rendit compte qu'elle lui tenait encore la main et la lâcha aussitôt. Puis, pour se donner une contenance, elle détailla la salle autour d'elle. A sa droite, s'élevait un escalier et à sa gauche, s'ouvrait le grand hall. Tout était en ruine. Johanna contempla le spectacle de la dévastation : les murs rongés par le feu, les poutres du toit, ou plus exactement ce qu'il en restait, pendant lamentablement au-dessus de leurs têtes et l'odeur de fumée qui s'accrochait encore aux pierres noircies.

D'un pas lent, Johanna s'engagea au milieu du désastre. Une telle désolation lui donnait envie de pleurer.

MacBain l'observait et enregistra son changement d'expression.

— Ce sont les hommes de mon mari qui ont fait cela, n'est-ce pas ?

— Oui.

Elle se retourna pour le dévisager. Il vit la tristesse dans ses yeux. Cette femme possédait une conscience.

— C'est une terrible injustice.

— C'est vrai, approuva-t-il. Mais vous n'êtes pas responsable.

— J'aurais pu essayer de plaider auprès de mon mari...

— Je doute qu'il vous aurait écoutée, annonça MacBain. Dites-moi, Johanna, savait-il que son vassal se comportait de façon aussi ignoble ?

— Il savait de quoi Marshall était capable.

MacBain hocha la tête. Il serra les poings derrière son dos en continuant à l'examiner.

— Vous avez essayé de rétablir la justice, remarqua-t-il. Vous avez envoyé votre frère contre Marshall.

— Cet homme se prenait pour un demi-dieu. Il n'a pas voulu accepter le fait que Raulf était mort et qu'on n'avait plus besoin de lui ici.

— On n'a jamais eu besoin de lui ici.

La voix de MacBain s'était soudain durcie. Elle hocha la tête.

— Non, on n'a jamais eu besoin de lui ici.

Il se détendit.

— Marshall avait le pouvoir. Peu d'hommes sont capables d'y renoncer.

— Le pourriez-vous ?

Sa question le surprit. Machinalement, il faillit répondre oui. Mais il venait à peine d'être nommé laird et, en toute honnêteté, il ignorait s'il serait capable de renoncer à ce titre.

— C'est une épreuve que je n'ai pas encore subie, annonça-t-il. J'ose espérer que, pour le bien du clan et s'il le fallait, j'abandonnerais ma position. Mais je ne puis pas répondre avec certitude tant que je n'aurai pas été mis face à ce défi.

Son honnêteté impressionna Johanna. Elle le croyait sincère. Elle sourit enfin.

— Nicholas était furieux après vous parce que Marshall avait réussi à s'enfuir et que vous ne vouliez pas le laisser partir à sa poursuite. Il dit que vous vous êtes disputés puis que vous l'avez assommé par surprise. En rouvrant les yeux, il a découvert Marshall effondré à ses pieds.

MacBain sourit. Nicholas avait omis quelques détails sanglants.

— Vous allez m'épouser, Johanna, déclara-t-il avec emphase.

Il ne souriait plus du tout. Johanna se prépara à sa colère avant de secouer la tête.

— Expliquez-moi les raisons de votre hésitation, commanda-t-il.

Elle secoua à nouveau la tête. MacBain, qui n'avait pas l'habitude d'être contredit, essaya de cacher son impatience. Il se savait peu doué pour les conversations avec les femmes. En vérité, c'était la première fois qu'il bavardait aussi longtemps avec l'une d'entre elles. En général, elles se retrouvaient dans son lit bien plus vite que cela. Il ignorait comment se comporter avec une femme et il se rendait compte qu'il se montrait en ce moment horriblement maladroit.

Mais, seigneur, pourquoi avait-on donné à celle-ci le droit de choisir ? Nicholas aurait simplement dû lui dire qu'elle allait être mariée et on n'en parlerait plus. Cette ridicule conversation n'aurait jamais eu lieu et la cérémonie serait déjà finie.

— Je n'aime pas les femmes timorées.

Elle se raidit.

— Je ne suis pas timorée. J'ai simplement appris à être prudente, milord, mais je n'ai jamais été timorée. Jamais.

— Je vois, fit-il, mordant.

Il ne la croyait pas. Elle décida de changer de sujet.

— Je n'aime pas les hommes forts surtout s'ils sont beaux.

— Vous me trouvez beau ?

Il semblait surpris comme s'il n'avait pas véritablement conscience de son charme.

— Vous m'avez mal comprise, milord. Votre beauté ne plaide pas en votre faveur. (Elle ignora son expression incrédule.) Et je n'aime vraiment pas les hommes forts.

Elle était ridicule mais elle s'en moquait. Il n'était plus question de reculer maintenant. Elle planta son regard dans le sien, croisa les bras et fronça les sourcils d'un air belliqueux. Elle avait déjà une crampe à la nuque à force de lever les yeux vers lui.

— Qu'en pensez-vous, milord ?

Par le Ciel, elle le défiait. Il eut à nouveau l'irrésistible envie d'éclater de rire.

Il se contenta de soupirer.

— J'en pense que vous êtes toquée, lui dit-il d'un ton parfaitement neutre.

— Peut-être, approuva-t-elle, mais je ne changerai pas.

Bon, se dit MacBain, ces bavardages avaient assez duré. Il était temps qu'elle comprenne ce qui allait se passer.

— Vous ne partirez pas d'ici. Vous resterez ici avec moi, Johanna. Nous nous marions demain. Et ce n'est pas une opinion. C'est un fait.

— Vous m'épouseriez contre ma volonté ?

— Oui.

Bon sang, elle semblait à nouveau terrifiée. Cette réaction ne faisait nullement les affaires de MacBain. Il fit un nouvel essai pour gagner sa coopération. Il n'était pas un ogre, après tout.

— Auriez-vous changé d'avis ? Voudriez-vous rentrer en Angleterre ? Nicholas m'a dit que vous désiriez plus que tout quitter ce pays.

— Non, je n'ai pas changé d'avis mais...

— Pouvez-vous vous permettre de payer le dédit qu'exige le roi pour rester célibataire ?

— Non.

— Vous préférez peut-être le baron Williams ? Nicholas m'a laissé entendre que cet Anglais désire vous épouser. (Il ne lui laissa pas le temps de répondre.) Peu importe ! Je ne vous laisserai pas partir. Vous n'appartiendrez pas à un autre homme.

— Je ne préfère pas le baron Williams.

— A vous entendre, ce cher baron doit être fort bel homme.

— Il est aussi séduisant qu'un porc, milord, et

c'est un homme petit à l'esprit encore plus petit. Il m'est totalement insupportable.

— Je vois, ricana MacBain. Donc, vous détestez aussi bien les grands que les petits. C'est cela ?

— Vous vous moquez de moi.

— Non, de vos opinions seulement. Nicholas est aussi grand que moi.

— Mon frère ne me ferait jamais aucun mal.

Voilà. La vérité était enfin sortie sans qu'elle puisse la retenir. MacBain haussa un sourcil.

Johanna piqua du nez vers le sol mais pas avant qu'il ne l'ait vue rougir.

— Essayez de comprendre, milord. Si un chiot me mord, j'ai une bonne chance de survivre mais si c'est un loup qui m'attaque, le combat est trop inégal.

Elle essayait de toutes ses forces d'être brave et elle échouait lamentablement. Sa terreur était réelle et, devina MacBain, issue d'expériences passées.

Un long silence régna. Il la fixait. Elle fixait le sol.

— Votre mari...

— Je refuse de parler de lui.

Il tenait sa réponse. Il s'avança vers elle. Elle ne recula pas. Il posa les mains sur ses épaules et lui commanda de lever les yeux. Elle lui obéit lentement.

Il prit la parole d'une voix sourde et grave.

— Johanna ?

— Oui, milord.

— Je ne mords pas.

4

Ils furent mariés le lendemain après-midi. MacBain avait accepté d'attendre aussi longtemps afin que le père MacKechnie prépare la cérémonie.

Mais ce fut son unique concession. Johanna désirait retourner au camp pour passer la nuit près de son frère et du prêtre. Laird MacBain ne voulut pas en entendre parler. Il lui ordonna de dormir dans l'un des cottages nouvellement construits sur le flanc de la colline: une petite maison pourvue d'une pièce unique, d'une seule fenêtre et d'un foyer en pierres.

Elle dormit très peu. Tenaillée par l'angoisse, elle ne cessait de se torturer. Et si MacBain se révélait être un monstre comme Raulf? Seigneur, pourrait-elle survivre à un nouvel enfer? Cette idée la fit éclater en sanglots. Immédiatement, elle eut honte d'elle-même. Etait-elle si lâche? Raulf avait-il eu raison de la couvrir de ridicule?

Non, non, elle était forte. Elle pouvait faire face à toutes les situations. Elle ne s'abandonnerait pas à la peur, à l'apitoiement sur soi-même. Elle valait mieux que cela.

Elle avait retrouvé son amour-propre après la mort de Raulf. Pour la première fois depuis trois ans, elle avait vécu sans peur. Ses journées s'écoulaient paisiblement car, après l'avoir convoquée à la cour, le roi John l'avait laissée seule dans ses quartiers privés. Il y avait un petit jardin devant sa porte. C'était là qu'elle avait passé le plus clair de son temps.

Cet interlude était terminé et voilà qu'on la forçait à nouveau à se marier. Elle allait sûrement décevoir le laird. Comment réagirait-il alors ? En la traitant comme une ignorante et une bonne à rien ? Par le Ciel, elle ne se laisserait pas faire. Les attaques de Raulf avaient été si habilement déguisées et elle était si jeune et naïve qu'elle avait failli réagir trop tard. De façon insidieuse et répétée, il avait tenté de saper son caractère, tant et si bien qu'elle avait fini par avoir l'impression d'être privée de sa vie.

Alors, elle avait essayé de se rebeller. Et les coups avaient commencé.

Nicholas vint la chercher vers midi. Au premier regard, il vit sa pâleur et secoua la tête.

— As-tu si peu de foi dans le jugement de ton frère ? Je t'assure que MacBain est un homme d'honneur. Tu n'as aucune raison de le craindre.

Elle plaça sa main dans la sienne et marcha à ses côtés.

— J'ai confiance en ton jugement, murmura-t-elle.

Sa voix manquait de conviction. Il ne lui en voulut pas car il la comprenait. Le souvenir de son visage tuméfié lors d'une visite surprise qu'il lui avait faite lui revint. Raulf n'avait pas eu le temps de la cacher. La fureur le gagna. Il serra les dents.

— Je t'en prie, Nicholas, ne te mets pas en colère. Je suis en train de dominer ma peur. J'y arrive de mieux en mieux.

Il sourit : c'était elle qui essayait de le réconforter.

— Oui, votre mariage sera une réussite, dit-il. Tu sais, il te suffit de regarder autour de toi pour avoir un aperçu du caractère de ton futur mari. Où as-tu dormi cette nuit ?

— Tu le sais bien.

— C'est un cottage tout neuf, n'est-ce pas ? (Il ne lui donna pas le temps de répondre.) Regarde, il y en a trois autres là-bas, tous construits de fraîche date. Le bois n'a pas eu le temps de sécher.

— Qu'essayes-tu de me dire ?

— Un homme égoïste s'occuperait d'abord de son propre confort, non ?

— Oui.

— Vois-tu un nouveau château ?

— Non.

— Calum est le lieutenant de MacBain. Il est du clan MacBain, Johanna, et il m'a dit que ces maisons sont destinées aux plus âgés des membres du clan. Eux d'abord, car ils ont plus besoin que les autres de la chaleur d'un foyer et d'un toit au-dessus de leur tête. MacBain se sert en dernier. Réfléchis à cela, Johanna. Il y a deux chambres intactes dans le château. Pourtant MacBain n'y a pas passé une seule nuit. Il dort dehors avec ses soldats. Cela ne t'en apprend-il pas beaucoup sur lui ?

Elle esquissa un mince sourire. Son visage reprenait des couleurs. Nicholas hocha la tête avec satisfaction.

En atteignant la cour, ils s'arrêtèrent pour observer la foule d'hommes et de femmes qui préparaient la cérémonie. La chapelle ayant été détruite, le mariage serait célébré ici. On avait dressé un autel de fortune à l'aide de deux tonneaux et d'une planche posée dessus. Une femme étalait un linge blanc sur la planche. Quand elle eut terminé, le père MacKechnie y posa un superbe calice et un plat d'or. Deux autres femmes plaçaient des bouquets de fleurs au pied des tonneaux et aux quatre coins de l'autel.

Johanna esquissa un pas mais Nicholas la retint.

— Il y a encore une chose que tu dois savoir.

— Quoi ?

— Tu vois cet enfant assis en haut des marches ?

Elle se tourna dans la direction indiquée. Un petit garçon, âgé de quatre ou cinq ans, était assis seul sur la dernière marche, les coudes sur les genoux, la tête entre les mains. Il contemplait les préparatifs. Sa mine était éloquente. Il était terriblement malheureux.

— Oh, il a vraiment l'air désespéré, fit Johanna.

Son frère sourit.

— Oui, il doit l'être.

— Qui est-ce ?

— Le fils de MacBain.

Elle sursauta.

— Le quoi ?

— Pas si fort, Johanna. Je ne veux pas qu'on nous entende. Ce garçon est à MacBain. Certains prétendent qu'il n'est pas son fils mais MacBain l'a reconnu.

Elle était trop stupéfaite pour dire quoi que ce soit.

— Il s'appelle Alex, poursuivit Nicholas. Ça te fait un choc, n'est-ce pas ?

— Pourquoi ne pas me l'avoir dit plus tôt ? Combien de temps MacBain a-t-il été marié ?

— Il ne l'a jamais été.

— Je ne comprends pas...

— Mais si, tu comprends très bien. Alex est un enfant illégitime.

— Oh...

— Sa mère est morte en lui donnant naissance, ajouta Nicholas. Et, tu ferais aussi bien de le savoir, petite sœur, c'était une femme à soldats. Il y a au moins deux autres hommes qui pourraient être le père de ce garçon.

Prise de compassion pour l'enfant, elle l'observa à nouveau. C'était un gamin adorable aux cheveux noirs bouclés. De là où elle se trouvait, elle ne pouvait distinguer la couleur de ses yeux mais elle était prête à parier qu'ils étaient gris comme ceux de son père.

— Johanna, il est important que tu saches que MacBain considère ce garçon comme son fils.

Elle dévisagea son frère.

— Cela fait deux fois que tu me répètes cela.

— Et ?

Elle sourit.

— Et quoi, Nicholas ?

— L'accepteras-tu ?

— Oh, Nicholas, comment peux-tu me demander une chose pareille ? Bien sûr que je l'accepterai. Comment pourrait-il en aller autrement ?

Nicholas laissa échapper un profond soupir. Sa sœur ne voyait pas toujours la dureté du monde dans lequel ils vivaient.

— C'est une pomme de discorde pour les MacLaurin, expliqua-t-il. Le père de MacBain était le laird des MacLaurin. Il a rendu son dernier soupir sans jamais reconnaître son fils.

— Mon futur époux est donc un enfant illégitime ?

— Oui.

— Pourtant les MacLaurin ont fait de lui leur laird ?

Nicholas hocha la tête.

— C'est compliqué, admit-il. Ils avaient besoin de lui. Ils ont donc préféré oublier qu'il n'est qu'un bâtard. Mais, pour le garçon...

Il n'acheva pas, la laissant tirer ses propres conclusions. Johanna secoua la tête.

— Tu crois que le pauvre petit est malheureux à cause du mariage ?

— En tout cas, il n'est pas fou de joie.

D'un signe de la main, le père MacKechnie attira leur attention. Nicholas prit le coude de sa sœur qui ne détachait pas son regard de l'enfant.

— Ils sont prêts, annonça Nicholas. Voilà MacBain.

Le laird traversa la cour et rejoignit sa place devant l'autel. Le prêtre se posta à ses côtés et encouragea une nouvelle fois Johanna à s'avancer.

— Non, je ne ferai pas cela sans...

— Tout ira bien.

— Tu ne comprends pas, murmura-t-elle. Attends-moi ici, Nicholas. Je reviens tout de suite.

Cet échange s'était déroulé à voix basse et intense. Le prêtre fit un nouveau signe à Johanna. Elle lui adressa un petit salut et un sourire. Puis elle se détourna et s'en alla.

— Johanna, pour l'amour de Dieu...

Nicholas jurait dans le vide. Il vit sa sœur fendre la foule puis changer de direction et gagner les marches. Il comprit enfin quel était son but.

Il se tourna vers MacBain. Celui-ci semblait n'avoir encore rien vu.

Le prêtre se tordait le cou pour suivre Johanna des yeux. D'un coup de coude, il engagea MacBain à l'imiter.

Johanna ralentit le pas en arrivant au bas des marches. Elle ne voulait pas effaroucher le garçon.

La nouvelle que MacBain avait un fils lui procurait un sentiment bizarre où la joie et le soulagement se mêlaient. Elle tenait la solution à son angoisse perpétuelle. MacBain ne se souciait pas de sa stérilité car il avait déjà un héritier.

Elle était enfin soulagée de sa culpabilité.

MacBain grimaça. Bon sang, il aurait préféré qu'elle ne sache rien avant le mariage, avant qu'elle ne puisse changer d'avis. Les femmes ont des réactions étranges. Nul ne sait comment leur esprit fonctionne. MacBain était bien décidé à faire accepter Alex par Johanna mais il espérait d'abord lui faire accepter sa nouvelle vie.

En voyant la jeune femme approcher, Alex s'enfouit le visage entre ses mains. Il avait des genoux maigres maculés de boue. Quand il osa la regarder, elle vit enfin ses yeux. Ils n'étaient pas gris comme ceux de son père mais bleus comme le ciel du soir.

Du bas des marches, Johanna parla à l'enfant. MacBain renonça à aller la chercher, préférant attendre de voir ce qui allait se passer. Il n'était pas seul dans ce cas. Un silence impressionnant s'était abattu sur l'assistance. Chacun observait la scène.

— Le garçon comprend-il sa langue ? demanda le père MacKechnie.

— Un peu, répondit MacBain. Elle m'a dit que vous lui donniez des leçons de gaélique. Alex la comprendra-t-il ?

Le prêtre haussa les épaules.

— Un peu, fit-il à son tour.

Johanna parla longuement à l'enfant. Puis elle lui tendit la main. Alex bondit sur ses pieds, dévala les marches et lui donna la main. Elle se pencha, lui enleva une mèche de cheveux des yeux, rajusta son plaid qui lui tombait des épaules puis le serra contre elle.

— Cela, il le comprend, murmura MacKechnie.

— Qu'est-ce qu'il comprend ? s'étonna Calum.

Le prêtre sourit.

— L'acceptation.

MacBain hocha la tête. Johanna rejoignit son frère.

— Je suis prête maintenant, Nicholas. Alex, va auprès de ton père. C'est mon devoir de venir vers vous deux.

Le petit garçon courut jusqu'à son père et se plaça à sa gauche. MacBain resta impassible. Johanna n'aurait su dire s'il était content ou furieux. Mais dès qu'elle avança, il décroisa les bras et posa une main sur l'épaule de son fils.

Nicholas la donna en mariage en se sentant très fier de sa sœur. Il savait qu'elle mourait d'angoisse mais elle ne le montrait pas. Quand il offrit sa main à celle de MacBain, elle ne résista pas. Elle se plaça entre les deux géants, bien droite, la tête haute, le regard au loin.

Elle portait une robe blanche qui lui tombait aux chevilles et un bliaud un peu plus court. Le décolleté carré de sa robe était décoré de fils rose pâle et verts qui dessinaient des boutons de rose.

Et son parfum aussi était celui des roses. Bien que discret, il avait un effet dévastateur sur MacBain. Le père MacKechnie prit un petit bouquet au coin de l'autel et le tendit à la promise avant de gagner sa place de l'autre côté pour commencer la messe.

MacBain ne quittait pas Johanna des yeux. C'était une créature incroyablement féminine, et Dieu lui en était témoin, il ignorait ce qu'il allait bien pouvoir faire d'elle. Il ne la croyait pas assez forte pour supporter la rude vie des Highlands. Il se gronda intérieurement. A présent, son devoir était de veiller à ce qu'elle survive. Il la protégerait du danger et si elle avait besoin d'être gâtée, eh bien, il veillerait à ce qu'elle le soit. Il n'avait aucune idée de ce que cela signifiait mais, étant un homme intelligent, il finirait bien par l'apprendre. Il ne la laisserait pas se salir les mains, ni effectuer des tâches éreintantes et il exigerait qu'elle se repose chaque jour. Prendre soin d'elle était la moindre des choses qu'il pouvait faire en remerciement des terres qu'elle lui offrait. Et c'était bien là la seule raison pour laquelle il tenait tant à assurer son confort.

Le vent poussa une mèche de cheveux sur son visage. D'un revers de la main, elle la repoussa. C'était un geste exquis, délicatement féminin. La masse d'or ondula sur son dos. Mais sa main tremblait. Le bouquet qu'elle tenait perdait rapidement ses pétales.

Elle ne lui rendit pas sa main, ce qui le chagrina. D'un geste possessif, qui arracha un sourire à Nicholas, il s'en empara.

La voix de Johanna était mal assurée quand, à la demande du prêtre, elle donna son nom. Les soldats perçurent sa crainte et sourirent à l'unisson. Ils trouvaient délicieuse cette peur de leur laird.

La cérémonie se déroula sans la moindre anicroche jusqu'à ce que le père MacKechnie demande à la promise de jurer amour, honneur et obéissance à son mari. Elle considéra longuement cette requête. Puis elle secoua la tête et se tourna vers le marié.

Elle lui fit signe de se pencher et se haussa sur la pointe des pieds pour lui chuchoter à l'oreille.

— J'essaierai de vous aimer, milord, et je vous

honorerai certainement puisque vous serez mon mari mais je ne crois pas que je vous obéirai souvent. La soumission totale ne me convient pas.

Disant cela, elle déchiquetait les fleurs de son bouquet. Incapable de le regarder dans les yeux, elle fixa son menton en attendant sa réponse.

MacBain était trop abasourdi pour remarquer qu'elle était bouleversée. Il devait se mordre les joues pour ne pas rugir de rire.

— Etes-vous en train de vous moquer de moi ?

Il s'était exprimé à haute voix. Puisqu'il ne semblait pas se soucier qu'on les entendît, elle agirait de même. Elle lui répondit d'une voix forte et claire :

— Me moquer au beau milieu de notre cérémonie de mariage ? Non, milord. Je suis très sérieuse. Je vous ai exposé mes conditions. Les acceptez-vous ?

Cette fois-ci, incapable de se retenir davantage, il rit de bon cœur. Humiliée, mortifiée, Johanna se raidit. Mais le problème était trop essentiel pour qu'elle renonce.

Elle n'avait donc plus le choix. Se redressant, elle lui flanqua les restes du bouquet dans les mains, exécuta une brève révérence vers le prêtre, fit volte-face et s'en alla.

Le message était clair. Pourtant, certains MacLaurin ne comprenaient toujours pas.

— La fille s'en va ? demanda Keith, leur chef, à voix basse mais, dans le silence ambiant, tout le monde l'entendit.

— MacBain, elle s'en va ! s'exclama un autre.

— Il semble qu'elle s'en aille, intervint le père MacKechnie. Ai-je dit quelque chose qui lui a déplu ?

Nicholas voulut se lancer après sa sœur. MacBain le retint d'un geste sec. Il lui transmit le bouquet et, maugréant quelque chose dans sa barbe, courut après sa promise.

Elle avait atteint le bout de la cour quand il la rattrapa. Il la prit par les épaules et la retourna. Elle refusa de le dévisager. Il lui leva le menton du bout des doigts.

Elle serra les dents. Il allait sûrement la faire fouetter. Mais elle était forte, se souvint-elle. Elle supporterait sa colère.

— Essaierez-vous d'obéir ?

Il semblait exaspéré. Abasourdie par son attitude, elle sourit. Elle n'était pas si faible, après tout. En tenant tête au laird, elle l'avait forcé à négocier. Elle n'avait peut-être pas beaucoup gagné mais elle n'avait certainement rien perdu.

— Oui, j'essaierai, promit-elle. Selon les circonstances...

Il leva les yeux au ciel. Bon, ils avaient perdu assez de temps comme cela. Il la prit par la main et la traîna vers l'autel. Elle dut courir pour ne pas tomber.

Nicholas s'adoucit en voyant le sourire de sa sœur. Il mourait de curiosité de connaître le motif de leur discorde mais il se résigna à attendre la fin de la cérémonie.

Il n'eut pas à patienter aussi longtemps. Johanna lui reprit le bouquet dont il ne restait plus que quelques malheureuses tiges et se tourna vers le prêtre.

— Pardonnez cette interruption, mon père, dit-elle.

Il hocha la tête et lui demanda à nouveau de promettre amour, honneur et obéissance à son mari. Cette fois-ci, il ajouta les mots « s'il vous plaît ».

— J'aimerai, j'honorerai et j'essaierai d'obéir à mon mari selon les circonstances, répondit-elle.

Nicholas s'esclaffa. Il comprenait tout à présent. Un hoquet général parcourut la foule. Les soldats étaient horrifiés.

Leur laird les toisa et le silence revint très vite. Puis il adressa un regard meurtrier à sa promise.

— L'obéissance et la soumission ne sont pas nécessairement la même chose, aboya-t-il.

— On m'a enseigné le contraire, se défendit-elle.

— On vous a mal enseigné.

Il avait un air si effrayant qu'elle recommença à trembler. Seigneur, elle ne pourrait jamais vivre ainsi dans une peur continuelle ! Elle n'en aurait pas la force.

Elle lui redonna le bouquet et se détourna. Le laird abandonna les malheureuses tiges dans la main déjà tendue de Nicholas et attrapa Johanna par le bras avant qu'elle n'ait fait un pas.

— Ah non, ça ne va pas recommencer.

Pour prouver ses dires, il la saisit par les épaules et la maintint solidement à ses côtés.

— Il faut en finir avant la tombée de la nuit, Johanna.

Elle se sentait complètement idiote. Le prêtre la considérait comme si elle avait vraiment perdu la tête. Elle respira un bon coup, accepta le bouquet de son frère et dit :

— Je vous en prie, pardonnez-moi de vous avoir à nouveau interrompu, mon père. Poursuivez, s'il vous plaît.

Le prêtre ouvrit grand la bouche, la referma, se frotta le front puis se tourna vers le marié. Johanna l'entendit à peine énumérer les mérites d'un bon mari. Elle suppliait Dieu de lui envoyer un signe. Elle avait besoin qu'Il la rassure et lui montre que tout allait bien se passer. Cette notion lui arracha un sourire amer. Elle n'était qu'une femme, et donc la dernière dans l'amour du Seigneur si elle devait en croire le révérend Hallwick. Dieu n'avait certainement pas de temps à perdre à écouter ses ridicules suppliques et elle commettait le péché de vanité en quémandant un signe de Sa part.

Elle soupira. MacBain l'entendit et se retourna vers elle. Elle lui sourit dans l'espoir de le confondre.

C'était à son tour de répondre aux questions du prêtre. Il commença par son nom et ses titres.

Il s'appelait Gabriel MacBain.

Hébétée, Johanna ouvrit de grands yeux. Le signe ! Dieu lui avait envoyé son signe !

Elle retrouva péniblement le contrôle de ses émotions. Mais son esprit fonctionnait à toute allure. Les questions l'assaillaient. Sa mère lui avait-elle délibérément donné le nom du plus grand des anges, du plus haut placé dans l'amour de Dieu ? Johanna se souvenait parfaitement de son catéchisme. L'archange était le protecteur des femmes et des enfants. Elle se rappelait les merveilleuses histoires que les mères transmettaient à leurs filles depuis des générations à propos du plus formidable de tous les anges. Sa propre mère lui avait dit que Gabriel veillerait sur elle. Il était son ange gardien et viendrait toujours à son secours. L'archange était le champion des innocents et le pourfendeur du mal.

Elle secoua la tête. Non, elle était trop romantique, voilà tout. Il n'y avait rien de symbolique dans le nom de son mari. Peut-être sa mère le lui avait-elle donné pour rappeler le nom d'un parent...

Mais elle voulait croire à son signe. Le manque de sommeil la rendait vulnérable au délire de son imagination, se dit-elle. Pourtant, combien de fois avait-elle prié pour qu'un miracle s'accomplisse ? Et quelques minutes auparavant, n'avait-elle pas demandé ce signe ?

Johanna avait vu un dessin de l'archange Gabriel fait par un saint homme. Elle se souvenait encore de chaque détail avec précision. L'archange était représenté comme un guerrier géant, une épée scintillante à la main. Il avait des ailes.

L'homme debout à ses côtés n'avait pas d'ailes mais c'était bien un guerrier géant. Il portait l'épée à la taille.

Et il s'appelait Gabriel. Dieu aurait-Il enfin répondu à ses prières ?

5

Sa mère aurait dû l'appeler Lucifer. Telle fut la conclusion de Johanna à la fin de la journée. Satan ou Belzébuth auraient aussi pu convenir. Avec son arrogance, sa manie de toujours commander, son mari était le diable personnifié. Il était totalement dépourvu de manières civilisées.

Ignorait-il qu'il était impoli de se battre le jour de ses noces ?

Gabriel n'avait pourtant pas mal commencé. Dès que le père MacKechnie eut prononcé la dernière bénédiction, son nouveau mari lui avait fait face. Il portait deux plaids, un sur chaque épaule. Le premier, lui expliqua-t-il, aux couleurs des MacBain, le second à celles des MacLaurin. Il attendit qu'elle ait hoché la tête en signe de compréhension avant de la prendre dans ses bras et de lui dévorer la bouche.

Elle avait prévu ce baiser mais elle s'était attendue à quelque chose de plus délicat. Ce fut ravageur. MacBain était déchaîné. Il l'embrassait avec une telle passion qu'elle eut l'impression de prendre feu. La brûlure de ses lèvres la consumait. Elle n'avait ni la force ni l'envie de le repousser.

Les rires de la foule firent reprendre ses esprits à

Gabriel. Il mit abruptement un terme à leur étreinte, hocha la tête avec satisfaction en constatant la stupéfaction de sa jeune épouse puis se tourna vers le prêtre.

Elle ne fut pas aussi prompte à se remettre et s'accrocha à son bras pour ne pas s'effondrer sur place.

Le père MacKechnie contourna l'autel pour les féliciter.

— C'était une belle cérémonie, annonça-t-il.

Alex se faufila entre son père et Johanna. Elle le sentit qui lui tirait les jupes.

Le prêtre rit de bon cœur.

— Pendant une minute, j'ai bien cru qu'on n'y arriverait pas.

Les deux hommes se tournèrent avec un bel ensemble vers elle. Innocente, elle leur rendit leur sourire.

— Moi pas, fit-elle. Quand je commence quelque chose, je termine toujours.

Ni l'un ni l'autre ne parurent très convaincus. Le prêtre fit signe à Alex de retourner à la gauche de son père.

— Nous devrions nous mettre en place, suggéra-t-il. Les clans aimeraient vous présenter leurs vœux.

Gabriel continuait à fixer son épouse.

— Souhaitez-vous me dire quelque chose, Gabriel ?

— Ne m'appelez pas ainsi. Je déteste ce prénom.

— C'est un très joli prénom.

Pour toute réponse, il se contenta de grogner.

— Vous devriez être fier de le porter.

Il grogna à nouveau. Elle abandonna.

— Comment désirez-vous que je vous appelle ? s'enquit-elle avec une immense bonne volonté.

— Laird, suggéra-t-il.

Il n'avait pas l'air de plaisanter. C'était ridicule : deux époux n'avaient pas à user de titres aussi formels entre eux. Elle décida de faire preuve de diplomatie, une attaque frontale ne donnerait rien.

— Mais quand nous serons seuls ? Pourrai-je vous appeler Gabriel ?

— Non.

— Alors comment...

— Si vous devez absolument vous adresser à moi, appelez-moi MacBain. C'est ça, MacBain.

— Si je dois m'adresser à vous ? Vous rendez-vous compte de votre arrogance ?

Il haussa les épaules.

— Non, mais vous êtes bien bonne de me le dire.

— Dans ma bouche, ce n'était pas un compliment.

Il en avait déjà assez de cette discussion.

— Vous avez bien fait d'aller chercher le garçon.

Prodigieusement agacée par cette histoire de noms, elle mit une bonne minute à comprendre qu'il était en train de la remercier. Elle hocha la tête d'un air incertain.

— On aurait dû lui donner un bain avant la cérémonie, dit-elle.

MacBain essaya de ne pas sourire. Elle avait vraiment l'air outré. A l'avenir, il veillerait à ce qu'elle ne réitère plus ces écarts de langage en public mais, en vérité, il était trop heureux de constater qu'elle possédait encore de l'audace pour lui faire des reproches.

— Il en prendra un la prochaine fois.

Il comptait donc se remarier un jour !

— Vous aimez avoir le dernier mot, n'est-ce pas, laird ?

— Oui, j'aime ça, admit-il avec bonne humeur.

Alex, remarqua son père, contemplait Johanna avec vénération. Malgré les injonctions du prêtre qui voulait lui faire tenir sa place, il était retourné auprès de la jeune femme.

Elle avait gagné le cœur de son fils en un instant. MacBain se demanda combien de temps il lui faudrait pour gagner l'amour de sa femme. Et pourquoi se souciait-il tant de ses sentiments ? Le mariage lui avait apporté les terres, c'était cela l'important.

Les soldats des deux clans s'avancèrent, un par un, afin de se présenter à Johanna et de féliciter leur laird. Les femmes les suivirent. Une jeune femme aux cheveux rouges qui se présenta sous le nom de Leila du clan MacLaurin, tendit à Johanna un magnifique bouquet de fleurs blanches et pourpres. Celle-ci la remercia de son cadeau et le joignit aux valeureuses tiges chauves qu'elle tenait encore.

Les formalités s'éternisaient et Alex s'impatientait. Dès qu'elles prirent fin, les femmes posèrent des plateaux de nourriture sur les tables dressées dans la cour.

Johanna se tourna vers Calum et Keith.

— Il y a six chevaux dans la prairie en bas, annonça-t-elle.

— Il y en a un pour moi! s'exclama aussitôt Alex.

MacBain entendit le commentaire de son fils et se tourna vers Johanna.

— Voilà donc comment vous vous êtes acquis ses bonnes grâces, remarqua-t-il, narquois.

Elle l'ignora et continua à donner ses instructions.

— Il s'agit de mon cadeau de mariage à mon

époux... et à Alex. Voulez-vous envoyer quelqu'un les chercher ?

Les deux hommes s'inclinèrent. Alex tira sur la robe de Johanna pour attirer son attention.

— Papa t'a fait un cadeau, lui aussi ?

Son père répondit.

— Non, Alex.

Elle le contredit.

— Si, Alex, il m'a fait un très beau cadeau.

— Qu'est-ce qu'il t'a donné ? s'enquit le petit garçon.

MacBain était tout aussi curieux d'entendre sa réponse. Elle arborait un sourire radieux.

— Il m'a donné un fils.

MacBain en ouvrit des yeux comme des roues de charrette. Quant à Alex, il ne savait trop ce que cela voulait dire.

— Mais c'est moi son fils.

Il posa l'index sur sa poitrine afin qu'il ne subsiste aucun doute.

— Oui, répondit Johanna.

Le garçon sourit.

— Un fils, c'est mieux que six chevaux ?

— Bien sûr.

— Mieux que cent ?

— Oh oui.

Convaincu de son importance, Alex gonfla la poitrine.

— Quel âge as-tu ? demanda Johanna.

Il ouvrit la bouche pour répondre et la referma aussitôt. A l'évidence, il ne le savait pas. Elle se tourna vers son père qui haussa les épaules. Lui non plus n'en savait rien.

Elle fut abasourdie.

— Vous ne connaissez pas l'âge de votre fils ?

— Il est jeune, fut sa réponse.

Alex hocha vigoureusement la tête. Cette réponse semblait lui convenir.

— Je suis jeune, répéta-t-il. Papa, je peux aller voir les chevaux ?

Gabriel acquiesça. Son fils lâcha le bliaud de Johanna et courut à la poursuite de Calum et de Keith.

Le père MacKechnie n'avait rien manqué de cette scène.

— Il s'est déjà pris d'affection pour elle, fit-il à l'intention du laird en suivant le garçon des yeux.

— Elle l'a soudoyé, ricana MacBain.

— C'est vrai, approuva Johanna.

— Les hommes ne s'achètent pas aussi facilement, remarqua son mari.

— Il n'y a pas un homme dont je cherche à m'attirer l'affection, laird, répliqua-t-elle. Si vous voulez bien m'excuser : je voudrais parler à mon frère.

C'était une magnifique sortie mais elle fut complètement gâchée : MacBain la saisit par le bras et la garda à ses côtés.

Nicholas dut venir jusqu'à elle. Il était, bien sûr, entouré de femmes. Son charme produisait, comme toujours, son effet et Johanna attendit plusieurs minutes avant qu'il ne remarque qu'elle lui faisait signe. Il se sépara de ses admiratrices et s'adressa d'abord à MacBain.

— J'enverrai des hommes dans un mois ou deux pour aider à la reconstruction.

MacBain secoua la tête.

— Tu n'enverras personne ici. Nous tuerons le premier de tes hommes qui mettra un pied sur nos terres.

— Tu es un homme buté, MacBain.

— A combien se montait le dédit que tu as payé à ton roi ?

— Quel dédit ? demanda Johanna.

Nicholas et MacBain l'ignorèrent superbement. Son frère énonça la somme et Gabriel lui promit de le rembourser.

Johanna avait compris. Elle s'en prit à son frère.

— Le roi t'a fait payer un dédit, Nicholas ? Pourquoi ?

— Parce que nous avons choisi ton mari, Johanna. Il a accepté... en échange d'une certaine somme.

— Et si j'avais accepté son choix ?

— Tu veux parler de Williams ?

Elle hocha la tête.

— Il n'y aurait pas eu de dédit.

— Tu m'as menti. Tu prétendais ne pas pouvoir me prêter l'argent que demandait John afin de me permettre de rester libre une année de plus.

Nicholas soupira.

— J'ai menti, admit-il. Tu ne faisais que repousser l'inévitable et tu n'étais pas en sécurité. Bon sang, tu étais gardée sous clé à Londres. Comment savoir si... et puis John pouvait très bien donner les terres de MacLaurin à quelqu'un d'autre.

Elle savait qu'il avait raison. Il avait agi par amour pour elle, ne pensant qu'à sa sauvegarde.

— Je te pardonne ce mensonge, Nicholas.

— Rentre chez toi, baron. Et ne reviens plus ici. Tu as accompli ton devoir. Johanna est sous ma responsabilité maintenant.

La grossièreté de son mari la stupéfia.

— Maintenant ? s'exclama-t-elle. Vous voulez qu'il parte maintenant ?

— Maintenant, répéta son mari.

— Mon frère...

— Il n'est pas votre frère.

Outrée par sa conduite, elle avait envie de hurler mais son mari ne s'intéressait plus à elle. Il fixait Nicholas.

— J'aurais dû m'en douter, disait-il. Vous ne vous ressemblez pas et quand Johanna a donné son nom complet au prêtre, j'ai enfin compris que vous n'êtes pas parents. Tes sentiments à son égard...

Nicholas ne le laissa pas poursuivre.

— Tu es très astucieux, MacBain. Mais ta langue est trop bien pendue.

— Laird...

— Laissez-nous, Johanna. Cette discussion ne vous concerne pas.

Sa voix n'admettait aucune réplique. Elle se mit à martyriser les pétales de son beau bouquet tout neuf.

Le père MacKechnie, qui en avait entendu assez pour se rendre compte qu'un combat était imminent, vint la prendre par le bras avec un enthousiasme feint.

— Vous blesseriez la susceptibilité de ces femmes si vous ne goûtiez pas les plats qu'elles ont préparés en votre honneur. Elles sont toutes émoustillées à l'idée que leur nouvelle maîtresse va les féliciter. Vous souvenez-vous comment on dit merci en gaélique ?

La tirant et la poussant à moitié, le prêtre l'éloigna des deux hommes. Mais elle continua à les surveiller par-dessus son épaule. Nicholas semblait furieux. MacBain aussi et c'était lui qui faisait les frais de la conversation. Nicholas jeta un coup d'œil vers elle et remarqua qu'elle les observait. Il dit alors quelque chose à son mari. Celui-ci approuva. Les deux hommes tournèrent les talons et disparurent dans le chemin qui dévalait la pente.

Elle ne les revit pas jusqu'au crépuscule. Le soleil rongeait les collines quand ils réapparurent enfin. Ils émergèrent lentement du chemin, noires silhouettes dans l'incendie flamboyant du couchant, telles deux apparitions mystiques : deux invincibles combattants sortant de la terre, deux dieux guerriers.

Ces pensées fantaisistes firent sourire Johanna. Alors, seulement, elle distingua leur visage. Elle laissa échapper un cri horrifié. Nicholas avait le nez en sang ; son œil droit était gonflé et bleu. MacBain n'était guère en meilleur état avec sa mâchoire tuméfiée et le sang qui ruisselait de son front.

A qui allait-elle s'en prendre en premier ? Le temps de soulever ses jupes pour courir jusqu'à eux, elle comprit qu'elle se devait d'abord à Gabriel. Il était son mari à présent. Et si elle parvenait à l'amadouer, elle pourrait peut-être le convaincre de laisser Nicholas rester encore quelques jours.

— Vous vous êtes battus, lui cria-t-elle.

Il n'y avait rien à répondre à cela, se dit MacBain. C'était une évidence.

Elle sortit son mouchoir et se haussa sur la pointe des pieds pour éponger le sang sur son front et se rendre compte de la gravité de sa blessure.

Il secoua vivement la tête tel un cheval rétif. Il n'avait pas l'habitude d'être l'objet de tant de sollicitude et il ne savait trop comment réagir.

— Calmez-vous, milord, ordonna-t-elle. Je ne vais pas vous faire mal.

Il se figea aussitôt.

— Avez-vous réglé votre différend ? demanda-t-elle.

— C'est réglé, marmonna-t-il, bourru.

— Et toi, Nicholas ?

— C'est réglé, fit-il aussi irrité que le laird.

Elle se tourna vers son mari.

— Pourquoi avez-vous délibérément provoqué Nicholas ? C'est mon frère, vous savez, affirma-t-elle. Mes parents l'ont adopté à l'âge de huit ans. Il était déjà parmi nous à ma naissance et je l'ai toujours appelé mon frère dès l'instant où j'ai su parler. Vous lui devez des excuses, mon époux, pour vous être emporté sur un détail aussi insignifiant.

MacBain ignora sa suggestion. Il lui saisit le poignet de façon à ce qu'elle arrête de toucher ses plaies et s'adressa à Nicholas.

— Dis-lui au revoir, à présent, ordonna-t-il. Tu ne la reverras plus.

— Non ! s'écria Johanna.

Elle s'arracha à l'étreinte de son mari et se jeta dans les bras de son frère.

— Tu ne m'as pas dit la vérité à son sujet, murmura-t-elle. Il n'y a pas une once de bonté en lui. Il est dur et cruel. Je ne supporterai pas de ne plus te revoir. Je t'aime. Tu m'as protégée quand tous les autres m'attaquaient. Nicholas, je t'en prie, emmène-moi avec toi. Je ne veux pas rester ici.

— Doux, tout doux, Johanna. Tout ira bien. MacBain a de bonnes raisons pour vouloir que mes hommes et moi restions loin d'ici. Apprends à lui faire confiance.

Nicholas soutenait le regard de MacBain en donnant ses instructions à sa sœur.

— Pourquoi t'empêche-t-il de revenir ?

Nicholas secoua la tête. C'était clair, il ne répondrait pas.

— Quel message veux-tu envoyer à notre mère ? Je la verrai dans un mois.

— Je rentre à la maison avec toi.

Le sourire de son frère était empli d'une infinie tendresse.

— Tu es mariée, à présent. Ta place est ici. Tu dois rester avec ton mari, Johanna.

Elle ne voulait pas le lâcher. Nicholas lui embrassa le front puis dénoua gentiment mais fermement ses mains. Il la repoussa avec ménagements dans les bras de son mari.

— Traite-la bien, MacBain, ou par tout ce qu'il y a de sacré sur cette terre, je reviendrai te tuer.

— Ce serait ton droit, répondit MacBain qui s'avança pour lui tendre la main. Toi et moi avons un accord. Ma parole est mon lien, baron.

— Tout comme ma parole est mon lien, laird.

Les deux hommes hochèrent la tête. Immobile, les larmes ruisselant sur son visage, Johanna vit son frère s'éloigner. Sa monture avait déjà été préparée. Nicholas sauta sur son étalon puis s'engagea dans le chemin. Pas une seule fois, il ne regarda derrière lui.

Johanna fit alors volte-face et découvrit que son mari était parti lui aussi. Soudain, elle était seule. Seule, dans cette cour, aussi désolée que le paysage qui l'entourait. Elle ne bougea pas jusqu'à ce que le soleil eût complètement disparu. Le froid qui lui transperçait la peau la sortit de sa léthargie. Elle frissonna et se frictionna les bras en retraversant lentement la cour. Il n'y avait plus aucun Ecossais en vue. Soudain, elle aperçut son mari, adossé à la porte fracassée du château. Il l'observait.

Johanna essuya les larmes de son visage, se redressa et se dirigea droit vers lui. Elle grimpa les marches avec une seule idée en tête : lui dire à quel point elle le haïssait.

Elle n'en eut pas l'occasion. Dès qu'elle fut à portée, MacBain la serra dans ses bras. Il la tenait contre sa poitrine, le menton posé sur le sommet de sa tête, et la berçait doucement.

C'était insensé ! pensa-t-elle au comble de la confusion. Il essayait de la réconforter ! Il avait provoqué son malheur et maintenant il voulait l'apaiser.

Et, bonté divine, il y parvenait. Bien sûr, la journée avait été longue et épuisante : c'était pour cela qu'elle se sentait si bien dans ses bras. Il était merveilleusement chaud et elle avait besoin de cette chaleur pour chasser le froid qui lui glaçait les os. Elle lui ferait connaître l'enfer mais elle attendrait de s'être un peu réchauffée avant.

Gabriel la serra ainsi pendant plusieurs minutes, attendant patiemment qu'elle retrouve son calme. Finalement, elle se détacha de lui.

— Votre grossièreté envers mon frère m'a rendue très malheureuse, milord.

C'était une constatation, pas une question, il n'avait donc rien à répondre. Johanna, qui espérait des excuses, resta sur sa faim.

— J'aimerais me coucher maintenant, annonça-t-elle. J'ai très sommeil. Voudriez-vous me montrer le chemin qui mène au cottage ? Je ne suis pas certaine de le retrouver dans cette obscurité.

— La maison où vous avez dormi hier appartient à un MacBain. Vous n'y dormirez pas cette nuit.

— Dans ce cas, où dormirai-je ?

— Ici, répondit-il. Deux chambres ont été épargnées par l'incendie.

Il lui fit signe d'entrer. Elle ne broncha pas.

— Puis-je vous demander quelque chose, milord ? (Il hocha la tête.) M'expliquerez-vous pourquoi vous avez renvoyé mon frère en lui ordonnant de ne plus jamais revenir ?

— Le moment venu, vous comprendrez, répondit-il. Dans le cas contraire, je serai heureux de vous l'expliquer.

— Merci.

— Je sais me montrer serviable, Johanna.

Elle ne ricana pas car cela aurait été indigne d'une lady mais sa grimace ironique était éloquente.

— J'ai soulagé votre frère d'un fardeau, femme.

— Et ce fardeau c'était moi ?

Gabriel secoua la tête.

— Non, ce n'était pas vous. Entrez, maintenant.

Elle accepta de lui obéir. La femme qui lui avait donné le bouquet de fleurs après la cérémonie se tenait au bas des marches.

— Johanna, voici…

Elle coupa son mari.

— Leila, je sais. Merci encore pour ces belles fleurs. C'était très gentil à vous.

— Vous êtes la bienvenue, milady, répondit la femme.

Elle possédait une voix douce, musicale et un sourire agréable. Sa chevelure rouge avait la splendeur des flammes. Elle avait environ le même âge que Johanna.

— Il vous a sans doute été très difficile d'abandonner votre famille et vos amis pour venir ici ? demanda Leila.

— Je n'avais pas d'amis.

— Mais votre suite ? Notre laird vous aurait sûrement accordé la permission d'amener votre dame de compagnie.

Johanna ne savait que répondre. Elle connaissait à peine ses suivantes. Raulf les changeait chaque mois. Au début, elle le croyait simplement trop exigeant. Plus tard, elle avait compris son manège. Il cherchait à l'isoler, à l'empêcher de trouver quelqu'un à qui se confier. Elle ne devait dépendre que de lui.

— Je n'aurais pas permis à une autre Anglaise de s'installer ici, fit MacBain tandis que Johanna hésitait toujours.

— Elles étaient très contentes de rester chez elles, répliqua-t-elle.

Leila hocha la tête puis s'engagea dans l'escalier. Johanna lui emboîta le pas.

— Pensez-vous que vous serez heureuse ici? demanda la jeune Ecossaise.

— Oh oui, répondit Johanna en priant pour que cela fût vrai. Ici, je suis en sécurité.

Elle ne se rendait pas compte à quel point ce simple commentaire était révélateur. MacBain fronça les sourcils.

Leila n'était pas aussi perspicace que son laird.

— Mais je vous ai demandé si vous seriez heureuse, fit-elle d'une voix enjouée. Bien sûr que vous êtes en sécurité. Notre laird vous protégera.

Johanna pouvait très bien se protéger toute seule mais elle préféra garder cette réflexion pour elle. Elle se retourna.

— Bonne nuit, milord.

— Bonne nuit, Johanna.

Elle suivit Leila à l'étage. Le couloir était partiellement encombré de poutres calcinées. Des bougies allumées étaient disposées dans des chandeliers de bronze de part et d'autre du corridor. Leila expliquait des détails à propos du château et engagea Johanna à lui poser des questions. Une autre femme nommée Megan les attendait. Elle avait préparé un bain et souriait avec la même bonne grâce que Leila.

Cette gentillesse aida Johanna à se détendre. Le bain fut délicieux. Elle les remercia de cette touchante attention.

— C'est notre laird qui l'a commandé pour vous, expliqua Megan qui portait le plaid des MacLaurin. Comme un MacBain vous a prêté son lit hier, c'était au tour des MacLaurin de faire quelque chose pour vous.

— C'est normal, ajouta Leila.

Avant que Johanna ne lui demande ce qu'elle voulait dire par là, Megan parla de la cérémonie.

— Vous étiez si belle, milady. C'est vous qui avez brodé votre robe ? C'est vraiment très bien fait.

— Mais non, ce n'est sûrement pas elle, intervint Leila. Sa servante...

— Mais oui, c'est moi qui l'ai brodée, fit Johanna.

Elles continuèrent à bavarder ainsi un moment. Finalement, Johanna souhaita une bonne nuit aux deux femmes et pénétra dans la seconde chambre.

Il y régnait une chaleur agréable. Une belle cheminée garnissait le mur extérieur. Le lit immense était surmonté des couleurs des MacBain. Une fenêtre oblongue donnait sur la prairie. Une épaisse fourrure servait de rideau, bloquant les vents nocturnes. Tout cela, ajouté au feu qui crépitait joyeusement, rendait la pièce délicieusement confortable.

Elle se cala dans le lit. Quatre personnes auraient pu y dormir côte à côte sans se toucher. Elle avait un peu froid aux pieds mais c'était bien son unique gêne. Paresseuse, elle refusa de se lever pour enfiler des bas de laine. Elle aurait dû prendre le temps de tresser ses cheveux, pensa-t-elle en bâillant, ils seraient tout emmêlés demain matin. Mais elle était trop fatiguée. Elle ferma les yeux, dit ses prières et commença à s'endormir.

La porte s'ouvrit au moment où elle sombrait. Son esprit n'enregistra ce qui se passait que quand le lit s'affaissa brusquement. Elle ouvrit lentement les yeux. Tout va bien, se dit-elle, ce n'était pas un intrus mais simplement Gabriel qui venait lui souhaiter une bonne nuit.

Il enleva ses bottes. Pourquoi donc? se demanda-t-elle, incertaine.

— Que faites-vous, milord? demanda-t-elle d'une voix molle.

Il la regarda à peine.

— Je me prépare à me coucher.

Elle referma les yeux. Il crut qu'elle s'était rendormie.

Il la contempla. Elle gisait sur le côté, lui faisant face. Ses cheveux, dorés comme un lever de soleil, s'étalaient autour d'elle telle une mare d'or fondu. Elle était délicieuse. Innocente et fragile. Elle était aussi bien plus jeune qu'il ne s'y était attendu. Après avoir résolu son différend avec Nicholas, il lui avait demandé son âge mais le baron ne se souvenait plus précisément de sa date de naissance. Il lui avait appris qu'elle n'était guère plus qu'une enfant quand le roi John avait ordonné à ses parents de la donner en mariage à son baron préféré.

Soudain, Johanna bondit dans le lit.

— Ici? Vous pensez dormir ici, milord? s'étrangla-t-elle.

Il acquiesça, se demandant pourquoi elle semblait si paniquée.

Johanna était trop choquée pour parler. Gabriel se leva, dénoua le cordon de cuir qui maintenait son plaid. Le vêtement glissa sur le sol.

Seigneur! Il était nu, entièrement nu. Elle ferma les yeux.

Elle sentit qu'il tirait les couvertures. Le lit s'affaissa à nouveau tandis qu'il s'étendait à ses côtés. Puis il s'approcha d'elle.

Elle bondit sur ses genoux et lui fit face. Il était sur le dos et n'avait même pas pris la peine de se couvrir. Le visage en feu, elle lui jeta la couverture dessus.

— On vous a trompé, milord. Oui, c'est cela: on vous a trompé, s'exclama-t-elle.

Gabriel n'avait aucune idée de ce qui lui arrivait. Elle semblait terrifiée et bouleversée. Des larmes ruisselaient dans ses yeux et elle n'allait pas tarder à éclater en sanglots.

— Comment cela?

Les mains croisées derrière la nuque, il affichait un calme délibéré.

Cette attitude aida Johanna à reprendre ses esprits.

— Mon frère ne vous a pas dit? Il m'avait pourtant juré... Oh, Seigneur, je suis vraiment désolée... J'aurais dû m'assurer que vous saviez et que cela n'avait pas d'importance pour vous. Vous...

Gabriel se redressa et posa un doigt sur ses lèvres. Les larmes ruisselaient sur son visage.

— Votre frère est un homme d'honneur, dit-il d'une voix apaisante.

Elle hocha la tête. Il l'attira gentiment vers lui.

— Oui, Nicholas est un homme d'honneur, chuchota-t-elle.

Elle posa sa joue sur son épaule. Il sentit ses larmes couler sur sa peau.

— Nicholas ne m'a pas trompé, dit-il.

Une longue minute passa tandis qu'il attendait qu'elle lui avouât ce qui la troublait tant.

— Il a peut-être oublié... ou alors il a cru l'avoir fait.

— Qu'a-t-il oublié ?

— Je ne peux pas avoir d'enfant.

Il attendit la suite.

— Et ? l'encouragea-t-il comme elle n'ajoutait rien.

Elle avait retenu son souffle, craignant sa réaction. Il aurait dû être furieux. Mais non ! Il continuait à lui caresser doucement le bras. Un homme en colère ne l'aurait pas caressée. Il l'aurait frappée.

Il n'avait pas compris, conclut-elle.

— Je suis stérile, murmura-t-elle. Je pensais que Nicholas vous l'avait dit. Si vous voulez faire annuler le mariage, le père MacKechnie vous rendra sûrement ce service.

— Nicholas me l'avait dit, Johanna.

Elle sursauta à nouveau.

— Il vous l'avait dit ? Alors pourquoi êtes-vous ici ? demanda-t-elle, indécise et soulagée en même temps.

— Je suis ici parce que c'est notre nuit de noces et que je suis votre mari. En général, dans ces cas-là, il est normal de partager le même lit.

— Vous voulez dire que vous comptez dormir ici ce soir ?

— Non seulement j'y compte mais je vais le faire.

Elle semblait incrédule maintenant.

— Et tous les soirs à partir de maintenant, ajouta-t-il.

— Pourquoi ?

— Parce que je suis votre mari, expliqua-t-il avec une patience infinie.

Il l'attira à nouveau contre lui et roula sur elle. Gentiment, il repoussa une mèche de cheveux de son visage.

C'était un geste doux, apaisant.

— Etes-vous ici simplement pour dormir, milord ?

— Non.

— Alors vous souhaitez…

— Oui, fit-il exaspéré par l'horreur qu'il lisait à présent dans ses yeux.

— Pourquoi ?

Elle ne comprenait vraiment pas !

— Johanna, n'avez-vous pas été mariée pendant trois ans ?

Elle essayait de ne pas le regarder dans les yeux. C'était difficile. Il avait des yeux magnifiques, d'un gris mordoré. Il avait aussi de belles pommettes, hautes et fières, et un nez droit. Il était vraiment beau comme le diable et, malgré elle, elle ne restait pas insensible à sa proximité. Et il sentait si bon. Il avait les cheveux humides. Gabriel avait lui aussi pris un bain.

Elle ne devait pas se laisser aller à penser de telles choses.

— Allez-vous me répondre avant l'aube ?

Elle se souvint de sa question.

— Oui, j'ai été mariée trois ans.

— Alors comment pouvez-vous me demander si je veux dormir avec vous ?

Il ne comprenait pas sa confusion.

— A quoi cela servirait-il ? Je ne peux avoir d'enfant.

— Cela, vous l'avez déjà dit, rétorqua-t-il. Ce n'est

pas la seule raison pour laquelle je désire coucher avec vous.

— Quelle est l'autre raison ? s'enquit-elle, suspicieuse.

— Il y a du plaisir dans l'acte de mariage. N'en avez-vous jamais fait l'expérience ?

— Je ne sais rien du plaisir, milord, mais j'ai très souvent connu la déception.

— Pensez-vous que je serai déçu ou bien que vous le serez ?

— Nous le serons tous les deux, dit-elle. Alors, vous vous fâcherez. Il vaut donc vraiment mieux que vous me laissiez seule.

Il n'était absolument pas question d'accepter cette suggestion. Elle se comportait comme si elle avait déjà tout prévu. Il n'avait pas besoin de lui demander comment elle s'était forgé de telles opinions. Son premier mari avait dû la traiter d'une façon honteuse. Elle était si innocente, si vulnérable. MacBain regretta que Raulf fût mort. Il l'aurait tué avec joie.

Mais il ne pouvait changer le passé. Tout ce qu'il pouvait faire, c'était s'occuper du présent et de leur avenir. Il l'embrassa sur le front. Il fut heureux de voir qu'elle ne tressaillait pas ni ne cherchait à se détourner.

— Ce soir, ce sera la première fois…

— Je ne suis pas vierge, milord, le coupa-t-elle. Raulf venait dans mon lit durant nos deux premières années de mariage.

Cette révélation éveilla la curiosité de Gabriel.

— Et la troisième année ?

— Il voyait d'autres femmes. Il était très déçu par moi. N'y a-t-il pas de femmes que vous puissiez aller trouver ?

Cette éventualité semblait l'enchanter. Il ne

savait plus s'il devait se sentir insulté ou s'en amuser. La plupart des femmes ne souhaitaient pas partager leur mari. Johanna semblait toute prête à aller lui chercher une maîtresse sur-le-champ et même à lui abandonner sa place dans ce lit.

— Je ne veux pas d'autres femmes.

— Pourquoi pas ?

Elle eut le culot de paraître contrariée. Il commençait à avoir du mal à croire à cette étrange conversation. Il sourit.

— Je vous veux.

Elle poussa un très long soupir.

— J'imagine que c'est votre droit.

— Exactement.

Il rejeta les couvertures. Elle les remit en place.

— Encore un instant, s'il vous plaît, dit-elle. J'aimerais vous poser une question importante avant que vous ne commenciez.

Il fronça les sourcils. Elle gardait les yeux obstinément fixés sur son menton.

— Quelle est cette question ?

— Que m'arrivera-t-il quand vous serez déçu ? J'aimerais me préparer à ce qui m'attend, ajouta-t-elle vivement.

— Je ne serai pas déçu.

— Mais si vous l'êtes ? insista-t-elle.

Il fit preuve de patience.

— Alors, je serai le seul à blâmer.

Elle l'étudia longuement avant d'accepter de lâcher les couvertures auxquelles elle se cramponnait de toutes ses forces. Puis elle croisa les mains sur le ventre et ferma les yeux. Une telle résignation le consterna.

C'était inévitable, se dit-il. Cela avait toujours dû être ainsi pour elle dans le passé.

— Faites ce que bon vous semble avec moi, milord. Je suis prête.

Seigneur, elle était vraiment exaspérante.

— Non, Johanna... (Il tira sur le ruban qui maintenait sa chemise de nuit.) Tu n'es pas encore prête mais tu le seras. C'est mon devoir d'éveiller ton désir et je ne te prendrai pas tant que tu ne le voudras pas.

Elle ne réagit pas. En vérité, on aurait dit qu'elle était allongée dans son cercueil. Il ne lui manquait qu'une fleur glissée entre ses doigts rigides.

MacBain décida de changer de tactique. Elle avait peur de lui. Cela ne le dérangeait pas dans la mesure où il comprenait ses raisons. Il fallait attendre qu'elle se ressaisisse.

Alors, il reprendrait son attaque contre ses sens. L'affaire n'était pas compliquée. Il fallait simplement éveiller son désir. Avec un peu de chance, elle ne se rendrait pas compte de ce qui arrivait avant qu'il ne soit trop tard. Ses défenses seraient abattues et, une fois sa passion déchaînée, elle aurait trop à faire pour songer à autre chose.

Il savait déjà que son épouse était une dame au grand cœur. La façon dont elle avait abordé son fils lui avait prouvé qu'elle possédait de la compassion et de la tendresse. Il ignorait encore si sa nature était passionnée mais il était bien décidé à le savoir avant que l'un des deux n'ait quitté ce lit.

MacBain se pencha, déposa un baiser sur son front puis roula sur le côté et ferma les yeux.

De longues minutes passèrent. Elle se tourna enfin vers lui.

— Vous ai-je déjà déçu, milord ?

— Non.

Elle attendit une explication qui ne vint pas. Elle s'alarma.

— Que voudriez-vous que je fasse ? s'enquit-elle.

— Enlevez votre chemise de nuit.

— Et puis ?

— Dormez ! Je ne vous toucherai pas aujourd'hui.

Les yeux clos, il ne vit pas le changement qui s'opéra en elle. Il perçut néanmoins un petit soupir — sans doute de soulagement — et ne put s'empêcher d'éprouver une légère irritation. Bon sang, la nuit allait être longue, très longue.

Johanna ne le comprenait pas. S'il avait l'intention de ne pas la toucher, pourquoi lui ordonner d'enlever sa chemise de nuit ? Pour sauver la face ?

Puisqu'il fermait les yeux, elle n'avait pas à jouer les prudes. Elle se leva, enleva sa chemise de nuit et la plia soigneusement. Puis elle contourna le lit pour la poser sur la seule chaise disponible. Heurtant du pied le plaid de Gabriel, elle le ramassa, le plia tout aussi soigneusement et le posa sur sa chemise de nuit.

Il régnait à présent un froid pénétrant dans la pièce. Elle retourna bien vite sous les couvertures.

La chaleur du corps de son mari l'attira mais elle veilla à ne pas le toucher. Elle lui tourna le dos et ferma les yeux. Petit à petit, elle se laissait glisser vers la source de chaleur derrière elle.

Elle mit longtemps à se détendre et se torturait les méninges pour essayer de comprendre son étrange attitude. Bien sûr, Nicholas avait confiance en lui. Avec son père, son frère était l'homme le plus noble qu'elle ait jamais connu. De plus, c'était un excellent juge des caractères. Il ne lui aurait pas proposé d'épouser le laird s'il n'avait pas été convaincu que Gabriel était bon et juste. Elle devait d'ailleurs reconnaître qu'il avait renoncé à la forcer.

Mais comment faisait-il pour irradier une telle chaleur ? C'était incroyable et... délicieux. Elle se laissa encore un peu glisser vers lui, jusqu'à ce que ses fesses frôlent le haut de ses cuisses. Quelques secondes plus tard, elle dormait profondément.

Gabriel se dit que, pour ce qu'il était en train d'accomplir, il méritait l'une des meilleures places au Paradis. Peu importaient ses péchés passés. Ramper sur des charbons ardents n'aurait pas été plus douloureux que cette attente. Il se jugeait capable d'endurer les plus atroces douleurs physiques mais ceci constituait le pire des défis. Et elle ne l'aidait en rien. Elle pressait ses fesses contre son ventre et gigotait doucement dans son sommeil. C'était la plus douce des tortures. Il serrait les dents à s'en broyer les mâchoires.

Le feu n'était plus que braises dans la cheminée et minuit était passé depuis longtemps quand il décida que cela avait assez duré. Il passa un bras autour de la taille de Johanna et se mit à lui baiser tendrement le cou. Elle se réveilla en sursaut et se pétrifia, restant parfaitement rigide et immobile pendant un bon moment avant de se décider à réagir. Elle tenta de repousser sa main qui était posée sous ses seins. Sans succès. Encore engourdie de sommeil, elle frissonnait à chaque baiser qu'il déposait sur sa nuque. Ces frissons n'avaient rien de déplaisant. Bien au contraire. Mais, pour autant, il ne devait pas se croire autorisé à toutes les libertés. Elle noua ses doigts aux siens pour empêcher sa main de bouger.

Il lui taquina alors le lobe de l'oreille, d'abord du bout des dents puis de sa langue avant de désengager gentiment sa main. Il commença à caresser doucement, très doucement, du bout des phalanges, la courbe de ses seins.

Les sensations qui la traversaient étaient étonnamment agréables. Etrangement, à chaque fois qu'il la touchait, elle voulait qu'il continue, qu'il en fasse un peu plus. Son souffle était tiède et doux contre sa peau. Instinctivement, elle essaya de s'éloigner et se rapprocha encore un peu plus de lui. Son corps contredisait les ordres de son esprit. C'est alors qu'elle sentit la preuve évidente de son excitation. La panique s'empara d'elle. Elle se retourna.

— Vous avez promis de ne pas me toucher aujourd'hui.

Il lui embrassa le front.

— Je m'en souviens.

— Alors…

Il lui embrassait à présent le nez. Soudain, Johanna se trouva enveloppée par sa chaleur. Il l'avait clouée au lit de tout le poids de son corps. Ses hanches dures étaient glissées entre les siennes. Son membre frôlait les poils doux protégeant sa féminité. Elle laissa échapper un son étranglé, de peur et de plaisir mêlés.

— Gabriel…

Il lui saisit le visage avec une infinie délicatesse. Il semblait émerveillé par sa bouche.

— Il est minuit passé, Johanna. J'ai tenu ma parole.

Il ne lui laissa pas le temps de protester et, d'un baiser, la réduisit au silence, chassant ainsi toute protestation.

Gabriel voulait lui faire oublier ses peurs avant qu'elles ne reprennent possession de son esprit. Quelle que fût l'intensité de son désir pour elle, jamais il ne la prendrait de force. Si Johanna ne triomphait pas de ses appréhensions ce soir, eh bien, il essaierait encore demain… et après-demain…

et après-après-demain. Avec le temps, elle apprendrait à lui faire confiance.

Elle ne refusait pas son baiser, bien au contraire, lui répondant avec la même passion. Un grondement de plaisir naquit en lui quand, du bout de la langue, elle chercha timidement la sienne.

Cette approbation encouragea Johanna à se montrer un peu plus audacieuse. Débordée par ses propres réactions à ce délicieux jeu d'amour, elle ne pensait plus. Son corps ne lui obéissait plus. Sa respiration devenait rauque, haletante.

Au bout de quelques minutes, elle tremblait de désir. Il était en train de réussir au-delà de toute espérance. Quand il posa les mains sur ses seins et qu'il commença à taquiner ses mamelons avec ses pouces, elle gémit longuement. Son corps se tordit pour mieux se fondre à ses paumes, mendiant la délicieuse torture.

Il dut lui prendre les bras pour les passer autour de son cou. Ses poings restèrent noués sur sa nuque jusqu'à ce qu'il lui murmure ce qu'il désirait.

Elle refusait encore de coopérer. Il l'étudia et sourit avec une mâle satisfaction. Johanna semblait égarée, complètement abasourdie par ce qui était en train de lui arriver. Il vit la passion dans ses yeux. Il l'embrassa à nouveau longuement pour lui faire comprendre à quel point il aimait cela. Puis il lui saisit les mains.

— Tiens-toi à moi, commanda-t-il d'une voix enrouée. Serre-moi contre toi.

Elle avait l'étreinte d'un guerrier. Lentement, Gabriel baisa son cou, puis descendit vers sa poitrine. Chacun de ses baisers était plus brûlant que le précédent. Pressant ses seins, il les fit jaillir vers lui puis il avala le bout de l'un d'entre eux dans sa bouche. Elle lui enfonça ses ongles dans la nuque. Il gronda de plaisir.

Jusque-là, il avait gardé le contrôle de ce petit jeu mais quand il glissa la main le long de son ventre délicieusement bombé, quand il effleura la peau soyeuse, d'une douceur inimaginable, quand il parvint au centre de sa féminité, il perdit son sang-froid. L'entrée de sa caverne d'amour était humide et incroyablement brûlante. Du pouce, il titilla le petit mont de chair, la plongeant dans l'extase tandis que, des autres doigts, il la pénétrait tout doucement.

Elle cria. De peur. Car l'intensité du plaisir qu'il lui procurait était trop forte, trop nouvelle pour elle, trop effrayante pour qu'elle la comprenne ou l'admette. Elle essaya de repousser sa main alors que son corps la contredisait en se tordant contre lui.

Seigneur, elle ne se connaissait pas.

— Gabriel, que m'arrive-t-il ?

Elle lui griffait les omoplates, sa tête roula sur le lit tandis qu'il continuait à lui faire l'amour avec ses doigts. Il se déplaça afin de pouvoir encore l'embrasser.

— Tout va bien, murmura-t-il. Tu aimes ce que tu ressens, n'est-ce pas ?

Il ne lui laissa pas le temps de répondre. A nouveau, sa bouche s'empara de la sienne, sa langue imitant les mouvements de ses doigts.

Elle se libéra. Un plaisir tel qu'elle n'en avait jamais connu prit naissance dans son ventre et se répandit à travers son corps comme une traînée de feu. Elle s'accrocha à son mari, gémissante, le suppliant par de lents mouvements érotiques de mettre un terme à cet insupportable supplice.

Et il continuait à se retenir. La pression qui

enflait en lui était insoutenable maintenant. Il ne songeait qu'à une chose : plonger en elle, plonger dans cet océan de chaleur. Il repoussa son désir et continua à lui faire l'amour avec sa bouche et ses doigts. Soudain, elle le serra de toutes ses forces et il sut qu'elle était prête. Il changea aussitôt de position, présentant son membre à l'entrée de son fourreau. Il se dressa sur un coude, la saisit par la mâchoire, exigeant qu'elle le regarde.

— Dis mon nom, Johanna.

Il avait la voix dure, coléreuse.

— Gabriel... murmura-t-elle, perdue.

Il l'embrassa vite, très fort. Puis il se redressa à nouveau, le regard planté dans ses yeux et commanda :

— Maintenant et à jamais. Dis ces mots, femme. Dis-les maintenant.

Johanna gémit : chaque nerf de son corps hurlait.

— Maintenant et à jamais, Gabriel.

Alors il enfouit sa tête dans son épaule. D'un seul et unique mouvement, il s'enfonça totalement en elle. C'était encore meilleur que tout ce qu'il avait imaginé. Il était entouré de feu liquide.

Il fut incapable de rester sans bouger, incapable de lui donner le temps de s'habituer à cette invasion. Au fond de lui-même naquit l'angoisse de lui faire mal mais il était dans l'incapacité de repousser les exigences de son propre désir. Il se lançait en elle sans mesure, avec rage et passion. Elle leva les genoux pour qu'il s'enfonce encore plus loin. Elle s'accrochait à lui comme une démente. Il poussa un gémissement de plaisir animal. C'était une merveilleuse agonie. Elle devint sauvage, dévorée par le même besoin. Son corps s'arquait, se tordait contre lui et ses gémissements voilés, incroyablement doux, l'affolaient. Il n'avait jamais connu une telle générosité dans la passion. Elle ne gardait rien, ne retenait rien. Elle se donnait entièrement à lui, si entièrement qu'il faillit céder. Mais il ne voulait pas que cela s'arrête déjà. Il se retira lentement sans se séparer d'elle puis plongea à nouveau.

Gabriel ne songeait plus à rien à présent sinon à lui donner son bonheur et trouver le sien. Il avait le souffle court, brisé et quand il sentit les tressaillements qui annonçaient sa victoire, quand il l'entendit crier son nom avec un émerveillement et une peur mêlés, il fut incapable de se retenir davantage. Un râle rauque lui échappa et sa semence jaillit.

La puissance de son orgasme fut telle que Johanna eut l'impression que son corps s'ouvrait en deux. Elle crut mourir. Jamais, dans ses rêves les plus fous, elle n'aurait cru une telle béatitude possible. C'était l'expérience la plus déroutante, la plus merveilleuse.

Elle était parvenue à se donner entièrement à Gabriel et, loué soit le Seigneur, elle en avait été récompensée au-delà de toute espérance. Son mari l'avait soutenue, aidée au plus fort de la tempête et la beauté de ce qu'ils venaient de vivre ensemble lui arracha des larmes.

Elle n'avait même plus la force de sangloter. Quand il s'effondra sur elle, elle comprit qu'il lui avait lui aussi consacré toutes ses forces. Et pourtant son poids ne l'écrasait pas. Il se maintenait sur ses coudes. Malgré son épuisement, il avait encore des égards pour elle.

L'odeur de leur amour flottait autour d'eux. Leurs cœurs cognaient violemment et chacun d'eux essayait de retrouver son souffle.

Gabriel fut le premier à récupérer. Immédiatement, il s'inquiéta pour sa jeune épouse. Lui avait-il fait mal ?

— Johanna ?

Il se força à se soulever pour la regarder.

— T'ai-je fait...

D'un rire, elle l'arrêta. Un rire d'une telle joie qu'il ne put s'empêcher de sourire.

— Oui, murmura-t-elle.

Cette femme était décidément déroutante.

— Comment peux-tu rire et pleurer en même temps ?

— Je ne pleure pas.

Du bout du doigt, il cueillit une larme qui perlait au coin de sa paupière.

— Si, tu pleures. T'ai-je fait mal ?

Elle secoua lentement la tête.

— Je ne savais pas que cela pouvait être ainsi entre un homme et une femme. C'était très beau.

Ces mots lui firent hocher le menton avec une arrogante satisfaction.

— Tu es une femme passionnée, Johanna.

— Je l'ignorais... jusqu'à ce soir, Gabriel. C'était merveilleux. Tu m'as fait...

Elle était incapable de trouver le mot pour décrire ce qu'elle avait éprouvé. Il fut heureux de le lui suggérer :

— Brûler ?

Elle hocha la tête.

— Je ne savais pas qu'on pouvait caresser et embrasser avant l'union.

Il déposa un baiser sur sa bouche avant de rouler sur le côté.

— On appelle cela les préliminaires, femme.

— C'est agréable, soupira-t-elle.

Pour Raulf, les préliminaires se résumaient à

rejeter la couverture. Immédiatement, elle repoussa ces souvenirs atroces. Elle ne voulait pas souiller la beauté de ce qu'elle venait de vivre avec les hideuses images de son passé.

Elle ne voulait pas non plus que Gabriel s'endorme. Par le Seigneur, elle avait envie qu'il lui refasse l'amour. Etonnée par sa propre audace, elle secoua la tête pour chasser ces idées saugrenues.

Johanna s'enfouit sous les couvertures et ferma les yeux. Une pensée désagréable vint aussitôt la ronger. A présent qu'ils s'étaient accouplés, l'un d'entre eux ne devait-il pas partir ? Raulf était toujours venu la trouver dans son lit et s'en allait dès qu'il avait terminé. Gabriel semblant décidé à dormir ici, ce devait être à elle de s'en aller. Elle voulait rester mais l'idée de recevoir un ordre de sa part heurtait sa fierté. Elle préférait ne pas lui en fournir l'occasion. Johanna débattit de ce problème durant de longues minutes.

De son côté, Gabriel était déconcerté. Son plan avait été de la séduire, de la ravir et s'il avait en partie fonctionné, il s'était aussi retourné contre lui. C'était elle qui l'avait comblé et affolé. Il n'avait jamais perdu sa maîtrise de soi avec aucune autre femme ; jamais il ne s'était senti aussi vulnérable et il commençait à se demander ce qu'elle ferait si elle comprenait le pouvoir qu'elle exerçait sur lui. Rien que d'y penser, il en avait mal au ventre.

Johanna se glissa jusqu'à l'extrême rebord du lit. Elle se saisit de sa chemise de nuit avant de se lever et se rhabilla en tournant le dos à son mari.

Elle hésitait encore à partir. Elle se sentait misérable, abandonnée et elle ne parvenait pas à comprendre pourquoi elle avait envie de pleurer. Ils venaient de passer un moment merveilleux et, à présent, elle était emplie d'incertitude. Bah, elle aurait toute la nuit pour y penser car elle doutait qu'elle puisse se rendormir maintenant.

Gabriel semblait déjà endormi. Elle essaya de gagner la porte dans le plus grand silence. Elle saisit le loquet.

— Où crois-tu aller comme ça ?

Elle se retourna.

— Dans l'antichambre, milord. N'est-ce pas là-bas où vous voulez me voir dormir ?

— Reviens ici, Johanna.

Elle revint lentement vers le lit.

— Je ne voulais pas vous réveiller.

— Je ne dormais pas.

Il saisit la ceinture de sa chemise de nuit.

— Pourquoi as-tu envie de dormir seule ? s'enquit-il.

— Oh, je n'en ai pas envie, s'exclama-t-elle.

Il rejeta la couverture, attendant qu'elle se remette au lit.

Elle n'hésita pas. Se débarrassant de son vêtement, elle grimpa par-dessus le corps de son mari. Gabriel ne la laissa pas aller plus loin et la prit dans ses bras. Elle enfouit le visage dans son épaule. Il remonta la couverture, étouffa un bâillement et marmonna :

— Désormais, tu dormiras toujours dans ce lit avec moi. C'est compris, Johanna ?

Elle se cogna le menton à sa poitrine en acquiesçant.

— Est-ce une habitude dans les Highlands que les époux dorment ensemble ?

— Ce sera la nôtre, répliqua-t-il, évasif.

— Oui, milord.

Cet accord donné de si bonne grâce lui plut. Il resserra son étreinte et ferma les yeux.

— Gabriel ?

Il grogna doucement.

— Es-tu content de m'avoir épousée ?

Elle regretta aussitôt d'avoir posé cette question.

— Les terres m'appartiennent. Voilà ce qui me contente.

Il était d'une honnêteté brutale. Elle aurait sans doute dû admirer ce trait de caractère mais, ce soir, elle n'y parvenait pas. Elle aurait préféré que, pour une fois, il lui mente ; qu'il lui dise qu'il était heureux de l'avoir épousée. Seigneur, voilà qu'elle perdait la tête. Elle ne voulait pas d'un menteur pour mari. Bien sûr que non.

Tout ceci était ridicule. Bah, elle était épuisée. Voilà pourquoi elle divaguait ainsi. Que lui importait en fait qu'il soit content ou non ? Elle avait obtenu exactement ce qu'elle cherchait en l'épousant. Elle avait échappé au roi John. Oui, elle était libre… et en sécurité.

Ils avaient tous les deux parfaitement respecté leur part du marché.

— Tu es trop molle. J'aurais préféré une femme solide à la peau plus dure.

Elle dormait presque quand elle entendit ce commentaire. Ne sachant que répondre, elle garda le silence.

Une autre minute passa avant qu'il ne reprenne la parole.

— Tu es trop tendre pour la vie ici. Je doute que tu survives une année entière. J'aurais sûrement préféré une femme plus robuste, moins émotive. Oui, tu ne tiendras pas une année ici.

Cette éventualité ne semblait pas particulièrement l'émouvoir. Elle essaya de ne pas en prendre ombrage. Il était inutile de tenter de le convaincre du contraire. Gabriel s'était fait son idée et seul le temps lui montrerait qu'elle n'était pas une fragile fleur d'été. Elle était forte, elle le savait. Et le moment viendrait où elle le lui prouverait.

— Tu es jeune et timide. J'aurais sûrement préféré une femme plus aguerrie.

Par un acte de volonté surhumain, Johanna garda le silence. Elle lui avait posé une seule question. Un simple oui ou non aurait suffi. Voilà qu'il se mettait à dresser la liste de ses défauts. Et, en plus, cela l'amusait. Son mari, elle commençait à s'en rendre compte, était un peu grossier.

— Tu as des opinions ridicules. J'aurais sûrement préféré une femme qui soit toujours d'accord avec moi.

Elle commença à pianoter des doigts sur sa poitrine. Il posa la main sur la sienne pour l'arrêter.

Johanna bâilla ostensiblement.

Un mari prévenant l'aurait enfin laissée dormir.

— La moindre chose te terrifie. J'aurais préféré une femme qui joue avec mon chien.

La chaleur émanant de son corps l'engourdissait. Elle noua une de ses jambes autour de la sienne et se lova contre lui.

— Tu es trop maigre. Le premier vent du Nord t'emportera, j'aurais vraiment préféré une femme solide, bien accrochée au sol.

Elle avait trop sommeil pour le contredire. Elle n'avait qu'une envie: s'enfoncer dans le cocon tiède qui l'entourait. Elle s'endormit.

— Tu es terriblement naïve, femme. Croire qu'il fait chaud ici parce qu'on est plus près du soleil! Tss... Ah ça, oui, tu es naïve.

De longues minutes passèrent avant que Gabriel ne se décide enfin à lui répondre pour de bon.

— Johanna ?

Elle ne broncha pas, elle dormait. Il lui embrassa les cheveux et puis chuchota :

— En vérité, je suis très content de t'avoir épousée.

6

Johanna se réveilla en entendant une série de coups. Puis il y eut un énorme craquement. Elle s'assit vivement dans le lit au moment où la porte s'ouvrit. Gabriel apparut. Elle se couvrit la poitrine avec les couvertures.

Elle devait avoir l'air d'une folle avec ses longs cheveux qui lui pendaient sur le visage. Elle les chassa d'une main tout en continuant à serrer convulsivement les couvertures de l'autre.

— Bonne matinée, laird MacBain.

Considérant ce qui s'était passé entre eux dans ce lit, Gabriel se réjouit de sa pudeur. En plus, elle rougissait.

— Après cette nuit, je ne pense pas que tu doives te sentir gênée avec moi, Johanna.

— J'essaierai, promit-elle.

Il se campa au pied du lit, les mains croisées derrière le dos, les sourcils froncés.

Elle lui sourit.

— Midi est passé depuis longtemps, annonça-t-il.

Elle tressaillit de surprise.

— J'étais épuisée, se défendit-elle aussitôt. En général, je me lève à l'aube, milord, mais le voyage a été très fatigant. Quel est ce bruit que nous entendons ?

— Les hommes travaillent sur le nouveau toit au-dessus du grand hall.

Il remarqua les cernes sombres qui lui soulignaient les yeux. Elle était pâle. Il regrettait de l'avoir réveillée. Mais les coups de marteau reprirent : avec un vacarme pareil, elle n'aurait pu continuer à dormir de toute façon. Gabriel grimaça. Il n'aurait pas dû autoriser les travaux aujourd'hui. Sa frêle épouse avait besoin de repos.

— Désiriez-vous quelque chose, milord ?

— Je voulais te donner tes instructions.

Pleine de bonne volonté, elle sourit à nouveau : elle était prête à effectuer toutes les tâches qu'il lui confierait.

— Aujourd'hui, tu porteras le plaid des MacBain. Demain, celui des MacLaurin.

— C'est ce que vous voulez ?

— C'est ce que je veux.

— Pourquoi ?

— Tu es la maîtresse des deux clans et tu dois donc éviter de froisser l'un ou l'autre. Ce serait une insulte de porter une des couleurs deux jours d'affilée. Tu comprends ?

Il pensait avoir été assez clair. Il se trompait.

— Non, répondit-elle. Je ne comprends pas. N'êtes-vous pas le laird des deux clans ?

— Je le suis.

— Vous êtes donc le chef de chacun.

— Absolument.

Il avait dit cela avec une incroyable arrogance. Chez tout autre, cela aurait semblé injustifié. Mais la simple présence de Gabriel était… formidable. Il dominait tout ce qui l'entourait. Pourtant, cette nuit, il s'était montré si tendre, si prévenant…

Johanna secoua la tête pour s'éclaircir les idées.

— Non, je ne comprends toujours pas, confessa-t-elle. Si vous...

— Tu n'as pas à comprendre.

Elle réprima son exaspération.

— Il y a encore une autre chose que je veux te dire, reprit-il. Tu ne dois pas travailler, ni effectuer la moindre tâche. Je veux que tu te reposes.

— Me reposer ?

— Oui.

— Au nom du Ciel, pourquoi ?

Il fronça les sourcils devant son incrédulité.

— C'est évident. Tu as besoin de temps pour te remettre.

— Me remettre de quoi ?

— De ton voyage jusqu'ici.

— Mais je suis parfaitement remise, milord. J'ai dormi toute la matinée. Je suis tout à fait reposée.

Il tourna les talons, prêt à partir.

— Gabriel ?

— Je t'ai déjà dit de ne pas m'appeler ainsi.

— La nuit dernière, vous vouliez que je prononce votre nom, lui rappela-t-elle.

— Quand ?

Immédiatement, elle se mit à rougir.

— Quand nous... nous embrassions.

Il se souvenait à présent.

— C'était différent.

— Qu'est-ce qui était différent ? De m'embrasser ou bien de me demander de prononcer votre nom ?

Il ne répondit pas.

— Gabriel est un beau nom.

— Je ne veux plus en parler, déclara-t-il.

Il était déjà à la porte mais elle avait encore une chose à lui demander :

— Puis-je aller à la chasse cet après-midi ?

— Je viens de t'expliquer tes devoirs. Ne m'oblige pas à me répéter.

— Mais c'est insensé.

Il fit demi-tour et revint vers le lit. Il semblait plus agacé qu'irrité.

Et elle n'avait pas peur de lui. Cette constatation s'imposa soudain à elle. Elle ne comprenait pas pourquoi il en était ainsi mais le fait était là : elle parlait ouvertement avec lui sans être terrifiée. C'était… vivifiant.

— Je vous ai moi aussi expliqué que j'étais parfaitement remise de mon voyage, lui rappela-t-elle.

Il lui saisit le menton d'une main et la força à le regarder droit dans les yeux.

— Il y a une autre raison pour laquelle je veux que tu te reposes.

Elle repoussa gentiment sa main.

— Et quelle est cette raison, milord ?

— Tu es faible.

Elle secoua la tête.

— Vous avez déjà formulé cette opinion cette nuit, milord. Ce n'était pas vrai alors et cela ne l'est toujours pas.

— Tu es faible, Johanna, répéta-t-il. Tu auras besoin d'un bon bout de temps pour te fortifier. Je suis conscient de tes limites, si toi tu ne l'es pas.

Sans lui laisser le temps de protester, il l'embrassa et quitta la chambre.

A peine la porte refermée, elle rejeta les couvertures et se leva.

Il était bourré de préjugés aberrants. Il ne pouvait raisonnablement connaître ses limites. C'était ridicule.

Johanna continua à réfléchir à la curieuse attitude de son mari tout en se lavant et s'habillant. Le père MacKechnie lui avait expliqué comment porter le plaid. Elle enfila la chemise des Highlands, un vêtement blanc à manches longues, sur laquelle elle drapa le plaid des MacBain. Elle enroula l'immense rectangle de tissu autour de sa taille comme une jupe aux plis parfaits puis jeta l'extrémité libre par-dessus son épaule droite et fixa l'habit avec une étroite ceinture de cuir marron autour de la taille.

Elle envisagea un instant de passer outre aux ordres de son mari et de prendre son arc et ses flèches mais se ravisa. Il valait mieux ne pas le défier ouvertement. Gabriel était un homme fier et elle ne gagnerait rien à froisser sa susceptibilité.

Il y avait plus d'une manière de prendre un château : tel était le dicton favori de sa mère. C'était une femme d'une grande sagesse qui ne partageait pas toujours les avis de son mari. Parfaitement loyale et dévouée à son époux, elle avait cependant appris, avec les années, à louvoyer quand il se montrait trop obstiné. L'exemple de sa mère était précieux à Johanna. Elle lui avait enseigné des tas de choses utiles.

A l'insu de sa mère, le père de Johanna la prenait aussi parfois à l'écart. A son tour, il lui expliquait les délicates méthodes qu'il employait pour apaiser sa femme quand c'était elle qui faisait la forte tête. Aux yeux de Johanna, les conseils de sa mère semblaient beaucoup plus subtils que ceux de son père. Mais elle avait appris de lui une chose essentielle : il aimait sa femme et était prêt à tout pour la rendre heureuse. Simplement, il ne voulait pas le lui avouer. Si bien qu'ils jouaient ensemble une espèce de jeu dont ils sortaient vainqueurs tous les deux. Johanna trouvait cela un peu étrange mais puisqu'ils étaient très heureux ensemble, elle se disait que finalement cela seul comptait.

Johanna aspirait elle aussi à une vie tranquille et paisible. Afin d'atteindre ce but, elle veillerait à ne pas heurter son mari. Elle ne se mêlerait pas de ses affaires et essaierait de s'entendre avec lui. En retour, elle n'en attendait pas moins de lui : qu'il la laisse tranquille et qu'il essaye de s'entendre avec elle.

Johanna croyait sincèrement tenir là la formule du bonheur.

Elle rangea la chambre, fit le lit, balaya le parquet et déballa ses affaires qu'elle rangea dans un coffre. La journée était magnifique. Elle releva la fourrure qui bouchait la fenêtre et le soleil inonda la pièce. Le parfum des Highlands flotta dans l'air. En contrebas, la prairie brillait comme une mer d'émeraude, les collines étaient couvertes de pins géants et de chênes. Des fleurs sauvages, ici et là, répandaient des traînées de couleur, rouge, rose ou pourpre, et dessinaient comme un chemin menant tout droit au paradis.

Johanna décida d'emmener le petit Alex faire une promenade. Elle descendit dans le hall. Quatre soldats travaillaient sur le mur défoncé tandis que trois autres étaient perchés sur les poutres du toit.

Ils la remarquèrent et cessèrent aussitôt de travailler. Dans le silence gênant, elle exécuta une petite révérence avant de demander s'ils savaient où se trouvait Alex.

Personne ne lui répondit. Mal à l'aise, elle répéta sa question mais en fixant cette fois-ci l'homme qui se trouvait le plus proche d'elle. Il sourit, se gratta la barbe puis haussa les épaules.

— Ils ne vous comprennent pas, milady.

Le lieutenant de Gabriel venait de lui fournir l'explication. Elle se retourna, souriante, pour l'accueillir.

— Ils ne parlent que le gaélique, milord ?

— Oui, milady. Ils ne parlent que le gaélique. S'il vous plaît, ne m'appelez pas milord. Je ne suis qu'un soldat. Calum suffira.

— Comme vous le souhaitez, Calum.

— Vous êtes sacrément belle avec votre plaid.

Il semblait aussi embarrassé qu'elle en lui faisant ce curieux compliment.

— Merci.

Elle se retourna vers les hommes pour leur reposer sa question en gaélique. Elle se concentra. C'était une langue difficile. Mais quand elle eut terminé, un seul de ses interlocuteurs grimaça. Les autres souriaient.

Pourtant personne ne répondit. Ils fixaient tous ses sandales. Elle baissa les yeux pour vérifier qu'elle les avait bien mises. Elle se tourna vers Calum. Une lueur amusée brillait dans ses yeux.

— Vous leur avez demandé s'ils ont vu vos pieds, milady.

— Je voulais savoir s'ils avaient vu le fils de Gabriel.

Calum prononça le mot exact. Elle se retourna et répéta sa requête.

Les hommes secouèrent la tête. Elle les remercia de leur attention et se dirigea vers la porte. Calum lui emboîta aussitôt le pas.

— Je vais travailler mon accent, annonça-t-elle. A voir la réaction de ces hommes, il doit être déplorable.

Il était pire que cela, songea Calum en se gardant bien de le dire.

— Les hommes apprécient le fait que vous essayez, milady.

— C'est cette manière de prononcer, Calum,

décida Johanna. Je ne l'ai pas encore comprise. Mais vous pouvez m'aider, si vous voulez bien.

— Comment ?

— A partir de maintenant, parlez-moi uniquement en gaélique. Je progresserai plus rapidement si je n'entends que votre langue.

— D'accord, acquiesça Calum en gaélique.

— Pardon ?

— J'ai dit : d'accord, milady, expliqua-t-il.

Elle sourit.

— Avez-vous vu Alex ?

— Il est sûrement aux écuries.

S'étant exprimé dans sa langue natale, il prit la précaution de lui montrer le bâtiment pour l'aider à comprendre.

Absorbée par son effort de compréhension, elle ne s'intéressait guère à ce qui se passait dans la cour. Il y avait des soldats partout mais elle le remarqua à peine.

Elle saisit enfin ce que Calum venait de lui dire, bredouilla un remerciement et s'élança en courant.

La lance faillit la transpercer. Calum l'attrapa par les épaules et la tira en arrière. Juste à temps.

Un MacLaurin poussa un juron. Gabriel, debout à l'autre bout de la cour, surveillait l'entraînement de ses soldats. Voyant ce qui avait failli arriver à sa femme, il hurla immédiatement l'ordre d'arrêter la séance.

Johanna était horrifiée par son propre comportement. Une telle étourderie était indigne d'une dame. Elle ramassa l'arme que l'homme avait laissée tomber et la lui tendit. Ecarlate, le soldat l'accepta. Elle n'aurait su dire s'il était gêné ou furieux.

— Je vous prie de m'excuser, messire. Je ne faisais pas attention.

Le soldat hocha brièvement la tête. Calum la tenait toujours par les épaules. Gentiment, il la tira en arrière.

Elle allait se retourner pour le remercier quand elle vit son mari fondre sur elle. Elle se figea.

Tous les hommes la regardaient. Les MacBain souriaient, les MacLaurin faisaient grise mine.

Puis Gabriel se dressa devant elle, lui bouchant la vue. Il fixait Calum sans dire un mot. Johanna se rendit soudain compte que celui-ci la tenait toujours. A l'instant où il la lâcha, Gabriel la poignarda du regard.

Le cœur de Johanna s'affola. Elle ne voulut pas céder à la terreur. La meilleure défense étant l'attaque, elle prit la parole :

— J'ai fait preuve d'une distraction criminelle, milord. J'aurais pu être tuée.

Il secoua la tête.

— Tu ne risquais rien. C'est faire injure à Calum de suggérer qu'il t'aurait laissé blesser.

Inutile de le contredire.

— Je ne voulais pas vous insulter, fit-elle en se tournant vers Calum. Acceptez, s'il vous plaît, mes excuses.

— As-tu un problème de vue ? s'enquit Gabriel.

— Non, répondit-elle.

— Alors, au nom du Ciel, comment as-tu fait pour ne pas voir que mes hommes s'entraînaient avec leurs armes ?

Elle prit son exaspération pour de la colère.

— Je me suis déjà expliquée, milord. Je ne faisais pas attention.

Cela ne lui fit ni chaud, ni froid. Il la fixait toujours avec la même effrayante intensité.

En fait, Gabriel tentait de retrouver son calme. Voir sa femme frôler de si près la mort l'avait complètement bouleversé. Il ne s'en remettrait pas de sitôt.

Le silence s'éternisait. Johanna se dit qu'il devait réfléchir à sa punition.

— Je vous demande pardon d'avoir interrompu votre séance, dit-elle. Si vous souhaitez me frapper, je vous en prie, faites-le. L'attente est plus pénible que les coups.

Calum n'en crut pas ses oreilles.

— Milady...

Un geste de Gabriel lui intima le silence. A l'instant où sa main se levait, Johanna eut un geste instinctif de recul, comme pour se protéger. Mais elle se ressaisit sur-le-champ.

Elle ne laisserait jamais le passé se reproduire.

— Je vous préviens, milord. Je ne peux vous empêcher de me frapper mais à la minute où vous le ferez je quitterai ce château.

— Comment pouvez-vous croire que notre laird...

— Reste en dehors de ça, Calum, ordonna Gabriel d'une voix dure.

Furieux de l'insulte qu'elle venait de lui faire, il se rendait pourtant compte que sa peur était réelle. Elle ne le connaissait pas encore et elle avait immédiatement tiré la mauvaise conclusion.

Il la prit par la main et grimpa les marches. En entendant les coups de marteau, il changea d'avis. Cette importante discussion devait se dérouler en privé.

Elle trébucha sur les marches tandis que son mari changeait de direction. Se rétablissant de justesse, elle dut courir pour rester à sa hauteur. Calum secoua la tête en assistant à cette scène. Ce n'était pas la maladresse de sa maîtresse qui le troublait mais sa pâleur. Elle croyait, à l'évidence, que son laird l'emmenait à l'écart pour la battre.

Keith, le chef des MacLaurin, vint le rejoindre.

— Pourquoi fais-tu cette tête ?

— A cause de lady Johanna, répondit Calum. Quelqu'un lui a rempli la tête de sinistres histoires à propos de notre laird. Je crois qu'elle a peur de lui.

Keith grogna.

— Certaines des femmes disent déjà qu'elle a peur de son ombre. Elles lui ont donné son surnom, ajouta-t-il. Elles l'ont à peine regardée et elles l'appellent déjà La Brave. C'est une honte ! Elles l'ont jugée sans lui donner une chance.

Calum était en rage. Elles l'appelaient ainsi par dérision. La surnommer La Brave signifiait qu'elles la croyaient lâche.

— Il vaut mieux que MacBain n'en sache rien, fit-il. Qui a lancé ce blasphème ?

Keith ne dénoncerait pas la fautive : c'était une MacLaurin.

— Cela n'a pas d'importance. A présent, la rumeur se répand. La façon dont lady Johanna s'est mise à trembler en voyant le chien du laird n'a pas arrangé les choses et puis il y a cette peur dans ses yeux à chaque fois que MacBain lui adresse la parole...

Calum l'interrompit.

— Elle est timide, sans doute, mais certainement pas lâche. Tu ferais bien de réapprendre le respect à tes femmes, Keith. Elles se croient sûrement très malignes. Mais, crois-moi, si j'entends une seule MacLaurin prononcer ce mot, je lui en ferai passer l'envie.

Keith hocha la tête.

— C'est facile pour toi, dit-il. Mais les MacLaurin n'ont pas la mémoire aussi courte. C'est son premier mari qui a tout détruit ici. Il nous faudra du temps pour oublier.

Calum secoua la tête.

— Un Highlander[1] n'oublie jamais. Tu le sais aussi bien que moi.

— Alors, tu lui pardonnes ?

— Elle n'a rien à voir avec les atrocités commises ici. Elle n'a rien à se faire pardonner. Rappelle cette vérité à tes femmes.

Keith acquiesça. Mais, à son avis, cela ne ferait aucune différence. Les femmes étaient montées contre elle et rien ne les ferait changer d'opinion.

Leur laird et son épouse avaient disparu dans la pente.

Gabriel et Johanna étaient seuls à présent mais il ne s'arrêtait toujours pas. Il continua jusqu'à ce qu'ils atteignent la prairie. Il voulait dominer sa colère avant de lui adresser la parole.

Il s'arrêta enfin et se tourna vers elle. Elle refusait de le regarder.

— Tu viens de m'insulter gravement en insinuant que je pourrais te faire du mal.

Elle roula des yeux étonnés. Il semblait assez furieux pour massacrer un village entier, pourtant il affirmait le contraire.

— N'as-tu rien à me dire, femme ?

— J'ai interrompu votre séance d'entraînement.

— C'est vrai.

— J'ai failli être blessée par ma faute.

1. *N.d.T.:* littéralement, un homme des hautes terres. Désigne les Ecossais qui vivent dans les collines par opposition aux Downlanders — ceux des basses terres — qui vivent au pied des montagnes.

— Exact.

— Et vous semblez furieux.

Mais pourquoi continuait-elle à le vouvoyer ainsi ?

— Je l'étais.

— Gabriel ? Pourquoi hurles-tu ?

Il soupira.

— J'aime hurler.

— Je vois.

— Je me disais qu'avec le temps tu apprendrais à me faire confiance. J'ai changé d'avis. Désormais, tu me feras confiance. C'est un ordre.

Cela semblait si simple pour lui.

— Je ne sais si cela est possible, milord. La confiance doit être gagnée.

— Alors, décide que je l'ai gagnée, commanda-t-il. Dis que tu as confiance en moi et, bon sang, sois sincère.

Il savait qu'il demandait l'impossible.

— Chez nous, nul homme n'a le droit de battre sa femme, reprit-il. Seul un lâche s'en prendrait à une femme, Johanna. Pas un de mes hommes n'est un lâche. Tu n'as rien à craindre de moi ou de quiconque. Je te pardonnerai ton insulte car tu ne savais pas. A l'avenir, je ne serai pas aussi tolérant. Tu feras bien de t'en souvenir.

Elle le regarda droit dans les yeux.

— Mais si je t'insulte ? Que feras-tu ?

Il n'en avait pas la moindre idée mais il était hors de question de l'admettre.

— Comme cela n'arrivera plus, il est inutile de te torturer la cervelle avec des questions pareilles.

Johanna hocha la tête.

— Parfois, je réagis d'instinct sans prendre le temps de réfléchir. Vous comprenez, milord ? Mais j'essaierai sincèrement de vous faire confiance et je vous remercie de votre patience.

A la façon dont elle se tordait les mains, il se rendait compte combien cette confession lui était pénible. Elle baissa la tête et poursuivit d'une voix incertaine :

— J'ignore pourquoi je m'attends toujours au pire. Je ne vous aurais jamais épousé si j'avais pensé un seul instant que vous me maltraiteriez. Pourtant, il y a quelque chose en moi qui semble avoir encore du mal à s'en convaincre.

— Tu me fais plaisir, Johanna.

— Ah ?

Il sourit de sa surprise.

— Oui. Je sais comme il t'est difficile de demander pardon. Au fait, où courais-tu quand tu as failli te faire embrocher ?

Elle semblait au bord des larmes et changer de conversation était un bon moyen de l'aider à se calmer.

— J'allais chercher Alex, je pensais que nous aurions pu nous promener ensemble sur le domaine.

— Je t'ai ordonné de te reposer.

— Cela aurait été une promenade reposante. Gabriel, il y a un homme qui marche à quatre pattes derrière toi, ajouta-t-elle à voix basse en se rapprochant de son mari.

Il ne se retourna pas pour vérifier.

— C'est Auggie, expliqua-t-il.

Johanna se pencha par-dessus son épaule pour examiner l'individu.

— Que fait-il ?

— Il creuse des trous.

— Pourquoi ?

— Il utilise un bâton pour expédier des pierres dans les trous. C'est un jeu qu'il adore.

— Est-il fou ? chuchota-t-elle de peur que le vieillard ne l'entende.

— Il ne te fera aucun mal. Laisse-le tranquille. Il a largement gagné le droit de s'amuser.

Il lui prit la main mais elle continuait à observer l'homme qui rampait dans les herbes.

— C'est un MacBain, s'exclama-t-elle. Il porte tes couleurs.

— Nos couleurs, corrigea-t-il. Auggie est l'un d'entre nous. Johanna, Alex n'est pas ici. On l'a emmené dans la famille du frère de sa mère tôt ce matin.

— Combien de temps y restera-t-il ?

— Jusqu'à ce que le mur d'enceinte soit terminé. Quand le château sera à nouveau un endroit sûr, Alex reviendra.

— Et combien de temps cela prendra-t-il ? Un fils a besoin de son père, Gabriel.

— Je connais mes devoirs, femme. Tu n'as pas besoin de me donner tes instructions.

— Mais je peux donner mon opinion.

Il haussa les épaules.

— Avez-vous commencé les travaux du mur ? demanda-t-elle.

— Il est à moitié terminé.

— Alors quand...

— Dans quelques mois, la coupa-t-il. Je ne veux pas que tu te promènes dans ces collines sans une bonne escorte, ajouta-t-il. C'est trop dangereux.

— Est-ce trop dangereux pour toutes les femmes ou simplement pour moi ?

Il resta muet. Elle tenait sa réponse.

— Expliquez-moi ces dangers, fit-elle, exaspérée.

— Non.
— Pourquoi pas ?
— Je n'ai pas le temps. Contente-toi de m'obéir et tout ira bien.
— Bien sûr que tout ira bien si je vous obéis tout le temps, maugréa-t-elle. Mais, honnêtement, Gabriel, je ne crois pas…
— Les chevaux sont sains.
— Pardon ? fit-elle, éberluée.
— Les six chevaux que tu m'as donnés sont sains.
Elle soupira.
— La discussion sur l'obéissance est donc terminée, n'est-ce pas ?
— Exactement.
Elle éclata de rire. Il sourit.
— Tu devrais faire ça plus souvent, remarqua-t-il alors.
— Faire quoi ?
— Rire.
Ils atteignaient l'extrémité de la cour. Une transformation radicale s'opéra chez Gabriel. Ses traits se durcirent. La raison de ce changement était évidente : tous les soldats les regardaient.
— Gabriel ?
— Oui ? fit-il avec impatience.
— Puis-je vous donner une opinion ?
— Laquelle ?
— C'est idiot d'utiliser la cour pour vos entraînements et c'est aussi dangereux.
Il secoua la tête.
— Jusqu'à ce matin, ce n'était pas dangereux. Je veux que tu me promettes quelque chose.
— Oui ?
— Ne menace plus jamais de me quitter, murmura-t-il avec une intensité qui la stupéfia.

— Je le promets.

Gabriel hocha la tête.

— Je ne te laisserai pas partir. Tu le comprends, n'est-ce pas ?

Il n'attendait pas de réponse et s'éloignait déjà. Figée sur place, Johanna observa son mari qui rejoignait la séance d'exercice. Décidément, Gabriel se révélait être un homme complexe. Nicholas disait qu'il ne l'épousait que pour s'approprier les terres. Pourtant il agissait comme s'il tenait à elle.

Elle se surprit à espérer que cela fût vrai. Après tout, ils s'entendraient beaucoup mieux s'il l'appréciait.

Il bavardait avec Calum. Le soldat hocha la tête et vint vers elle. Johanna se doutait de l'ordre que son mari venait de lui donner mais elle n'attendit pas d'en avoir confirmation. Tournant les talons, elle dévala la colline. Le dénommé Auggie l'intriguait. Elle voulait savoir quel était ce jeu qui consistait à creuser des trous dans le sol.

Le vieil homme à la tignasse blanche se redressa quand elle l'appela. Des rides profondes marquaient son visage, mais ses grands yeux bruns étaient chaleureux. Il lui sourit… Jusqu'à ce qu'elle ouvre la bouche : Johanna se présenta en gaélique.

Il ferma les yeux et grimaça comme si on venait de lui arracher le cœur.

— Tu massacres notre belle langue, fillette, annonça-t-il.

Auggie parlait très vite, avec un accent aussi épais qu'une soupe de paysan. Il dut répéter trois fois son verdict avant qu'elle ne le comprenne.

— S'il vous plaît, indiquez-moi les mots que je prononce mal.

— C'est facile : tous.

— J'aimerais apprendre votre langue, insista-t-elle, ignorant sa moue comique.

— Cela exigerait trop de discipline de la part d'une Anglaise, fit-il. Il faudrait te concentrer. Vous autres, Anglais, en êtes incapables.

Johanna ne saisit pas un traître mot de cette tirade. Auggie se frappa le front avec un air tragique.

— Par tous les saints sacrements, tu ne comprends donc rien à rien, fillette ?

Il s'éclaircit la gorge et s'expliqua à nouveau, cette fois-ci en français. Sa maîtrise de cette langue était impressionnante, son accent impeccable. Johanna ouvrit de grands yeux. Auggie était un homme éduqué.

— Je vois que je te surprends. Me prendrais-tu pour un simple d'esprit ?

Elle commença par nier mais se reprit.

— Vous rampiez à quatre pattes en creusant des trous dans le sol. J'ai effectivement envisagé que vous soyez un peu…

— Gâteux ?

Elle hocha la tête.

— Je vous demande pardon, sir. Quand avez-vous appris…

Il l'interrompit.

— C'était il y a bien des années de cela, expliqua-t-il. Bon, que veux-tu pour m'interrompre ainsi au beau milieu de mon jeu ?

— Je me demandais de quel jeu il s'agissait. Pourquoi creusez-vous des trous ?

— Parce que personne ne les creusera pour moi.

Cette réponse parut beaucoup l'amuser. Johanna ne se laissa pas démonter.

— Mais pour quelle raison ?

— Mon jeu nécessite des trous dans lesquels

tombent mes pierres si je vise juste. J'utilise mon bâton pour frapper de petits cailloux ronds. Tu veux essayer, fillette ? Ce jeu m'obsède. Tu attraperas peut-être la fièvre, toi aussi.

Il la prit par le bras pour la conduire là où il avait abandonné son équipement. Il lui montra comment tenir le bâton avec ses deux mains, comment bien tourner les hanches au moment de la frappe, avant de s'éloigner.

— Et maintenant, tape un bon coup. Vise le trou là-bas, tout droit.

Elle se sentait ridicule. Auggie était vraiment un peu dérangé mais il était aussi très gentil et il semblait très heureux de l'intérêt qu'elle lui témoignait. Elle ne voulait pas le décevoir.

Elle frappa la pierre ronde. Celle-ci roula sur l'herbe, s'approcha du trou, hésita un instant puis disparut dedans.

Elle eut immédiatement envie de recommencer. Auggie rayonnait.

— Ça y est, tu as attrapé la fièvre, annonça-t-il avec un hochement de tête sentencieux.

— Comment s'appelle ce jeu ? demanda-t-elle en se baissant pour ramasser la pierre.

Elle revint sur ses pas, tenta de retrouver la position correcte en attendant la réponse d'Auggie.

— Il n'a pas de nom mais il est très ancien. Quand tu te débrouilleras bien sur les petites distances, fillette, je t'amènerai sur la crête pour que tu essayes de loin. Mais tu devras faire ta part du travail et trouver des pierres. Plus elles sont rondes mieux c'est.

Johanna rata son deuxième essai. Selon Auggie, elle ne se concentrait pas assez. Elle voulut essayer encore. Elle avait trop envie de lui faire plaisir et de rentrer la pierre pour se rendre compte qu'ils parlaient en gaélique.

Elle passa le reste de l'après-midi avec Auggie. Calum avait depuis longtemps renoncé à veiller sur elle. De temps à autre, il apparaissait au sommet de la colline pour s'assurer qu'elle était toujours là.

Au crépuscule, Auggie annonça que le jeu était terminé et la conduisit de l'autre côté du champ, où il avait laissé ses affaires. Il prit appui sur le bras de sa compagne et grogna en s'asseyant par terre. Après lui avoir fait signe de l'imiter, il lui tendit une gourde en cuir.

— Tu vas te régaler, fillette, annonça-t-il. C'est l'*uisgebreatha*.

— Le souffle de la vie, traduisit-elle.

— Non, l'eau de la vie, fillette. Je la fais moi-même, d'après la recette que j'ai apprise chez MacKay. Je me suis remis à en faire depuis que nous avons rejoint les MacLaurin. Nous sommes tous des hors castes, tu sais. Tous. J'étais un MacLead avant de devenir un MacBain.

Johanna était intriguée.

— Des hors castes ? Je ne comprends pas.

— Nous avons tous été renvoyés de nos clans pour une raison ou une autre. Le destin de ton mari était scellé le jour où il est né bâtard. Devenu un homme, il nous a rassemblés. Il a entraîné les plus jeunes pour en faire de bons guerriers. Chacun de nous possède un talent, bien sûr. Tu goûteras le mien dès que tu auras fini de me regarder comme si j'avais trois têtes. J'aimerais bien apprécier mon propre talent, moi aussi.

Il aurait été impoli de décliner une si courtoise invitation. Johanna leva la gourde, ôta le bouchon de liège et avala une bonne rasade d'eau de la vie.

Elle crut avoir bu du feu liquide. Elle s'étrangla et se mit à tousser violemment tandis qu'Auggie hurlait de rire, heureux de sa bonne farce. Il se martela plusieurs fois les cuisses avant de lui taper entre les omoplates pour l'aider à retrouver son souffle.

— Ça fait de l'effet, hein ?

Elle ne put qu'en convenir.

— Rentre maintenant, fillette, ordonna-t-il. Laird MacBain va se demander où tu es passée.

Johanna se leva puis lui tendit la main pour l'aider.

— Merci pour ce bel après-midi, Auggie.

Le vieil homme sourit.

— Tu as fait l'effort de comprendre mon accent, fillette. Ça m'a plu. Tu es intelligente, hein ? Tu dois avoir un brin de sang des Highlands qui court dans tes veines.

Elle savait qu'il se moquait d'elle.

— Vous irez sur la crête demain, Auggie ?

— Peut-être bien.

— Vous voudrez bien m'emmener avec vous ?

— Peut-être bien.

Johanna sourit. Finalement, la journée s'était merveilleusement passée. Bien sûr, elle avait commencé par irriter son mari mais cela n'avait provoqué qu'un incident mineur et l'après-midi avait été formidable. Et puis, elle avait appris une chose essentielle à propos de son époux. Il savait se contrôler. Il ne se laissait pas dominer par la colère.

Calum l'attendait au sommet de la colline. Il la salua puis marcha à ses côtés vers le château.

— Vous jouiez avec Auggie.

— C'était très amusant, répondit-elle. Vous savez, Calum, Auggie est l'un des hommes les plus intéressants que j'aie jamais rencontrés. Il me rappelle mon père.

Il sourit devant tant d'enthousiasme.

— Oui, c'est cela, reprit-elle. Comme mon père. Il raconte les mêmes histoires bizarres à propos du passé et il mélange la vérité avec les légendes exactement comme lui.

— Auggie serait très fier de vous entendre le comparer à votre père, dit Calum pour la complimenter.

Elle éclata de rire.

— Il se sentirait insulté, devina-t-elle. Mon père était un Anglais, Calum. Pour Auggie, c'est la pire des calamités. Vous avez sûrement des tâches plus importantes que de me suivre pas à pas. Mon mari s'attend-il à ce que vous me suiviez chaque jour que Dieu fait ?

— Il n'y a pas de tâches plus importantes que de protéger ma maîtresse, milady, répondit le soldat. Toutefois, demain, c'est Keith qui aura la charge de veiller sur vous.

— Keith est le chef des MacLaurin, n'est-ce pas ?

— C'est exact. Il ne doit obéissance qu'à notre laird.

— Et vous êtes le chef des MacBain ?

— Oui.

— Pourquoi ?

— Pourquoi quoi, milady ?

— Pourquoi n'y a-t-il pas un seul chef pour les MacBain et les MacLaurin ?

— Vous devriez peut-être poser cette question à votre mari, suggéra Calum. Il doit avoir de bonnes raisons pour laisser aux MacLaurin leur chef.

— Oui, je le ferai, dit-elle. Je veux en apprendre

le plus possible sur ce pays et les gens qui l'habitent. Où est mon mari ?

— A la chasse. Il ne devrait pas tarder à revenir. Vous rendez-vous compte, milady, que depuis tout à l'heure nous parlons en gaélique ? Vos progrès dans notre langue sont stupéfiants.

Elle secoua la tête.

— Non, Calum, en fait, j'ai travaillé pendant six mois de façon intense avec le père MacKechnie. J'étais un peu nerveuse lors de ma première rencontre avec le laird, même si je doute que vous vous en soyez aperçu car je sais très bien dissimuler mes réactions. Quand il m'a demandé depuis combien de temps j'étudiais le gaélique, cette réponse idiote m'a échappé. Oh, je vois à votre grimace que je ne maîtrise pas encore très bien toutes les subtilités de votre accent.

Etrangement, depuis que Calum lui avait fait remarquer qu'ils s'exprimaient en gaélique, elle butait sur les mots et se trompait dans leur prononciation.

Ils venaient de traverser la cour quand Calum aperçut son laird.

— Voici votre époux, milady.

Elle se prépara à accueillir Gabriel. Se redressant, elle rejeta une mèche de cheveux par-dessus l'épaule, se mordit les joues pour leur redonner des couleurs et ajusta les plis de son plaid. Elle fit la moue en remarquant que ses mains étaient couvertes de taches de boue. N'ayant pas le temps d'aller les laver, elle les cacha derrière son dos.

Le sol trembla légèrement quand la bande de cavaliers parvint au sommet de la pente. Gabriel menait la petite troupe. Il montait un des chevaux qu'elle lui avait offerts. Il avait choisi une jument au tempérament de feu. C'était aussi, selon Johanna, la plus jolie. Sa robe était blanche comme de la neige fraîche. Elle était bien plus grande et plus puissante que les autres montures et supportait sans peine le poids de Gabriel.

— Il monte mon cheval préféré, dit Johanna à Calum.

— C'est une beauté.

— Oh, elle le sait, commenta-t-elle. Rachel est terriblement orgueilleuse. Elle adore piaffer. C'est sa manière de se montrer.

— Elle se montre car elle est fière de porter notre laird, annonça Calum.

Johanna rit de cette plaisanterie avant de s'apercevoir que Calum était sérieux. Ne comprenant pas son hilarité, il se tourna vers elle et vit alors les traces de boue qui lui maculaient le visage. Il sourit.

Soudain, le chien de Gabriel apparut courant vers son maître. L'énorme bête effraya la jument qui rua et se cabra. Gabriel la maîtrisa avec facilité avant de sauter à terre. Un soldat éloigna le cheval.

Le chien s'élança. D'un bond, il avait rejoint son maître et, se dressant, posa ses pattes de devant sur les épaules de Gabriel. La bête était pratiquement aussi grande que l'homme. Johanna sentit ses genoux mollir en les contemplant. Dieu merci, ce n'était qu'une manifestation d'affection de la part du monstre. Il léchait avec gourmandise le visage de son maître. Celui-ci mit un terme à ces effusions et tapa sur les flancs de l'animal. Finalement, Gabriel le repoussa sans ménagement et se tourna vers sa femme.

Il lui fit signe d'approcher. Elle se demanda s'il s'attendait à la voir poser ses deux mains sur ses épaules et tenter elle aussi de le noyer par ses baisers. Elle s'avança mais s'arrêta dès que la bête émit un grondement menaçant.

Après tout, s'il tenait à être auprès d'elle, Gabriel n'avait qu'à se déplacer. Surveillant le chien du coin de l'œil, elle attendit son mari. La bête lui emboîtait le pas.

Certains des soldats du clan MacLaurin étaient encore en selle, les observant.

— La chasse s'est-elle bien passée, milord? demanda Johanna.

— Très bien.

— Avez-vous trouvé assez de grain? s'enquit Calum.

— Plus qu'assez.

— Vous chassiez du grain? s'étonna Johanna.

— Et d'autres produits nécessaires, expliqua son mari. Tu as de la boue sur le visage, femme. Qu'as-tu fait?

Elle essaya de s'en débarrasser. Gabriel lui saisit les mains et les contempla.

— J'ai aidé Auggie à creuser des trous.

— Je ne veux pas que ma femme se salisse les mains.

On aurait dit qu'il venait de délivrer un commandement divin. Il semblait très irrité.

— Mais je viens juste de vous expliquer…

— Ma femme ne doit pas effectuer de basses besognes.

C'était exaspérant à la fin.

— Milord, fit-elle, en avez-vous plus d'une?

— Plus d'une quoi?

— Femme.

— Bien sûr que non.

— Alors, il semble bien que votre femme se salisse les mains. Je suis navrée que cela vous déplaise même si je n'arrive pas à en comprendre la raison mais je puis vous dire avec certitude que je les salirai encore.

Cela n'eut pas l'heur de lui plaire.

— Pas question. Tu es la maîtresse de ces lieux, Johanna. Tu ne t'abaisseras pas ainsi.

Fallait-il en rire ou en pleurer ? Il avait vraiment d'étranges conceptions. Il attendait sa réponse. Elle choisit de s'accorder une trêve.

— Comme vous voulez, milord, fit-elle cachant sa colère.

Elle jouait les soumises, se dit Gabriel à qui n'avait pas échappé l'étincelle meurtrière qui était passée dans son regard.

Elle se tourna vers Calum qui souriait comme un idiot.

— Où les femmes se lavent-elles ?

— Il y a un puits derrière le château, milady, mais la plupart vont à Rush Creek.

Il allait l'escorter mais Gabriel s'en chargea. Il prit la main de sa femme et se mit à la traîner derrière lui.

— A l'avenir, on t'apportera de l'eau.

— A l'avenir, j'apprécierais que vous ne me traitiez plus comme une enfant.

Il eut du mal à en croire ses oreilles. Elle était furieuse. Hé, hé, Johanna n'était pas si timide après tout.

— J'apprécierais aussi que vous ne me repreniez plus devant vos soldats.

Il hocha la tête. Cette approbation sans discussion apaisa son épouse.

Il marchait vite. Ils contournèrent le château et s'engagèrent dans le chemin qui descendait la pente. Des cabanes étaient alignées de part et d'autre sur la colline ; un peu plus bas, sur un faux plat, d'autres dessinaient un grand arc de cercle.

Le puits se trouvait au centre. Plusieurs femmes du clan MacLaurin attendaient leur tour, un seau à la main. Elles saluèrent leur laird. Il leur rendit leur salut et passa son chemin.

Le mur fortifié se dressait juste après les cabanes. Johanna aurait voulu s'arrêter pour l'examiner. Gabriel ne l'entendait pas de cette oreille. Ils passèrent sous l'immense porte qui s'ouvrait dans la maçonnerie.

Elle devait trottiner pour rester à sa hauteur. En s'engageant dans la deuxième descente, elle était hors d'haleine.

— Moins vite, Gabriel. Mes jambes ne sont pas aussi longues que les vôtres.

Il ralentit immédiatement mais refusa de la lâcher. Elle entendit des rires de femmes derrière elle et se demanda ce qu'elles trouvaient si amusant.

Rush Creek était une rivière large et profonde. Elle courait le long de la montagne, lui expliqua son mari, et séparait son territoire de celui des MacEntosh. Des arbres bordaient les rives et les fleurs sauvages abondaient. L'endroit était magnifique.

Johanna s'agenouilla au bord de la rivière, y plongea les mains et se lava. L'eau était si limpide qu'elle voyait le fond. A ses côtés, Gabriel s'aspergeait le cou d'eau glacée. Son chien émergea soudain des bois, aboya sauvagement puis se mit à boire avec entrain.

Johanna se débarbouilla le visage. Gabriel, qui avait achevé ses ablutions, l'observait. Chacun de ses gestes était empli de grâce. Pour lui, elle restait un mystère. C'était normal, il n'avait jamais fréquenté de femme aussi longtemps.

Insensible à l'examen de son mari, Johanna contemplait la rivière. Soudain, elle remarqua une pierre parfaitement ronde dans le lit du cours d'eau. C'était exactement ce qu'il fallait à Auggie. Elle se pencha pour l'attraper.

La rivière était plus profonde qu'elle ne s'y attendait. Et elle y serait tombée tête la première si son mari ne l'avait retenue juste à temps.

— En général, on enlève ses vêtements pour se baigner, fit-il sèchement.

Elle rit.

— J'ai perdu l'équilibre. J'essayais d'attraper une pierre. Vous voulez bien la chercher pour moi ? (Elle la désigna.) Celle qui est parfaitement ronde.

Gabriel plongea le bras dans l'eau, ramassa la pierre et la lui tendit.

Elle sourit.

— Auggie va être ravi.

Johanna s'allongea sur l'herbe de la rive. Une brise légère caressait les arbres. Il flottait un délicieux parfum de pins et d'air pur. L'endroit était paisible et reposant.

— L'Ecosse est très belle, dit-elle.

Il secoua la tête.

— Pas l'Ecosse, corrigea-t-il. Les Highlands.

Gabriel ne semblait guère enclin à retourner à ses devoirs. Il s'assit à son tour, adossé à un pin, les chevilles croisées, son épée le long du corps. Son chien vint aussitôt s'allonger à ses côtés.

Johanna contempla longuement son mari. Il était vraiment impressionnant, sûrement aussi grand que Nicholas et bien plus musclé.

— A quoi penses-tu ?

Surprise dans sa rêverie, elle sursauta.

— Je n'ai jamais vu Nicholas torse nu, répondit-elle. Je me disais que vous étiez plus musclé que lui mais comme je ne l'ai jamais vu… ce sont vraiment des pensées ridicules, mon époux.

— Ridicules, en effet.

Il se moquait gentiment d'elle. Gardant les yeux fermés, il souriait, apparemment très satisfait de lui-même. Cette bonne humeur le rendait irrésistible.

Johanna remarqua alors son chien qui lui léchait la main. Il fut aussitôt récompensé d'une caresse.

Non, constata Johanna, son mari ne l'inquiétait plus. Non seulement, il savait maîtriser ses colères mais il possédait aussi une réelle gentillesse.

Il rouvrit les yeux et la surprit en train de l'examiner. Elle rougit. Elle tenta une manœuvre de diversion.

— N'est-ce pas pareil, milord? L'Ecosse et les Highlands?

— Oui et non. Nous ne nous considérons pas comme des Ecossais même si vous, les Anglais, êtes si prompts à nous appeler ainsi. Nous sommes soit des Highlanders, soit des Lowlanders.

— A en juger à la manière dont vous avez prononcé ce mot, vous ne semblez guère apprécier les Lowlanders.

— Non, je ne les aime pas.

— Pourquoi?

— Ils ont oublié qui ils sont, expliqua-t-il. Ils sont devenus anglais.

— Je suis anglaise.

Il sourit.

— Je sais.

— Oui, bien sûr. Mais peut-être qu'un jour vous l'oublierez.

— C'est tout à fait improbable.

Incapable de savoir s'il plaisantait ou pas, elle préféra aborder un sujet moins gênant.

— Auggie n'est pas fou.

— Bien sûr que non. Les MacLaurin le croient mais les MacBain ne sont pas aussi stupides.

— En fait, il est très intelligent. Le jeu qu'il a inventé est très amusant. Vous devriez essayer un jour. Il faut être habile.

— Auggie n'a pas inventé ce jeu. Il existe depuis de longues années. Au début, on utilisait des pierres, comme le fait Auggie, mais il arrivait aussi qu'on taille des petites boules dans des morceaux de bois. Certains mêmes utilisaient des balles de cuir remplies de plumes mouillées.

Johanna retint soigneusement cette information. Elle pourrait peut-être coudre quelques balles en cuir pour Auggie.

— Il dit que je suis aussi mordue que lui.

— Dieu nous aide, rit Gabriel. Auggie joue tous les jours, qu'il pleuve ou qu'il vente.

— Pourquoi vous être irrité pour un peu de boue sur mon visage et sur mes mains ?

— J'ai déjà expliqué ma position. Tu es ma femme à présent. Tu dois agir en conséquence. Une réelle rivalité existe entre les MacBain et les MacLaurin et, jusqu'à ce qu'ils aient appris à vivre ensemble, je ne dois montrer que ma force, pas ma vulnérabilité.

— Je vous rends vulnérable ?

— Oui.

— Pourquoi ? Je veux comprendre, insista-t-elle. Etait-ce la boue ou bien le fait d'avoir passé l'après-midi avec Auggie ?

— Je ne veux pas te voir à genoux, Johanna. Tu dois respecter le protocole. Mon épouse n'effectue pas de basses besognes.

— En vérité, je suis surprise de vous voir si attaché aux apparences. Vous ne semblez pas être du genre à vous soucier du qu'en-dira-t-on.

— Je me fiche de ce que les gens peuvent dire, fit-il, irrité. Par contre, ta sauvegarde m'importe.

— Qu'est-ce que ma sauvegarde a à voir avec ma conduite ?

Il ne répondit pas.

— Vous auriez dû épouser une MacLaurin. Cela aurait résolu tous vos problèmes.

— J'aurais dû, approuva-t-il. Mais je ne l'ai pas fait. C'est toi que j'ai épousée. Il faudra nous y faire, Johanna.

Il semblait résigné. Elle changea à nouveau de sujet.

— Pourquoi votre chien ne m'aime-t-il pas ?

— Il sait que tu as peur de lui.

Elle ne discuta pas cette vérité.

— Comment s'appelle-t-il ?

— Dumfries.

Les oreilles du chien se dressèrent quand il entendit prononcer son nom.

— Quel nom bizarre ! commenta Johanna. D'où vient-il ?

— Je l'ai trouvé près du château de Dumfries. Il était pris dans la vase. Je l'en ai sorti. Depuis, il ne me quitte plus.

Johanna s'approcha de Gabriel. Lentement, elle tendit la main pour flatter la bête. Celle-ci la surveillait du coin de l'œil et, au moment où elle allait la toucher, émit un grondement terrifiant. Johanna retira vivement sa main. Gabriel lui saisit le bras et la força à toucher le chien. Celui-ci continua à gronder mais n'essaya pas de la mordre.

Son pelage était étonnamment doux. Elle en fit la remarque.

— T'ai-je fait mal hier soir ?

Ce brusque changement de conversation la fit tressaillir. Ecarlate, elle piqua du nez puis chuchota :

— Non.

Gabriel la força gentiment à relever le menton. Sa gêne le mettait en joie.

Le cœur battant, elle crut qu'il allait l'embrasser. Et elle en avait follement envie.

— Ferons-nous encore l'amour, milord ?

— Le désires-tu ? demanda-t-il.

Elle le regarda longuement dans les yeux avant de répondre. A la différence des jeunes ladies de la cour à Londres, elle n'avait pas appris l'art délicat et subtil de l'amour courtois. Elle n'essaya donc pas de jouer les malignes ou les prudes.

— Oui, murmura-t-elle en se reprochant d'avoir une voix aussi tremblante. J'aimerais que vous fassiez encore l'amour avec moi. Ce n'était pas si mal, milord.

Cette pique le fit éclater de rire. D'autant qu'elle était à présent plus rouge qu'une flamme. Son embarras ne l'avait pas empêchée de dire la vérité. Il l'embrassa tendrement. Elle soupira et passa les bras autour du cou de son mari.

Il n'avait pas besoin de plus d'encouragements. Sans lui laisser le temps de comprendre ce qui lui arrivait, il la soulevait pour l'asseoir sur lui et s'emparait de sa bouche avec sauvagerie. Elle lui rendit son baiser avec la même passion, un peu interloquée de la façon dont son corps réagissait immédiatement aux attentions de son mari. Elle en oubliait de respirer.

Gabriel était tout aussi bouleversé. Et ravi. Elle se donnait entièrement et sans la moindre réserve. Il avait envie de la prendre sur-le-champ. Il faillit céder mais se reprit. Dans un effort surhumain, il la repoussa juste à temps. Il haletait. Elle aussi.

— Vous me faites perdre la tête, milord.

Il prit cela pour un compliment. Il la souleva puis se dressa. Encore sous le choc, Johanna lissa sa chevelure en désordre d'une main mal assurée. Narquois, il l'observait remettre de l'ordre dans sa tenue.

— Ces cheveux... quelle plaie ! se lamenta-t-elle. Je crois que je vais les couper, ajouta-t-elle en surprenant son sourire. Avec votre permission.

— Ce que tu fais de tes cheveux ne me concerne pas. Tu n'as pas besoin de ma permission. J'ai des soucis plus importants.

Il adoucit cette remarque d'un baiser exquis. Puis il ramassa la pierre d'Auggie et la lui tendit. Elle avait encore les doigts frissonnants.

Il lui fit un clin d'œil et tourna les talons.

Johanna rajusta son plaid et courut derrière lui.

Elle ne pouvait s'empêcher de sourire comme une idiote. Elle était de si bonne humeur qu'elle supporta même les grondements de Dumfries quand elle arriva à hauteur de son mari.

Elle frôla la main de son mari. Il ne réagit pas. Elle insista. Toujours sans réaction. Elle abandonna toute subtilité et la saisit carrément.

Il fit comme si de rien n'était. Il gardait le regard fixé sur le sommet de la colline. Elle se dit qu'il devait déjà penser à ses tâches. Et quand ils atteignirent les premières huttes, elle retira sa main : il préférait sans doute ne pas faire étalage de leurs sentiments devant tout le monde. Gabriel la surprit une fois de plus en lui reprenant la main. Il lui serra très, très doucement les doigts comme pour la rassurer. Puis il accéléra le pas, l'obligeant à nouveau à courir.

Seigneur, le miracle était arrivé.

Elle était heureuse !

7

A la vérité, elle avait épousé une gargouille.

Après un long mois vécu en compagnie de son mari, Johanna arriva à cette déprimante conclusion. Gabriel possédait vraiment un mauvais fond. Il était incroyablement obstiné, horriblement imbu de lui-même et très déraisonnable. Et encore, c'était là ses meilleures qualités. Il la traitait comme une invalide. Elle n'avait pas le droit de soulever le petit doigt, était sans arrêt assistée et suivie par un de ses hommes. Elle réussit à supporter cette infernale situation pendant deux bonnes semaines avant de céder à la colère. Elle avait alors protesté mais pour un résultat nul. Gabriel n'avait pas voulu l'écouter. Ses idées sur le mariage étaient parfaitement ineptes : dans son désir de la protéger, il était prêt à la garder en permanence sous clé. Le fait était qu'à chaque fois qu'elle sortait respirer un peu d'air frais, il la forçait à rentrer.

Les dîners étaient abominables. Comment maintenir une quelconque dignité alors que le chaos régnait autour d'elle ? Bruyants, grossiers, ses hommes n'avaient aucune manière.

Mais Johanna ne leur faisait pas la moindre critique. Elle préférait rester à l'écart du clan. Dans son esprit, l'isolement était synonyme de paix. Et c'était la paix qu'elle désirait par-dessus tout.

Comme Gabriel refusait de la laisser chasser, elle passait la plus grande partie de ses journées seule. Il la croyait sans doute trop frêle pour porter un arc et des flèches ! Comment lutter contre une opinion aussi stupide ? Pour ne pas se rouiller, elle avait fabriqué une cible sur un tronc d'arbre en bas de la colline sur laquelle elle s'entraînait. Elle était fière de son habileté : autrefois, à une ou deux reprises, elle avait même battu Nicholas au tir à la cible.

Oh, personne ne l'importunait. Les femmes l'ignoraient la plupart du temps. Les MacLaurin lui étaient ouvertement hostiles. Elles imitaient l'exemple de leur leader : une robuste blonde au teint rougeaud nommée Glynis. Celle-ci ne manquait pas de glousser d'une façon fort peu féminine à chaque fois qu'elle croisait Johanna. Pourtant Johanna était persuadée que Glynis n'était pas foncièrement mauvaise : elle ne voyait pas l'utilité de sa nouvelle maîtresse. Et Johanna ne pouvait lui en tenir rigueur. Tandis que Glynis s'échinait du matin jusqu'au soir à labourer les champs, à semer le grain, elle se contentait de se promener paisiblement ici et là, donnant l'apparence d'une paresseuse.

Non, elle ne lui en tenait pas rigueur. Le responsable était Gabriel. Mais Johanna était aussi suffisamment honnête pour se rendre compte qu'elle n'avait rien fait pour les conduire à changer d'avis. Elle n'avait pas essayé de se montrer amicale avec aucune d'entre elles, s'en tenant à ses anciennes habitudes. Elle n'avait jamais eu d'amies en Angleterre parce que son mari ne le lui avait pas permis.

Après un mois de solitude, elle devait l'admettre, sa vie était paisible mais parfaitement ennuyeuse. Et cela ne la satisfaisait pas. De plus, elle désirait aider à reconstruire ce que son premier mari avait détruit. Gabriel était trop pris par la réorganisation du château pour prendre conscience de ses problèmes et il n'était pas question qu'elle aille se plaindre auprès de lui. C'était à elle de résoudre cette question.

Elle s'y employa donc. Ne désirant plus se tenir à l'écart du clan, elle déploya tous les efforts possibles pour se joindre aux autres. Timide de nature, et même parfois timorée, elle se força à saluer à haute voix chaque femme qu'elle rencontrait. Les MacBain lui répondaient toujours avec un sourire ou un mot gentil ; la plupart des MacLaurin faisaient comme si elles ne l'avaient pas entendue. A deux exceptions près : Leila et Megan. Depuis sa nuit de noces, elles semblaient s'être prises d'affection pour elle alors que toutes les autres la repoussaient.

Cette attitude la confondait. Elle ne savait plus quoi faire. Si bien qu'un mardi, quand ce fut au tour de Keith de veiller sur elle, elle souleva la question.

— J'aimerais connaître votre opinion, Keith, à propos de quelque chose qui me trouble. Je n'arrive pas, me semble-t-il, à me faire accepter des femmes du clan MacLaurin. N'auriez-vous pas une suggestion à me faire ?

En proie à un terrible dilemme, Keith se gratta la mâchoire. Il était lui-même fort mécontent de l'attitude des femmes de son clan mais il hésitait à lui expliquer leur raison de crainte de la vexer. A veiller sur elle depuis un bon mois, il avait changé d'avis à son égard. Elle était peut-être timide mais, contrairement à ce que croyaient les femmes, elle n'avait rien d'une lâche.

Johanna remarqua son hésitation et la mit sur le compte du fait que certains de ses compagnons pouvaient les entendre.

— Voulez-vous marcher un peu avec moi ?

— Certainement, milady.

Ils n'ajoutèrent plus un mot avant d'avoir quitté la cour. Puis il brisa le silence.

— Les Highlanders n'ont pas la mémoire courte, lady Johanna. Si un soldat rencontre la mort sans avoir réparé un tort quelconque, il mourra quand même en paix car il sait que son fils ou son petit-fils le vengeront. Les querelles ne sont jamais oubliées, les fautes jamais pardonnées.

Elle n'avait pas la moindre idée de ce dont il parlait. Mais il semblait terriblement sérieux.

— Et il est important de ne pas oublier, Keith ?

— Oui, milady.

Visiblement, son explication était terminée. Frustrée, elle secoua la tête.

— Je ne comprends toujours pas ce que vous tentez de me dire. Voulez-vous essayer encore, s'il vous plaît ?

— Très bien, fit le soldat. Les MacLaurin n'ont pas oublié ce que votre premier mari a fait ici.

— Et ils m'en veulent, n'est-ce pas ?

— Certains vous en veulent, admit-il. Mais ne soyez pas inquiète, ajouta-t-il vivement, la vengeance est une affaire d'hommes. Les Highlanders ne touchent pas aux femmes et aux enfants. Et puis, votre mari tuerait quiconque lèverait la main sur vous.

— Je ne m'inquiète pas pour ma sécurité, répliqua-t-elle. Je peux me débrouiller toute seule. Mais je ne peux pas combattre des souvenirs. Je ne peux pas changer le passé. Oh, ne faites pas cette tête d'enterrement, Keith. Cela ne doit pas être aussi grave que cela. Certaines femmes doivent même m'apprécier. Tenez, j'en ai même entendu qui m'appelaient La Brave. Si elles me complimentent ainsi, c'est qu'elles ne me trouvent pas si détestable.

— Ce n'est pas du tout un compliment, marmonna Keith. Je ne puis vous permettre de croire une chose pareille.

— Que voulez-vous dire ?

Apparemment obtenir une réponse claire et concise d'un MacLaurin n'était pas chose aisée. Johanna prit son mal en patience.

Il soupira longuement.

— Elles disent qu'Auggie est intelligent.

Elle hocha la tête.

— Auggie est très intelligent, approuva-t-elle.

Il secoua la tête.

— Elles le croient idiot.

— Alors, pourquoi, au nom du Ciel, dire qu'il est intelligent ?

— Parce qu'il ne l'est pas.

A son expression, il vit qu'elle n'avait pas encore compris.

— Elles disent de votre mari qu'il est clément.

— Leur laird serait ravi d'entendre un tel compliment.

— Non, milady, il ne serait pas ravi.

Elle ne comprenait toujours pas.

— Votre mari serait furieux de savoir que les MacLaurin le trouvent clément. Les femmes, voyez-vous, choisissent le nom qui convient le moins. C'est un jeu un peu idiot. Elles croient leur laird dépourvu de la moindre pitié. C'est la raison pour laquelle elles l'admirent, ajouta-t-il avec un geste sentencieux. Un chef ne doit pas être connu comme quelqu'un de clément ou de généreux. Ce serait une faiblesse.

Elle se redressa lentement. Elle commençait à saisir où il voulait en venir.

— Donc, si je comprends bien, elles considèrent qu'Auggie...

— A l'esprit dérangé, conclut-il à sa place.

Keith vit les larmes briller dans ses yeux à l'instant où elle lui tournait le dos.

— Donc, dans leur esprit, je ne suis pas brave mais lâche. Je comprends à présent. Merci d'avoir eu la patience de m'expliquer, Keith. Cela a dû vous être pénible.

— Milady, je vous en prie, donnez-moi le nom de la femme qui...

— Non, dit-elle en lui tournant toujours le dos. Si vous voulez bien m'excuser ? Je crois que je vais rentrer...

Elle n'attendit pas sa permission et s'en fut. Elle n'avait pas fait trois pas quand elle ajouta :

— Je vous serai reconnaissante de ne pas mentionner cette conversation à mon mari. Il est inutile de lui faire perdre son temps avec des choses aussi vaines que des histoires de femmes.

— Comme vous le souhaitez, milady, acquiesça Keith avec soulagement.

Il ne tenait pas à faire enrager son laird d'autant que cette calomnie provenait des MacLaurin. Bien sûr, il devait toute sa loyauté à MacBain et il était hors de question pour lui de manquer à ses obligations. Il donnerait sans regret sa vie pour son seigneur et pour son épouse, Johanna.

Mais il était aussi le chef des membres de son clan et considérait que les problèmes des MacLaurin devaient être résolus par les MacLaurin. Avouer cette cruauté à MacBain lui faisait l'effet d'une trahison. Keith se doutait que Glynis était à l'origine de cette affaire. Il prit la décision d'avoir une bonne conversation avec elle : elle devait témoigner à leur maîtresse le respect dû à son rang.

Johanna monta dans sa chambre et y passa le reste de l'après-midi, oscillant entre la colère et l'apitoiement sur elle-même. L'insulte était douloureuse mais ce n'était pas la raison pour laquelle elle pleurait. Non, elle pleurait car il était possible que ces femmes aient raison. Etait-elle lâche ?

Elle n'avait pas la réponse à cette question. Même si elle aurait préféré rester cachée dans sa chambre, elle se força à descendre dîner.

Le hall était empli de soldats, la plupart déjà assis à deux longues tables disposées sur la droite de la pièce. Personne ne se leva à son entrée. Elle tiqua tout en sachant que les soldats ne se montraient pas grossiers volontairement. Ils ignoraient tout simplement qu'ils devaient se lever quand une lady pénétrait dans la pièce.

Ils étaient aussi terriblement bruyants. Un des MacLaurin venait de lancer une plaisanterie. Bien évidemment tous les MacLaurin s'esclaffèrent tandis que les MacBain restaient de marbre, n'esquissant même pas un sourire.

Et ils étaient séparés. Gabriel avait pris place à la tête de l'une des tables et tous les sièges — sauf celui qui lui était réservé — étaient occupés par des MacBain. Les MacLaurin se trouvaient tous à l'autre table.

Gabriel lui adressa à peine un signe. Plongé dans la lecture d'un rouleau de parchemin, il fronçait les sourcils.

Johanna ne le dérangea pas. Ses hommes n'étaient pas aussi délicats.

— Que veut MacCillevrey ? s'enquit Calum.

— Milady, c'est le chef d'un clan du sud, lui expliqua Keith en criant depuis l'autre table. Le message est de lui. Que veut ce vieux grincheux ?

Gabriel roula le parchemin.

— Le message est pour Johanna, annonça-t-il.

Surprise, elle roula des yeux.

— Pour moi ? fit-elle en tendant la main vers le parchemin.

— Tu sais lire ? s'étonna Gabriel.

— Oui. J'ai tenu à apprendre.

— Pourquoi ? demanda son mari.

Elle haussa les épaules.

— Parce qu'on me l'interdisait, murmura-t-elle.

Elle ne tenait pas à s'étendre sur ce sujet : Raulf la rabaissait, l'insultait sans cesse en lui répétant qu'elle était incapable d'apprendre quoi que ce soit. Elle avait alors tenu à lui prouver le contraire. C'était un défi secret car Raulf ne sut jamais qu'elle avait appris à lire et à écrire le latin et son professeur avait bien trop peur de Raulf pour le lui révéler.

Gabriel ne lâchait toujours pas le manuscrit. Il fronça les sourcils d'un air féroce.

— Tu connais un baron nommé Randolph Goode ?

Elle se pétrifia et blêmit. Au bord de l'évanouissement, elle se ressaisit et respira profondément.

— Johanna ?

— Je le connais.

— Ce message vient de Goode, annonça Gabriel. MacCillevrey lui interdit de pénétrer sur ses terres tant que je ne lui donne pas la permission de venir ici. Qui est cet homme et que veut-il ?

Johanna avait du mal à dissimuler son agitation. Elle n'avait qu'une envie : s'enfuir.

— Je ne souhaite pas lui parler.

Gabriel se renfonça dans sa chaise. Il avait senti sa peur, sa panique même et cela le troublait. Ne se rendait-elle pas compte qu'elle était en sécurité avec lui ?

Il poussa un soupir. Apparemment, ce n'était pas le cas. Avec le temps, elle comprendrait la chance qu'elle avait eue en l'épousant. Elle apprendrait à lui faire confiance, aussi, et les messages venus d'Angleterre ne lui feraient plus peur.

Gabriel savait qu'il faisait preuve d'arrogance mais il ne s'en souciait pas. La seule chose qui comptait à ses yeux était d'apaiser sa femme. Il n'aimait pas la voir dans cet état.

Mais il avait aussi un autre motif : connaître la vérité.

— Ce baron t'a-t-il offensée d'une manière ou d'une autre ?

— Non.

— Qui est-il, Johanna ?

— Je veux lui parler, fit-elle alors d'une voix tremblante.

— Je veux savoir...

Il s'interrompit. Elle était décomposée. Il lui souleva gentiment le menton.

— Ecoute-moi, commanda-t-il. Tu n'es pas obligée de le voir ou de lui parler si tu n'en as pas envie.

Il lui fit cette fervente promesse à mi-voix.

Elle semblait incertaine à présent.

— Tu es sincère ? Tu ne le laisseras pas venir ici ?

— Je suis sincère.

Elle se détendit visiblement.

— Merci.

Il la libéra et se renfonça dans son siège.

— Bon, réponds à ma question maintenant. Qui diable est ce baron Goode ?

Il régnait un silence pesant dans le hall. Chaque soldat était tourné vers eux et dressait l'oreille. A l'évidence, leur maîtresse avait peur. Ils étaient curieux d'en connaître la raison.

— Le baron Goode est un homme puissant en Angleterre, chuchota-t-elle. Certains disent qu'il est aussi puissant que le roi John.

Gabriel attendit la suite. Il attendit longtemps : elle avait terminé.

— Est-ce un allié du roi ? s'enquit-il.

— Non. Il hait John. Nombreux sont les barons qui partagent son opinion. Ils se sont unis et Goode est leur chef.

— Tu parles de rébellion, Johanna.

Elle secoua la tête.

— Ce n'est pas une rébellion ouverte, milord. L'Angleterre est en ébullition ces temps-ci et beaucoup de barons pensent qu'Arthur était l'héritier légitime. C'était le neveu de John. Son père, Geoffrey, était le frère aîné de John. Il est mort après la naissance de son fils.

Calum essayait de suivre ses explications.

— Milady, seriez-vous en train d'insinuer qu'à la mort du roi Richard, Arthur aurait dû être couronné ?

— Geoffrey était plus vieux que John, réponditelle. Il était le successeur légitime de Richard car celui-ci n'avait pas de fils. Mais il venait de mourir. Certains pensent que la couronne aurait dû revenir à son fils. Ceux-là se sont ralliés à Arthur.

— Ainsi, tous les barons ne soutiennent pas leur suzerain ? commenta Gabriel.

Elle acquiesça.

— Les barons se dressent contre le roi dès qu'ils

en ont l'occasion. John s'est fait de nombreux ennemis au cours des dernières années. Nicholas est persuadé que la révolte ne tardera plus. Goode et les autres n'attendent qu'une bonne raison pour débarrasser le pays de John. Ils en ont assez. John a commis les pires atrocités, ajouta-t-elle d'une voix presque inaudible. Il n'a aucune morale même envers les membres de sa propre famille. Savez-vous qu'il s'est dressé contre son père et a fait alliance avec le roi de France ? Henry est mort le cœur brisé car il avait toujours cru que, de tous ses fils, John serait le plus loyal.

— Comment avez-vous appris tout cela ? s'enquit Calum.

— Par mon frère, Nicholas.

— Tu n'as toujours pas expliqué pourquoi Goode tient tant à te voir, lui rappela Gabriel.

— Peut-être croit-il que je pourrais l'aider à affaiblir John. Mais même si c'était le cas, je ne le ferais pas. Je ne veux pas impliquer ma famille dans une guerre. Nicholas et ma mère souffriraient énormément si je devais dire...

— Dire quoi ? fit son mari.

Elle se mordit les joues pour ne pas répondre.

Calum intervint.

— Arthur veut la couronne ?

— Oh oui, répondit-elle. Mais je ne suis qu'une femme, Calum. Je ne me mêle pas du jeu politique en Angleterre. Je ne vois vraiment pas pourquoi Goode veut me voir. Je ne sais vraiment rien. Je ne peux pas l'aider.

Elle mentait. Gabriel en était absolument certain. Et elle était terrifiée.

— Goode désire te poser quelques questions, remarqua-t-il.

— A quel propos ? demanda Calum.

Gabriel ne quitta pas son épouse du regard tout en lui répondant :

— A propos d'Arthur, dit-il. Il semble que le neveu du roi a disparu.

Johanna fit mine de se lever. Gabriel la saisit par le bras et la força à rester à sa place. Il la sentait trembler.

Elle lui en avait déjà dit plus qu'assez. Elle n'avait cessé de parler d'Arthur au passé... La conclusion était évidente : le neveu du roi était mort. Et Gabriel était prêt à parier que Johanna savait comment il était mort.

S'il devinait juste, les implications de cette affaire étaient énormes. Il secoua la tête.

— L'Angleterre est très loin d'ici, annonça-t-il. Je ne permettrai à aucun baron de venir sur mes terres. Je n'ai jamais manqué à ma parole, Johanna. Tu ne parleras à aucun d'entre eux.

Elle hocha la tête. Calum s'apprêtait à poser une autre question mais le regard de son laird l'arrêta.

— Cette discussion est close, ordonna-t-il. Calum, je veux entendre ton rapport sur les progrès du mur d'enceinte.

Johanna était trop bouleversée pour prêter attention à ce qui se disait. L'estomac serré, elle put à peine manger un morceau de fromage. Il y avait du sanglier et du saumon séché et salé mais elle savait qu'elle vomirait si elle tentait d'en avaler une bouchée.

Elle gardait les yeux fixés sur son assiette, attendant qu'on lui donne enfin la permission de s'esquiver.

— Tu devrais manger un peu, lui dit Gabriel au bout d'un moment.

— Je n'ai pas faim, s'excusa-t-elle. En Angleterre, nous mangions très peu le soir. Je ne suis pas encore habituée. Si vous voulez bien m'excuser? J'aimerais monter dans ma chambre.

Sans un mot, Gabriel acquiesça. Comme Calum la contemplait, elle lui adressa un petit signe avant de traverser la salle. Elle repéra Dumfries allongé à gauche de l'escalier et dessina un grand arc de cercle pour éviter la bête.

Elle se prépara à se coucher en prenant son temps. Effectuer ces gestes simples, rituels, l'aidait à se calmer, à dominer sa peur. Elle se força à se concentrer sur chacune de ces tâches. Elle ajouta deux bûches dans le foyer de la cheminée, se lava puis s'assit pour se brosser longuement les cheveux. Elle détestait cela. Il lui fallait des heures pour démêler tous les nœuds et elle avait l'impression de s'arracher la peau du crâne à force de tirer sur ses cheveux si longs et si lourds.

Cette besogne achevée, elle chercha autre chose à faire. Elle voulait s'occuper l'esprit, oublier sa peur.

— Gabriel a raison, murmura-t-elle. L'Angleterre est très loin. Je suis en sécurité ici et Nicholas et maman seront en sécurité aussi longtemps que je garderai le silence.

Elle reposa sa brosse et se signa. Dans sa prière, elle demanda au Seigneur de lui donner avant tout du courage, puis de la guider dans ses choix. Elle termina par une rapide supplique pour celui qui aurait dû être couronné roi. Elle pria pour Arthur.

Quand il pénétra dans la chambre, Gabriel trouva sa femme assise au bord du lit, fixant les flammes d'un regard vide. Il claqua la porte, retira ses bottes et gagna l'autre côté du lit. Elle se leva pour lui faire face.

Seigneur, se dit-il, comme elle avait l'air triste.

— Nicholas m'a dit que le roi John a peur de toi.

Elle piqua du nez vers le sol.

— C'est ridicule.
— Johanna ?
Elle le regarda à nouveau.
— Oui ?
— Un jour, tu me diras ce que tu sais. Je n'exigerai rien. J'attendrai. Et quand tu seras prête à te confier, tu me le diras.
— Dire quoi, milord ?
Il soupira.
— Ce qui te donne cette maudite peur.
Elle aurait dû protester mais y renonça : elle ne voulait pas lui mentir.
— Nous sommes mariés, à présent, dit-elle. Et tu n'es pas seul à devoir me protéger. Moi aussi, il est de mon devoir de te protéger chaque fois que je le peux.
Il n'avait aucune idée de ce qu'elle entendait par cette outrageuse remarque. Le protéger ? Elle avait tout compris de travers. C'était à lui de veiller sur elle et il comptait bien vivre très vieux pour s'occuper longtemps d'elle et d'Alex.
— Les femmes ne protègent pas leurs maris.
— Moi oui, rétorqua-t-elle.
Il allait la contredire quand elle détourna son attention. Oh, elle ne prononça pas le moindre mot. Non, elle défit simplement le nœud de sa ceinture et se débarrassa de sa chemise. Elle ne portait rien en dessous.
Il en eut la gorge nouée. Le feu dans la cheminée derrière elle la nimbait de reflets dorés. Elle était d'une beauté inconcevable. Ses seins étaient pleins, sa taille étroite et ses jambes incroyablement fuselées.
Gabriel se retrouva nu sans même s'en rendre compte. Son souffle s'accéléra, son cœur cognait et son… désir croissait.
Johanna refoula sa gêne. Elle avait le visage en feu.

Ils se couchèrent en même temps. Gabriel roula sur le dos et se couvrit du corps de son épouse. Il l'embrassa.

Elle noua les bras derrière son cou et l'attira contre elle. Elle avait besoin de lui à un point qui en devenait effrayant. Ce soir, particulièrement, elle cherchait son réconfort, son acceptation.

Il n'y tenait plus. Il la caressait avec rage, lui malaxait les épaules, le dos, les cuisses. Sa peau soyeuse le rendait fou.

Johanna n'avait pas besoin d'encouragements pour lui rendre la pareille. Son corps était si dur, si merveilleusement brûlant.

Il était impossible de rester inhibée avec Gabriel. C'était un amant exigeant, rude et doux en même temps. Il la mettait en feu en la caressant dans ses recoins les plus intimes. Quand ses doigts la pénétrèrent tandis que son pouce jouait avec la partie la plus sensible de son être, elle devint enragée.

Il lui prit la main et la posa sur son membre dur. Elle le serra. Un grondement rauque s'échappa de la gorge de Gabriel. Il lui murmura des suppliques érotiques, lui expliquant comment il voulait qu'elle le caresse.

Il ne put supporter cette délicieuse torture très longtemps. Il se dressa, lui écarta brutalement les jambes et se jeta en elle. Elle hurla de plaisir, lui déchirant les épaules avec ses ongles, tout en s'arquant pour qu'il la pénètre mieux. Il faillit jouir aussitôt. Mais, serrant les dents, faisant appel à toute sa volonté, il se retint. Il glissa la main entre ses fesses et la caressa jusqu'à ce qu'elle atteigne l'extase. Alors, seulement, il s'abandonna.

Son orgasme l'ébranla jusqu'à l'âme. Il gémit en déversant sa semence en elle tandis qu'elle criait son nom. Il en appelait à Dieu.

Gabriel s'effondra sur sa femme avec un grognement satisfait. Incapable de mettre un terme à la béatitude qu'il venait de connaître, il resta en elle.

Johanna ne voulait pas qu'il s'en aille. Bien au contraire, elle aurait voulu demeurer ainsi, liée à lui pendant des siècles. Elle se sentait en sécurité et... peut-être... aimée.

Bientôt, il devint trop lourd. Elle dut finalement lui demander de s'écarter un peu.

Il ne savait pas s'il en avait encore la force. Cette pensée l'amusa. Il roula sur le côté, l'emportant avec lui puis tira les couvertures sur leurs deux corps et ferma les yeux.

— Gabriel ?

Rien. Le silence. Elle le pinça. Il grogna.

— Tu avais raison. Je suis faible.

Elle attendit son approbation. Il resta muet.

— Le vent du nord me flanquerait sûrement par terre, fit-elle en répétant ses paroles.

Il ne bronchait toujours pas.

— Il se peut même que je sois un peu timide.

Plusieurs minutes passèrent avant qu'elle reprenne la parole.

— Mais tout le reste, ce n'est pas vrai. Et je n'accepterai pas que cela soit vrai.

Elle ferma les yeux et murmura ses prières. Gabriel se dit qu'elle s'endormait et il était tout près d'en faire autant. Puis un doux murmure empli de ferveur lui parvint.

— Je ne suis pas lâche.

8

— Qui a osé te traiter de lâche ?

La voix tonitruante de son mari la tira d'un profond sommeil. Johanna ouvrit les yeux. Debout au pied du lit, tout habillé, Gabriel la toisait avec fureur.

Il fallait le calmer. Elle s'assit.

— Personne ne m'a traitée de lâche, fit-elle en bâillant à moitié.

— Alors, pourquoi as-tu dit...

— Je voulais t'en convaincre, expliqua-t-elle. Et j'avais besoin de prononcer ces mots.

Elle repoussa les couvertures pour se lever. Gabriel l'en empêcha en lui commandant de se rendormir.

— Aujourd'hui, tu te reposes, annonça-t-il.

— Je me suis assez reposée comme cela. Il est temps pour moi d'assumer mes devoirs de maîtresse de maison.

— Repose-toi.

Seigneur, une vraie mule. A la façon dont il serrait les mâchoires, elle savait qu'il était inutile de discuter avec lui. Mais elle n'avait aucune intention de traînasser au lit toute la journée.

Il tourna les talons.

— Quels sont vos plans pour cette merveilleuse journée, milord ?

— Je vais à la chasse.

— A la chasse au grain ?

Il se retourna. Elle sortait du lit et s'emparait de sa chemise.

— Au grain, acquiesça-t-il.

Elle enfila son vêtement et noua la ceinture. Il ne la quittait plus des yeux.

— Comment fait-on la chasse au grain ?

— On le vole.

Elle laissa échapper une exclamation de surprise.

— Mais c'est un péché !

Son expression d'horreur amusa Gabriel. Le fait de voler semblait la troubler. Il n'arrivait pas à comprendre pourquoi.

— Si le père MacKechnie en entend parler, il va t'excommunier.

Elle en oubliait de le vouvoyer.

— MacKechnie ne reviendra pas avant deux ou trois semaines. D'ici là, on en aura fini.

— Tu n'es pas sérieux.

— Je suis très sérieux, Johanna.

— Gabriel, tu ne commets pas simplement le péché de vol mais aussi celui d'orgueil.

Elle semblait attendre une réponse de sa part. Il haussa les épaules.

— Ce n'est pas à toi de me faire des reproches.

— Bien sûr que c'est à moi de te faire des reproches, mon mari, quand il y va du salut de ton âme. C'est mon rôle car je suis ta femme. Je m'inquiète pour ton salut.

— Ridicule.

Elle s'étrangla à nouveau.

— Tu trouves ridicule que je m'inquiète pour toi ?

— Tu t'inquiètes pour moi ?

— Oui, bien sûr.

— C'est donc que tu commences à éprouver de l'affection à mon égard.

— Ce n'est pas ce que j'ai dit, milord. Vous déformez mes paroles. Je m'inquiète pour votre salut.

— Je n'ai pas besoin de ton inquiétude ou de tes sermons.

— Une épouse a le droit de donner son opinion, n'est-ce pas ?

— Oui, approuva-t-il. Quand on la lui demande.

Elle ignora cette rebuffade.

— Mon opinion est que vous devriez faire du troc pour obtenir ce dont vous avez besoin.

Il céda à l'exaspération.

— Nous ne possédons rien, lui dit-il. D'ailleurs, si les autres clans sont incapables de protéger leurs biens, ils méritent de se faire voler. C'est une tradition chez nous, femme. Tu devras t'y faire.

Pour lui, la discussion était close. Pas pour elle.

— Ce n'est pas une excuse...

— Repose-toi, ordonna Gabriel en refermant la porte derrière lui.

Elle avait épousé un homme plus entêté qu'une pierre. Eh bien, soit, elle n'aborderait plus cette histoire de vol. Gabriel avait raison. Ce n'était pas à elle de le sermonner. S'il voulait rôtir en enfer pour l'éternité, c'était son problème.

Elle passa la matinée à s'entraîner au tir à l'arc sur sa cible et l'après-midi en compagnie d'Auggie à s'entraîner à son jeu insensé mais passionnant. Auggie était devenu son seul véritable ami. Il prenait un malin plaisir à ne lui parler qu'en gaélique mais elle découvrit que plus elle se décontractait plus il lui était facile de le comprendre. Le vieil homme se montrait très patient. Il répondait à chacune de ses questions.

Elle lui avoua son trouble à propos des vols de Gabriel. A son grand désarroi, Auggie prit le parti de son laird.

Ils se tenaient sur le sommet d'un petit monticule pour frapper de très longs coups. La plupart des pierres se brisaient sous la force de l'impact.

— Notre laird fait ce qu'il peut pour que le clan ne meure pas de faim durant l'hiver, expliqua-t-il. Les Anglais ont détruit nos réserves. Comment peux-tu appeler ça un péché, fillette ?

— C'est du vol.

Auggie secoua la tête.

— Dieu comprendra.

— Un château n'a pas qu'une seule entrée, Auggie. Gabriel devrait trouver un autre moyen de nourrir le clan.

Le vieil homme se positionna méticuleusement devant la pierre ronde, vissant ses pieds écartés dans le sol, prenant sa distance. Puis il frappa de toutes ses forces. La pierre s'envola dans le soleil. Les yeux plissés, Auggie hocha la tête d'un air satisfait avant de se retourner vers Johanna.

— Tu as vu : ma pierre a été trois fois plus loin qu'une flèche. Essaye d'en faire autant, fillette.

Johanna joua à son tour. Elle surprit un petit rire d'Auggie : sa pierre s'était arrêtée de rouler à quelques centimètres de la sienne.

— Tu es douée, fillette, la complimenta-t-il. On ferait mieux de rentrer maintenant. Je n'ai pas le droit de te distraire aussi longtemps de tes devoirs.

— Je n'ai aucun devoir, s'exclama-t-elle. J'ai bien essayé de prendre en main la conduite de la maison mais personne ne m'écoute. Oh, les MacBain se montrent très polis. Ils sourient pendant que je leur donne mes instructions puis ils vont s'occuper de leurs affaires sans se soucier de ce que j'ai dit. Les MacLaurin sont bien plus grossiers au point que cela en devient embarrassant. Ils m'ignorent complètement.

— Qu'en pense notre laird ?

— Je ne lui ai rien dit. Et je ne le ferai pas, Auggie. C'est à moi de résoudre ce problème et à moi seule.

Il la prit par le bras pour descendre la pente.

— Depuis quand es-tu ici ?

— Presque six semaines.

— Pendant un moment, tu étais contente, non ?

Elle hocha la tête.

— J'étais contente.

— Pourquoi ?

Cette question la surprit. Elle haussa les épaules.

— En arrivant ici, je me suis sentie libre… et en sécurité.

— Tu étais comme une colombe avec une aile brisée, dit alors Auggie en lui tapotant sur le bras. Tu étais aussi la fille la plus timorée qu'il m'ait été donné de rencontrer.

— Je ne suis plus timorée maintenant. En tout cas, pas quand je suis avec vous.

— J'ai vu le changement en toi. Pas les autres. Mais je pense qu'ils remarqueront bientôt que tu as quand même un peu de cran.

Elle n'aurait su dire s'il venait de l'insulter ou de la complimenter.

— Mais ces vols, Auggie ? Que dois-je faire…

— Laisse tomber pour le moment, suggéra-t-il. Et puis, un petit vol ou deux n'ont jamais été bien graves. Mon laird m'a promis de me ramener de l'orge et je l'attends avec impatience. C'est pour faire mon « eau », expliqua-t-il en salivant. Les Anglais m'ont tout bu, fillette. (Il ricana, se pencha vers elle pour lui chuchoter à l'oreille:) Mais ils n'ont pas trouvé les fûts d'or liquide.

— Les fûts d'or liquide?

— Tu te souviens du passage entre les pins sous la crête?

— Oui.

— Il y a une grotte juste en dessous, annonça-t-il. Elle est remplie de tonneaux.

— Et qu'y a-t-il dans ces tonneaux?

— L'eau de la vie. Un breuvage de dix ou même quinze ans d'âge. Maintenant, ce doit être un vrai nectar. De l'or liquide, je te dis. Un de ces jours, je t'y emmènerai pour que tu voies ça toi-même. Et les Anglais n'ont pas pu mettre la main dessus car ils en ignoraient l'existence.

— Mon mari le sait-il?

Auggie réfléchit longuement avant de répondre.

— Je ne me souviens pas de lui en avoir parlé. Et je suis le seul à savoir où les vieux MacLaurin les ont cachés. Ils ne m'ont rien dit, bien sûr, mais un jour je les ai suivis sans qu'ils s'en aperçoivent. Je sais être discret quand il le faut.

— Quand es-tu allé dans cette grotte pour la dernière fois?

— Il y a quelques années, répondit Auggie. Tu as remarqué, Johanna, que quand tu portes le plaid des MacBain, tu joues incroyablement mieux que quand tu arbores les couleurs des MacLaurin?

C'était faux, bien sûr. Il adorait la taquiner: sa manière sans doute de lui témoigner son affection.

Dès qu'ils arrivèrent dans la cour, Auggie l'abandonna. Apercevant Keith, elle fit de son mieux pour l'éviter. Elle se sentait mal à l'aise avec lui depuis qu'il lui avait expliqué la signification du surnom que les femmes de son clan lui avaient donné.

Elle tenait aussi à se laver les mains et le visage avant le retour de son mari. Arrivée au milieu des marches, elle entendit un cri qui la fit se retourner. Des soldats couraient vers elle à toutes jambes. Plusieurs avaient l'épée à la main.

— Rentrez vite, milady. Fermez la porte derrière vous, hurla Keith.

Présumant qu'ils étaient attaqués, Johanna s'apprêta à lui obéir. C'est alors qu'elle entendit un grondement menaçant. Elle se retourna à nouveau pour voir le chien de son mari traverser lentement la cour. Un cri d'horreur lui échappa. La croupe déchirée, Dumfries était couvert de sang.

Dans un effort pathétique, l'animal essayait de rentrer mourir chez lui. Johanna en eut les larmes aux yeux.

— Rentrez, lady Johanna.

Keith répétait son ordre. Soudain, elle comprit leur intention. Ils allaient tuer l'animal pour mettre un terme à son agonie. Ils l'encerclaient avec précaution, craignant visiblement qu'il ne les attaque.

Johanna ne laisserait personne lui faire du mal. Un des soldats s'avançait déjà, l'épée prête à frapper.

— Ne le touchez pas.

La fureur de son cri capta l'attention de chacun. Ils se tournèrent vers elle, stupéfaits. Certains MacLaurin reculèrent. Mais les MacBain gardèrent leur position.

Keith se précipita vers elle et la saisit par le bras.

— Il n'est pas nécessaire que vous regardiez cela. S'il vous plaît, rentrez.

Elle se libéra d'un geste brutal.

— Dumfries veut rentrer. Il dort près du feu.

C'est là qu'il veut aller. Qu'on laisse les portes ouvertes, Keith. Allons !

Elle avait crié ce dernier ordre avant de se retourner vers les autres soldats. Elle ne pensait pas que Dumfries accepterait de se faire aider par aucun d'entre eux. Il devait souffrir terriblement. D'un pas incertain, il parvint à atteindre le bas des marches.

— Milady, au moins, écartez-vous.

— Dites aux hommes de le laisser entrer.

— Mais, milady…

— Obéissez, commanda-t-elle. Si l'un d'entre eux touche Dumfries, il m'en répondra personnellement.

Le ton de sa voix n'admettait aucune réplique et Keith le sentit. Il transmit son ordre puis saisit le bras de sa maîtresse pour la faire passer à l'intérieur.

— Les portes, Keith. Qu'elles restent ouvertes.

Johanna ne quittait pas le chien des yeux. Leila et Megan arrivèrent en courant.

— Seigneur, murmura Megan. Que lui est-il arrivé ?

— Reculez, milady, cria Leila. Pauvre Dumfries. Il n'arrive pas à grimper les marches. Ils vont devoir le tuer…

La voix de Johanna claqua.

— Personne ne le touchera. Megan, va chercher mes aiguilles et mon fil. Leila, il y a une sacoche sous mon lit remplie d'herbes et de potions. Ramène-la-moi.

Dumfries s'effondra sur la troisième marche. Il gémit et tenta de se redresser. Ses grondements se muaient à présent en plaintes déchirantes. Johanna ne put en supporter davantage.

Elle s'arracha aux mains de Keith et courut l'aider. Le chien gronda en la sentant approcher.

Elle tendit la main en murmurant des paroles apaisantes.

Keith voulut à nouveau la tirer en arrière. L'animal gronda de façon plus menaçante encore quand le soldat la toucha.

Elle ordonna à Keith de reculer. Levant les yeux, elle vit deux MacBain, l'arc à la main, la flèche déjà encochée. Ils étaient visiblement décidés à la protéger, qu'elle le veuille ou non. Si la bête essayait de la mordre, ils la tueraient avant que l'irréparable ne soit commis.

La compassion de Johanna se mêlait de peur. Elle était terrifiée et ce fut avec les mains tremblantes qu'elle se pencha lentement pour prendre le monstre dans ses bras.

Grondant toujours, le chien accepta néanmoins son aide. Elle faillit s'effondrer sous son poids, se rétablit et le serra à nouveau contre elle. Elle le tenait sous les pattes antérieures. Ainsi penchée, elle avait le visage enfoui dans sa fourrure. Elle ne cessait de lui prodiguer des encouragements et le traînait plus qu'elle ne le portait. Il était vraiment très lourd et elle avait le dos brisé mais quand ils parvinrent enfin en haut des marches, le chien parut retrouver des forces. Il se libéra, grogna et franchit seul l'entrée.

Dumfries s'arrêta au sommet des quelques marches qui descendaient dans le grand hall. A nouveau, Johanna dut lui venir en aide.

Les hommes qui s'occupaient du feu dans l'immense cheminée reculèrent prudemment en voyant Dumfries se diriger vers eux. Il longea deux fois le foyer avant de se mettre à gémir. Il souffrait visiblement trop pour s'allonger. Megan revenait en apportant ce que Johanna lui avait demandé. Sa maîtresse l'envoya chercher sa couverture.

— Je vais en prendre une propre dans votre coffre, proposa Megan.

— Non, répondit Johanna. Prends celle du lit. Elle a l'odeur de mon mari. Cela rassurera Dumfries.

Au retour de Megan, Johanna étendit la couverture par terre devant le feu avant de se tourner vers le chien.

Dumfries hésita puis s'effondra à ses côtés.

— Vous avez réussi à le faire entrer, murmura Keith derrière elle. C'était quelque chose !

Elle secoua la tête.

— C'était le plus facile. C'est maintenant que le plus difficile commence. Je vais le recoudre. Et j'en ai la tremblote rien que d'y penser, Keith. Dumfries ne comprendra pas.

Elle flatta à nouveau le cou de la bête avant de s'agenouiller pour examiner ses blessures.

— Vous n'êtes pas sérieuse, milady. Il va vous tuer si jamais vous touchez sa plaie.

— J'espère bien que non, répondit Johanna.

— Mais vous venez de dire que vous êtes terrifiée.

— C'est vrai, acquiesça-t-elle. Mais cela ne change rien, non ? Dumfries est blessé et il faut recoudre ses blessures. Leila, tu as trouvé la sacoche ?

— Oui, milady.

Leila et Megan se tenaient à distance respectueuse, l'une avec le fil blanc et les aiguilles, l'autre avec la sacoche.

— Apportez-les ici, s'il vous plaît. Posez-les sur la couverture. Je vais juste me laver les mains.

Elle se précipita à l'autre bout du hall où se trouvaient une cruche et une bassine. Les deux femmes esquissèrent un pas vers Dumfries puis s'immobilisèrent quand la bête gronda, émettant un son terrifiant tout droit sorti de l'enfer.

Elles avaient peur de s'approcher davantage. Cette constatation étonna Johanna. Elle pensait être la seule à craindre le chien. Dans un élan de sympathie pour les deux jeunes femmes, elle vint leur prendre des mains les affaires qu'elle avait réclamées.

— Soyez prudente, milady, chuchota Leila.

Johanna hocha le menton. En quelques secondes, elle fut prête à opérer. Keith était décidé à ne lui laisser courir aucun risque. Il s'agenouilla juste derrière Dumfries, de façon à pouvoir facilement saisir le cou du chien si jamais il tentait d'attaquer sa maîtresse.

L'animal eut une attitude stupéfiante. Il ne broncha pas tant qu'elle le soigna. Johanna, quant à elle, faisait assez de bruit pour deux. Elle maugréait excuses et jurons à chaque fois qu'elle touchait les blessures avec le linge enduit d'onguent. Elle savait que le remède brûlait et elle soufflait sur ses plaies dès qu'elle les avait nettoyées.

Gabriel arriva au moment où elle enfilait le fil dans l'aiguille. Sa voix résonna comme un coup de tonnerre dans le hall.

— Que s'est-il passé ?

Johanna laissa échapper un soupir de soulagement. Elle n'avait jamais été aussi ravie de le voir. Il traversa la salle à grands pas, les yeux rivés sur son chien.

Keith se leva aussitôt.

— Dumfries a dû se battre avec un ou deux loups.

— Il a peut-être rencontré Le Petit ? fit alors Calum en rejoignant Keith.

— Un petit loup ? s'étonna Johanna en reprenant sa tâche.

Elle étala un deuxième onguent jaunâtre sur la plaie.

— Les MacLaurin appellent ainsi le chef de la meute de loups. C'est une bête énorme. Tes mains tremblent.

— Je sais.

— Pourquoi ?

— Ton chien me terrorise.

Elle acheva d'étaler le remède dont elle savait qu'il combattrait l'infection tout en endormant la blessure. Dumfries sentirait à peine la piqûre de l'aiguille.

— Pourtant, elle le soigne, laird.

— Je ne suis pas aveugle, Keith, répliqua Gabriel.

— Le plus dur est passé, annonça Johanna. Dumfries ne devrait plus sentir grand-chose maintenant. D'ailleurs...

— D'ailleurs, quoi ?

Elle marmonna quelque chose que Gabriel ne put saisir. Il s'agenouilla à ses côtés, tout en posant la main sur le cou de son chien. Aussitôt, Dumfries essaya de lui lécher les doigts.

— D'ailleurs quoi ? répéta-t-il.

— Tu es là, chuchota-t-elle. Ta présence va le calmer.

— Et pas seulement lui, non ?

Elle préféra ne pas répondre. Comment était-il possible d'être aussi imbu de soi-même ?

Il ne lui fallut pas longtemps pour recoudre les plaies. Gabriel l'aida à envelopper la croupe de Dumfries dans des bandages dont il noua les deux extrémités.

— Il va mettre ça en pièces en un rien de temps.

Elle hocha la tête, soudain épuisée.

Ramassant ses affaires, elle se leva. Un groupe de curieux s'était rassemblé dans le hall au premier rang desquels Johanna vit Glynis. Gênée, elle détourna immédiatement les yeux.

— Elle a porté la bête à l'intérieur, MacBain. Et seule.

Keith exagérait un peu. Johanna dut traverser la foule pour monter dans sa chambre. Elle rangea ses remèdes, se lava et enleva ses chaussures pour s'allonger un moment. Elle voulait se reposer un peu avant le dîner.

Quelques secondes plus tard, elle dormait profondément. Gabriel vint la voir à deux reprises au cours de la soirée. Finalement, il se coucha vers minuit après s'être assuré que Dumfries allait bien.

Johanna ne se réveilla pas quand son mari la déshabilla. Elle ouvrit les yeux dans son sommeil, fronça vaguement les sourcils et les referma aussitôt. Gabriel prit une couverture pour elle dans le coffre avant de se coucher.

Dès qu'il s'allongea, elle se blottit contre lui, la tête sous son menton. Il l'accueillit.

Il resongea à l'histoire que lui avait racontée Keith. Il avait du mal à imaginer sa femme prenant Dumfries dans ses bras pour le traîner en haut des marches. Et pourtant, c'était la vérité. Plusieurs MacBain avaient assisté à la scène.

Le courage dont elle avait fait preuve lui plaisait. Mais elle avait mis sa vie en danger. Dumfries était blessé et un animal blessé, aussi loyal soit-il, est toujours dangereux.

Demain, il lui ordonnerait de ne plus jamais prendre de tels risques. Gabriel s'endormit en s'inquiétant pour sa délicate petite femme.

9

Avant même d'ouvrir les yeux, Gabriel sut que sa femme n'était plus dans le lit avec lui.

Par l'enfer ! C'était l'aube encore et, en tant que laird et mari, il aurait dû être le premier debout. Son irritation s'adoucit néanmoins car il se dit qu'elle devait sans doute se trouver auprès de Dumfries.

Le plaid des MacLaurin était plié sur une chaise. Johanna avait dû se mélanger dans les jours car, à l'évidence, elle avait mis celui des MacBain deux jours de suite. Les MacLaurin allaient en faire une maladie et, bon sang, il n'avait pas de temps à perdre avec de telles broutilles.

Keith et Calum l'attendaient dans le hall. Ils s'inclinèrent pour saluer leur laird.

— Où est ma femme ?

Les deux hommes échangèrent un regard inquiet.

— Nous pensions qu'elle était dans ta chambre, MacBain.

— Elle n'y est pas.

— Alors, où est-elle ? fit Calum.

Gabriel lui lança un regard assassin.

— C'est ce que je viens de te demander, aboya-t-il.

Dumfries leva la tête en entendant la voix de son maître. Sa queue martelait la paillasse. Gabriel vint lui flatter l'encolure.

— Tu veux que je te porte dehors, Dumfries ?

— Lady Johanna lui a déjà fait faire sa sortie, laird, annonça Leila depuis l'entrée.

Elle dévala les quelques marches, adressa un sourire à Calum et à Keith avant de s'adresser à nouveau à Gabriel.

— Elle lui a aussi donné à boire et à manger. D'après elle, il va beaucoup mieux aujourd'hui.

— Comment le sait-elle ? s'étonna Keith.

Leila sourit.

— C'est ce que je lui ai demandé et elle m'a répondu qu'il grogne beaucoup plus fort aujourd'hui. Elle en déduit donc qu'il va mieux.

— Où est-elle ? demanda Gabriel.

— Elle fait du cheval, annonça Leila. Elle a dit aussi qu'il faisait trop beau pour rester enfermée.

— Ma femme se promène seule ?

Gabriel n'attendit pas la réponse. Maugréant un sombre blasphème, il quitta le hall. Keith et Calum se lancèrent à sa poursuite.

— J'assume l'entière responsabilité si quoi que ce soit arrive à notre maîtresse, annonça Keith. J'aurais dû me lever plus tôt. C'est mon jour de garde, aujourd'hui. Bon sang, elle ne sait pas rester à sa place.

— Mais elle portait le plaid des MacBain, fit Leila.

— Impossible, dit Keith.

— Mais si, je vous assure.

Calum se gratta la mâchoire.

— Elle a dû se tromper dans les jours, déclara-t-il.

Adressant un rapide clin d'œil à Leila, il accéléra l'allure pour rattraper Keith.

Gabriel préférait céder à la colère qu'à l'angoisse. Ses instructions étaient pourtant claires ! Elle devait se reposer. Se promener à cheval dans des collines infestées de loups ne correspondait pas exactement à l'idée qu'il se faisait du repos. Allait-il devoir l'enfermer pour lui faire entendre raison ?

Sean, le palefrenier, avait déjà préparé l'étalon de son laird pour la chasse. Il le sortit des écuries dès qu'il vit Gabriel foncer sur lui. Celui-ci lui arracha les rênes sans mot dire et sauta en selle. Le magnifique cheval noir se lança au galop.

Auggie entendit le martèlement des sabots et leva la tête. Accroupi, il étudiait le terrain qui séparait sa pierre du trou qu'il venait de creuser. Il se redressa pour saluer son laird qui stoppa sa monture à moins d'un mètre de lui.

— Bonne journée à toi, laird MacBain.

— Bonne journée à toi, Auggie. As-tu vu ma femme ?

— Je la vois en ce moment, MacBain.

Auggie fit un geste de la main. Gabriel se tourna dans la direction indiquée. Au sommet de la crête, sur sa jument immobile, Johanna contemplait l'horizon.

— Mais qu'est-ce qu'elle fabrique, bon sang ? maugréa-t-il.

— Elle évalue son destin, répondit Auggie.

— Et qu'est-ce que cela est censé signifier ?

— Je n'en sais rien, MacBain. Je me contente de répéter ce qu'elle m'a dit. Elle est là-bas depuis une bonne heure. Elle a largement eu le temps d'évaluer, maintenant.

Gabriel hocha la tête et lança à nouveau son étalon au galop.

— C'est une belle journée pour monter, cria Auggie.

— Elle serait plus belle encore si elle restait dans sa chambre, marmonna Gabriel.

Johanna était sur le point de rentrer quand elle aperçut son mari gravissant la crête. Elle le salua d'un geste et se prépara à l'affronter.

Elle y était fermement décidée. Il était temps de mettre son nouveau plan en action. Elle était un peu nerveuse mais c'était bien normal : pour la première fois, elle allait prendre son destin en main. Et elle devait le faire comprendre à son époux.

Johanna s'était réveillée une bonne heure avant l'aube et, depuis, n'avait cessé de réfléchir à tout ce qu'elle désirait transformer dans sa vie. Bien sûr, cela dépendait en grande partie d'elle mais, pour certaines choses, elle avait besoin du soutien de Gabriel.

C'était grâce à Dumfries, en fait, qu'elle s'était mise à réfléchir. Elle avait compris quelque chose d'essentiel en le soignant. D'abord, elle s'était rendu compte que ses grondements n'étaient pas vraiment menaçants et parfois même lui servaient à montrer son affection. Puis, elle avait senti qu'elle n'avait pas à avoir peur de l'animal. Une bonne caresse et un mot ferme lui avaient gagné la loyauté de Dumfries. Ce matin, quand elle lui avait donné à manger, il avait grondé avant de lui lécher la main. Cette attitude contradictoire l'avait surprise. Il grondait parce qu'il l'appréciait.

Tout comme son maître.

Les colères de son mari ne l'effrayaient plus. Hum... presque plus.

— Je t'avais ordonné de te reposer, fit-il avec fureur en s'arrêtant auprès d'elle.

— Bonjour, mon mari. Avez-vous bien dormi ?

Il était si près d'elle que sa jambe lui touchait la cuisse. Johanna s'abîma dans la contemplation de sa propre selle. Elle ne voulait pas perdre sa concentration. Elle avait beaucoup à dire et il était important qu'elle n'oublie rien.

Il remarqua qu'elle portait son arc et ses flèches dans un carquois de cuir. Elle possédait quand même un minimum de bon sens, se dit-il, puisqu'elle envisageait l'éventualité d'une attaque. Mais s'entraîner sur une cible immobile était une chose, toucher un animal en mouvement comme un loup affamé ou un sanglier enragé en était une autre.

— Tu as volontairement désobéi à mes ordres, Johanna. Désormais, tu ne...

Elle fit alors quelque chose qui le prit totalement de court. Se penchant sur sa selle, elle tendit la main pour lui effleurer le cou du bout des doigts. Il eut l'impression qu'un papillon l'avait frôlé. Ce geste le stupéfia. Johanna se rassit normalement, croisa les mains et lui sourit.

Il secoua la tête pour s'éclaircir les idées et retrouver le fil de son discours.

— Tu n'as aucune idée des dangers qui...

Elle le refit. Elle refit son geste. Bon sang, mais elle se moquait de lui ! Il lui saisit le poignet.

— Qu'est-ce que tu fais ?

— Je te caresse.

Il l'examina longuement.

— Pourquoi ? demanda-t-il finalement.

— Pour vous montrer mon affection, milord. Est-ce que cela vous déplaît ?

Il ne s'habituait pas à sa manie de passer brusquement du vouvoiement au tutoiement. Et inversement.

— Non, grogna-t-il.

A son tour, il se pencha et ses lèvres s'emparèrent des siennes.

Ce fut un long baiser passionné et quand il prit fin, ils s'aperçurent que Johanna était assise sur l'étalon de Gabriel.

Il la serra contre lui. Elle s'abandonna contre sa poitrine avec un petit sourire.

Elle avait envie de rire. Seigneur, ça marchait vraiment. Elle venait juste de faire la preuve de sa nouvelle théorie. Gabriel et Dumfries se ressemblaient beaucoup. Son mari aimait gronder mais il ne mordait pas. Une caresse suffisait à le calmer.

— Il est permis à une femme de témoigner son affection à son mari.

Ce devait être une approbation, supposa-t-elle. Mais, Seigneur, quelle arrogance ! Elle s'écarta pour le regarder droit dans les yeux.

— Est-il permis à un mari d'emmener sa femme faire une promenade à cheval ?

— Bien sûr. Un mari peut faire tout ce qu'il souhaite.

Et sa femme aussi, pensa-t-elle.

— Pourquoi êtes-vous toujours aussi sérieux, milord ? En vérité, vous ne souriez vraiment pas assez.

— Je suis un guerrier, Johanna.

Il semblait persuadé que cette explication suffisait.

Il l'aida à repasser sur la jument.

— Toi aussi, tu souris rarement, remarqua-t-il. Pourquoi ?

— Je suis la femme d'un guerrier, milord, répondit-elle, espiègle.

Il ne put s'empêcher de sourire.

— Vous êtes très beau quand vous souriez, milord.

— Mais tu n'aimes pas les hommes beaux, tu te souviens ?

— Je m'en souviens. J'essayais simplement de vous complimenter.

— Pourquoi ?

Elle resta muette.

— Que faisais-tu ici toute seule ?

Elle lui répondit par une autre question.

— Auriez-vous une heure à perdre pour vous promener avec moi ? Je suis à la recherche d'une grotte dont Auggie m'a parlé. Il y a un trésor à l'intérieur.

— Quel trésor ?

Elle secoua la tête.

— Il faudra d'abord trouver la grotte. Alors, seulement je vous dirai ce qu'il y a dedans. Je sais comme vous êtes occupé mais je ne vous demande qu'une heure. Est-ce possible ?

Il considéra sa requête. Il avait effectivement prévu plusieurs choses importantes aujourd'hui. Et se promener pour le simple plaisir de se promener n'était pas raisonnable. Ni productif.

Pourtant la perspective de passer quelques instants avec sa splendide épouse n'avait rien de rébarbatif.

— Je te suis, Johanna.

— Merci, milord, fit-elle avec enthousiasme et gratitude.

Décidément, de si petits plaisirs lui procuraient

de bien grandes joies. Gabriel se fit soudain l'effet d'un monstre pour avoir hésité si longtemps à accéder à sa demande.

Elle avait déjà lancé sa jument dans un galop effréné. Gabriel fit alors une constatation surprenante : elle était excellente cavalière.

Il se contenta de la suivre jusqu'à ce qu'ils atteignent la forêt, puis il prit la tête.

L'heure écoulée, leur quête restait vaine. Johanna, fidèle à sa parole, était prête à abandonner.

— La prochaine fois, nous demanderons à Auggie de nous conduire. Il sait où se trouve la grotte.

Ils franchirent un rideau d'arbres entourant une petite clairière au bord de la rivière. La vallée s'étalait à leurs pieds.

— Tu veux rentrer ? demanda Gabriel.

— J'aimerais vous parler, milord et si je n'étais pas aussi affamée, je vous supplierais bien de rester ici toute la journée. C'est si magnifique. Avez-vous remarqué comme votre vallée est verte et riche ? (Les yeux brillants de malice, elle ajouta :) Et quand je pense qu'il règne un climat aussi doux pendant toute l'année. J'ai vraiment de la chance de vivre ici. Ah ça, oui !

Gabriel ne l'avait jamais vue de si bonne humeur. Du coup, il en perdait l'envie de rentrer.

— Je peux apaiser ta faim, femme.

— Comment ? Vous allez chasser ?

— Non, j'ai tout ce qu'il faut avec moi.

Il sauta à terre avant de l'aider à descendre de selle.

— Tu es trop maigre, Johanna. Tu es moins lourde qu'une botte de paille.

Elle ignora cette critique.

— Où est notre repas ? Va-t-il tomber du ciel ?

Il secoua la tête et releva un des pans de sa selle,

révélant une large assiette plate en métal et un petit sac.

Lui faisant signe de s'installer dans la clairière, il attacha les chevaux à un arbre avant de la rejoindre.

— Enlève ton plaid. Il nous servira de couverture. Etale-le sur ce tapis d'aiguilles de pin.

— Voilà qui est probablement indécent.

Au ton de sa voix, il se dit que la décence était en ce moment le cadet de ses soucis. Il alluma un feu de brindilles puis plaça l'assiette au milieu des flammes. Il y versa ensuite de la bouillie d'avoine qu'il tira de son sac, à laquelle il ajouta un peu d'eau puisée à la rivière. Rapidement, l'avoine gonfla, formant une espèce de petit gâteau.

Cela avait le goût de bois mort mélangé à de la poussière. Mais son mari ayant pris le temps et la peine de lui confectionner ce repas, Johanna ne fit pas la fine bouche.

Elle picora son gâteau avec prudence, effectuant plusieurs aller et retour jusqu'à la rivière pour boire de l'eau fraîche et faire descendre la bouillie d'avoine. Finalement, quand elle en eut avalé une petite moitié, elle annonça qu'elle n'avait plus faim.

— Pourquoi avez-vous pensé à amener de la nourriture? s'enquit-elle.

— Chaque soldat emporte de la nourriture avec lui. Nous avons toujours le nécessaire sur nous. Les Highlanders se suffisent à eux-mêmes. Nous n'avons pas besoin de pain ou de vin ou de ces chariots bourrés de pots et de chaudrons qui encombrent les soldats anglais. Ce sont de petites natures. Nos plaids nous servent de tentes et de couvertures et si nous avons besoin d'une autre nourriture, nous la tirons de la terre.

— Ou bien vous la volez aux autres clans ?
— Oui.
— C'est mal de prendre sans permission.
— C'est notre coutume.
— Les autres clans vous dépouillent-ils, eux aussi ?
— Nous ne possédons rien qui ait suffisamment de valeur.
— Se volent-ils les uns les autres ?
— Bien sûr.
— C'est complètement barbare, affirma-t-elle. Leurs lairds ne font donc jamais de troc ?
— Certains le font, répondit Gabriel. Quatre fois par an, se tient un grand conseil près de Moray Firth. Les clans qui ne sont pas en guerre les uns contre les autres s'y rendent. J'ai entendu dire qu'on y troquait pas mal de choses.
— Vous n'y êtes donc jamais allé ?
— Non.
— N'avez-vous jamais été invité ?
— Tous les lairds sont invités.
— Alors, au nom du Ciel, pourquoi ne pas y être allé ?
— Je n'en avais ni le temps ni l'envie. D'ailleurs, comme je te l'ai déjà expliqué, nous n'avons rien à offrir.
— Mais si vous aviez quelque chose ? s'enquit-elle. Assisteriez-vous à ce grand conseil ?
Il haussa les épaules.
— Quelle est la réaction du père MacKechnie à tous ces vols ? demanda-t-elle.
Décidément, se dit Gabriel, l'opinion du prêtre l'obsédait.
— Il ne nous condamne pas, si c'est ce que tu penses. Il sait que nous n'avons pas le choix. Survivre est plus essentiel que ces considérations mesquines.

L'attitude de son mari la stupéfiait... et la rendait aussi un peu envieuse. Elle aimerait bien considérer certains de ses péchés comme quelque chose de mesquin.

— Le père MacKechnie est un prêtre comme il n'en existe pas beaucoup.

— Pourquoi dis-tu cela ?

— Il est très gentil. C'est inhabituel.

Gabriel fronça les sourcils.

— Comment sont donc les prêtres en Angleterre ?

— Cruels.

La réponse avait fusé avant qu'elle ne puisse la retenir. Elle la regretta aussitôt car elle donnait ainsi l'impression d'assimiler tous les hommes de Dieu à ceux qu'elle avait connus.

— Oh, ils ne doivent pas être tous ainsi, reprit-elle. Oui, je suis certaine qu'il existe quelques hommes bons qui ne croient pas que les femmes sont les dernières à être aimées de Dieu.

— Les femmes sont quoi ?

— Les dernières dans l'amour du Seigneur, expliqua-t-elle en gardant la tête baissée. Il est bon que vous sachiez dès maintenant que je ne suis pas en très bons termes avec l'Eglise.

On aurait dit qu'elle venait de lui avouer le pire des crimes.

— Et pourquoi cela, Johanna ?

— Je suis une rebelle, murmura-t-elle.

Une lueur ironique passa dans les yeux de Gabriel.

— Je suis une rebelle, répéta-t-elle avec plus de force. Je n'accepte pas tous les enseignements de l'Eglise.

— Lesquels par exemple ?

— Je ne crois pas que Dieu aime les femmes moins que les bœufs ou les vaches.

Il n'avait jamais rien entendu d'aussi grotesque.

— Qui t'a dit…

Elle l'interrompit.

— L'évêque Hallwick prenait plaisir à répéter la hiérarchie du Seigneur pour me rappeler mon insignifiance. Il disait que si je n'apprenais pas la véritable humilité et la soumission, je ne rencontrerais jamais les anges.

— Cet évêque était ton confesseur ?

— Pendant un temps, répondit-elle. En raison de la haute position de Raulf, l'évêque était son conseiller et son confesseur. Il aimait infliger ses pénitences.

Gabriel sentit la peur qui rampait dans sa voix. Il posa la main sur son épaule. Elle sursauta.

— Quelles pénitences ?

Elle secoua la tête.

— Quand Alex reviendra-t-il ? demanda-t-elle.

Elle changeait délibérément de conversation. Il décida de ne pas la contrarier. Son épouse était dévorée d'étranges angoisses. Et, à la façon dont elle se tordait les mains, il présumait que l'évêque Hallwick représentait l'une des pires.

— Alex reviendra quand le mur sera terminé. Tu m'as déjà posé la même question hier et avant-hier.

— Et je vous la reposerai sans doute demain.

— Pourquoi ?

— Un fils devrait vivre avec son père. Comment prend-il cette attente ? Est-il heureux de vivre dans la famille de sa mère ? Avez-vous confiance en ces gens ? Un enfant aussi jeune qu'Alex a besoin de l'attention de son père.

De telles questions étaient une insulte pour

Gabriel. Pensait-elle vraiment qu'il laisserait son fils aux mains de gens méprisables ? Mais elle ne cherchait pas à se montrer insolente. Elle se souciait uniquement du bien-être du garçon.

— Alex me dirait s'il était malheureux ou maltraité.

Elle secoua la tête avec véhémence.

— Ce n'est pas certain. Il accepte peut-être de souffrir en silence.

— Et pourquoi souffrirait-il en silence ?

— Parce qu'il aurait honte, bien sûr. Parce qu'il peut croire qu'il a commis une mauvaise action qui justifie un tel traitement. Fais-le revenir, Gabriel. Sa place est avec nous.

C'était une supplique déchirante. Gabriel prit Johanna dans ses bras et la força tendrement à le regarder. Il l'examina longuement.

— Je le ferai revenir pour quelques jours.

— Quand ?

— La semaine prochaine, promit-il. Je lui demanderai s'il est malheureux ou maltraité. (Il arrêta sa protestation en lui posant un doigt sur la bouche.) Et il me dira la vérité, ajouta-t-il d'une voix plus dure quand elle osa secouer la tête. Maintenant, j'aimerais que tu répondes à une question, Johanna.

Il retira son doigt, attendit son assentiment puis demanda :

— Combien d'années as-tu souffert en silence ?

— Vous m'avez mal comprise, dit-elle. J'ai eu une enfance merveilleuse. Mes parents m'aimaient et me chérissaient. Père est mort il y a trois ans. Il me manque encore.

— Et ta mère ?

— Elle vit seule maintenant. En fait, je n'aurais

jamais accepté de venir ici si Nicholas n'avait juré de veiller sur elle. C'est un fils dévoué.

— Tu devais sûrement voir souvent tes parents quand tu étais l'épouse du baron. Mais, ici, la distance qui nous sépare de ta mère est trop grande pour permettre plus d'une visite par an.

— Vous me laisseriez aller chez ma mère ?

Elle semblait abasourdie.

— Je t'y emmènerai moi-même, répondit-il. Mais seulement une fois par an. Tu ne peux espérer voir ta famille aussi souvent que quand tu étais mariée avec l'Anglais.

— Je ne voyais jamais ma mère ou mon père.

Ce fut au tour de Gabriel d'être stupéfait.

— Ton mari te l'interdisait-il ?

Elle secoua la tête.

— Je ne voulais pas les voir… pas à cette époque. Ne devrions-nous pas rentrer ? Il se fait tard et je vous empêche d'accomplir vos devoirs.

Il s'irrita. Johanna avait une attitude incompréhensible. Elle avait paru transportée de joie quand il lui avait annoncé qu'elle pourrait rendre visite à sa mère une fois par an pour ensuite se contredire en expliquant qu'elle avait préféré ne pas rencontrer ses parents tout au long de son mariage avec le baron.

— Johanna, gronda-t-il. Tu te contredis. Et je n'apprécie guère les énigmes…

Elle lui caressa le cou d'une main légère. Encore une fois, cette curieuse tactique le désarçonna. Mais il était bien décidé à ne pas céder. Il lui saisit la main.

— Comme je le disais, je n'aime pas…

Elle lui caressa l'autre côté du cou avec son autre main.

Gabriel se laissa prendre au piège. Il maudit sa

propre faiblesse avant de déposer un baiser sur ses lèvres.

Il voulait simplement la goûter mais sa réponse enthousiaste lui ouvrit l'appétit. Il se fit plus exigeant. Leurs langues se mêlèrent.

Elle désirait davantage. Libérant ses mains de son étreinte, elle les enfouit dans son cou. Ses doigts s'accrochèrent à ses cheveux tandis qu'elle se pressait contre lui.

Faisant appel à toute sa volonté, Gabriel s'écarta. Il ferma les yeux pour ne pas céder à la tentation de sa bouche offerte.

— Ce n'est pas le moment, gronda-t-il d'une voix rauque.

— Non, bien sûr que non...

— Il y a du danger ici...

— Oui, le danger...

— J'ai des tâches à accomplir.

— J'ai honte de vous détourner de vos responsabilités.

— Tu as raison d'avoir honte, fit-il, souriant.

C'était lui à présent qui la torturait en lui caressant la cuisse. Puis il remonta vers ses fesses en lui énumérant toutes les bonnes raisons qu'elle avait de retourner immédiatement au château.

Elle commençait à avoir du mal à l'entendre. Par contre, son odeur lui chatouillait les narines. Il sentait la forêt. C'était... insupportable.

— Gabriel ?

Sa main se referma sur sa taille.

— Oui ?

— Je voulais te parler des importantes décisions que j'ai prises.

— Ça peut attendre un peu, Johanna.

Elle était parfaitement d'accord.

— Il y a des loups par ici ? demanda-t-elle.

— Parfois.

— Tu ne sembles pas très inquiet.

— Les chevaux nous préviendront de leur approche. Ta peau est plus douce que la soie.

Du bout des lèvres, elle se fraya un chemin dans son cou. Les mains de Gabriel descendirent à la jonction de ses cuisses. Instinctivement, elle les écarta. Il se fit un devoir de lui infliger la plus délicieuse des tortures.

Elle entreprit de se déshabiller : tâche frustrante qui exigeait trop de temps et d'efforts. Et puis, à force de se tortiller, elle ne faisait que resserrer les nœuds qui maintenaient sa longue chemise. Gabriel vint à son secours. Il se montra tout aussi maladroit mais il était plus fort : il déchira le vêtement.

Soudain, il fut incapable d'attendre davantage. Il la força à le chevaucher, la souleva et... s'arrêta.

— Prends-moi en toi, souffla-t-il. Prends-moi si tu es prête.

Elle assura sa prise sur ses épaules et se laissa doucement descendre. Ils se regardaient droit dans les yeux tandis qu'elle s'empalait sur lui.

Le plaisir était à la limite du tolérable. Gémissante, elle ferma les paupières. Leurs bouches se joignirent.

Pour la première fois, ce fut elle qui imprima le rythme de leur amour. Et elle se révéla très douée. Très vite, il faillit perdre tout contrôle. Heureusement, elle céda au moment où il n'y tenait plus. L'extase les consuma en même temps.

Gabriel la garda serrée contre lui pendant de longues minutes avant de l'embrasser à nouveau avec une lenteur paresseuse. Puis il se leva.

Ne lui laissant pas le temps de se remettre de ses émotions, il l'embrassa une dernière fois et lui dit de se rhabiller. Il ne fallait pas gâcher la journée, déclara-t-il.

Ils se lavèrent dans la rivière, s'habillèrent et marchèrent côte à côte jusqu'à leurs montures.

— Tu ne sortiras plus seule, Johanna. Je te l'interdis.

Elle resta muette. Il lui adressa un regard sévère tout en la soulevant jusqu'à sa selle. Elle ajusta son carquois et son arc puis lui prit les rênes des mains.

— Quand nous serons revenus au château, tu te reposeras.

— Pourquoi ?

— Parce que je le dis.

Elle n'était pas d'humeur à se disputer avec lui. Elle ne voulait pas non plus qu'ils se séparent sur une querelle.

— Gabriel ?

— Oui ?

— As-tu apprécié ce moment que nous venons de passer ensemble ?

— Pourquoi une question pareille ? C'est l'évidence même.

Après cet étrange éloge, il sauta sur son cheval.

— Cela n'a rien d'une évidence, s'exclama-t-elle.

— Ça devrait, répliqua-t-il sèchement.

Puis il chercha quelque chose de plus gentil mais il n'avait jamais été doué pour ce genre de conversation. Il trouva finalement le compliment adéquat :

— Tu m'as fait oublier mon devoir.

Voilà qui allait sûrement la convaincre ! se dit-il.

Pour elle, cela sonnait comme une accusation.

— Je te demande pardon, Gabriel. Cela n'arrivera plus.

— C'était un compliment.

— Un compliment ? répéta-t-elle en roulant des yeux.

Elle ne le croyait pas ! C'était ahurissant.

— Bien sûr que c'était un compliment. Un soldat n'oublie jamais son devoir. Ce serait une catastrophe. Tu vois bien que je te faisais un compliment.

— Ah ? fit-elle, guère convaincue.

Il grogna. Elle n'aurait su dire ce que cela signifiait. Mais il était clair que la discussion était terminée. Gabriel claqua le flanc de sa jument pour la faire avancer.

Il ne prononça pas le moindre mot jusqu'à ce qu'ils arrivent aux écuries. Puis il lui répéta qu'elle devait se reposer.

— Mais pourquoi donc, milord ? Je ne suis pas sénile.

— Je ne veux pas que tu tombes malade.

A son air buté, elle savait qu'il était inutile de discuter. Mais elle était trop irritée pour s'avouer vaincue et, comme à chaque fois qu'elle se sentait mal à l'aise avec lui, elle recommença à le vouvoyer.

— Vous êtes déraisonnable. Je n'ai aucune envie de rester au lit toute la journée. Je ne dormirai pas de la nuit.

Gabriel la descendit de selle sans trop de ménagement avant de la traîner vers le château.

— Je t'autorise à t'asseoir près de la cheminée. Tu peux même faire de la broderie si tu en as envie.

Le tableau qu'il venait de dépeindre lui plaisait. Il sourit en imaginant Johanna accomplir une besogne aussi délicate.

Elle lui jeta un regard en coin.

— Vous avez des idées bien arrêtées sur la façon

dont je dois passer mon temps. Je me demande où vous les avez attrapées. Votre mère passait-elle son temps à coudre devant la cheminée ?

— Non.

— Comment passait-elle ses journées alors ?

— En travaillant d'arrache-pied. Elle est morte quand j'étais très jeune.

C'était visiblement un sujet sur lequel il ne voulait pas s'étendre. Mais ce simple commentaire aidait Johanna à mieux le comprendre. Un travail éreintant avait achevé sa mère... C'était peut-être la raison pour laquelle il tenait tant à ce qu'elle se repose.

La curiosité l'emporta sur la prudence.

— Aimiez-vous votre mère ?

Il ne répondit pas. Elle essaya une autre approche.

— Qui vous a élevé après sa mort ?

— Personne et tout le monde.

— Je ne comprends pas.

Il allongea le pas de façon à l'obliger à courir pour rester à sa hauteur. Soudain, il s'immobilisa et se retourna vers elle.

— Tu n'as pas besoin de comprendre. Rentre, Johanna.

Son mari pouvait se montrer très grossier parfois. Il la planta là sans même lui accorder un regard.

Debout sur les marches, Johanna ne bougea pas pendant de longues minutes, songeant à ce qu'il venait de lui dire. Il se révélait bien plus complexe qu'elle ne l'avait d'abord pensé. Elle voulait le comprendre. Elle était son épouse désormais et il était essentiel qu'elle sache ce qui pouvait le rendre heureux et comment l'apaiser.

— Pourquoi cette mine si sombre, milady ?

Johanna sursauta avant de se retourner, souriante, vers Keith.

— Excusez-moi, vous m'avez surprise.

— C'est moi qui m'excuse, répondit le chef des MacLaurin. Vous sembliez si préoccupée.

— Je pensais à votre laird, expliqua-t-elle. C'est un homme compliqué.

— Oh oui, approuva Keith.

— J'aimerais comprendre comment fonctionne son esprit.

— Pourquoi ?

Elle haussa les épaules.

— Lui poser des questions directes ne sert à rien, fit-elle. Mais il n'y a pas qu'une entrée au château.

Keith la comprit de travers.

— Oui, il y a deux entrées. Trois si on compte le passage par la cave.

— Ce n'est pas ce que je voulais dire. Cela signifie qu'il y a plus d'un moyen d'atteindre son but.

— Mais il y a quand même deux entrées au château, insista Keith, buté.

Elle soupira.

— Peu importe, Keith.

— Irez-vous rejoindre Auggie, cet après-midi ? demanda alors le soldat.

— Peut-être, répondit-elle en gagnant l'entrée.

Keith se précipita pour lui tenir la porte.

— C'est jeudi aujourd'hui, milady, s'exclama-t-il soudain.

— Oui, c'est exact. Si vous voulez bien m'excuser : je voudrais m'occuper de Dumfries, ajouta-t-elle tandis que le soldat se dandinait d'un pied sur l'autre à ses côtés.

Il semblait gêné. Sans doute, se dit-elle, parce qu'il ignorait ce qu'elle comptait faire aujourd'hui. Il fallait vraiment convaincre Gabriel qu'elle n'avait pas besoin de cette escorte permanente. Keith et Calum la rendaient folle à la suivre ainsi partout. Ce matin, elle avait dû se faufiler en cachette pour leur échapper. Mais elle ne pourrait plus recommencer. Ils seraient sur leurs gardes à présent. D'ailleurs, elle n'avait aucune envie de tricher pour obtenir ce qu'elle désirait.

Johanna déposa son arc et son carquois dans un coin sous les marches.

— Vous saviez donc que c'est jeudi? insista Keith.

Mais qu'est-ce qui lui prenait?

— Je n'y ai pas pensé plus que cela, messire. Est-ce important?

Il hocha la tête.

— Vous devriez porter les couleurs des MacLaurin aujourd'hui.

— Vraiment? Mais hier...

— Vous portiez le plaid des MacBain, milady. Je m'en souviens parfaitement.

A l'évidence, son erreur le torturait.

— Il est important que je ne me trompe pas, n'est-ce pas?

— Oui.

— Pourquoi?

— Vous ne voudriez pas insulter l'un des deux clans?

— Non, bien sûr que non. J'essaierai d'y prendre garde à l'avenir et je vous remercie de m'avoir signalé mon erreur. Je monte me changer.

— Mais la moitié de la journée est déjà passée, milady. Vous feriez aussi bien de garder le plaid des MacBain. Vous pourriez mettre les couleurs des MacLaurin demain et après-demain. Cela effacerait l'insulte.

— Elle doit porter les couleurs des MacBain un

jour sur deux, Keith. Il est inacceptable que l'épouse d'un MacBain porte vos couleurs deux jours de suite.

Calum avait parlé depuis l'entrée du hall. Johanna faillit lui donner raison mais l'expression de Keith lui fit changer d'avis. Comme il semblait plus irrité que Calum, elle décida de pencher en sa faveur.

— Calum, je pense que Keith a raison...

Mais ni l'un ni l'autre ne se souciaient de son avis.

— Elle ne portera pas les couleurs de ton clan deux jours de suite.

— Elle les portera, rétorqua Keith. Elle veut s'entendre avec tout le monde, Calum. Tu ferais bien de suivre son exemple.

— Oh, oh, tu retournes ta veste ? Ce matin, tu disais qu'elle ferait mieux de rester à sa place.

— Je ne voulais pas l'offenser. Mais cela simplifierait ma tâche si je savais où la...

— Et depuis quand veiller sur une femme est une tâche difficile ? Et pendant que j'y suis, depuis quand décides-tu de ce qu'elle peut faire ? A mon avis, puisqu'elle est une MacBain, c'est à moi de décider...

— Personne ne décidera quoi que ce soit à ma place.

Les deux soldats ne l'entendirent même pas. Elle eut envie de les étrangler.

Johanna se souvint qu'elle avait pris la décision d'essayer de sympathiser avec tous les membres des deux clans... y compris avec les têtes de mule qui leur servaient de chefs. Comme ils l'ignoraient, elle battit lentement en retraite. Ils ne s'en rendirent pas compte. Elle rejoignit Dumfries et s'agenouilla à ses côtés.

— Les Highlanders sont bizarres, Dumfries, murmura-t-elle en lui tapotant le cou. Comment des hommes adultes et sains d'esprit peuvent-ils s'étriper à propos des vêtements d'une femme ? Ah, toi non plus, tu n'as pas de réponse à cette douloureuse question ? Arrête de gronder, veux-tu ? Je dois regarder sous tes bandages. Je ne te ferai pas mal, c'est promis.

La blessure se cicatrisait parfaitement. Elle caressa le chien qui martela bruyamment le sol de sa queue en réponse.

Keith et Calum étaient sortis se disputer dehors. Johanna monta dans sa chambre, enfila le plaid des MacLaurin et revint dans le hall pour aider aux préparatifs du dîner. Heureusement, Leila et Megan étaient de service aujourd'hui. C'étaient les seules parmi les MacLaurin qui acceptaient de l'écouter. Elle ne les en appréciait que davantage.

— Que souhaitez-vous, milady ? demanda Leila en la voyant.

— J'aimerais qu'on place des bouquets de fleurs sauvages sur les tables, annonça Johanna. Tu peux t'en charger ? Et, Megan, toi et moi, nous allons mettre des nappes et des assiettes pour tout le monde.

— Nous avons fait le ménage dans le hall, déclara Megan. Cela vous convient ?

Johanna acquiesça. La salle, entièrement restaurée à présent, était propre et sentait bon. L'odeur de pin se mêlait au grand air qui affluait par la porte ouverte. Le hall était assez vaste pour accueillir cinquante soldats et comportait très peu de meubles. Elle venait de faire cette constatation quand deux jeunes soldats apparurent, portant deux fauteuils.

— Où allez-vous comme ça ? leur demanda Megan.

— Nous allons les poser près de la cheminée, répondit l'un des deux. Ce sont les ordres du laird.

Lançant une longue nappe au-dessus d'une des tables, Megan fronça les sourcils.

— A quoi...

S'emparant du morceau de tissu à l'autre bout, Johanna l'interrompit.

— Il veut que je brode auprès du feu, expliqua-t-elle en soupirant.

Les deux hommes approchaient de la cheminée. Dumfries gronda aussitôt. Ils hésitèrent puis contournèrent la bête pour déposer leur fardeau de chaque côté de l'immense foyer avant de s'esquiver promptement.

Les fauteuils étaient capitonnés. L'un aux couleurs des MacBain, l'autre à celles des MacLaurin.

— Seigneur, gémit Johanna. Tu crois que je devrai aussi changer de chaises comme je change de vêtements ?

— Je vous demande pardon, milady ? s'étonna Megan.

— Rien, rien, je parlais toute seule, marmonna Johanna en lui prenant la moitié d'une pile d'assiettes en bois.

— Notre laird est très attentionné, commenta Megan. Malgré toutes ses préoccupations, il pense à votre confort.

— Oui, approuva vivement Johanna qui ne voulait pas laisser croire qu'elle n'appréciait pas les efforts de son mari. Je vais faire un peu de tapisserie ce soir. Cela devrait lui plaire.

— Vous êtes une bonne épouse.

— Non, Megan, je ne suis pas une bonne épouse.

— Mais bien sûr que si, s'insurgea Megan.

Gabriel avait fait son entrée sur cette dernière

remarque. Il s'arrêta, attendant que sa femme se retourne et l'aperçoive. Elle était occupée à une tâche bien inutile : placer une assiette en face de chaque tabouret.

— Une bonne épouse est une épouse soumise.

— Et vous ne l'êtes pas ? s'enquit Megan.

— En tout cas, j'ai du mal à m'y résoudre, répondit Johanna d'un ton léger.

— Vous me semblez très soumise, annonça Megan. Je ne vous ai jamais vue désapprouver quiconque, milady, et votre mari moins que tout autre.

Johanna hocha la tête.

— J'essaie de le satisfaire car je sais qu'il a de la considération pour moi. Il sera content si je reste près du feu à broder et, comme c'est un travail qui me plaît, je le ferai.

— Tu es trop bonne, femme.

Le visage en feu, Johanna se retourna.

— Je ne vous manquais pas de respect, milord.

— Je le sais.

Elle l'étudia longuement, essayant de deviner ses pensées. Mais il restait parfaitement impassible.

— Vous désiriez quelque chose, mon époux ?

Il hocha la tête.

— Nous n'avons pas de guérisseur ici, Johanna. Comme tu as prouvé ton habileté à manier les aiguilles, je veux que tu recouses un de mes hommes. Calum s'est fait ouvrir le bras par un jeune soldat sans expérience qu'il entraînait.

Johanna courait déjà vers l'escalier pour aller chercher ses remèdes.

— Je reviens tout de suite avec mes affaires. Pauvre Calum. Il doit souffrir terriblement.

En revenant, elle trouva Calum assis sur un

tabouret tandis que des femmes lui lavaient le bras.

Leila, remarqua Johanna, était absolument bouleversée. Elle se tenait à distance, faisant semblant d'arranger des fleurs sur une table. Mais ses yeux brillaient et elle ne cessait de jeter des regards inquiets vers le soldat. Calum l'ignorait.

La femme du clan MacLaurin avait visiblement un faible pour le chef des MacBain mais faisait de son mieux pour le cacher. Etait-ce parce que Calum ne lui rendait pas son attention ou bien à cause de la différence de clan? En tout cas, une chose était sûre: Leila était malheureuse. Et même si ce n'était pas son rôle, Johanna désirait lui venir en aide.

Une autre des MacLaurin capta alors son attention.

— Je serais heureuse de te recoudre, Calum.

Glynis! Celle qui lui avait donné ce surnom honteux.

— Peu m'importe que tu sois un MacBain, continuait-elle. Je ferai du bon travail.

Johanna traversa vivement la salle.

— Poussez-vous, s'il vous plaît, ordonna-t-elle. Je m'occuperai de Calum. Leila? Apporte-moi un tabouret.

Gabriel revint dans le hall, vit la foule assemblée et renvoya immédiatement chacun à sa tâche. Johanna examinait la blessure: une longue et étroite coupure qui courait sur le bras de Calum de l'épaule jusqu'au coude. Elle était assez profonde pour qu'il faille la suturer.

— Cela fait mal, Calum? s'enquit-elle avec sympathie.

— Non, milady, pas du tout.

Elle ne le crut pas.

— Alors, pourquoi grimacez-vous ainsi ?

— J'ai mécontenté mon laird, expliqua Calum à voix basse. Je ne faisais pas assez attention.

Tout en donnant cette explication, il lança un regard venimeux à Leila qui piqua aussitôt du nez. Johanna en déduisit que le soldat la jugeait responsable de son « inattention ».

Calum ne cilla pas une seule fois tout au long des soins qu'elle lui prodigua. Il lui fallut un bon moment pour nettoyer la coupure et la recoudre proprement. Leila déchira des bandes de coton blanc dont elles firent un bandage.

— Voilà, déclara Johanna, son travail terminé. Vous avez un bras neuf, Calum. Ne mouillez pas le pansement et évitez de forcer sur les points en soulevant des charges trop lourdes. Je changerai votre bandage tous les jours.

— Il peut le faire lui-même.

Agenouillé près de la cheminée, Gabriel caressait Dumfries.

— Je préférerais m'en charger, milord, lui dit-elle.

Calum et elle se levèrent en même temps.

— Ne discute pas mes ordres, femme. (Gabriel se dressa de toute sa hauteur et toisa son second.) Retourne à ton travail, Calum. Tu as assez perdu de temps comme ça. Leila, reste ici. J'ai un mot à te dire.

La sévérité de son mari à l'égard de Calum et de Leila surprit Johanna.

— Je viens de demander à Calum de ne pas effectuer d'efforts trop violents.

— Il doit travailler au mur.

— Vous voulez dire qu'il doit porter des pierres ? s'enquit-elle, horrifiée.

— Exactement, fit-il méchamment.

— Il ne peut pas.
— Il le fera.
Elle s'emporta.
— La blessure est profonde, milord. Il ne devrait pas travailler du tout.
— Peu m'importe. Il travaillera.
— Il va arracher le fil.
— Il n'a qu'à utiliser son autre bras ou ses pieds si ça lui chante. Leila ?
— Oui, laird MacBain ?
— Tu ne distrairas plus mes hommes pendant leur service. C'est bien compris ?
Elle en avait les larmes aux yeux.
— Oui, laird MacBain, je comprends. Cela n'arrivera plus.
— J'y compte. Tu peux nous laisser maintenant.
S'apprêtant à partir, Leila exécuta une rapide révérence.
— Dois-je revenir demain pour aider notre maîtresse ?
— Ce ne sera pas nécessaire. Une des MacBain s'en chargera.
Leila traversa le hall à toutes jambes. Johanna était furieuse après son mari.
— Vous l'avez blessée, milord.
— Mais pas tuée.
— Ce qui veut dire ?
— Viens, Dumfries. Il est temps de prendre un peu d'exercice.
Excédée, Johanna se planta devant Gabriel, lui barrant la route. Les mains sur les hanches, elle le regardait droit dans les yeux.
Son épouse n'avait plus rien d'une jeune femme timorée, se dit Gabriel. En vérité, on aurait dit qu'elle voulait le foudroyer du regard.
— Serais-tu en train de me critiquer, par

hasard ? demanda-t-il d'un ton dangereusement calme.

— C'est possible, milord.

— Ce n'est pas permis.

Elle changea de tactique.

— Donner mon opinion est permis, lui rappela-t-elle. Et mon avis est que vous avez vexé Leila.

— Elle survivra, aboya-t-il.

— Une bonne épouse n'insisterait probablement pas.

— Sûrement pas.

Elle poussa un profond soupir.

— Alors, je ne dois pas être une très bonne épouse, Gabriel. Je tiens à savoir ce que Leila a fait pour te mettre en colère.

— Elle a failli faire tuer un de mes soldats.

— Impossible !

— Je n'ai pas pour habitude qu'on mette ma parole en doute.

— Mais elle ne l'a sûrement pas fait exprès.

Une lueur glaciale passa dans les yeux de Gabriel.

— Calum a commis une erreur. Il semble bien que les défauts soient contagieux. Il ne faisait pas attention à ce qu'il faisait.

Elle se redressa de toute sa hauteur.

— Ferais-tu allusion à cet incident mineur... quand j'ai accidentellement interrompu votre séance d'entraînement ?

— Exactement.

— C'est grossier de ta part de me le rappeler, annonça-t-elle.

Il se fichait complètement d'être grossier ou non.

— Rester en vie est plus important que ménager la susceptibilité des gens.

L'argument avait du poids.

— C'est vrai, concéda-t-elle.

Dumfries interrompit alors leur discussion par un aboiement. Gabriel la planta là et sortit avec son chien sans lui accorder un regard.

Johanna réfléchit à cette conversation pendant le reste de la journée. Elle n'aurait sans doute pas dû intervenir et contester une décision de son mari concernant son vassal et sa servante. Mais elle avait été incapable de s'en empêcher et puis elle aimait Calum et Leila.

Et cela la surprenait. Par le passé, elle avait appris à ne jamais s'attacher à personne car cela donnait à Raulf une nouvelle arme contre elle. Elle ne pouvait se prendre d'affection pour un membre de sa suite sans le mettre en danger.

Maintenant, les choses étaient différentes, aussi différentes que le jour l'est de la nuit. Elle pouvait avoir des amis sans s'inquiéter pour leur sauvegarde.

Le père MacKechnie les rejoignit pour le dîner. Harassé par son long voyage depuis les Lowlands, il était impatient de leur communiquer les dernières nouvelles d'Angleterre.

Dans le vacarme ambiant où les soldats parlaient tous en même temps, il était difficile de suivre ce qu'il disait. Le prêtre devait parfois crier pour se faire entendre.

— Le pape Innocent va sûrement excommunier John. Le pays tout entier sera frappé d'un Interdit.

— Qu'a-t-il fait pour encourir une telle disgrâce ? s'enquit Johanna.

— John était décidé à nommer un homme à lui comme archevêque de Canterbury. Cette interférence dans les affaires de l'Eglise était intolérable pour notre pape. Il a annoncé son choix, un étranger à l'Angleterre d'après ce que j'ai cru comprendre. Cela a mis John en rage et il a interdit à cet homme de pénétrer sur l'île.

— Que se passera-t-il si l'Interdit frappe le pays ? demanda à nouveau Johanna.

— Le peuple souffrira, bien sûr. Les prêtres fuiront l'Angleterre. Il n'y aura plus ni messes, ni confessions, ni mariages. Les seuls sacrements autorisés seront le baptême des nouveau-nés et l'extrême-onction pour les mourants, à condition bien sûr de trouver un prêtre pour les administrer. C'est une affaire désolante, lady Johanna, mais le roi ne semble pas disposé à faire de concessions.

— Il pillera les églises pour se venger du pape, spécula Gabriel.

Johanna approuva. Le père MacKechnie parut horrifié.

— Il brûlera en enfer s'il le fait, marmonna-t-il.

— Son âme est déjà perdue, mon père.

— Tu ne peux en être certaine, ma fille.

Johanna baissa les yeux.

— Non, je ne peux en être certaine.

Le prêtre reprit la parole.

— Le prince Arthur a disparu, annonça-t-il.

— Nous le savons déjà, remarqua Gabriel.

— Comment cela ? s'étonna le père MacKechnie.

— Le baron Goode nous a envoyé un message.

MacKechnie hocha la tête.

— Certains disent qu'il a été assassiné.

Gabriel observait Johanna qui avait soudain pâli.

— Il a sûrement été assassiné, renchérit Calum.

— Oui et les barons veulent savoir qui...

— L'a tué, acheva Calum.

— Exactement, acquiesça le prêtre.

— Ils ont une idée sur la question ? s'enquit Gabriel.

— Ils sont persuadés que le roi John a fait tuer Arthur. Mais il n'y a aucune preuve.

— Le roi est le seul à posséder un bon mobile, remarqua Calum.

— C'est possible, fit le père MacKechnie.

— Un toast à une bonne journée de travail, s'exclama alors Keith.

Les MacLaurin se levèrent comme un seul homme, gobelet à la main. Les MacBain les imitèrent. Ils se rencontrèrent à mi-chemin des deux tables, cognèrent leurs verres et avalèrent leur bière brune.

Johanna s'excusa et monta dans sa chambre chercher son nécessaire à broderie. Comptant réaliser une petite tapisserie, elle revint s'installer dans le hall.

Elle n'avait pas effectué son premier point qu'on lui demandait de changer de place.

— Vous êtes assise sur la chaise des MacBain, milady, lui expliqua Keith.

Il se tenait debout devant elle, les mains dans le dos. Trois de ses soldats l'avaient rejoint, tous terriblement froissés.

— Je ne dois pas m'asseoir n'importe où, n'est-ce pas, Keith ? soupira-t-elle.

— Oui, milady. Vous portez les couleurs des MacLaurin, ce soir. Vous devriez être assise dans une chaise MacLaurin

Les trois hommes flanquant leur chef hochèrent vigoureusement la tête.

C'était ridicule, se dit-elle. Mais un silence impressionnant régnait soudain dans la salle.

— Laisse-la s'asseoir là où elle en a envie, cria

un des MacBain d'une voix rendue pâteuse par la bière.

Du regard, Johanna quêta un conseil de la part de son mari. Parfaitement neutre, Gabriel l'observait, lui laissant l'entière responsabilité de sa décision.

Elle prit le parti de satisfaire les MacLaurin. Après tout, c'était encore jeudi.

— Merci de votre remarque, Keith, et de vous montrer aussi patient avec moi.

Elle essayait de se montrer sincère mais sa voix était teintée d'un soupçon d'ironie. Les hommes s'écartèrent dès qu'elle se leva et l'un d'entre eux se précipita même pour lui porter son panier de couture.

Johanna s'installa donc de l'autre côté de la cheminée dans la chaise adéquate et se remit au travail. Des grognements d'approbation retentirent. Elle se mordit les lèvres pour ne pas rire.

Le père MacKechnie continuait à bavarder avec Gabriel, évoquant les derniers événements survenus dans les autres clans. Johanna, fascinée, écoutait leur conversation. Le sujet essentiel était les querelles. A l'évidence, les Highlanders passaient leur temps à se faire la guerre. La moindre insulte, la moindre offense leur suffisait.

Johanna attendit que la plupart des hommes aient quitté le hall pour intervenir dans la discussion.

— Mon père, les Highlanders aiment se battre, n'est-ce pas ?

— Oui, répondit-il. Ils aiment se battre.

— Et pourquoi donc ?

— Pour eux, c'est un honneur, expliqua le prêtre.

Johanna rata son point et fronça les sourcils.

Elle demanda à son mari s'il approuvait ce point de vue.

— Oui, c'est un honneur.

Ils étaient fous, se dit-elle.

— Fracasser des crânes est un acte honorable ? Vous m'étonnez, milord.

Sa repartie et son exaspération le firent sourire.

— Combattre permet aux Highlanders d'exprimer les qualités qu'ils admirent le plus, reprit le prêtre. Le courage, la loyauté envers leurs chefs et l'endurance.

— Aucun guerrier ne souhaite mourir dans un lit, renchérit Gabriel.

— Pour eux, ce serait un péché, ajouta le prêtre.

Elle baissa son aiguille et les observa. Se moquaient-ils d'elle ? Non, ils semblaient sincères.

— Et quel serait ce péché ?

— La paresse, fit Gabriel.

Elle retint à grand-peine un ricanement.

— Je ne suis pas naïve au point de croire ce conte à dormir debout.

— Tu es en effet naïve, Johanna, mais ce n'est pas une plaisanterie. Pour nous, c'est un péché que de mourir dans notre lit, déclara Gabriel.

Elle secoua la tête pour bien lui montrer qu'elle avait peine à le croire. Ils échangèrent un long regard.

— Je prendrais bien un peu d'*uisgebreatha* avant d'aller me coucher, annonça alors le père MacKechnie. Laird, je suis épuisé ce soir.

Johanna se leva immédiatement pour le servir. Une cruche remplie de la boisson préférée des Highlanders était toujours suspendue au mur derrière Gabriel. Elle la prit et revint verser un verre au prêtre.

Elle se tourna vers son mari qui déclina sa proposition.

Le père MacKechnie avala une longue gorgée avant de grimacer.

— Je parie que ce tord-boyaux n'a pas plus d'une semaine, gémit-il. On dirait de la bile.

— Auggie prétend qu'il ne peut pas faire mieux.

La remarque du prêtre avait éveillé la curiosité de Johanna.

— C'est important que cette boisson attende longtemps ?

— Elle n'attend pas, corrigea le prêtre. Elle vieillit. Eh oui, c'est important. Plus elle est vieille, meilleure elle est.

— Vieille comment ?

— Oh, il est bon qu'elle mûrisse dix à douze ans dans des fûts de chêne, spécula le prêtre. Mais il faut être patient pour attendre si longtemps avant de boire un petit coup.

— Alors, en vieillissant, elle prend de la valeur ?

Johanna posa la cruche sur la table. Elle se tenait aux côtés de son mari en attendant la réponse du prêtre qui terminait son verre.

— Bien sûr, disait le père MacKechnie. Si la boisson est très vieille, elle prend une énorme valeur. Des hommes tueraient pour de la vieille *uisgebreatha*. Pour les Highlanders, voyez-vous, mon enfant, boire est une affaire très sérieuse. C'est la raison pour laquelle ils l'appellent l'eau de la vie.

— Seraient-ils prêts à donner de la nourriture en échange d'une très vieille boisson ?

— Johanna, en quoi cela t'intéresse-t-il ? s'étonna Gabriel.

Elle haussa les épaules. Elle ne tenait pas encore à lui parler des fûts d'or liquide d'Auggie. Elle devait d'abord demander la permission à son ami. Et puis, elle voulait vérifier par elle-même que les fûts se trouvaient toujours dans la grotte. Et quelle surprise pour Gabriel ! Si ce trésor représentait effectivement la valeur qu'elle pressentait, il aurait enfin quelque chose à troquer.

— Mon père, nous ferez-vous l'honneur d'accepter une chambre, ce soir ? demanda-t-elle.

Le prêtre consulta son laird du regard.

— Le lit est confortable, mon père, remarqua Gabriel.

L'homme de Dieu sourit.

— Je serai ravi de l'essayer. C'est très aimable à toi de m'ouvrir ta demeure.

Il avait adressé ce remerciement à Gabriel qui hocha la tête.

Le prêtre se leva, les salua et quitta la pièce. Johanna retourna à sa chaise et commença à ranger ses affaires.

— Tu peux laisser tout ça, fit alors Gabriel. Personne n'y touchera.

Comme elle passait devant Dumfries, celui-ci grogna méchamment. Elle lui flatta l'encolure. Il gémit de plaisir.

Gabriel suivit Johanna dans leur chambre. Tandis qu'ils se préparaient à se coucher, elle semblait préoccupée. Il ajouta une bûche dans la cheminée, s'adossa au mur et l'étudia.

— A quoi penses-tu ?

— A tout et à rien.

— Ce n'est pas une réponse.

— Je réfléchissais à ma vie ici.

— Tu t'es adaptée sans trop de difficultés, remarqua-t-il. Tu devrais être heureuse.

Elle noua la ceinture de sa chemise de nuit avant de lui faire face.

— Je ne me suis pas adaptée, Gabriel. En vérité, j'ai l'impression de vivre dans les limites comme si j'étais prise entre deux mondes. Je voulais t'en parler aujourd'hui, ajouta-t-elle, mais nous n'en avons pas eu le temps.

— Qu'essayes-tu de me dire ?

— Toi et les autres, vous me traitez comme une visiteuse, Gabriel. Et pire, je me conduis comme une étrangère.

— Johanna, c'est ridicule. Je ne mets pas d'étrangères dans mon lit. Tu es mon épouse, pas une visiteuse.

Elle s'abîma dans la contemplation du feu.

— Tu sais ce dont je me suis rendu compte ? Je cherche tellement à me protéger que je ne m'occupe plus que de moi-même. Demain, j'irai me confesser et implorer le pardon du Seigneur.

Toute cette agitation et cette nervosité ne semblaient pas très logiques à Gabriel.

— Tu n'as pas à t'inquiéter de ta protection. C'est mon devoir de veiller sur toi.

Elle sourit en dépit de son irritation.

— Non, c'est à moi de m'occuper de moi.

— Tu insinues que je suis incapable de veiller sur toi ? s'emporta-t-il.

— Bien sûr que non. Je suis heureuse de pouvoir compter sur ta protection.

— Tu te contredis, femme.

— Ce n'est pas simple, Gabriel. J'essaye de me comprendre. Quand quelqu'un a faim et qu'il n'a pas de quoi manger, il est obsédé jour et nuit par le souci de trouver de la nourriture.

Il haussa les épaules.

— Oui, et alors ?

— Pendant très longtemps, j'ai été obsédée par ma peur. J'ai vécu avec pendant si longtemps que je croyais devoir toujours vivre ainsi. Mais, maintenant que je suis en sécurité, j'ai le temps de penser à autre chose. Tu saisis ?

Il ne saisissait pas. Et il n'aimait pas la voir de si sombre humeur, non plus.

— Je t'ai dit que tu me plaisais. Tu n'as donc pas de souci à te faire.

Il avait le don de l'exaspérer !

— Gabriel, aussi étonnant que cela puisse te paraître, le but de ma vie n'est pas de te plaire.

Ce fut au tour de Gabriel d'être surpris... et irrité.

— Tu es ma femme. Ton devoir est donc de chercher à me plaire.

Elle soupira. Il ne comprenait pas ce qu'elle essayait de lui expliquer. Elle ne pouvait lui en vouloir. Elle ne comprenait pas elle-même.

— Je ne voulais pas t'insulter.

Elle semblait sincère. Gabriel se calma. Il vint derrière elle et passa les bras autour de sa taille. Puis il l'embrassa dans le cou.

— Viens te coucher, maintenant. J'ai envie de toi, Johanna.

— Moi aussi, j'ai envie de toi, Gabriel.

Elle souriait. Il la souleva et la porta jusqu'au lit.

Ils firent longuement l'amour, avec tendresse et douceur. Et quand chacun fut comblé, ils restèrent dans les bras l'un de l'autre.

— Tu me plais vraiment, femme, déclara-t-il alors d'une voix emplie d'affection.

— Il faudra t'en souvenir dans le futur car je suis certaine qu'il y aura des moments où je ne te plairai pas du tout.

— C'est une crainte ou une prophétie ?

Elle se lova tout contre lui.

— Non, simplement la vérité.

Puis elle détourna son attention en lui demandant quels étaient ses plans pour le lendemain. Il n'avait pas pour habitude de discuter de ses projets avec quiconque. Mais, ce soir, il avait envie de la rendre heureuse et lui expliqua donc ce que ses hommes et lui avaient prévu de voler.

Elle ne voulait pas le sermonner mais ne put se contenir bien longtemps. Elle se lança alors dans un discours passionné, lui expliquant qu'il encourait la colère du Seigneur. Que le jour du Jugement n'était pas si éloigné. Cela ne lui fit pas grand effet : il bâilla bruyamment en plein milieu de sa tirade.

— Mon époux, c'est mon devoir de t'aider à mener une vie honnête et droite.

— Pourquoi ?

— Pour que tu ailles au paradis, bien sûr.

Il éclata de rire.

Johanna s'endormit en se posant d'angoissantes questions sur le salut de l'âme de son barbare de mari.

10

La première chose que remarqua Johanna en descendant dans le hall le lendemain matin fut sa broderie. L'ouvrage qu'elle avait à moitié terminé la veille avait été réduit en lambeaux. Son panier n'était pas en meilleur état. Le coupable était vautré par terre et mâchouillait une de ses pelotes de fil. Il en avait apparemment déjà dévoré une.

Dumfries savait qu'il avait mal agi. Il essaya de ramper sous une chaise quand elle hurla son nom avant de se ruer sur lui. La chaise s'envola et s'écrasa avec fracas sur le sol. Dumfries hurla à la mort et Megan accourut, affolée.

Alertés par le vacarme, Keith et Calum apparurent à leur tour. Gabriel arriva derrière eux. Il les repoussa sans ménagement pour se frayer un passage.

Johanna luttait avec Dumfries. Combat inégal que le chien menait sans peine tandis qu'elle essayait de lui arracher sa pelote de la gueule. Il risquait de s'étouffer en l'avalant. Johanna lâcha prise et partit violemment en arrière. Gabriel la rattrapa. Il la reposa au sol sans ménagement et, l'air menaçant, se dirigea vers son chien. Johanna lui barra aussitôt la route.

— Gabriel, je t'interdis de frapper cette pauvre bête !

— Je n'ai pas l'intention de le frapper. Hors de mon chemin, femme, et arrête de te tordre les mains. Je ne lui veux aucun mal. Dumfries, bon sang, arrête ce boucan.

Johanna ne bougea pas. Gabriel la souleva et la reposa derrière lui puis il s'agenouilla devant Dumfries et le força à ouvrir la gueule. Dumfries ne voulait pas lâcher sa pelote. Ce nouveau jeu lui plaisait. Gabriel lui serra la mâchoire dans une étreinte de fer. Le chien couina et abandonna.

Gabriel refusa de laisser sa femme réconforter l'animal. Il la prit par les épaules et exigea un baiser d'adieu.

— Devant tout le monde ? chuchota-t-elle.

Il acquiesça. Elle piqua un fard. Il lui dévora longuement, passionnément, la bouche. Quand il s'écarta, elle semblait assez désorientée.

— Tu as l'air fatigué, femme. Va te reposer.

Il était déjà sur le pas de la porte.

— Vous n'êtes pas sérieux, milord.

— Je suis toujours sérieux.

— Mais je viens juste de sortir du lit. Vous ne pouvez me demander d'aller faire une sieste maintenant.

Megan se précipita à ses côtés dès le départ des trois hommes.

— Lady Johanna, venez vite vous asseoir. Il ne faut pas vous surmener.

Johanna eut envie de hurler.

— Pour l'amour de... Megan, ai-je l'air surmené ?

La femme l'étudia d'un œil critique.

— Euh, vous me semblez très bien mais...

— Vas-tu t'asseoir et te reposer ? lui demanda Johanna.

— J'ai du travail. Je n'ai pas le temps.

— Moi non plus, maugréa Johanna. Il est grand temps que je m'occupe de cette maison. Et tout de suite.

Megan ne l'avait jamais vue aussi autoritaire.

— Mais, milady, votre mari vous a ordonné de vous reposer.

Johanna chassa ce détail d'un revers de la main. Elle énuméra la liste des tâches qu'elle désirait voir accomplir avant le soir, donna la permission à Megan d'embaucher deux servantes supplémentaires et annonça qu'elle allait bavarder avec la cuisinière.

— S'il te plaît, va me chercher mon arc et mes flèches dans ma chambre, ajouta-t-elle. Si la cuisinière est d'accord, nous aurons du ragoût de lapin au dîner. Auggie ne refusera sûrement pas de venir chasser avec moi si je le lui demande gentiment. Je serai de retour avant midi, Megan.

— Vous n'y pensez pas, milady. Aller à la chasse alors que votre mari...

— Mon mari m'a simplement demandé de me reposer. Il n'a rien dit à propos de la chasse, n'est-ce pas ?

— Mais il voulait dire...

— Tu sais deviner ce que veut dire ton laird ? Allons, arrête de t'inquiéter. Je te promets de revenir avant qu'on s'aperçoive de mon absence.

— Vous ne ferez pas dix pas dehors sans être repérée par Keith... ou Calum. Lequel est responsable de vous aujourd'hui ?

— J'espère que chacun croit que c'est l'autre.

La cuisinière, une femme d'âge mûr nommée Hilda, parut ravie de la rencontrer. Ses cheveux roux étaient parsemés de mèches grises. Elle portait le plaid des MacBain.

— Si j'ai de la chance à la chasse, accepterez-vous de nous préparer un ragoût de lapin pour le dîner ?

Elle acquiesça de bonne grâce.

— Je fais le meilleur ragoût de lapin des Highlands, proclama Hilda. Mais il m'en faudra au moins une dizaine. Ou neuf gros.

— Souhaitez-moi bonne chasse, alors, fit Johanna en souriant.

Elle prit son arc et ses flèches et quitta le château. Elle effectua un large détour pour arriver à l'écurie. Sean rechigna à lui seller sa jument mais un sourire et la promesse qu'elle allait simplement galoper dans la prairie le convainquirent. Elle lui demanda de préparer une autre monture pour Auggie. Il était présomptueux de croire que le vieil homme accepterait de chasser avec elle mais elle ne tenait pas à revenir au château. Keith ou Calum l'apercevraient sûrement.

Auggie venait de perdre sa pierre dans un fourré quand elle l'interrompit.

— Je n'ai aucune envie de chasser le lapin, ronchonna-t-il.

— J'espérais que tu serais plus compréhensif, répliqua Johanna en se disant qu'elle cédait de plus en plus souvent au tutoiement de rigueur dans les Highlands. Et puis, en cherchant les lapins, j'aurais aimé que tu me montres l'entrée de la grotte. Je n'ai pas pu la trouver l'autre jour.

Auggie secoua la tête.

— J'accepte d'aller jusqu'à la crête avec toi, fillette, pour te montrer où elle se trouve. Mais je dois me concentrer sur mon jeu. Je ne veux pas perdre mon temps.

Il grimpa en selle et s'élança devant elle.

— J'aimerais que tu me donnes la permission de parler des fûts d'or liquide à mon mari, annonça-t-elle.

— Ce n'est pas un secret.

— Tu serais prêt à partager la boisson avec ton laird ?

— Elle lui appartient. Je dois la vie à MacBain... Ne me regarde pas comme ça, je ne t'en dirai pas plus. Les gens du clan lui sont loyaux et ils ont de bonnes raisons pour ça. Il leur a rendu leur fierté. Je ne lui refuserais jamais rien et moins que tout l'*uisgebreatha*. Tiens, j'arrêterais même de jouer s'il me le demandait, ajouta-t-il avec un accent dramatique.

Auggie s'arrêta au bord de la crête et désigna la ligne des arbres en contrebas. Il lui montra avec précision l'endroit qu'il fallait chercher.

— Tu vois cette brèche dans la forêt ? Tu y trouveras un sentier qui te mènera tout droit à la grotte.

— Tu ne peux vraiment pas venir avec moi ? insista-t-elle.

— Non. Et pas un mot aux MacLaurin. C'est à notre laird de décider ce qu'il entend en faire.

— Mais les MacLaurin font partie du clan maintenant, Auggie.

Il renifla d'un air méprisant.

— Ces gars-là nous snobent, dit-il. Ils se croient meilleurs que nous. Tu comprends, aucun d'entre eux n'était un hors-caste.

— Je ne comprends pas, fit Johanna. On m'a dit qu'ils ont supplié mon mari de leur venir en aide contre les Anglais et...

— C'est la vérité, l'interrompit le vieux soldat. Son père était le laird des MacLaurin. Et il n'a jamais reconnu son fils même en rendant son dernier soupir. Les MacLaurin ont préféré oublier que MacBain était un bâtard. C'est plus facile pour eux de se dire que dans ses veines coule le sang des MacLaurin. Mais nous, la valetaille, ils n'en ont rien à faire.

— Mais vous vous êtes pourtant battus avec Gabriel pour les sauver.

— Exact.

— Les MacLaurin l'auraient-ils oublié ? demanda-t-elle, outrée par un tel manque de reconnaissance.

Auggie s'amusa de son indignation.

— Hé, hé, voilà que tu prends la défense des MacBain, fillette ! Ne serais-tu pas en train de devenir l'une d'entre nous ?

L'étincelle qui brillait dans les yeux du vieil homme la fit sourire. Elle tenait à ce qu'il ait une bonne opinion d'elle car elle appréciait son amitié... et ses conseils. Auggie prenait le temps de l'écouter. Il était le seul dans ce cas... et il ne lui disait jamais de se reposer.

— Allons, pourquoi cette grimace ?

Elle secoua la tête.

— Je réfléchissais à ma vie ici.

— Encore ? Tu vas attraper des migraines à réfléchir autant. Bonne chasse, Johanna.

Il fit faire demi-tour à sa monture et retourna vers ses trous.

Johanna se mit en route dans la direction opposée. Elle allait atteindre le chemin indiqué par Auggie quand un gros lapin blanc bondit hors des sous-bois. Elle coinça immédiatement ses rênes sous son genou gauche, s'empara d'une flèche et banda son arc. Le lapin boula à terre à l'instant même où un autre apparaissait.

Quelque chose devait les inciter à sortir si obligeamment de leur abri devant elle car, en moins de vingt minutes, elle en avait abattu huit de belle taille et un tout maigre. Elle s'arrêta à la rivière pour laver ses flèches et les rengainer dans son carquois. Les lapins étaient attachés derrière sa selle.

Trois soldats MacLaurin la rejoignirent alors qu'elle retournait vers le château. C'étaient de jeunes guerriers sans expérience. Deux étaient blonds ; le troisième possédait des cheveux châtains et de beaux yeux verts.

— Notre laird ne serait pas ravi d'apprendre que vous vous promenez toute seule, milady, fit l'un des soldats blonds avec gêne.

Comme si elle ne l'avait pas entendu, Johanna détacha son butin et le lui tendit.

— Voulez-vous rapporter cela à la cuisinière ? Elle les attend.

— Certainement, milady.

— Comment vous appelez-vous, s'il vous plaît ?

— Niall, répondit-il avant de désigner l'autre blond. Voici Lindsay... et Michael.

— Enchantée de vous connaître, fit Johanna. Si vous voulez bien m'excuser maintenant. Je suis sur une piste.

— Quelle piste ? s'enquit le dénommé Michael.

— Je cherche quelque chose, répondit-elle volontairement évasive. Je ne serai pas absente longtemps.

— Notre laird le sait-il ?

— Oh, sans doute, mentit-elle effrontément.

Niall intervint.

— Restez tous les deux avec milady, pendant que je ramène les lapins au château.

Johanna accepta leur escorte de bonne grâce. Elle prit la direction des opérations et ils s'enfoncèrent dans la forêt. Le chemin se transforma en sentier obstrué de pierres, de branches et de fourrés. Des rayons de soleil traversaient le feuillage des arbres et tombaient ici et là, telles des colonnes de lumière. Le paysage était magnifique et enchanteur.

— Que cherchons-nous exactement ? demanda Lindsay.

— Une grotte.

Le sentier se séparait devant eux. Elle s'engagea sur l'embranchement de gauche, demandant à ses deux compagnons de prendre celui de droite. Ils refusèrent de la quitter.

Elle allait protester quand sa jument montra subitement des signes d'énervement. Ses oreilles se cochèrent, elle hennit et se cabra. Johanna tira sur les rênes et prononça des mots apaisants.

— Quelque chose l'effraye, remarqua-t-elle.

Elle jeta un regard méfiant alentour. Puis le cheval de Michael se mit à ruer à son tour.

— Nous ferions mieux de rentrer, suggéra Lindsay qui avait lui aussi du mal à maîtriser sa monture.

Johanna l'approuvait entièrement. D'une pression des genoux, elle incita sa monture à faire demi-tour.

Soudain, la jument bondit. Johanna eut juste le temps de baisser la tête qu'elle galopait déjà à travers les arbres. Elle était affolée et sa maîtresse ne parvenait pas à tenir les rênes et à repousser en même temps les branches qui surgissaient devant elle.

Elle ne comprenait pas ce qui avait causé cette subite frénésie. Un des soldats lui hurla quelque chose qu'elle ne comprit pas. La jument était déchaînée et galopait comme si la forêt était en feu.

Elle changea de direction puis obliqua à nouveau. Johanna perçut un nouveau cri et jeta un regard par-dessus son épaule mais ne vit plus personne. Comme elle se retournait, une branche jaillit devant elle. Elle leva la main pour se protéger. Elle parvint à amortir le choc mais l'impact fut assez violent pour la soulever de selle. Elle s'envola dans les airs et atterrit dans un épais buisson. Le souffle coupé, elle gémit et se redressa. Une petite branche prise sous sa jambe se redressa et vint lui cingler le visage. Maugréant un des jurons préférés de son mari, elle se frotta le postérieur pour apaiser la douleur cuisante.

Il n'y avait personne en vue: ni Lindsay, ni Michael, ni sa monture. Un silence étonnant régnait. Les soldats avaient dû perdre sa trace. Elle devait attendre qu'ils aient retrouvé son cheval et s'aperçoivent que leur maîtresse avait disparu. Ils rebrousseraient alors chemin pour la chercher. Elle ramassa son arc et ses flèches qui étaient tombés dans sa chute et s'assit sur un rocher pour les attendre. Au bout de quelques minutes, elle en eut assez et décida de retourner vers la clairière. Elle ne savait trop quelle direction prendre car sa jument avait bifurqué à plusieurs reprises au cours de sa fuite éperdue.

— Je vais tourner en rond pendant des heures, marmonna-t-elle.

Gabriel allait être furieux après elle. Et elle ne pouvait lui en vouloir. Il n'était pas très sage de se promener à pied dans une forêt infestée d'animaux sauvages.

Par simple précaution, elle encocha une flèche dans son arc et se mit en route. Une demi-heure plus tard, elle crut être revenue à son point de départ. Puis elle se rendit compte que le rocher qu'elle avait cru reconnaître était beaucoup plus gros. Cette découverte la rassura. Elle devait être dans la bonne direction.

Elle trouva la grotte par accident. En contournant un tertre lui barrant la route, elle aperçut une faille dans la roche. L'ouverture était aussi haute qu'elle et flanquée de petits arbustes la dissimulant à moitié.

Excitée par sa trouvaille, Johanna oublia toute prudence. Elle se rua à l'intérieur. L'entrée était vaguement éclairée par la lumière du jour et s'allongeait comme une sorte de couloir naturel. Il y faisait de plus en plus sombre. Ses yeux s'habituèrent à l'obscurité et elle parvint au bout du boyau qui donnait sur une immense caverne aussi vaste que le hall du château.

Les fûts se trouvaient contre la paroi de droite. Il y en avait au moins une vingtaine, peut-être plus. Les premiers étaient couchés à même le sol de pierre tandis que les autres étaient empilés dessus, formant une pyramide qui grimpait jusqu'au plafond de la caverne.

Le temps n'avait pas pourri le chêne des tonneaux.

Enthousiaste, Johanna n'avait qu'une envie : courir jusqu'au château et ramener Gabriel ici.

Hélas, ce n'était pas aussi simple. Elle ressortit de la grotte en se disant que les soldats n'allaient plus tarder. Elle grimpa sur le tertre, s'assit et prit son mal en patience. Une bonne heure passa sans que personne se montrât.

Soudain, un grondement retentit tout proche. Johanna bondit sur ses pieds. Le bruit provenait d'un buisson au pied du tertre. Il enfla. Elle se pétrifia. Ce son horrible lui rappelait Dumfries.

Mais elle savait que ce n'était pas lui. Ce ne pouvait être qu'un loup.

Elle vit alors les yeux levés vers elle. Des yeux jaunes. Elle ne hurla pas, ne courut pas. Elle n'osait pas.

Quelque chose bougea sur sa droite dans les feuillages. Une autre paire d'yeux jaunes apparut. Elle sentit un mouvement derrière elle et sut qu'elle était encerclée.

Elle n'avait aucune idée du nombre de loups qui se trouvaient là, prêts à fondre sur elle.

Johanna fit une découverte surprenante sur son propre compte : elle savait voler. Après coup, elle en fut persuadée : elle avait dû s'envoler pour atteindre aussi vite les branches de l'arbre le plus proche. Elle ne se souvenait pas d'avoir grimpé. Elle faillit se mettre à l'abri mais un loup plus intelligent que ses congénères comprit ses intentions et bondit. Ses mâchoires claquèrent et se refermèrent sur son plaid. Il se mit à tirer furieusement sur le solide tissu. D'une main, Johanna serrait une branche de toutes ses forces, tandis que de l'autre elle s'agrippait frénétiquement à son arc et à ses flèches. Position précaire : ses pieds n'étaient qu'à quelques centimètres des dents de la bête.

Elle n'osa pas regarder. Elle lança ses jambes autour de la branche tout en essayant de déboucler sa ceinture. Cela lui prit une éternité. Le souffle du loup la brûlait. Enfin sa ceinture se détacha et le plaid tomba sur la bête.

Elle opéra un rétablissement sur la branche et risqua enfin un regard. Son cœur s'arrêta. Seigneur, il y en avait bien six. Les loups tournaient autour de l'arbre, la gueule tendue vers elle, babines retroussées, grognant et bavant. L'un d'entre eux, leur chef sans doute, était si énorme que Dumfries à côté aurait paru minuscule. Elle secoua la tête, refusant d'en croire ses yeux. Il n'existait pas de loups aussi gros, non ?

Ils ne semblaient guère disposés à l'abandonner à son sort. Quand elle réussit enfin à se convaincre qu'elle était à l'abri, elle commença à s'inquiéter pour Lindsay et Michael. Elle ne voulait pas qu'ils débarquent au beau milieu d'une meute de loups en furie.

Soudain, son attention fut attirée par un mouvement sur sa gauche. Un des loups avait escaladé le tertre puis un surplomb qui le mettait pratiquement à la même hauteur qu'elle. Cinq ou six mètres à peine les séparaient et il semblait prêt à bondir sur elle. Elle ignorait si un loup était capable de franchir une telle distance et elle n'avait aucune envie de le découvrir. Elle changea de position sur la branche, mit une flèche sur la corde de son arc et visa.

Elle atteignit le loup en plein vol. La flèche lui traversa l'œil. La bête s'écrasa au sol à un mètre à peine des autres qui se jetèrent immédiatement sur son cadavre.

Dans les vingt minutes qui suivirent, Johanna en tua trois de plus. Elle avait entendu dire que les loups étaient des animaux intelligents. Ceux-là ne l'étaient pas. Tant qu'ils restaient en bas, ils étaient à l'abri de ses flèches car le feuillage l'empêchait de tirer mais, l'un après l'autre, ils grimpèrent sur le surplomb pour lui bondir dessus. Aucun d'eux n'en eut le temps. Ils étaient vraiment stupides, décida-t-elle après avoir fait subir le même sort au cinquième.

Elle avait mal aux doigts de garder l'arc bandé en permanence. Il n'y en avait plus qu'un : le loup géant et elle voulait l'avoir. Pour elle, il n'y avait aucun doute : c'était lui qui avait blessé Dumfries. Elle n'aurait su dire pourquoi elle en était persuadée. Il ressemblait plus à un démon qu'à un animal. Il ne la quittait pas des yeux. Johanna frissonna de dégoût et de peur.

— C'est toi qu'ils appellent Le Petit, hein ?

Pourquoi ne partait-il pas ? Et, au nom du Ciel, où étaient passés Lindsay et Michael ? L'auraient-ils oubliée ?

Johanna croyait avoir connu le pire.

Elle se trompait. Trop occupée pour surveiller le ciel, elle n'avait pas vu le soleil disparaître. Cela n'aurait d'ailleurs rien changé. L'orage éclata et, en quelques minutes, elle fut trempée.

Des éclairs crevèrent le ciel, une pluie torrentielle se déversa. Les branches devinrent glissantes. Johanna n'osait bouger de peur de lâcher prise.

Le monstre l'attendait toujours au bas de l'arbre. Elle avait des crampes partout à force de se retenir à sa branche, à son arc et à ses flèches.

Soudain, elle entendit crier son nom. Elle murmura une prière de remerciement au Créateur avant de hurler en réponse. Etrangement, elle avait cru reconnaître la voix de son mari. C'était impossible. Il était parti à la chasse.

Le martèlement des sabots des chevaux incita le loup à partir. Johanna était prête. A l'instant où un éclair illumina la scène, elle lâcha sa flèche… et rata sa cible. Elle avait visé le cœur, elle l'atteignit à la croupe. Le loup hurla sa rage et sa douleur et revint vers elle. Pour abréger ses souffrances, Johanna cueillit une autre flèche dans son carquois et visa à nouveau.

Elle avait peu de goût pour les tueries. Même s'il ressemblait à un monstre tout droit sorti de l'enfer, le loup restait une créature du Seigneur. Il servait un but aussi sacré qu'elle-même — c'était du moins ce qu'on lui avait enseigné — même si elle avait du mal à imaginer de quel but il s'agissait.

Les soldats arrivèrent à l'instant où la flèche de Johanna transperça l'air et tua le loup. La force de l'impact souleva l'animal qui fit un bond devant les sabots des chevaux.

Johanna laissa échapper son arc. Elle fermait et ouvrait convulsivement ses mains douloureuses. Soudain, elle eut la nausée.

— Vous allez bien, milady ?

A travers le feuillage et la pluie, elle avait du mal à distinguer les visages. Toutefois, elle reconnut sans peine la voix de Calum.

— Oui, Calum, fit-elle. Je vais bien.

— Elle a une drôle de voix, remarqua alors Keith avant de lui crier : vous avez tué Le Petit.

Il semblait stupéfait. Pour Johanna, une explication était nécessaire. Elle ne voulait pas que les hommes la croient capable de prendre plaisir à massacrer de pauvres bêtes.

Une telle attitude aurait été indigne d'une lady.

— Ce n'est pas ce que vous croyez, leur cria-t-elle.

— Vous ne les avez pas tués ?

— On dirait bien ses flèches pourtant, annonça Keith.

— Ils ne voulaient pas me laisser, j'ai dû les tuer. S'il vous plaît, n'en dites rien à personne, et surtout pas à notre laird.

— Mais, milady...

— Calum, ne commencez pas à discuter. Je ne suis pas d'humeur. J'ai eu une matinée éprouvante. Donnez-moi simplement votre parole que vous garderez mon secret.

Elle essaya de démêler sa jupe qui était prise dans les feuillages. De toute manière, elle ne descendrait pas avant qu'ils aient tous promis de se taire.

S'il apprenait cette histoire, Gabriel allait devenir fou furieux. Rien que d'y penser, elle en avait la chair de poule.

Ils ne répondaient toujours pas.

— Ce n'est pourtant pas vous demander la lune, maugréa-t-elle.

Calum éclata de rire. Et elle comprit très vite pourquoi.

— Descends de là. Et en vitesse.

Elle aurait juré que la voix de Gabriel avait ébranlé l'arbre. Elle recula sur sa branche dans le vain espoir d'échapper à la colère de son mari. Puis, marmonnant un juron, elle se pencha pour regarder. Elle le regretta aussitôt : Gabriel la fixait. Etrangement, il ne semblait pas furieux.

Oh, mais elle le connaissait ! Il attendait qu'elle soit à sa portée pour se déchaîner.

Il se tenait entre Calum et Keith. Soudain, Johanna rougit. Il avait dû être là depuis le début et il l'avait sûrement entendue demander à ses soldats de ne rien lui dire.

Aïe, cela se présentait très mal. Elle décida donc de rester perchée encore un peu. Au moins, ici, elle était à l'abri.

Gabriel se contrôlait à grand-peine. A nouveau, il contempla la scène autour de lui, compta les cadavres pour la dixième fois afin de bien s'assurer que ses yeux ne le trahissaient pas. Puis il la regarda à nouveau.

Elle n'avait pas bougé.

— Johanna, descends.

Elle en était bien incapable : ses jambes refusaient

de lui obéir. Cramponnée de toutes ses forces à sa branche depuis trop longtemps, ses muscles raides comme des bouts de bois, elle était paralysée.

Finalement, Gabriel dut se résoudre à venir la chercher et lui arracher les mains de l'arbre. Elle était incapable de le lâcher.

Il la serra contre lui pendant une longue minute. A son contact, Johanna se rendit compte qu'elle était frigorifiée. Elle tremblait.

Et lui aussi, remarqua-t-elle. Etait-il si furieux après elle qu'il en tremblait de rage ?

— Gabriel ? fit-elle d'une voix craintive.

— Tu vas arrêter d'avoir peur de moi, bon sang, chuchota-t-il avec colère. Ce n'est pourtant pas l'envie qui m'en manque mais jamais je ne lèverai la main sur toi.

Piquée au vif, elle lui répondit sur le même ton.

— Mais je n'ai plus peur de toi, fit-elle avant de soupirer et d'admettre la vérité : disons, qu'en général, je n'ai pas peur de toi. Pourquoi es-tu aussi en colère contre moi ?

Il ne répondit pas. Il préférait attendre de s'être calmé avant de lui expliquer qu'elle l'avait fait vieillir de vingt ans en lui infligeant une peur pareille.

Voyant que sa question troublait son mari, elle chercha à lui faire un compliment.

— Tu avais raison, mon époux. Ces bois sont infestés de loups.

Ce n'était pas la chose à lui dire. Il sursauta et la serra à lui broyer les côtes.

— Je suis en train de te mouiller, s'exclama-t-elle vivement pour lui faire oublier ces maudits loups.

— Pour ça, oui, tu es trempée, gronda-t-il. Tu vas

attraper la mort et d'ici une semaine on creusera ta tombe.

— Mais non! je vais me changer, mettre des vêtements secs et tout ira bien. Tu m'étouffes. Tu ne peux pas me serrer moins fort?

Gabriel ignora sa requête. Il lâcha un juron puis entama la descente. Elle se blottit contre lui et ferma les yeux, lui laissant le soin de les ramener sans encombre à terre.

Il la porta jusqu'à son étalon sur lequel il la déposa sans ménagement.

Elle essaya de remettre un peu d'ordre dans sa tenue inconvenante pour une lady. Baissant les yeux, elle vit avec horreur que sa chemise de coton lui collait à la peau et dessinait parfaitement le contour de ses seins. Elle ramena vivement ses longs cheveux pour se couvrir la poitrine.

Dieu merci, les soldats ne lui prêtaient aucune attention. Gabriel, lui tournant le dos, donnait des ordres. Calum et Keith attachaient une corde au cou des loups.

— Emmenez-les à la crête et brûlez-les, fit leur laird avant de jeter les rênes de la jument de Johanna à Lindsay et de leur ordonner de rentrer au château.

Il voulait rester seul avec sa femme.

Calum adressa un regard de compassion à Johanna. A l'évidence, il pensait qu'elle allait passer un mauvais quart d'heure. Keith semblait partager son avis.

Elle se redressa sur la selle, croisa les mains, faisant mine d'être parfaitement calme.

Gabriel attendit que les soldats eussent tous disparu avant de se retourner. Il la saisit par la taille pour l'obliger à le regarder.

— N'as-tu rien à me dire, femme?

Elle hocha la tête.

— Eh bien ? s'impatienta-t-il.

— Je souhaiterais que tu domines ta colère.

— Ce n'est pas ce que je veux entendre.

Elle posa les mains sur les siennes.

— Tu veux des excuses, n'est-ce pas ? Très bien. Je suis désolée d'avoir ignoré ta suggestion. J'aurais dû me reposer.

— Ma suggestion ?

— Inutile de me crier dessus, mon mari. C'est impoli.

— Impoli ?

Mais pourquoi répétait-il tout ce qu'elle disait !

— Johanna, reprit-il, je veux la promesse que tu ne quitteras plus jamais le château sans une bonne escorte.

Il avait la voix enrouée. Sans doute parce qu'il se retenait de lui hurler après, se dit-elle.

— Milord, je ne veux pas être prisonnière du château. J'ai déjà dû avoir recours à la ruse pour partir à la chasse ce matin. Je devrais pouvoir aller et venir à ma guise.

— Pas question.

— Même avec une escorte ?

— Bon sang, mais c'est exactement ce que je viens de…

— Suggérer ?

— Ce n'est pas une suggestion. J'exige ta parole.

Elle lui tapota la main. Mais il ne se laissa pas attendrir. Il désigna son plaid qui gisait en lambeaux sur le sol.

— Te rends-tu compte que tu aurais pu finir comme ça ?

Elle commençait enfin à comprendre et écarquilla les yeux de surprise. Ah, pensa Gabriel, elle prenait quand même conscience du danger qu'elle avait couru.

— Oui, tu aurais pu être tuée.

Elle sourit. Ce n'était pas exactement la réaction qu'il avait espérée.

— Bon sang, Johanna, je ne vois pas ce que cela a de risible.

— Je viens juste de me rendre compte, milord, que votre colère est due aux risques que j'ai courus. Je croyais que vous étiez furieux parce que je vous avais désobéi. Maintenant, je comprends. Ainsi donc, vous commencez à tenir à moi. Votre cœur s'adoucit, n'est-ce pas, mon époux ?

Il n'était pas question de la laisser croire de telles balivernes.

— Tu es ma femme et c'est mon devoir de te protéger. C'est mon devoir, Johanna. Mais je suis un guerrier, d'abord et toujours. Tu sembles l'avoir oublié.

De quoi parlait-il, au nom du Ciel ?

— Et qu'est-ce que cela a à voir avec moi ?

— Les problèmes de cœur ne me concernent pas.

Elle se raidit.

— Ils ne me concernent pas non plus, répliqua-t-elle. J'essaye simplement de m'habituer à vivre ici.

Il l'avait blessée, se dit Gabriel. Levant la main, il la saisit gentiment par le cou et l'incita à se baisser. Il l'embrassa longuement avec passion. Elle l'enlaça et lui rendit son baiser. Quand il s'écarta, elle faillit perdre l'équilibre. Il la retint.

— Donne-moi ta parole.

— Je te la donne.

Cette rapide approbation rendit à Gabriel sa bonne humeur. Elle ne dura pas longtemps.

— Et que viens-je exactement de promettre, milord ?

Elle le faisait exprès !

— Tu viens de promettre de ne plus jamais quitter le château sans une bonne escorte ! hurla-t-il.

Elle le rendait fou. De quoi parlaient-ils depuis dix minutes ?

Johanna laissa glisser les doigts le long de son cou et, pour faire bonne mesure, ajouta un compliment à sa caresse.

— En vérité, vous me faites tout oublier quand vous m'embrassez, milord. C'est pour cette raison que je ne savais plus ce dont nous parlions.

Oui, admit-il. Il y avait du vrai là-dedans. Il avait lui-même du mal à se concentrer quand elle le couvrait de baisers.

Johanna fit mine de descendre de selle. Il la retint d'une poigne de fer.

— J'aimerais te montrer quelque chose, annonça-t-elle. C'est une surprise qui te plaira sûrement. Laisse-moi descendre.

Voilà qu'elle le tutoyait à nouveau. Il devint méfiant mais accepta de la suivre. Il eut du mal à se faufiler par l'étroite entrée de la grotte mais quand il vit les fûts empilés dans la caverne il cessa de maugréer.

L'enthousiasme de Johanna le réjouissait plus que le trésor lui-même.

— Maintenant, tu as quelque chose de valeur à troquer, annonça-t-elle, triomphante. Tu n'as plus besoin de voler. Qu'en dis-tu ?

— Que tu m'enlèves le plaisir de la chasse.

— C'est mon devoir de sauver ton âme, mon époux, et c'est ce que je vais faire, que tu le veuilles ou non.

Il éclata de rire. L'écho résonna dans la grotte, rebondissant sur les parois.

Soudain, il se figea : il venait de comprendre qu'elle était entrée toute seule là-dedans.

— Tu aurais pu tomber sur les loups, tonna-t-il. Qu'aurais-tu fait s'ils t'avaient suivie ici ?

Elle n'osa pas sourire.

— C'est vrai, milord. Je n'avais pas envisagé cette possibilité. J'étais tellement excitée en trouvant la grotte que j'ai oublié toute prudence. Pourtant, ajouta-t-elle avant qu'il ne l'interrompe, je crois que je m'en serais très bien tirée. J'aurais probablement pu me réfugier au sommet de ces fûts. J'ai bien réussi à grimper dans l'arbre pour leur échapper.

Gabriel était à nouveau en rage.

— Et moi qui commençais à croire que tu avais un peu de plomb dans la cervelle, gronda-t-il.

— Mais j'ai du plomb dans la cervelle.

Il refusa d'en discuter avec elle. Il la traîna à l'extérieur et l'installa sur sa selle devant elle. Ils reprirent le chemin du château. En sortant de la forêt, Johanna constata que le soleil était revenu. Heureusement ! elle était glacée.

— Tu es aussi tendue que la corde de ton arc. Te rendrais-tu enfin compte que tu as frôlé la mort aujourd'hui ? Appuie-toi sur moi et ferme les yeux. Repose-toi un peu.

Elle lui obéit mais ne voulut pas lui laisser le dernier mot.

— Pas une seule fois, je n'ai été en grand danger, milord. Je savais que vos soldats finiraient bien par me retrouver et j'étais en sécurité dans l'arbre.

Il poussa un profond soupir : elle recommençait.

— Johanna, je ne suis pas d'humeur à apprécier tes plaisanteries.

— Je ne plaisante pas.

— Arrête de te moquer de moi.

Elle renonça à le convaincre.

— Johanna, reprit-il, je ne veux pas que tu parles de ces fûts à quiconque.

— Comme tu voudras. Tu as une idée de ce que tu vas en faire ?

— Nous verrons ça ce soir, après souper, promit-il.

Elle hocha la tête. C'était la première fois qu'il acceptait de discuter avec elle.

— Au fait, comment se fait-il que tu sois là ? Je te croyais à la chasse pour la journée.

— Il y a eu un changement, expliqua-t-il. On a repéré laird MacInnes et dix de ses soldats qui franchissaient notre frontière.

— Ils viennent au château ?

— Oui.

— Que veulent-ils ?

— Je le saurai quand ils me le diront.

— Sont-ils déjà arrivés ?

— Non. Ils devraient être là en fin d'après-midi.

— Resteront-ils dîner ?

— Non.

— Ce serait impoli de ne pas les inviter.

Il haussa les épaules. Johanna fronça les sourcils. En tant que femme, c'était son devoir de lui enseigner quelques bonnes manières.

— Je vais demander à ce qu'on leur prépare des places à table, annonça-t-elle.

S'attendant à ce qu'il la contredise, elle eut l'heureuse surprise de constater qu'il n'en fit rien.

Soudain, une idée lui traversa l'esprit.

— Seigneur, Gabriel, tu ne les as pas pillés eux aussi ?

— Non, répondit-il, amusé par sa soudaine terreur.

Elle se détendit.

— Alors, il n'y a rien à craindre. Ils ne sont pas venus pour se battre ?

— Se battre avec dix soldats ? Tu plaisantes ?

Johanna décida de veiller personnellement au bon déroulement de la soirée. Ils allaient faire un véritable festin. Bien sûr, il n'y avait pas assez de lapins pour tous et il n'était pas question de repartir à la chasse aujourd'hui. Bah, elle trouverait bien une solution avec la complicité d'Hilda. Dès qu'elle aurait passé des vêtements secs, elle irait consulter la cuisinière.

Arrivé dans la cour, Gabriel sauta de selle le premier puis l'aida. Il la tint dans ses bras un peu plus longtemps qu'il n'était nécessaire. Elle lui sourit.

— Johanna, tu ne courras plus de risques inutiles. Je veux que tu rentres et que tu te...

— Laissez-moi deviner, milord, le coupa-t-elle. Que je me repose, n'est-ce pas ?

Dieu, qu'elle était délicieuse quand elle était en colère, se dit Gabriel.

— Exactement.

Il l'embrassa une dernière fois avant de la planter là pour conduire son étalon à l'écurie.

Johanna secoua la tête. Il était ridicule. Comment voulait-il qu'elle se repose alors qu'ils avaient des invités pour le dîner ?

Elle se précipita à l'intérieur, laissa son arc et ses flèches contre le mur derrière la porte et monta dans sa chambre. Elle se changea en quelques secondes et, les cheveux encore humides, redescendit.

Megan était à la porte et surveillait la cour avec prudence.

— Qu'y a-t-il, Megan ?

— Les MacInnes sont là.

Johanna courut la rejoindre.

— Déjà ? Ne devrions-nous pas ouvrir la porte et les inviter à entrer ?

Megan secoua la tête et s'écarta pour laisser sa maîtresse contempler la scène.

— Il y a un problème, milady. Regardez comme ils ont l'air furieux. Pourtant, on dirait qu'ils ont apporté un présent à notre laird. Vous voyez le sac en travers de la selle de leur chef ?

— Que se passe-t-il ? s'enquit le père MacKechnie derrière les deux femmes.

Johanna le heurta en se retournant. Elle bredouilla une excuse et lui expliqua la situation.

— Ils ont une attitude bizarre, dit-elle. Ils sont en colère et pourtant ils amènent un cadeau. Bah, ils ne doivent pas être si furieux que cela.

— Tu te trompes, répondit le prêtre. Les Highlanders ne sont pas comme les Anglais.

— Que voulez-vous dire, mon père ? Les hommes sont des hommes, quel que soit leur pays.

— Au cours de mes rencontres avec les Anglais, j'ai remarqué une caractéristique. Leurs actes semblent toujours obéir à un motif caché.

— Et les Highlanders ?

Il sourit.

— Nous sommes un peuple simple. Nous n'utilisons pas de subterfuges. Tu comprends ? Nous sommes ce que nous paraissons être.

— Les MacInnes sont vraiment en colère, expliqua Megan. Ils ne sont pas assez malins pour faire semblant.

Le prêtre acquiesça.

— Eh bien, il faudra essayer de les satisfaire, déclara Johanna. Ils sont nos invités, après tout. Megan, s'il te plaît, va dire à Hilda que nous aurons onze couverts supplémentaires ce soir. Dis-lui que je viendrai l'aider dès que possible.

Megan hocha la tête et tourna les talons.

— Oh, Hilda ne rouspétera pas, lança-t-elle par-dessus son épaule. C'est une MacBain. Elle sait qu'il vaut mieux ne pas se plaindre.

Cette remarque laissa Johanna perplexe. Quelle importance qu'Hilda soit une MacBain ou une MacLaurin ?

Le père MacKechnie s'apprêtait à sortir.

— Lequel est le laird ? lui demanda-t-elle.

— Le vieil homme sur le cheval moucheté. Vous feriez mieux de rester ici jusqu'à ce que votre mari décide de les faire entrer. Je vais leur parler.

Johanna hocha la tête. Elle resta cachée derrière la porte tandis que le prêtre traversait la cour. Il salua les soldats.

Les MacInnes restèrent de marbre et ne prirent même pas la peine de lui répondre. Ils pourraient quand même avoir la politesse de descendre de cheval, pensa Johanna.

Elle étudia leur chef. Il était âgé, ridé et son regard était fixé sur Gabriel qui venait à sa rencontre. Quand celui-ci s'immobilisa, il prononça quelques mots.

L'expression de Gabriel se métamorphosa en un éclair. Johanna frissonna : elle ne l'avait jamais vu ainsi, aussi féroce, aussi dur. Il semblait prêt à tuer.

Les MacBain se rassemblèrent derrière lui, aussitôt imités par les MacLaurin.

Laird MacInnes fit un geste à l'un de ses hommes. Le soldat sauta de selle et courut jusqu'à la monture de son chef. Il lui ressemblait et Johanna se dit que ce devait être son fils. Elle le vit soulever l'énorme sac puis se retourner. Il s'arrêta devant Gabriel et jeta le contenu du sac devant lui.

De la poussière vola et quand elle retomba, Johanna vit ce qu'était le cadeau des MacInnes : une femme nue et ensanglantée. Son visage tuméfié était à peine reconnaissable. Son corps, couvert d'ecchymoses, n'était plus qu'un tas de chairs sanguinolentes.

Johanna recula d'effroi devant un tel spectacle. La nausée s'empara d'elle. Elle avait envie de pleurer et de hurler sa fureur.

Elle ne fit ni l'un ni l'autre. Elle saisit son arc.

11

Ses mains tremblaient mais elle n'avait qu'une idée en tête : bien viser quand elle tuerait les bâtards qui avaient commis cette atrocité.

Gabriel était pris de fureur lui aussi. Sa main vola vers la garde de son épée. Il ne pouvait croire qu'un Highlander se soit déshonoré par un acte aussi lâche. Pourtant la preuve gisait sur le sol à ses pieds.

MacInnes semblait très fier de lui. Gabriel décida de le tuer en premier.

— Est-ce toi le responsable ? Est-ce toi qui as battu cette femme à mort ? rugit-il.

Laird MacInnes sursauta.

— Elle n'est pas morte. Elle respire encore.

— Es-tu responsable ? répéta Gabriel.

— Oui, c'est moi le responsable, s'écria le laird.

Gabriel tira son épée. MacInnes parut enfin comprendre la précarité de sa situation.

— Clare MacKay a été placée chez moi par son père, s'exclama-t-il précipitamment. L'engagement avait été pris qu'elle épouse mon fils aîné, Robert. (D'un signe de tête, il désigna l'homme qui avait jeté le « cadeau » aux pieds de Gabriel.) J'allais enfin unir nos deux clans et devenir une puissance reconnue mais la chienne a été souillée, il y a trois mois de cela, et par un des tiens, MacBain. Il est inutile de nier la vérité car trois de mes hommes ont aperçu un homme portant tes couleurs. Clare MacKay a passé une nuit entière avec lui. Elle a commencé par mentir et proclamer qu'elle était en compagnie d'un de ses cousins. J'ai été assez idiot pour la croire. Quand elle a découvert qu'elle était enceinte, elle a eu le culot de s'en vanter. N'est-ce pas, Robert ?

— Oui, gronda celui-ci. Je n'épouserai pas une putain. Un MacBain l'a souillée, un MacBain l'aura.

Après avoir rendu ce verdict, il cracha sur la femme inerte. Il leva son pied botté dans l'intention de la frapper encore une fois. Gabriel n'eut pas le temps de l'en empêcher.

Un sifflement retentit. Robert poussa un cri de douleur et trébucha. Une flèche lui transperçait la cuisse de part en part. Pressant les mains autour de sa blessure, il se retourna pour voir qui l'avait attaqué.

Johanna se tenait au sommet des marches menant au château. Elle engagea une autre flèche sur la corde de son arc et mit l'homme en joue.

Tous les regards s'étaient tournés vers elle. Une longue minute passa au cours de laquelle personne, à l'exception de Gabriel, n'osa bouger. Il rejoignit Johanna.

L'homme qu'elle avait blessé esquissa un geste.

— Essayez de la toucher encore une fois, cria Johanna, et je vous jure que ma prochaine flèche vous transpercera le cœur.

Robert se figea. Le père MacKechnie s'agenouilla auprès de la femme inanimée en se signant.

— Elle est folle, murmura Robert.

Les hommes de Gabriel entendirent cette remarque. Trois MacBain s'avancèrent, l'épée à la main. Calum les arrêta d'un geste.

— Notre laird seul décide, fit-il.

Keith, à ses côtés, ne put se contenir.

— Elle n'est pas folle, gronda-t-il. Mais, soyez certain que je communiquerai votre opinion à notre laird.

— Mon fils ne voulait pas l'insulter, se défendit MacInnes. Mais c'est la vérité. Regardez ses yeux. Cette femme a vraiment perdu la tête. Et pour quoi, je vous le demande ? Pour cette putain à moitié morte.

Gabriel ne prêtait attention à personne sinon à sa femme. Il la rejoignit mais ne la toucha pas. On aurait dit qu'il approchait un animal blessé.

Johanna, ignorant son mari, tourna son arc vers laird MacInnes. Elle eut la satisfaction de le voir blêmir et se mordre les lèvres d'angoisse.

— Lequel d'entre vous a battu cette femme ?

Le laird ne lui répondit pas. Il regarda à droite puis à gauche comme pour chercher un moyen de fuir.

— Ne le tue pas.

Gabriel s'était exprimé à voix basse de façon à ce qu'elle seule l'entende. Elle ne réagit pas.

Il répéta son ordre sur le même ton. Secouant la tête, elle garda le laird en joue tout en répondant à son mari.

— Crois-tu qu'une femme mérite cela ? Crois-tu qu'elle soit moins importante qu'une vache ?

— Tu me connais assez pour ne pas me poser cette question, rétorqua-t-il. Donne-moi cet arc et ces flèches, Johanna.

— Non.

— Johanna...

— Regarde ce qu'ils ont fait! s'écria-t-elle.

La souffrance qui déchirait la voix de sa femme lui fit mal au cœur. Elle allait perdre son sang-froid et cela il ne pouvait le permettre.

— Ne leur laisse pas voir ta détresse, commanda-t-il. Ce serait une victoire pour eux.

— Oui, murmura-t-elle.

Elle était saisie de frissons incontrôlables.

— Plus nous restons ici plus nous tardons à soigner cette femme. Donne-moi ton arme.

C'était plus fort qu'elle : elle ne pouvait pas.

— Je ne peux pas les laisser lui faire encore du mal. Je ne peux pas. Tu comprends? Je dois l'aider. J'ai tellement prié pour qu'on vienne à mon secours. Personne ne venait. Maintenant, je peux l'aider. Je dois...

— Je ne les laisserai pas lui faire du mal, promit-il.

Elle secoua la tête. Gabriel changea de tactique. Une éternité avait passé depuis qu'il l'avait rejointe sur ces marches mais cela lui était égal. Il voulait qu'elle retrouve sa maîtrise de soi et peu lui importait le temps qu'il faudrait pour cela. Bien sûr, il aurait pu lui arracher sans peine son arc des mains mais ce n'était pas ce qu'il voulait. Il voulait qu'elle le lui donne. Et ce bâtard de MacInnes ne perdait rien pour attendre.

— Très bien, fit-il. Je vais ordonner à mes hommes de les tuer jusqu'au dernier. Cela te convient?

— Oui.

Il ne put dissimuler sa surprise mais se retourna pour donner l'ordre. Il ne bluffait jamais. Si elle voulait qu'on les massacre, on les massacrerait. De toute manière, c'était exactement ce qu'il avait envie de faire. Alors, si sa femme le désirait elle aussi...

— Calum !

— Oui, MacBain ?

— Non, s'exclama Johanna.

Gabriel se tourna vers elle.

— Non ?

Elle avait les larmes aux yeux.

— Nous n'avons pas le droit de les tuer.

— Nous en avons le droit.

— Nous ne serions pas meilleurs qu'eux si nous laissions notre colère diriger nos actes. Fais-les partir. Ils me donnent envie de vomir.

Sa voix avait retrouvé sa force habituelle. Gabriel hocha la tête, satisfait.

— Donne-moi ton arc et tes flèches d'abord.

Elle les lui tendit lentement. Ce qui se passa ensuite la laissa sans réaction. Gabriel lui arracha l'arme des mains, se tourna à moitié et décocha la flèche avec une rapidité hallucinante.

Un hurlement de douleur s'éleva. La flèche avait perforé l'épaule de Robert MacInnes. Celui-ci avait dégainé sa dague et s'apprêtait à la lancer sur Johanna au moment où Gabriel avait surpris son geste. Ni Calum ni Keith n'avaient eu le temps de crier un avertissement.

Repoussant Johanna derrière lui, Gabriel dégaina son épée.

— Quitte mes terres, MacInnes, ou je te tue sur-le-champ.

Il ne se le fit pas dire deux fois. Lui et ses hommes déguerpirent immédiatement.

— Keith, que dix de tes hommes les suivent jusqu'à la frontière.

— A tes ordres, MacBain, s'exclama Keith.

Dès que son mari la laissa libre de ses mouvements, Johanna dévala les marches et se rua à travers la cour. En s'agenouillant auprès de la malheureuse, elle avait déjà enlevé son plaid pour la recouvrir. Effleurant sa gorge, elle sentit le sang battre. Elle faillit pleurer de soulagement.

Le père MacKechnie se trouvait à ses côtés.

— Il vaut mieux l'amener à l'intérieur.

Calum voulut la soulever.

— Ne la touchez pas, s'écria Johanna.

— Elle ne peut pas rester ici, fit le soldat, essayant de la raisonner. Laissez-moi la porter.

— Gabriel la portera, répondit-elle avant de poursuivre d'une voix plus calme : Je ne voulais pas vous insulter, Calum. S'il vous plaît, pardonnez-moi. Mais vous ne devriez pas la porter avec votre bras blessé.

Calum hocha la tête. Il était surpris que sa maîtresse lui présente ses excuses, surpris et fier.

— Est-elle morte ? s'enquit Keith.

Johanna secoua la tête. Gabriel l'aida à se relever avant de soulever Clare MacKay dans ses bras.

— Fais attention, lui murmura Johanna.

— Où veux-tu que je la mette ?

— Donnez-lui ma chambre, suggéra le père MacKechnie. Je trouverai bien un autre lit.

— Elle va s'en sortir ? demanda Calum en suivant son laird à travers la cour.

— Comment le saurais-je ? fit Gabriel.

— Elle s'en sortira, affirma Johanna en priant le Ciel pour que cela soit vrai.

Comme ils traversaient le hall, Hilda apparut par la porte de la cuisine. Repérant sa maîtresse, elle l'interpella.

— Puis-je vous voir à propos du menu de ce soir pour les invités ?

— Nous n'avons pas d'invités, rétorqua Johanna.

Je préférerais dîner avec le diable ou bien avec le roi John lui-même qu'avec les MacInnes.

Hilda ouvrit de grands yeux. Johanna s'arrêta en arrivant à l'escalier et se retourna vers la cuisinière.

— Je m'énerve après tout le monde aujourd'hui. Hilda, je vous en prie, excusez-moi.

Elle ne s'attarda pas et ne vit pas la mine éberluée de la cuisinière. Quelques secondes plus tard, Clare MacKay était allongée dans un vrai lit et Johanna l'examinait avec prudence.

— Elle semble intacte, murmura-t-elle. Apparemment, il n'y a pas d'os brisé. Mais ces coups sur la tête m'inquiètent. Regarde sa tempe, Gabriel. J'ai peur que son crâne ne soit touché. Elle peut très bien ne plus se réveiller.

Elle ne se rendait pas compte qu'elle était en train de pleurer.

— Si tu t'effondres, déclara Gabriel, tu ne serviras pas à grand-chose. Elle a besoin de ton aide, pas de tes larmes.

Il avait raison, bien sûr. Johanna s'essuya le visage avec le dos de sa main.

— Pourquoi lui ont-ils coupé les cheveux ainsi ? murmura-t-elle.

Elle devina la réponse : pour l'humilier. Clare MacKay avait possédé une épaisse chevelure brune. A présent, il n'en restait que quelques courtes mèches éparses, laissant le cuir chevelu à nu par endroits. Ils n'avaient même pas utilisé de ciseaux : les MacInnes avaient effectué leur sale besogne au couteau.

— C'est un miracle qu'elle respire encore, dit Gabriel. Fais ton possible, Johanna. Je vais demander au père MacKechnie de lui donner les derniers sacrements.

Johanna se mordit les joues pour ne pas hurler. On ne donnait l'extrême-onction qu'aux portes de la mort.

— C'est une simple précaution, insista Gabriel.

— Oui, murmura-t-elle. Une précaution. Je vais la laver d'abord.

Gabriel alla chercher le seau d'eau et le bol qui se trouvaient près de la porte tandis qu'elle fouillait dans le coffre à la recherche de linge propre.

Elle se mit immédiatement au travail sans remarquer que son mari l'examinait avec une étrange attention.

— Réponds à une question, fit-il soudain.

— Oui ?

— As-tu jamais été battue ainsi ?

Elle ne le regarda pas en lui donnant sa réponse :

— Non.

Les mâchoires de Gabriel se détendirent. Elle précisa alors sa réponse :

— Il ne me frappait pas au visage ou sur la tête.

— Et ailleurs ?

— Les vêtements cachaient les marques.

Elle ne se rendit pas compte de l'effet que cette déclaration eut sur son mari. Gabriel était bouleversé. Il avait du mal à croire qu'après cela elle ait accepté de l'épouser. Bon sang, et lui qui avait exigé qu'elle lui accorde sa confiance. Il se sentait idiot maintenant. A sa place, il n'aurait plus jamais fait confiance à personne.

— C'est une belle femme, tu ne trouves pas ? fit alors Johanna à mi-voix.

— Difficile à dire dans cet état.

— Ils n'auraient pas dû lui couper les cheveux.

Elle semblait obsédée par cette punition somme toute mineure.

— C'est la moindre de leurs offenses, Johanna.

Ils n'auraient pas dû la battre. Les chiens sont mieux traités.

Elle hocha la tête. Les bœufs aussi.

— Gabriel ?

— Oui ?

— Je suis contente de t'avoir épousé.

Elle ne le regardait toujours pas.

— Je le sais, Johanna, fit-il avec un sourire.

Son arrogance était décidément insupportable. Mais elle était incapable de lui en vouloir, bien au contraire. Elle continua à laver les blessures de Clare MacKay tout en lui murmurant des mots de réconfort. Celle-ci ne l'entendait sûrement pas mais cela n'empêchait pas Johanna de lui répéter encore et encore qu'elle était en sécurité, que plus personne ne lui ferait de mal.

Gabriel sortit et trouva une multitude de femmes dans le couloir avec Hilda à leur tête.

— Nous voudrions offrir notre aide pour soigner la malheureuse, annonça-t-elle.

— Le père MacKechnie doit d'abord lui donner les derniers sacrements.

Le prêtre, qui attendait sagement derrière, se fraya un chemin à travers la foule et entra dans la pièce.

Gabriel referma la porte sur lui et descendit dans le hall où l'attendaient ses deux lieutenants.

— Calum, rassemble tous les MacBain. Je veux que chacun d'entre eux me dise qu'il n'a pas touché Clare MacKay.

— Et tu les croir...

Keith s'interrompit devant le regard glacial de son laird.

— Aucun de mes soldats ne me mentira, Keith, aboya Gabriel.

— Et si l'un d'entre eux admet avoir effectivement passé la nuit avec elle ? Que feras-tu ?

— Cela ne te regarde pas, Keith. Je veux que tu ailles trouver laird MacKay et que tu lui racontes ce qui s'est passé ici aujourd'hui.

— Dois-je lui dire que sa fille est mourante ou bien adoucir la chose ?

— Dis-lui qu'on lui a donné l'extrême-onction.

— Et dois-je lui dire qu'un MacBain...

— Répète-lui exactement les accusations de laird MacInnes, ordonna Gabriel avec une impatience croissante. Bon sang, j'aurais dû tuer ces bâtards.

— Si tu l'avais fait, nous serions en guerre, MacBain, remarqua Keith.

La réponse fusa :

— Nous sommes déjà en guerre. Aurais-tu oublié que le fils du laird a tenté de tuer ma femme ?

Le chef des MacLaurin secoua la tête.

— Non, laird, s'empressa-t-il de répondre. Je n'ai pas oublié.

— Et tu fais sacrément bien, gronda Gabriel.

Calum intervint :

— Les MacKay risquent eux aussi de nous déclarer la guerre s'ils croient qu'un MacBain a compromis Clare MacKay.

— Aucun de mes hommes n'agirait de façon aussi peu honorable, rétorqua Gabriel.

Calum acquiesça. Keith ne paraissait pas convaincu.

— MacInnes a dit qu'on avait vu ton plaid, rappela-t-il.

— Il mentait, répondit Calum.

— Il a aussi dit que Clare MacKay avait admis avoir passé la nuit avec un MacBain, reprit Keith.

— Alors, c'est elle qui ment.

Gabriel leur tourna le dos.

— Vous avez mes ordres. Exécutez-les.

Les soldats s'en furent sur-le-champ. Gabriel se campa devant la cheminée.

Il savait, sans le moindre doute, qu'aucun de ses hommes n'avait déshonoré Clare MacKay... Et pourtant, on avait vu le plaid des MacBain... il y avait trois mois de cela.

— Enfer, gronda Gabriel.

Si MacInnes disait la vérité, la réponse était évidente : un seul homme pouvait être responsable de ce gâchis.

Nicholas.

12

Clare MacKay ne se réveilla que le lendemain matin. Johanna était restée à ses côtés pendant la plus grande partie de la nuit jusqu'à ce que Gabriel ne vienne quasiment la traîner hors de la chambre. Hilda avait alors été heureuse de prendre le relais de sa maîtresse.

Johanna était à peine revenue au chevet de Clare quand celle-ci ouvrit les yeux.

— Vous me parliez… je vous ai entendue…

Johanna sursauta.

— Vous êtes réveillée, murmura-t-elle avec un immense soulagement.

Clare hocha faiblement la tête.

— Comment vous sentez-vous ?

— J'ai mal partout.

— Oui, c'est normal… Vous avez mal à la gorge, aussi ? Vous avez une drôle de voix.

— J'ai dû beaucoup pleurer. Puis-je avoir un verre d'eau ?

Johanna le lui apporta et l'aida à s'asseoir dans le lit. Elle fit preuve de la plus grande délicatesse mais la jeune femme grimaça de douleur. Sa main tremblait quand elle se saisit du gobelet.

— Y avait-il un prêtre ici? J'ai cru aussi entendre quelqu'un prier.

— Le père MacKechnie vous a donné l'extrême-onction, expliqua Johanna en reprenant le verre vide. Nous ne savions pas si vous alliez vous rétablir. C'était une simple précaution, ajouta-t-elle vivement.

Clare esquissa un sourire. Elle avait de belles dents blanches et de grands yeux sombres. Mais son visage était horriblement tuméfié et, à la façon dont elle évitait de bouger, Johanna savait qu'elle souffrait atrocement.

— Qui vous a fait ça?

Clare ferma les yeux. Elle évita de répondre en posant une question à son tour.

— La nuit dernière... vous avez dit que j'étais en sécurité ici. Etait-ce la vérité? Suis-je en sécurité ici?

— Oui, bien sûr.

— Où suis-je?

Johanna se présenta et expliqua rapidement ce qui s'était passé. Elle passa volontairement sous silence le fait que Robert MacInnes avait reçu deux flèches dans le corps.

— Mais nous parlerons plus tard, promit-elle. Dormez à présent, Clare. Vous pouvez rester ici aussi longtemps que vous le souhaiterez. Hilda va vous apporter quelque chose à manger et...

Elle s'interrompit en se rendant compte que Clare MacKay s'était à nouveau endormie. Elle lui remonta ses couvertures jusqu'au cou et céda sa place à Megan.

Gabriel cherchait ses bottes quand Johanna pénétra dans leur chambre.

— Bonjour, milord. Avez-vous bien dormi?

Il se renfrogna. Johanna alla à la fenêtre et souleva les fourrures. L'aube se levait à peine.

— Je t'avais dit de rester au lit, fit-il. Tu as attendu que je dorme pour te relever?

— Oui.

Cette réponse n'améliora en rien son humeur.

— Je pensais me reposer un peu avant de descendre, dit-elle pour le calmer.

— Tu as l'air à moitié morte.

— Non, je suis simplement fatiguée, dit-elle en essayant de tresser ses longs cheveux.

— Johanna, viens ici.

Elle traversa la pièce pour se planter devant lui. Il entreprit de défaire la ceinture qui maintenait son plaid.

— Désormais, tu resteras à ta place, annonça-t-il.

Elle essaya de chasser sa main.

— Je ne suis pas un bibelot rangé sur une étagère que tu sortirais selon ton bon plaisir.

Il tira sur la ceinture, la forçant à s'asseoir sur ses cuisses puis il l'embrassa. Son but était uniquement de lui rendre un peu de bonne humeur mais les choses étant ce qu'elles étaient, les lèvres de Johanna si douces, leur désir mutuel si fort, que petit à petit un simple baiser se transforma en une étreinte passionnée.

Sans même qu'ils s'en rendent compte, ils se retrouvèrent nus et... unis. Comme à chaque fois, ils s'émerveillèrent de cette entente délicieuse qui régnait entre eux.

Quelques minutes plus tard, Johanna s'endormait, repue et languissante.

Gabriel roula sur le côté, murmura son nom et n'obtint pas de réponse. Il l'embrassa tendrement sur le front et s'extirpa du lit.

— Dors bien, murmura-t-il.

Son sourire s'élargit : hé, hé, pour une fois, elle lui obéissait sans rechigner. Cela faisait du bien de savoir qu'il était enfin obéi.

Il la couvrit, s'habilla et quitta silencieusement la pièce.

Sa journée avait commencé de façon fort agréable mais elle ne tarda pas à se gâter. Keith l'attendait dans le hall pour lui annoncer qu'un nouvel émissaire du baron Goode requérait une audience de lady Johanna. L'homme portait les couleurs des Gillevrey.

— Le baron vous menace-t-il ? demanda Gabriel au soldat.

— Non, laird. Il a envoyé un messager à notre laird qui a accepté de transmettre sa requête. Le baron désire simplement rencontrer lady Johanna près de la frontière anglaise.

Gabriel secoua la tête.

— Ma femme n'ira nulle part. Elle ne désire pas parler au baron. L'Angleterre fait partie de son passé désormais et elle veut se consacrer uniquement à son avenir ici. Dis à ton laird que je lui suis reconnaissant de sa médiation. Je regrette qu'il soit importuné par l'Anglais. Je le remercie de tenir le baron et ses vassaux à l'écart de mes domaines.

— Que désires-tu que je dise exactement à l'émissaire ? s'enquit le soldat. Je me souviendrai de chacune de tes paroles, laird MacBain, et les répéterai fidèlement.

— Dis-lui que ma femme ne parlera à aucun baron et qu'il serait stupide de leur part de continuer à la tracasser.

L'homme s'inclina et quitta le hall. Gabriel se tourna vers Keith.

— Pas un mot de ceci à ma femme. Elle n'a pas besoin de savoir que le baron cherche encore à la voir.

— Si c'est ce que tu désires, laird.

Gabriel hocha la tête. Il essaya d'oublier cet irritant baron anglais. Mais les choses ne s'arrangèrent pas. Les MacLaurin n'accomplissaient pas leur devoir. Et, avant midi, il y eut trois accidents sur le mur. Les hommes étaient préoccupés. On aurait dit qu'ils avaient subi une grave insulte et ne supportaient plus de travailler aux côtés des MacBain. Ils rendaient ces derniers responsables de la querelle avec les MacInnes.

Etrangement, les MacLaurin n'aimaient pas se battre. Gabriel trouvait leur attitude déconcertante. Les Anglais les avaient pratiquement dépouillés de tous leurs biens lors du siège. Les avaient-ils aussi privés de leur fougue ? La honte soit sur eux, se dit Gabriel. Les Highlanders se devaient d'aimer la guerre et non de la redouter.

L'union des deux clans était plus difficile que prévu. Il avait voulu accorder à chacun le temps de s'accoutumer à tous ces changements. A présent, il se rendait compte qu'en se montrant aussi clément, il avait commis une erreur. Il allait donc y mettre un terme. Ses sujets feraient bien d'oublier leurs différends s'ils ne voulaient pas avoir affaire à lui.

A ce moment, Calum vint l'avertir de l'arrivée d'un nouveau messager.

Cette interruption agaça prodigieusement Gabriel qui aurait de loin préféré bosseler quelques crânes de MacLaurin. Quant à la nouvelle que lui apportait l'intrus, elle ne lui fit ni chaud ni froid. Il envisagea de trucider le messager pour le plaisir puis se ravisa : cette nouvelle allait ravir sa femme.

Il voulait que Johanna soit heureuse. Même s'il ignorait pourquoi, il était suffisamment honnête envers lui-même pour admettre que son bonheur comptait énormément.

Bon sang, il s'amollissait. Le soldat, attendant toujours sa réponse, tremblait dans ses bottes. Gabriel décida de prendre un peu de bon temps ; d'autant que Dumfries venait de faire son apparition et tournait autour de l'intrus avec une fougue inquiétante. Le chien gronda, l'homme sursauta, Gabriel sourit pour la première fois depuis le matin.

La réaction de Johanna ne fut pas celle qu'il attendait. D'abord, elle fut révoltée par la façon dont l'étranger était traité. Elle apparut dans le hall à l'instant où il prenait la fuite. Elle le rejoignit à la porte, chassa Dumfries et l'invita à sortir avec dignité. Peine perdue, le bonhomme était déjà au milieu de la cour.

Elle se retourna vers son mari qui arborait un sourire diabolique.

— Ce n'est pas poli de traiter ainsi nos invités, milord.

— C'est un Anglais.

L'explication lui semblait suffisante. Pas à Johanna.

— Un messager ? De qui ? Du roi John ? Ou bien du baron Goode ?

En moins d'une seconde, elle était passée de l'inquiétude à la terreur. Gabriel secoua la tête.

— Il n'était pas porteur de mauvaises nouvelles, femme. Le message venait de ta mère.

Elle lui saisit le bras.

— Est-elle malade ?

Il la rassura aussitôt.

— Non, non, elle n'est pas malade. En tout cas,

je ne le pense pas. Sinon, elle ne viendrait pas ici, non ?

— Maman vient ici ? s'écria-t-elle.

Gabriel était stupéfait : elle semblait au bord de l'évanouissement. Non, décidément, elle ne réagissait pas du tout comme il l'avait prévu.

Elle s'effondra sur une chaise. Gabriel vint la rejoindre.

— Réponds-moi. Si cette nouvelle ne te réjouit pas, j'envoie immédiatement Calum rattraper ce messager pour lui dire que nous ne voulons pas...

Elle bondit sur ses pieds.

— Tu ne feras pas une chose pareille. Je veux voir ma mère.

— Mais alors, qu'est-ce qui te prend ? On dirait que tu viens de recevoir le ciel sur la tête.

Elle ne l'écoutait pas. Son esprit était en ébullition. Elle devait remettre un peu d'ordre dans cette maison. Oui, c'était la priorité. Et Dumfries avait besoin d'un bon bain. Aurait-elle le temps d'enseigner à cette bête des manières décentes ? Il était hors de question qu'il gronde devant maman, se dit Johanna.

Gabriel la saisit par les épaules et lui demanda de lui répondre. Quelle était la question ? s'enquit-elle.

— Pourquoi n'es-tu pas heureuse ?

— Je suis merveilleusement heureuse, fit-elle en le contemplant comme s'il avait perdu la tête. Je n'ai pas vu maman depuis quatre ans, Gabriel. Je suis très heureuse.

— Alors, au nom du Ciel, pourquoi fais-tu cette mine d'enterrement ?

D'un geste négligent, elle se libéra de son étreinte et se mit à faire les cent pas devant la cheminée.

— Il y a tellement à faire avant son arrivée, expliqua-t-elle. Il faut laver Dumfries, nettoyer le château de fond en comble. Je ne veux pas que ton chien gronde devant maman. Je vais lui apprendre les bonnes manières. Oh, Seigneur, gémit-elle en faisant volte-face. Les MacLaurin n'ont aucune éducation.

Gabriel ricana. Elle fronça les sourcils d'un air menaçant.

— Je ne laisserai pas insulter maman, rugit-elle.

— Personne ne va l'insulter.

Ce fut au tour de Johanna de ricaner.

— Et il n'est pas question non plus qu'elle soit déçue. Elle m'a appris à devenir une bonne épouse.

Les poings sur les hanches, elle attendit. Son mari n'avait rien à dire.

— Eh bien ?

Il soupira.

— Eh bien, quoi ?

— Tu es censé le confirmer : je suis une bonne épouse ! s'exclama-t-elle, frustrée.

— Bon, tu es une bonne épouse.

Elle secoua la tête avec véhémence.

— Oh non, je suis déplorable, admit-elle.

Gabriel leva les yeux au ciel.

— J'ai négligé tous mes devoirs, reprit-elle sans lui laisser le temps de placer un mot. Mais c'est du passé à présent. Dès ce soir, je vais enseigner les bonnes manières à tes hommes.

— Hé là, Johanna, commença-t-il, mes hommes sont…

— Ne te mêle pas de ça, Gabriel. Et tu n'as pas à t'inquiéter. Tes soldats suivront mes instructions. Il y a autre chose…

— Quoi ?

— Va chercher Alex. Ecoute, j'ai été très patiente avec toi, ajouta-t-elle en le voyant se rembrunir. Ton fils doit être à la maison quand maman arrivera. Alex aura sûrement besoin d'un bain lui aussi. Je l'emmènerai à la crique avec Dumfries. Dieu seul sait quelle éducation il a dû recevoir ! Aucune, j'imagine.

Elle voulut le quitter sur ces bonnes paroles. Il ne lui en laissa pas l'occasion : la saisissant par le bras, il la força à se retourner.

— Tu n'as pas d'ordres à me donner, femme.

— Comment peux-tu faire ta mauvaise tête dans un moment pareil ? Des tâches importantes m'attendent. Alex doit rentrer. Veux-tu me faire honte devant ma mère ?

Cette possibilité semblait la terroriser. Gabriel poussa un profond soupir. Il se souvenait à peine de sa propre mère et avait donc du mal à imaginer pourquoi cette visite la mettait dans un tel état.

Mais, d'autre part, il désirait vraiment que sa femme soit heureuse. Il se résolut donc à lui avouer ses vraies raisons.

— Je ne veux pas d'Alex ici tant que les MacBain et les MacLaurin n'auront pas mis leurs différends de côté. Je ne veux pas qu'il subisse... un affront.

Incrédule, elle le dévisagea.

— Un affront, Alex ? Mais pourquoi ? Il est ton fils, n'est-ce pas ?

— Probablement.

— Tu l'as reconnu. Tu ne peux plus revenir là-dessus maintenant. Alex croit que tu es son père, Gabriel...

Il posa un doigt sur sa bouche pour arrêter le flot de protestations qu'il sentait venir. Il sourit avec tendresse car il songeait que jamais sa douce épouse n'avait envisagé de refuser à Alex la place qui était la sienne dans cette maison. Et elle exigeait même qu'il soit bien traité.

Elle méritait de connaître ses motifs. Gentiment, il l'entraîna vers un siège. Il s'assit et la força à s'installer sur ses cuisses.

Elle rougit : elle n'avait pas l'habitude de se retrouver sur les genoux de son mari. N'importe qui pouvait entrer et les voir.

— Ecoute-moi, reprit-il. J'ai quelque chose à t'expliquer.

— Oui ?

— Quand les MacLaurin avaient si désespérément besoin d'un chef pour combattre les Anglais, ils m'ont envoyé une délégation.

Elle fronça les sourcils : pourquoi lui dire ce qu'elle savait déjà ? Mais elle se garda bien de l'interrompre. Pour la première fois, Gabriel prenait la peine de partager ses soucis avec elle.

— Une fois la bataille terminée et les Anglais chassés, les MacLaurin furent très contents de m'avoir pour chef. Bien sûr, ils n'avaient pas le choix, ajouta-t-il avec un hochement de menton. Mais ils n'ont pas accepté aussi aisément certains de mes compagnons.

— Tes hommes ne se sont-ils pas battus à leurs côtés contre les Anglais ?

— Ils l'ont fait.

— Alors pourquoi les MacLaurin ne leur en sont-ils pas reconnaissants ? Ont-ils oublié ?

Gabriel secoua la tête.

— Tous les MacBain ne se sont pas battus. Auggie, par exemple. Il est trop vieux pour se battre maintenant. Je pensais qu'avec le temps les MacBain et les MacLaurin apprendraient à vivre ensemble. A présent, je me rends compte que ce n'est pas près d'arriver. Ma patience est à bout. Ils vont devoir s'entendre et travailler ensemble ou bien encourir ma colère.

— Et qu'arrive-t-il quand tu es en colère ? demanda-t-elle en lui caressant le cou.

Il haussa les épaules.

— En général, je tue quelqu'un.

C'était une plaisanterie, elle en était certaine. Elle sourit.

— Je ne tolère pas les combats chez moi. Tu devras aller tuer tes hommes ailleurs.

Il était trop ébahi pour s'offusquer de son manque de respect. Elle avait dit « chez moi » en parlant du château. C'était une première.

— Tu as bien dit « chez moi » ?

— Oui, répondit-elle. Je suis bien chez moi ici, non ?

— Oui, approuva-t-il. Johanna, je veux que tu sois heureuse ici.

— Cela a l'air de te surprendre, fit-elle.

— Quoi donc ?

— De vouloir me rendre heureuse.

— Ça me surprend, admit-il.

— Il existe des tas de maris qui veulent rendre leur femme heureuse, remarqua Johanna. En tout cas, mon père le voulait.

— Et que voulait ta mère ?

— Aimer mon père, répondit-elle.

— Et toi, que veux-tu ?

Elle secoua la tête. C'était trop tôt. Elle n'était pas encore prête à lui dire qu'elle voulait l'aimer. Un tel aveu la rendrait trop vulnérable.

— Je sais ce que tu veux, s'exclama-t-elle. Tu veux que je brode devant la cheminée et que je me repose le reste du temps. Voilà ce que tu veux.

Elle s'était figée dans ses bras, aussi rigide qu'une statue. Il lui prit doucement la main.

— Oh, j'oubliais encore une chose, reprit-elle, tu veux que je reste à ma place, place que tu as choisie, n'est-ce pas ?

— Ne te moque pas de moi, Johanna, ce n'est pas le moment.

Elle ne se moquait pas de lui mais mieux valait ne pas le lui dire.

— Je crois, reprit-il quand il comprit qu'elle ne lui répondrait pas, qu'avec le temps nous finirons bien par nous habituer l'un à l'autre.

— Tu parles de nous comme des MacLaurin et des MacBain, remarqua-t-elle. T'es-tu habitué à moi ?

— Pas encore tout à fait.

Il sut immédiatement que cette réponse la mettait en rage.

— Je n'ai guère l'expérience du mariage, lui rappela-t-il.

— Mais moi oui, rétorqua-t-elle.

Il secoua la tête.

— Tu n'étais pas mariée. Tu étais enchaînée. C'est très différent.

Oui, enchaînée était le mot juste mais elle ne tenait pas à s'appesantir sur son passé.

— En quoi mon premier mariage concerne-t-il ce dont nous discutons en ce moment ?

— Et de quoi discutons-nous exactement ?

— D'Alex, martela-t-elle. Nous trouverons un moyen.

— De quoi est-ce que tu parles ?

— Il existe plusieurs manières d'atteindre un but, expliqua-t-elle. On peut convaincre les MacLaurin d'accepter Alex et tous les MacBain sans utiliser la force.

— Très bien, soupira-t-il. Je le ferai venir demain

mais seulement pour une brève visite. Si tout se passe bien, il restera. Sinon...

— Tout ira bien.

— Je ne veux pas qu'il souffre, d'une manière ou d'une autre.

— Non, bien sûr que non.

Elle essaya de se lever. Il la retint.

— Johanna ?

— Oui ?

— As-tu confiance en moi ?

Elle plongea longuement son regard dans le sien. Cette hésitation irrita Gabriel. Voilà trois mois qu'ils étaient mariés : elle avait largement eu le temps d'apprendre à se fier à lui.

— J'attends ta réponse, aboya-t-il.

Nullement émue par sa colère, elle lui caressa doucement la joue.

— Tu vas l'avoir, murmura-t-elle. Oui, Gabriel, j'ai confiance en toi.

Elle l'embrassa.

— Et toi, as-tu confiance en moi ?

— Un guerrier n'a confiance en personne, Johanna, sauf en son laird, bien sûr.

— Un mari devrait avoir confiance en sa femme, non ?

Il n'en savait rien.

— Ce ne doit pas être nécessaire, fit-il en se massant la mâchoire avant d'ajouter : Non, ce serait idiot.

— Gabriel ?

— Oui ?

— Tu n'es qu'un...

— Je vous demande pardon, maîtresse, intervint Hilda depuis la porte. Puis-je vous dire un mot ?

D'un bond, Johanna quitta les genoux de son

mari. Les joues en feu, elle se tourna vers la cuisinière.

— Qui est auprès de Clare ?

— Le père MacKechnie, répondit Hilda. Elle voulait lui parler.

Ce fut au tour de Gabriel de se dresser.

— Pourquoi ne m'as-tu pas dit qu'elle était réveillée ? demanda-t-il à sa femme.

Ne lui laissant pas le temps de répondre, il se dirigea vers l'escalier. Johanna se précipita derrière lui.

— Je lui ai promis qu'elle pouvait rester ici, déclara-t-elle.

Il ne dit rien. Elle le rattrapa.

— Que vas-tu faire ? demanda-t-elle.

— Lui parler, Johanna. Tu n'as pas à t'inquiéter.

— Elle n'est pas en état de supporter une longue conversation. D'ailleurs, le père MacKechnie doit être en train d'entendre sa confession. Tu ne devrais pas les interrompre.

Le prêtre sortait justement de la chambre au moment où ils y arrivaient. Gabriel salua le père MacKechnie d'un petit mouvement du menton avant de pénétrer dans la pièce. Johanna s'engouffra derrière lui.

— Tu attendras dehors, ordonna Gabriel.

— Mais elle aura peut-être peur de toi.

— Eh bien, elle aura peur.

Il lui claqua la porte au nez.

Collant l'oreille au battant, Johanna tenta d'écouter ce qui se passait à l'intérieur. Le prêtre la tira à l'écart.

— C'est inutile, annonça-t-il. Tu devrais savoir maintenant que notre laird ne fera jamais aucun mal à une femme.

— Oh, je le sais, répliqua-t-elle aussitôt. Mais Clare MacKay, elle, n'en sait rien.

Le prêtre n'avait pas de réponse à cela. Elle en profita pour lui demander :

— Vous avez entendu Clare en confession ?

— Oui.

Les épaules de Johanna s'affaissèrent. Elle semblait soudain accablée. Réaction qui laissa le père MacKechnie confondu.

— La confession est un sacrement, lui rappela-t-il. Elle voulait l'absolution.

— A quel prix ? chuchota Johanna.

— Pardon ?

— La pénitence, bafouilla-t-elle. Elle était sévère, n'est-ce pas ?

— Tu sais très bien que je ne peux parler de sa pénitence avec toi.

— L'évêque Hallwick aimait se vanter des pénitences qu'il infligeait.

Le père MacKechnie se montra scandalisé.

— J'ai honte d'entendre cela, dit-il. Car j'aimerais croire que tous les prêtres sont des hommes bons accomplissant la Parole de Dieu ici-bas. L'évêque Hallwick rendra des comptes le jour où il comparaîtra devant son Créateur et tentera d'expliquer une telle cruauté.

— Mais, mon père, l'Eglise soutient l'évêque. Il tire ses pénitences de la Bible. Même la longueur du bâton y est donnée.

— De quoi parles-tu ? Quel bâton ? s'enquit le prêtre, visiblement perdu.

Comment lui, un homme d'Eglise, pouvait-il ignorer cela ? s'interrogea Johanna.

— L'Eglise dicte la conduite du mari et de la femme, expliqua-t-elle. Une bonne et pieuse épouse doit être soumise. L'Eglise approuve qu'on frappe une femme et même le recommande si celle-ci ne se montre pas totalement soumise à son mari.

Elle s'arrêta pour reprendre son souffle. Les souvenirs affluaient en elle, des souvenirs affreux, et elle ne voulait pas que le prêtre voie sa détresse. Il pourrait lui poser des questions et elle devrait alors avouer un péché terrible, peut-être mortel.

— L'Eglise réprouve le meurtre, bien sûr, reprit-elle. Un homme ne doit pas battre sa femme à mort. Et il vaut mieux utiliser un bâton que ses poings. Il doit être en bois et pas en métal et long comme cela.

Elle écarta les mains pour lui montrer la taille de l'instrument.

— Qui t'a enseigné cela ?

— L'évêque Hallwick.

— Il y a des gens dans l'Eglise qui ne croient pas...

— Mais ils devraient le croire, l'interrompit-elle, incapable de réprimer davantage son agitation.

Elle se tordit les mains.

— Et pourquoi donc, ma fille ?

Pourquoi ne comprenait-il pas ? Il était prêtre, après tout, il devait savoir.

— Parce que les femmes sont les dernières dans l'amour de Dieu, murmura-t-elle.

Le père MacKechnie ne broncha pas. Il prit le bras de Johanna et la conduisit un peu plus loin dans le couloir jusqu'à un banc. Il s'assit et lui enjoignit d'en faire autant à ses côtés. Elle lui obéit tout en faisant mine de se passionner pour les plis de son kilt.

Il attendit qu'elle ait retrouvé son sang-froid pour lui demander des explications.

— Et comment sais-tu que les femmes sont les moins aimées de Dieu ?

— A cause de la hiérarchie, répondit-elle avant de répéter ses leçons.

Elle gardait obstinément la tête baissée.

— Eh bien, fut le commentaire du prêtre quand elle eut terminé, si je m'attendais à ça. Dis-moi, Johanna, tu crois vraiment que les vaches...

— Les bœufs, mon père, le corrigea-t-elle.

— Si tu veux, les bœufs. Tu crois vraiment que les bœufs méritent une meilleure place que les femmes au paradis ?

Le père MacKechnie était un homme si bon. Elle ne voulait pas le décevoir. Mais elle ne lui mentirait pas, quelles qu'en soient les conséquences.

— Non, fit-elle d'une voix presque inaudible avant de lever les yeux pour voir l'effet de cette dénégation. Je ne le crois pas, mon père, et je brûlerai sûrement en enfer pour cela !

Il lui prit la main.

— Tu ne brûleras ni en enfer ni ailleurs. Laisse-moi te dire que je n'y crois pas non plus. En fait, il s'agit d'un mensonge forgé par des hommes effrayés.

Elle le contempla avec des yeux ronds.

— Mais l'Eglise enseigne...

— Les enseignements de l'Eglise sont prodigués par des hommes, Johanna. N'oublie jamais cela. Tu n'es pas une hérétique. Ecoute-moi attentivement. C'est très important. Il n'y a qu'un seul Dieu, Johanna, mais plus d'une façon de Le regarder. Il y a, par exemple, la façon des Anglais et celle des Highlanders.

— En quoi sont-elles différentes ?

— Certains Anglais croient en un Dieu de vengeance, expliqua le père MacKechnie. Ils élèvent leurs enfants dans la crainte. On leur dit de ne pas pécher à cause des terribles représailles qui les attendent dans l'au-delà. Les Highlanders sont différents et ils ne sont certainement pas moins aimés du Seigneur. Sais-tu ce que signifie le mot « clan » ?

— Famille, répondit-elle.

Il acquiesça.

— Oui, au sens où une famille produit des enfants. Nous apprenons à nos enfants à aimer Dieu, pas à le craindre. Pour nous, il est comme un père au cœur bon et généreux.

— Et si un Highlander commet un péché ?

— S'il se repent, il sera pardonné.

Elle réfléchit longuement à cette réponse avant de reprendre la parole.

— Alors, je ne suis pas damnée ? Dieu aime les femmes autant que tous les autres êtres ?

Le prêtre sourit.

— Non, tu n'es pas damnée. A Ses Yeux, tu as autant de valeur que n'importe quel homme. Pour te dire la vérité, ma fille, je ne crois pas que Dieu tienne une liste ou une hiérarchie quelconque.

Elle éprouvait un tel soulagement qu'elle en avait la gorge nouée. Ainsi, d'avoir refusé les enseignements de l'évêque Hallwick ne faisait pas d'elle une hérétique.

— Mais pourquoi l'Eglise a-t-elle inventé des règles aussi cruelles pour les femmes ?

Le père MacKechnie poussa un profond soupir.

— Les hommes qui ont peur édictent souvent des lois injustes.

— De quoi auraient-ils peur, mon père ?

— Des femmes, bien sûr. Bon, ne va pas crier cela sur les toits, Johanna, mais il existe des hommes de Dieu pour croire que les femmes sont supérieures. Ils ont peur de les voir prendre le pouvoir. Ils croient aussi que les femmes usent de leur corps pour obtenir ce qu'elles désirent.

— Certaines femmes le font sûrement, approuva Johanna. Mais elles sont rares.

— Oui, dit le prêtre. Et les femmes sont certainement plus fortes. Nul ne peut le nier.

— Nous ne sommes pas plus fortes, protesta Johanna en souriant devant ce qu'elle prenait pour une plaisanterie.

— Mais oui, vous l'êtes, répliqua-t-il en souriant à son tour. Combien d'hommes accepteraient de porter un autre enfant après avoir connu la torture de l'accouchement ?

Johanna éclata de rire. Le bon père avait des images audacieuses.

— Les femmes ont hérité d'un lourd fardeau dans cette vie, poursuivit-il. Pourtant, elles survivent et, en fait, parviennent même à s'épanouir en dépit de toutes les restrictions qu'on leur impose. Il leur faut une grande intelligence, ma fille, pour se faire entendre malgré les hommes.

La porte de la chambre de Clare MacKay s'ouvrit et Gabriel apparut.

Johanna et le père MacKechnie se levèrent.

— Merci, mon père, chuchota-t-elle. Vous m'avez été d'un grand secours.

— A en juger par la tête de ton mari, je parierais qu'il a bien besoin d'aide lui aussi, lui répondit le prêtre à mi-voix avant de s'adresser à son laird : es-tu satisfait de ton entrevue, laird MacBain ?

— Elle refuse de me donner le nom du responsable, maugréa-t-il avec colère.

— Elle ne le connaît peut-être pas, fit Johanna prenant instinctivement la défense de la malheureuse.

— Elle dit avoir passé une nuit entière avec lui, Johanna. Tu crois vraiment que, pas une seule fois, elle ne lui a demandé son nom ?

— Gabriel, tu n'as pas besoin d'élever la voix contre moi.

Elle le contourna pour pénétrer dans la chambre. Il la retint par le bras.

— Laisse-la se reposer, ordonna-t-il. Elle s'est endormie pendant que je la questionnais. (Il se tourna vers le prêtre.) Si elle n'avait pas le visage aussi abîmé, je ferais monter tous mes hommes l'un après l'autre ici. Peut-être que de la voir leur rafraîchirait la mémoire.

— Ainsi, tu crois qu'un MacBain...

— Non, je ne crois pas que l'un des miens soit responsable, répliqua Gabriel. Mes hommes ont de l'honneur.

— Clare a-t-elle dit qu'il s'agissait d'un MacBain ? demanda Johanna.

Il secoua la tête.

— Une autre question à laquelle elle n'a pas voulu répondre, grogna-t-il.

— Laird, Keith est de retour de chez MacKay.

Calum avait crié depuis le hall. Gabriel le rejoignit aussitôt.

Johanna passa l'heure qui suivit à lutter contre Dumfries pour lui enlever ses points de suture. Il se conduisait comme un bébé et elle dut le cajoler, le gronder et le supplier pour parvenir à ses fins. Mais sa victoire fut de courte durée : sentant que les choses sérieuses étaient terminées, l'animal décida qu'il était temps de jouer. Il avait une conception très particulière du jeu : il s'agissait de grimper sur sa maîtresse. Il n'avait pas conscience de sa force.

Au bout de quelques minutes, Johanna était persuadée qu'elle sentait aussi mauvais que lui. Il était grand temps de le laver. Megan lui fournit une corde. Johanna en attacha un bout autour du cou de la bête qu'elle traîna dehors.

Quand elle croisa Glynis devant le puits, Johanna était au comble de l'exaspération : Dumfries était intenable. La corde qui lui sciait les mains et l'écœurante question de Glynis à propos de Clare MacKay la poussèrent à bout.

— Vous ne comptez pas laisser cette putain dormir sous le même toit que notre laird, quand même ?

Johanna se figea. Elle se retourna lentement pour dévisager la femme.

— Clare MacKay n'est pas une putain, lança-t-elle avec colère.

Elle réprima son envie de se jeter sur Glynis et de lui donner un bon coup de pied quelque part. Non, il y avait un meilleur moyen.

— Excusez-moi si je me suis emportée, Glynis, reprit-elle d'un ton plus conciliant, mais ce n'est pas votre faute si vous avez été amenée à penser que Clare MacKay était une putain. Pourtant, étant donné votre surnom dans le clan, j'aurais pensé que vous, plus que toute autre, auriez réservé votre jugement. Les MacLaurin ne vous auraient pas donné un tel surnom s'il n'était pas mérité, n'est-ce pas ?

Elle salua d'autres femmes qui attendaient près du puits.

Glynis secoua la tête, l'air perdu et un peu inquiet. Johanna lui adressa un sourire de miel.

— Seul laird MacInnes affirme que Clare s'est couverte de honte et nous n'allons tout de même pas croire un tel homme, n'est-ce pas ? Clare est la bienvenue chez moi. Et j'entends qu'elle soit traitée avec respect et dignité. Si vous voulez bien m'excuser maintenant ? Dumfries et moi devons descendre à Rush Creek. Bonne journée, Glynis.

Johanna tira sur sa laisse improvisée et s'en alla. Derrière, elle entendait gonfler la rumeur des femmes. Glynis n'arriverait sûrement pas à vaincre sa curiosité plus d'une minute ou deux.

Elle avait tort. Celle-ci la rappela avant qu'elle ne soit parvenue à dix.

— Quel surnom avez-vous entendu, milady ?

Johanna pivota lentement.

— Oh, Glynis, je croyais que vous saviez. On vous appelle La Pure.

Soudain très pâle, Glynis laissa échapper un petit cri. Johanna ne regretta pas son mensonge. Glynis s'était crue si maligne. A elle de souffrir un peu maintenant.

— Dumfries, chuchota-t-elle, on va la laisser mariner dans son jus jusqu'à demain. D'ici là, Glynis aura compris la cruauté de ses petits jeux et j'irai lui dire que c'est moi qui ai inventé le surnom.

Le remords ne lui permit pas d'attendre si longtemps. Après le bain de Dumfries, elle éprouvait une telle honte qu'elle se mit à la recherche du petit cottage de Glynis.

Trempée de la tête aux pieds, grâce aux bons soins de Dumfries, elle s'attirait les regards curieux des femmes.

— Milady, que vous est-il arrivé ?

Leila ! Johanna était heureuse de la revoir. Mais la jeune femme gardait les yeux obstinément baissés vers le sol.

— Dumfries avait besoin d'un bain, expliqua-t-elle. Il a refusé de le prendre sans moi. Sais-tu où habite Glynis ? Je voudrais lui dire un mot.

Leila lui désigna une petite maison et s'éloigna

aussitôt. Johanna, emportée par Dumfries, n'eut pas le temps de la retenir. Tant bien que mal, elle traîna le chien vers la demeure de Glynis.

Arrivée devant la porte, elle hésita à peine, repoussa une mèche de cheveux humides dans son dos et frappa au battant.

Glynis lui ouvrit. Elle écarquilla les yeux en reconnaissant sa visiteuse. Johanna remarqua qu'ils étaient rouges. Seigneur, l'avait-elle fait pleurer ? Son remords s'accrut. Sa surprise aussi : Glynis était une grande femme robuste, presque autant qu'un homme. Elle ne l'aurait pas crue si sensible.

— Pouvez-vous me consacrer un peu de votre temps, Glynis ? J'aimerais vous parler en privé.

— Oui, bien sûr, répondit celle-ci en lançant un regard angoissé derrière elle.

Johanna devina qu'elle ne tenait pas à ce que son mari écoute leur conversation.

Glynis fit les présentations. Son époux avait une bonne tête de moins qu'elle, des cheveux hirsutes, des taches de rousseur partout et un grand sourire candide.

Ils proposèrent à Johanna d'entrer mais elle déclina l'invitation sous prétexte qu'elle était trempée. Très poliment, Johanna suggéra à Glynis qu'elles bavardent dehors. Celle-ci accepta.

Johanna s'éloigna de quelques pas, invitant Glynis à la suivre. Celle-ci accepta, puis hésita quand Dumfries se mit à gronder.

Johanna calma le chien d'une caresse avant de déclarer :

— Je suis venue vous dire que c'est moi qui ai inventé votre surnom. Personne ne vous appelle La Pure, annonça-t-elle. Je l'ai fait par dépit, Glynis, et je le regrette car c'est un péché. Je vous ai causé une inquiétude inutile mais, pour ma défense, je dirai que je désirais vous donner une leçon. Cela fait mal d'être prise à son propre jeu, n'est-ce pas ?

Glynis ne répondit pas mais toute couleur avait déserté son visage. Johanna hocha la tête.

— Je sais, reprit-elle, que c'est vous qui m'avez affublée de mon surnom. Et je sais aussi que vous m'appelez La Brave parce que vous pensez en vérité que je suis lâche.

— C'était avant, milady, bredouilla Glynis.

— Avant quoi ?

— Avant que nous vous connaissions mieux et que nous nous rendions compte que vous n'êtes pas lâche du tout.

Johanna resta sceptique. Glynis comptait-elle se tirer d'affaire avec un mensonge ?

— Je n'apprécie guère votre attitude, annonça-t-elle. Le père MacKechnie m'a affirmé que les Highlanders ne cachent jamais leurs sentiments. Qu'ils n'usent pas de subterfuges.

Elle dut expliquer ce mot avant de poursuivre.

— J'ai découvert que c'est une qualité appréciable, Glynis. Si vous pensez que je suis une lâche, alors ayez le courage de me le dire en face. N'inventez pas de grossières excuses. Elles sont blessantes… et dignes des Anglais.

Glynis secouait la tête avec une telle véhémence que Johanna crut bien qu'elle allait se déboîter le cou.

— L'avez-vous dit à notre laird ? demanda la femme.

— Cette affaire ne le concerne pas.

— Je ne vous donnerai plus de surnom, milady, dit alors Glynis. Et je vous demande pardon si je vous ai blessée.

— Et moi, vous ai-je blessée ?

Elle hésita avant de concéder :

— Oui.

— Dans ce cas, nous sommes quittes. Auggie n'est pas sénile, vous savez, ajouta Johanna. Il est vraiment très intelligent. Si vous passiez un peu de temps avec lui, vous ne tarderiez pas à vous en rendre compte.

— Oui, milady.

— Bien. Dans ce cas, le problème est réglé. Bonne journée, Glynis.

Elle effectua une brève révérence et tourna les talons. Glynis lui emboîta le pas.

— Nous vous appelions La Brave jusqu'à ce que vous rameniez Dumfries et que vous le soigniez. Depuis, nous avons changé votre surnom.

Johanna était bien décidée à ne rien lui demander mais la curiosité fut la plus forte.

— Et comment m'appelez-vous maintenant ?

Elle se prépara mentalement à l'insulte.

— La Timorée.

— La Timorée ?

— Oui, milady. Pour nous, vous êtes La Timorée.

Soudain, Johanna retrouva toute sa bonne humeur. Elle refit tout le trajet jusqu'au château en martyrisant gaiement Dumfries. Elles l'appelaient La Timorée. C'était un bon début.

13

Les hommes étaient déjà installés à table quand elle pénétra dans le hall. Personne ne se leva. Gabriel était absent. Ainsi que le père MacKechnie et Keith. Les serviteurs amenaient de longs plats de viande sur les deux tables. L'odeur du mouton flottait dans l'air. Une violente nausée saisit Johanna. Surprise, elle mit ce malaise soudain sur le compte de la conduite écœurante des soudards. Ils attrapaient la viande à pleines mains avant même que les plats fussent posés devant eux. Ils n'attendaient même pas que leur laird les ait rejoints ou que le prêtre ait béni la nourriture.

En voilà assez, se dit-elle. Sa mère en mourrait d'assister à une scène aussi repoussante. Johanna ne voulait pas connaître la honte devant elle.

Megan repéra sa maîtresse debout dans l'entrée et vint la rejoindre.

— Voulez-vous dîner, milady? demanda-t-elle.

— Oui, bien sûr.

— Milady, vous n'avez pas bonne mine. Vous vous sentez bien? Vous êtes blanche comme de la farine.

— Je vais très bien, répliqua Johanna en respirant profondément pour tenter de calmer son estomac récalcitrant. S'il te plaît, apporte-moi un grand bol. Un à moitié cassé.

— Pourquoi donc, milady ?

— Je risque de devoir le casser vraiment.

Megan ouvrit des yeux ronds.

— Tu ne vas pas tarder à comprendre, lui promit Johanna.

Megan courut dans la cuisine et revint quelques instants plus tard.

— Celui-là est ébréché, fit-elle en lui tendant un bol de porcelaine. Ça ira ?

Johanna hocha la tête.

— Recule, Megan. Les éclats vont voler partout.

— Pardon ?

Johanna éleva la voix et réclama l'attention des soldats. Peine perdue dans un tel vacarme. Mais étant une lady, elle se devait d'agir d'abord en lady. Pour son deuxième essai, elle frappa dans ses mains. Finalement, elle siffla entre ses doigts. Personne ne daigna lui accorder un regard.

Elle abandonna la diplomatie. Soulevant le bol à deux mains, elle l'expédia à travers la pièce. Megan poussa un cri de surprise. Le bol s'écrasa sur le rebord de la cheminée et des éclats volèrent jusqu'à la table.

L'effet fut exactement celui qu'elle avait espéré. Comme un seul homme, ils se retournèrent tous vers elle, muets et incrédules. Rien n'aurait pu lui faire plus plaisir.

— Maintenant que j'ai votre attention, j'aimerais vous donner quelques instructions.

Des mâchoires s'affaissèrent. Calum voulut se lever. Elle lui ordonna de ne pas bouger.

— S'il vous plaît, écoutez-moi ! Ceci est ma maison et, dorénavant, j'apprécierais que vous suiviez certaines règles. D'abord, et c'est le plus important, aucun d'entre vous ne commencera à manger avant que son laird soit assis et servi. Suis-je claire ?

La plupart des soldats hochèrent la tête. Quelques MacLaurin parurent irrités. Elle les ignora. Calum souriait. Elle l'ignora aussi.

— Mais si notre laird ne vient pas à table ? demanda Niall, un MacLaurin.

— Alors, vous attendrez que votre maîtresse soit servie.

Un concert de grognements accueillit cet ordre. Johanna prit son mal en patience.

Les hommes recommencèrent à manger.

— J'ai d'autres instructions à vous donner, s'écria-t-elle.

Sa voix fut noyée par le vacarme des plats s'entrechoquant, des rires grasseyants et des bavardages.

— Megan, un autre bol, s'il te plaît.

— Mais, milady…

— S'il te plaît.

— Comme vous voulez.

Moins d'une minute s'écoula avant le retour de Megan munie d'un deuxième bol. Celui-ci effectua la même parabole aérienne et acheva sa course de la même façon. Le fracas provoqua l'effet désiré par Johanna mais plusieurs MacLaurin lui lancèrent un regard excédé.

— Le prochain bol ne finira pas dans la cheminée, annonça-t-elle. Il s'écrasera sur un de vos crânes si vous ne m'écoutez pas.

— Mais c'est qu'on voudrait bien manger, milady, cria un soldat.

— D'abord, vous m'écouterez, répliqua-t-elle. Et avec attention. Quand une lady entre dans une pièce, les hommes se lèvent.

— Vous interrompez notre souper pour nous dire ça ? cria Lindsay en flanquant un coup de coude à son voisin.

Debout, les mains sur les hanches, Johanna répéta son exigence. Puis elle attendit. Finalement, elle eut la satisfaction de les voir tous se lever l'un après l'autre.

Comblée, elle leur adressa un gracieux sourire.

— Vous pouvez vous rasseoir.

— Vous venez à peine de nous dire de nous lever, maugréa un MacLaurin.

Seigneur, comme ils étaient bornés !

— Vous vous levez quand une lady entre et vous vous asseyez quand elle vous en donne la permission.

— Qu'est-ce qu'on fait quand elle entre et qu'elle sort tout de suite ?

— Vous vous levez puis vous vous rasseyez.

— Ça m'a l'air plutôt compliqué, remarqua quelqu'un.

— Je vais vous enseigner les bonnes manières même si cela doit vous faire bouillir la cervelle, annonça-t-elle.

Calum commença à rire. Le regard qu'elle lui jeta lui en fit passer l'envie.

— Pourquoi ? s'enquit Niall. A quoi servent les manières ?

— A me faire plaisir ! explosa-t-elle. Désormais, vous ne ferez plus de bruits vulgaires à ma table.

Ils se consultèrent, perplexes, se demandant visiblement de quoi elle parlait.

— Plus de concours de rots, dut-elle leur expliquer, exaspérée.

— Mais c'est un compliment, milady, s'insurgea Niall. Si la nourriture et la boisson sont bonnes, il faut le montrer en rotant.

— Si vous appréciez le repas, vous vous contenterez de le dire, commanda-t-elle.

Les MacLaurin osèrent lui tourner à nouveau le dos. Leur grossièreté la mit en rage. Maintenant ils braillaient délibérément pour couvrir sa voix.

— Megan ?

— Tout de suite, milady.

Elle revint avec un pot.

— Il n'y a plus de bol, murmura-t-elle.

Johanna souleva le pot au-dessus de sa tête et se tourna vers la table des MacLaurin. Elle prit son élan... et son projectile lui fut arraché des mains. Elle fit volte-face pour trouver Gabriel flanqué de Keith et du père MacKechnie.

Depuis quand étaient-ils là ? Elle n'en avait aucune idée mais à voir la mine ébahie du prêtre, cela devait faire un bon moment.

A son grand regret, elle se sentit rougir. Aucune femme ne désirait se faire surprendre en train de hurler comme une mégère et de lancer des objets à la tête des gens. Mais l'embarras était une chose, son devoir une autre. Pour l'instant, elle comptait bien terminer ce qu'elle avait commencé.

— Au nom du Ciel, qu'est-ce que tu fabriques, femme ?

Elle grimaça. Il n'avait pas l'air commode.

— Ne te mêle pas de cela. Je suis en train de donner mes instructions aux hommes.

— Personne ne semble vous prêter beaucoup d'attention, milady, remarqua Keith.

— Tu m'as vraiment dit de ne pas me mêler... ?

Gabriel était trop abasourdi pour continuer mais elle avait parfaitement compris où il voulait en venir.

— Oui, je veux que tu restes en dehors de cela,

fit-elle avant de se tourner vers Keith. Ils vont m'écouter ou bien gare à eux.

— Et que ferez-vous s'ils ne vous écoutent pas ? demanda le chef des MacLaurin, peu convaincu.

Elle n'en avait pas la moindre idée. Soudain, elle se souvint de la plaisanterie de Gabriel.

— Je tuerai probablement quelqu'un.

Cette annonce impressionna visiblement le soldat. Contente d'elle, elle hocha le menton pour faire bonne mesure et attendit sa réaction.

Elle ne fut pas celle qu'elle attendait.

— Vous portez le mauvais plaid, milady. Aujourd'hui, nous sommes mardi.

Elle eut soudain envie d'étrangler Keith. Un rot sonore retentit derrière elle. Elle réagit comme si on venait de la poignarder dans le dos. Poussant un cri de surprise, elle arracha le pot des mains de son mari et fit volte-face.

Gabriel la retint avant qu'elle ne provoque une catastrophe. Il lui reprit le pot qu'il confia à Keith.

— Je t'avais demandé de rester en dehors de ça, murmura-t-elle.

— Johanna...

— Suis-je chez moi, oui ou non ?

— Oui.

— Merci.

— Pourquoi me remercies-tu ? demanda-t-il, subitement inquiet.

Une lueur dangereuse dansait dans les yeux de sa femme.

— Tu viens d'accepter de m'aider, expliqua-t-elle.

— Mais non.

— Tu devrais pourtant.

— Pourquoi ?

— Parce que je suis chez moi.

— Tu recommences ?

— Gabriel, je dois avoir les mains libres pour diriger ma maison. S'il te plaît ? ajouta-t-elle à voix basse.

Il soupira. Bon sang, il était incapable de lui refuser quoi que ce soit. Il ne savait même pas à quoi il donnait son accord mais il hocha la tête.

— Combien de bols et de pots vas-tu encore casser ?

— Autant qu'il le faudra.

Elle tourna les talons et se planta devant la table des MacLaurin.

— Keith, si vous voulez bien prendre l'autre bout et vous, mon père, si vous voulez être assez aimable pour venir de ce côté, je vous tiendrai la porte. Messieurs, ajouta-t-elle en fixant les soldats assis devant elle, je vous prie de nous aider en emmenant vos sièges. Cela ne devrait pas nous prendre longtemps.

— Que voulez-vous faire ? s'enquit Keith.

— Mettre cette table dehors, bien sûr.

— Pourquoi ?

— Je veux que les MacLaurin soient heureux, expliqua-t-elle. Ils font partie de mon clan, à présent, et j'estime de mon devoir de les satisfaire.

— Mais on ne veut pas aller dehors, s'exclama Lindsay. On est très bien ici.

— Mais si, c'est exactement ce que vous voulez, répliqua Johanna.

Elle sourit pour accroître sa confusion.

— C'que j'veux ?

— Vous serez tous bien plus contents dehors parce que ainsi vous n'aurez pas à suivre les règles de la maison. En vérité, vous mangez tous comme des animaux. Il vaut donc mieux que vous mangiez avec eux. Dumfries appréciera la compagnie.

Tous les MacLaurin se tournèrent vers Keith qui consulta son laird. Celui-ci hocha la tête. Keith s'éclaircit la gorge : c'était à lui de se débrouiller avec sa maîtresse.

— Je crois que vous ne comprenez pas la situation, milady. Ce château a appartenu aux MacLaurin depuis toujours.

— Plus maintenant.

— Mais, milady... commença Keith.

— Pourquoi dit-elle que notre terre ne nous appartient plus ? demanda Niall.

Johanna croisa les bras. Gabriel la rejoignit et se posta à ses côtés.

— Je serai heureuse de vous l'expliquer mais je ne le ferai qu'une seule fois, alors, s'il vous plaît, essayez de suivre. Votre roi a vendu ces terres. Etes-vous tous d'accord pour admettre ce fait ?

Elle attendit que les soldats acquiescent.

— Le roi John m'a donné ce domaine. En épousant votre laird, cette terre est devenue la sienne. Vous voyez, c'est très simple.

Elle fixa son regard sur Lindsay. Il hocha la tête pour ne pas la mécontenter. Elle sourit. Soudain, la pièce chavira. Sa vision se troubla. Elle cligna des yeux et se retint au bord de la table. Grâce au Ciel, son malaise s'évanouit aussi subitement qu'il était apparu. C'était la viande, se dit-elle. L'odeur de panse de mouton farci la rendait malade.

— Je regrette vraiment d'évoquer ce sujet maintenant, reprit-elle, mais je dois vraiment mettre de l'ordre dans ma maison. Cela m'attristerait de vous voir partir, mais si mes règles vous sont trop pénibles et si vous ne pouvez vous entendre avec les MacBain, je crains qu'il n'y ait pas d'autre choix.

— Mais les MacBain sont les étrangers, s'écria Lindsay.

— Oui, absolument, approuva Keith.

— Ils l'étaient, dit Johanna. Ils ne le sont plus maintenant, voyez-vous ?

Personne ne voyait. Johanna se demanda s'ils étaient incroyablement bornés ou bien simplement ignorants. Elle décida de tenter un dernier effort.

Gabriel ne lui en laissa pas l'occasion.

— C'est moi le laird ici, rappela-t-il à ses soldats. C'est moi qui décide qui reste et qui part.

Keith approuva aussitôt.

— Suis-je autorisé à parler librement ? demanda-t-il.

— Tu l'es, répliqua Gabriel.

— Chacun d'entre nous t'a juré fidélité, commença-t-il. Mais notre loyauté ne s'étend pas à tes sujets. Nous redoutons les guerres car nous voulons reconstruire le château avant de nous battre à nouveau. Pourtant, un MacBain a provoqué cette guerre avec le clan des MacInnes et refuse de se présenter devant nous pour avouer sa faute. Une telle attitude est celle d'un lâche.

Calum bondit.

— Tu oses nous traiter de lâches ?

Seigneur, qu'avait-elle provoqué ? Johanna recommençait à se sentir mal. Et elle regrettait d'avoir lancé cette discussion. Deux des MacLaurin étaient déjà debout. Une bagarre allait éclater et Gabriel ne semblait pas décidé à intervenir.

En fait, Gabriel était satisfait que la confrontation ait enfin lieu. Il laisserait chacun exprimer ses griefs avant de donner ses ordres. Ceux qui ne les accepteraient pas pourraient partir.

Il allait prendre la parole quand son épouse le devança.

— Calum, Keith ne vous a pas traité de lâche, s'écria-t-elle avant de se retourner vers le MacLaurin. Vous ne comprenez pas ce qui se passe car vous étiez parti prévenir le père de Clare MacKay. Mon mari a demandé à chacun de ses hommes s'il était... responsable de l'état de Clare. Ils ont tous affirmé ne l'avoir jamais rencontrée.

— Mais ont-ils tous dit la vérité ? demanda Keith.

— Laissez-moi vous répondre par une autre question, répliqua-t-elle. Si laird MacInnes avait accusé un MacLaurin et si chacun d'entre vous avait assuré notre laird de son innocence, vous auriez sûrement préféré qu'il croie les MacLaurin plutôt que MacInnes ?

Keith était assez intelligent pour comprendre où elle voulait en venir. Il hocha la tête à regret.

— Mon mari et moi avons une totale confiance dans nos sujets. Si les hommes disent qu'ils n'ont pas touché Clare MacKay, c'est qu'ils ne l'ont pas fait. La parole d'un être aussi vil que MacInnes aurait-elle plus de poids que celle d'un des vôtres ?

Aucun d'entre eux n'avait assez de présence d'esprit pour contrer ce raisonnement. Johanna secoua la tête. Elle se sentait terriblement mal à présent. Son visage était en feu tandis que, partout ailleurs, elle avait la chair de poule. Elle aurait voulu s'appuyer contre son mari mais y renonça. Inutile de l'inquiéter, il risquait de lui faire passer une année au lit.

Non, mieux valait regagner la chambre. Un peu d'eau fraîche et tout irait très bien.

— J'aimerais que chacun d'entre vous réfléchisse à ce que je viens de dire, annonça-t-elle. Je ne veux plus de disputes sous mon toit. Si vous voulez bien m'excuser, je monte dans ma chambre.

Elle tourna les talons avant de se raviser et de les contempler à nouveau.

— Quand une lady quitte la pièce, les hommes se lèvent.

— Ça recommence, grommela un MacLaurin assez fort pour qu'elle l'entende.

— Eh bien ?

Ils se levèrent. Satisfaite, elle sourit et pivota à nouveau.

— Gabriel ?

La voix de Johanna était très faible mais il l'entendit néanmoins.

— Oui ?

— Rattrape-moi. Je tombe...

14

Il la rattrapa avant qu'elle ne heurte le sol. Tout le monde se mit à crier en même temps.

— Débarrassez la table, cria le père MacKechnie par-dessus le tumulte. Il faut l'allonger.

D'un revers de bras, Niall et Lindsay exécutèrent ses ordres. Les plats et la nourriture s'envolèrent.

— Qu'on aille chercher un guérisseur, bon sang, cria Niall. Milady a besoin d'aide.

— C'est elle notre guérisseuse, aboya Calum.

— Pourquoi s'est-elle évanouie ?

— A cause de nous, décida Lindsay. On l'a poussée à bout. C'était trop pour elle.

Gabriel était le seul qui ne semblait pas trop préoccupé par le sort de sa femme. Elle était effectivement pâle mais il ne la croyait pas malade.

Il avait remarqué son inquiétude quand les hommes avaient commencé à se disputer. Elle avait une profonde aversion pour les querelles, il le savait, et il en concluait que son évanouissement constituait une intelligente diversion pour éviter un conflit.

Elle en faisait un peu trop, bien sûr, mais il attendrait d'être seul avec elle pour le lui dire.

— C'est notre faute à tous, s'écria Niall. Bon

sang, l'obliger à casser des bols pour qu'on l'écoute. Elle veut nous apprendre les manières. Et alors ? On pourrait se montrer un peu plus coopératifs.

— Oui, approuva Michael. Il ne faut pas qu'elle tombe sans arrêt dans les pommes. Laird MacBain ne sera pas toujours là pour la rattraper.

— Ecartez-vous, ordonna le père MacKechnie. Laissez-lui un peu d'air pour respirer.

— Elle respire, hein ?

— Oui, Calum, elle respire, répondit le prêtre. Ton inquiétude pour ta maîtresse est digne d'éloges.

— Aujourd'hui, elle est notre maîtresse, commenta Lindsay. Elle porte nos couleurs.

— Aujourd'hui, c'est mardi, intervint Keith. Elle s'est trompée de plaid.

— On dirait bien qu'elle n'arrive pas à s'y faire, fit Calum.

— Pourquoi hésites-tu, MacBain ? Pose-la sur la table, fit le père MacKechnie. Reculez, vous autres, laissez passer votre laird.

Les hommes lui obéirent aussitôt. Mais, dès que Gabriel eut déposé Johanna sur la table, ils se massèrent à nouveau autour d'elle. Tous semblaient très inquiets.

Gabriel avait envie de rire. Ces hommes qui se disputaient une minute auparavant étaient à présent unis. Ils nourrissaient la même angoisse à propos de Johanna, à propos d'une femme qui n'était ni une MacBain, ni une MacLaurin. Une Anglaise leur faisait oublier leurs différences.

— Pourquoi qu'elle ouvre pas les yeux ? demanda Niall.

— Parce qu'elle n'est pas encore réveillée, répondit le prêtre.

— Vous allez lui donner les derniers sacrements, mon père ?

— Je ne crois pas que cela soit nécessaire.

— Ne devrait-on pas faire quelque chose ? demanda Calum en fronçant les sourcils en direction de son laird.

A l'évidence, il attendait de lui qu'il prenne une décision. Gabriel secoua la tête.

— Elle ne va pas tarder à se réveiller.

— On n'aurait pas dû l'énerver, bougonna Michael.

— On pouvait pas savoir qu'elle allait réagir comme ça, remarqua Lindsay.

— C'est à cause qu'on n'a pas de manières, lui rappela Bryan.

— Oui mais pourquoi maintenant ? insista Lindsay. Milady ne nous avait jamais fait de reproches avant ce soir.

— Sa mère vient nous rendre visite, déclara alors leur laird.

Un chœur de « oh » et de « ah » salua cette annonce.

— Pas étonnant qu'elle veuille nous enseigner les bonnes manières, fit Michael, sentencieux.

— On pourrait bien lui faire ce plaisir et apprendre les manières, suggéra Lindsay en soupirant. Après tout, elle a tué Le Petit.

— Et pas seulement lui, renchérit Keith.

Gabriel se demandait combien de temps encore Johanna allait continuer sa petite comédie quand elle battit soudain des paupières.

Elle ouvrit les yeux et retint un hurlement. Une vingtaine de visages graves étaient penchés sur elle. Il lui fallut une bonne minute pour se rendre compte qu'elle était allongée sur la table du dîner.

Elle n'avait aucune idée de la façon dont elle était arrivée là.

— Pourquoi suis-je sur la table ?

— Votre lit était trop loin, milady, expliqua Calum.

— Vous avez tourné de l'œil, ajouta Keith.

— Pourquoi vous nous avez pas dit que votre mère venait nous rendre visite ? demanda Niall.

Johanna essaya de se redresser. Le père MacKechnie la retint.

— Tu ferais mieux de ne pas bouger, ma fille. Ton mari sera heureux de te porter dans ta chambre. Tu te sens mieux, maintenant ?

— Oui, merci. Je me suis vraiment évanouie ? Ça ne m'était jamais arrivé avant. Je ne vois pas pourquoi...

Lindsay voulut lui donner l'explication de son malaise :

— C'est à cause de nos manières que vous vous êtes trouvée mal.

— De vos manières ?

Le soldat hocha la tête, sentencieux.

— Elle devrait rester au lit une bonne semaine, diagnostiqua Keith.

— Je ne veux pas rester au lit, protesta-t-elle.

Personne ne lui prêta la moindre attention.

— Et moi, je pense qu'il lui faut au moins deux semaines, renchérit Calum. C'est le seul moyen qu'elle regagne des forces. Regardez comme elle est chétive.

Johanna, consternée, les vit tous acquiescer.

— Je ne suis pas chétive, s'écria-t-elle. Mon père, laissez-moi me lever. Je n'ai pas l'intention d'aller me coucher. Je dois prendre mon tour de veille auprès de Clare MacKay.

— Je serai heureuse de veiller sur elle, proposa

Megan. Ce n'est pas juste que seules vous et une MacBain s'occupent d'elle. Vous ne voudriez pas que les femmes MacLaurin se vexent, milady ?

— Megan, ce n'est pas le moment de parler de ça, maugréa Keith.

— Les MacBain ont été les seules à proposer leur aide à Clare, expliqua Johanna.

— Je vous propose la mienne maintenant, insista Megan.

— Alors, je t'en remercie et je l'accepte volontiers.

La gratitude de sa maîtresse ravit Megan.

Cette question réglée, Johanna se tourna vers son mari. Elle avait volontairement retardé cet instant car elle redoutait sa colère : elle allait avoir droit à un fameux sermon.

Elle n'eut aucun mal à le trouver : il dominait ses soldats d'une bonne tête et il... souriait ! C'était incroyable, il n'était ni furieux, ni... inquiet. Elle aurait dû en être soulagée. Ce n'était pas le cas. Elle s'était évanouie quand même et Gabriel — qui s'était jusque-là montré très soucieux de sa santé — semblait joyeux. En quoi son malaise était-il amusant ?

Elle lui adressa un regard de reproche. Il lui répondit par un clin d'œil. Qu'est-ce que cela voulait dire ?

Elle repoussa gentiment la main du père MacKechnie et entreprit de se redresser. Aussitôt, Calum voulut l'aider de même que Keith, qui se trouvait de l'autre côté de la table. Elle se retrouva tirée à hue et à dia.

Gabriel intervint enfin. Il repoussa Calum et prit sa femme dans ses bras.

— Pose ta tête contre mon épaule, ordonna-t-il.

Au cas où elle n'aurait pas compris, il appliqua

son visage à l'endroit désiré. Il la porta jusqu'à leur chambre malgré ses protestations.

— Je me sens bien maintenant. Je peux marcher. Repose-moi par terre.

— J'ai envie de te porter, répliqua-t-il. C'est le moins que je puisse faire après tout le mal que tu t'es donné pour convaincre mes hommes.

De quoi parlait-il ? Et il continuait à ricaner ! Ça devenait agaçant à la fin.

— On dirait que mon évanouissement t'amuse, remarqua-t-elle.

Gabriel pénétra dans la chambre.

— C'est vrai que tu m'as beaucoup amusé.

Elle ouvrit de grands yeux.

— Ton truc a marché, dit-il. Mes hommes en ont oublié leur dispute. C'est pour ça que tu as fait semblant de t'évanouir, n'est-ce pas ?

Il la jeta sur le lit avec une telle force qu'elle rebondit deux fois.

Soulagée, elle avait envie de rire maintenant. Gabriel n'était pas un barbare insensible. Il pensait simplement qu'elle avait joué la comédie.

Johanna ne voulait pas mentir à son mari mais elle ne tenait pas non plus à corriger son erreur. S'il se rendait compte qu'elle avait vraiment eu un malaise, il la ligoterait dans son lit pendant une bonne dizaine d'années.

Elle garda le silence. Il prit cela pour une approbation.

Il commença à enlever ses bottes.

— Tu ne vas pas te vanter de ton astuce ? s'enquit-il.

Pieds nus, il déboucla sa ceinture en ne la quittant pas des yeux.

— Les vieillards se vantent, milord, répondit-elle

les yeux posés sur sa taille. Pas les femmes de guerriers.

Seigneur, elle n'avait plus sa langue dans sa poche. Et il aimait ça. Cela prouvait qu'elle n'avait plus peur de lui.

Mais elle rougissait toujours aussi facilement ! Comme en ce moment. Pour accroître son embarras, il lui raconta en détail ce qu'il comptait lui faire. Il adorait la voir rougir et se tortiller de gêne.

— Les hommes et les femmes font vraiment l'amour de cette façon ? demanda-t-elle d'une voix à peine audible.

Son cœur battait à tout rompre tandis qu'elle essayait de décider si une telle chose était possible. Les idées que Gabriel avait fait germer dans son esprit l'apeuraient et l'excitaient en même temps.

Il la mit debout devant lui et entreprit de la déshabiller.

— Tu plaisantes, n'est-ce pas ?

Il s'esclaffa.

— Non.

— Alors, les hommes et les...

— C'est ce qu'on va faire, murmura-t-il, la voix rauque.

Elle frissonna.

— Je n'ai jamais entendu parler d'une chose...

— Cela te plaira, fais-moi confiance, promit-il.

— Et toi, cela te...

— Oh oui.

— Que devrais-je...

Ils tombèrent ensemble sur le lit. Gabriel roula sur elle et captura sa bouche dans un long et passionné baiser. Leurs langues se mêlèrent puis il abandonna sa bouche pour embrasser la peau soyeuse de son cou. Elle tremblait de plaisir.

Mais elle avait encore quelques questions à lui poser. C'était plus fort qu'elle.

— Gabriel, tu vas vraiment utiliser ta bouche pour... pour m'embrasser... là ?

— Oh oui, murmura-t-il tendrement contre son oreille.

Son souffle était si chaud, si doux... Brrrr.

— Et après, je vais... tu sais... t'embrasser... là.

Il se figea. Elle s'inquiéta. Puis il se redressa de façon à la regarder droit dans les yeux.

— Tu n'es pas obligée, lui dit-il.

— Mais tu voudrais que je le fasse ?

— Oui.

Il avait prononcé ce mot d'un ton si traînant, si paresseux qu'elle en fut toute retournée. Elle lui caressa la joue. Il se laissa aller contre sa main.

Il aimait qu'elle le touche et il voulait qu'elle le comprenne.

Elle poussa un profond soupir, noua ses bras autour du cou de son mari pour l'embrasser. Il résista.

— Johanna, tu n'es pas obligée...

Elle lui sourit.

— Cela te plaira, fais-moi confiance, murmura-t-elle.

Il se nicha dans le creux de son épaule, lui mordilla le lobe de l'oreille puis chuchota :

— Bien sûr que cela me plaira mais je ne sais pas si tu...

C'était à son tour d'avoir du mal à finir ses phrases. La faute en revenait entièrement à sa femme. Sa main avait glissé le long de sa poitrine et de son ventre et elle le caressait gentiment, tendrement... là.

Au début, elle se montra hésitante mais elle triompha rapidement de sa timidité et fit preuve d'un enthousiasme infernal. Elle le rendit fou. Il crut que son cœur s'arrêtait quand elle le goûta. Toutes ses inhibitions avaient sauté. Elle n'avait plus qu'un but : lui faire plaisir.

Il ne put supporter ce supplice bien longtemps. L'extase le saisit mais dès que les spasmes de son corps se furent apaisés, il lui fit à son tour connaître la même suprême torture.

Les gémissements de Johanna se muèrent bientôt en hurlements. Elle lui ordonnait de s'arrêter en même temps qu'elle se pressait contre sa bouche de toutes ses forces. Elle explosa en criant son nom.

A son réveil, le lendemain matin, elle fut soulagée de constater que Gabriel n'était plus à ses côtés. Elle se sentait malade et osait à peine respirer de peur de vomir. Elle essaya de se lever à deux reprises mais à chaque fois la pièce se mit à tournoyer. Son estomac se soulevait à chacun de ses gestes. Elle respira profondément pour chasser ses nausées. En vain. Elle parvint à se traîner jusqu'à la bassine pour s'asperger d'eau froide mais cela ne la soulagea pas non plus. Finalement, Johanna se résolut à l'inévitable et s'agenouilla au-dessus du pot de chambre. Elle vomit avec une telle violence qu'elle crut s'évanouir plusieurs fois.

Curieusement, dès qu'elle eut terminé, elle se sentit étonnamment bien. Quelle était donc cette étrange maladie ?

Johanna n'aimait pas se dorloter mais elle ne pouvait s'empêcher d'éprouver une sourde inquiétude. Elle avait cru que son malaise de la veille était dû à un ventre vide et à l'odeur de mouton farci. Mais, aujourd'hui, il ne régnait dans la chambre que la délicieuse senteur des Highlands qui s'engouffrait par la fenêtre.

Elle essaya d'oublier ses troubles. Les couleurs lui étaient revenues quand elle eut fini de s'habiller. Elle rangea la chambre avant de prendre des nouvelles de Clare MacKay.

Hilda lui ouvrit la porte. Johanna sourit en apercevant Clare assise dans le lit. Son visage était toujours horriblement marqué mais son regard était clair. Finalement, se dit Johanna, le coup sur la tempe n'avait pas eu de conséquences irréparables.

— Comment vous sentez-vous ce matin, Clare ?

— Mieux, merci, répondit la jeune femme d'une voix faible, pitoyable.

— Elle n'a rien mangé de ce que je lui ai apporté, intervint Hilda. Je vais descendre à la cuisine lui préparer un fortifiant.

Johanna hocha la tête, tout en examinant Clare.

— Il faut manger si vous voulez retrouver vos forces.

Clare haussa les épaules. Johanna referma la porte derrière Hilda et vint s'asseoir près du lit.

— Vous voulez vous rétablir, n'est-ce pas ?

Clare la dévisagea longuement.

— Il le faudra bien, fit-elle d'un ton lugubre avant d'enchaîner. C'était très gentil à vous, lady Johanna, de m'accueillir. Je ne vous ai pas encore suffisamment remerciée. Je vous suis très reconnaissante.

— Inutile de me remercier, protesta Johanna. Pourquoi dire qu'il faudra bien que vous vous rétablissiez ?

Clare ne lui répondit pas, se contentant de malmener avec nervosité un coin de couverture.

— Mon père va-t-il venir ici ? demanda-t-elle.

— Je n'en sais rien, répondit Johanna en posant la main sur la sienne. Serez-vous heureuse de le voir s'il vient ?

— Oui, bien sûr, répondit Clare sans grande conviction.

Malgré son désir de la comprendre, Johanna répugnait à l'assaillir de questions. Elle devait faire preuve de patience et de compréhension. Clare finirait bien par lui confier les raisons de son angoisse.

— Vous n'avez plus à avoir peur. Vous êtes en sécurité ici. Personne ne vous fera le moindre mal. Après la naissance de votre bébé et quand vous aurez retrouvé des forces, mon mari et moi nous vous aiderons à prendre une décision. Vous pouvez rester ici aussi longtemps que vous le souhaiterez. Vous avez ma parole.

Les yeux de Clare se remplirent de larmes.

— Je me sens très faible maintenant. J'aimerais me reposer.

Johanna se leva aussitôt. Elle remonta les couvertures, vérifia que Clare n'avait pas de fièvre, qu'elle avait de l'eau à portée de main puis attendit le retour d'Hilda. Clare semblait profondément endormie.

En début d'après-midi, ce fut Megan qui la veilla. Johanna comptait la remplacer un peu plus tard mais le retour de son mari l'en empêcha.

Elle enlevait les points de suture de Calum en lui expliquant ce qu'elle attendait de lui. Le soldat se comportait comme un gamin capricieux, l'écoutant à peine, impatient de retourner dehors.

— Vous ne partirez pas sans me promettre d'appliquer ce baume tous les matins et tous les soirs pendant une semaine, Calum.

— Je promets, répliqua-t-il avant de bondir sur ses pieds et de traverser la pièce à toute allure.

Il abandonna le flacon de baume sur une table.

— Me voilà !

Alex fit cette annonce en écartant les bras de façon si théâtrale que son père ne put s'empêcher de sourire. Son fils n'était pas un timide. Bien sûr, à sa décharge, Gabriel lui avait plusieurs fois dit au cours du trajet que Johanna était anxieuse de le revoir.

La réaction de son épouse lui parut tout aussi amusante. Elle poussa un cri, rassembla ses jupes et se rua à travers le hall pour accueillir Alex. Le petit garçon se jeta dans ses bras.

Gabriel les abandonna à leurs effusions et monta parler à Clare MacKay. Il était décidé à obtenir le nom du soldat qui l'avait déflorée et désirait aussi la prévenir que son père arrivait le lendemain et la ramènerait chez eux, à condition qu'elle soit assez rétablie pour supporter le voyage.

L'entretien fut un fiasco. Epuisée, Clare s'endormit dès qu'il lui eut exposé la raison de cette entrevue. Il redescendit dans le hall où Johanna et Alex papotaient joyeusement comme deux vieux amis.

— Quelque chose ne va pas ? demanda celle-ci en remarquant son air maussade.

— A chaque fois que j'essaye de parler à Clare MacKay, elle s'endort. Quand crois-tu qu'elle pourra enfin répondre à mes questions ?

— Je l'ignore, Gabriel. Tu as bien vu dans quel état elle nous est arrivée. Il lui faudra du temps pour se rétablir. Sois patient avec elle. C'est un miracle qu'elle soit encore vivante.

— Sans doute, acquiesça-t-il à regret. Johanna, son père arrive demain. Il voudra qu'elle rentre avec lui.

Elle fit la moue.

— Clare n'est pas en état de voyager. Son père devra comprendre.

Gabriel ne partageait pas son avis mais il n'avait aucune envie de se disputer avec elle et de ternir la joie des retrouvailles avec Alex. Cette discussion pouvait attendre jusqu'à ce soir.

— Pourquoi n'emmènes-tu pas Alex faire un tour dehors ? Il fait trop beau pour rester enfermé.

Le gamin ne lâchait pas la main de Johanna et la contemplait d'un air émerveillé. Soudain, il fut évident pour Gabriel que son fils avait besoin d'une mère. Tout comme Johanna avait besoin d'un fils.

— Oui, c'est une belle journée, dit Johanna.

Une immense tendresse avait envahi le regard de son mari. Il n'y avait pas le moindre doute : il aimait profondément son fils.

Seigneur, comme elle était sentimentale aujourd'hui ! Voilà qu'elle avait envie de pleurer. Elle se détourna pour cacher son trouble à son mari. Il ne comprendrait pas. Comme tous les hommes, il devait s'imaginer que les femmes ne pleuraient que dans la souffrance ou le malheur. Alors qu'elle réagissait simplement à son immense bonheur. Dieu l'avait comblée. Oui, elle était stérile mais Il lui avait donné un fils à aimer.

— On peut aller voir les chevaux, maman ?

Elle éclata en sanglots, horrifiant à la fois Gabriel et Alex.

— Johanna, qu'y a-t-il ? s'inquiéta son mari.

— On n'est pas obligés d'aller voir les chevaux, s'exclama Alex se croyant responsable.

Elle essaya de recouvrer son sang-froid. S'essuyant les yeux avec son plaid, elle tenta de s'expliquer.

— Tout va bien, dit-elle. Alex m'a appelée

maman. J'ai été surprise. Je suis un peu trop sentimentale, aujourd'hui.

— Papa a dit que je devais t'appeler maman, fit Alex. Il a dit que ça te plairait.

Déconcerté, le petit garçon fronçait les sourcils. Johanna le rassura aussitôt.

— Ton père avait raison.

— Alors, pourquoi pleures-tu comme un bébé ? s'enquit Alex.

Elle sourit.

— Parce que tu m'as rendue heureuse. Allons voir les chevaux.

Elle esquissa un pas vers la porte. Gabriel la retint.

— D'abord, remercie-moi d'avoir ramené ton fils à la maison, annonça-t-il.

— Je te remercierai plus tard.

Elle se haussa sur la pointe des pieds pour l'embrasser. Alex se mit à glousser avant d'éclater de rire. Gabriel sourit. Il accompagna sa femme et son fils jusqu'à la porte et les suivit longuement du regard tandis qu'ils s'éloignaient.

— Qu'est-ce qui te rend aussi joyeux, laird ?

Le père MacKechnie venait de le rejoindre.

— Ma famille, répondit Gabriel.

— Oui, c'est une belle famille, mon fils. Dieu vous a bénis tous les trois.

Le rire de Johanna résonna soudain dans la cour. Le sourire de Gabriel s'élargit. Bon sang, comme il aimait l'entendre rire !

Johanna ne se doutait pas que son mari l'écoutait. Elle essayait de ne pas se laisser distancer par un Alex enthousiaste et excité.

Ils passèrent l'après-midi ensemble. D'abord, auprès des chevaux puis avec Auggie dans la prairie. Le vieux guerrier revenait de la crête et semblait de méchante humeur.

— Qu'est-ce qui t'arrive, Auggie ? s'enquit Johanna.

Effrayé par l'air bourru du vieil homme, Alex se réfugia promptement derrière sa mère.

— Tout va bien, Alex, chuchota-t-elle. Auggie grogne mais il est très gentil au fond.

— Comme papa ?

Johanna sourit. Son fils ne manquait pas de perspicacité.

— Oui.

Auggie attendit qu'ils l'aient rejoint pour expliquer sa mauvaise humeur.

— Je ne jouerai plus, annonça-t-il, dramatique. Ça ne sert à rien de tenter des longs coups avec ces pierres. Elles se cassent toutes dès que je frappe un peu fort ! Qui se cache derrière tes jupes et me surveille avec des yeux de poisson d'eau douce ?

— C'est Alex. Tu te souviens du fils de Gabriel ?

— Bien sûr que je me souviens du gamin, répliqua Auggie. Mais je ne suis pas d'humeur à supporter la compagnie aujourd'hui, Johanna. Allez-vous-en et laissez-moi bouder en paix.

Johanna essaya de ne pas rire.

— Oh, tu pourrais bien nous consacrer quelques minutes pour montrer à Alex comment faire rouler les pierres dans les trous ?

— Non, je ne peux rien vous consacrer du tout, maugréa Auggie en faisant signe à Alex d'approcher. D'ailleurs, ce n'est pas un jeu pour les enfants. Quel âge as-tu, petit ?

Alex serrait la main de Johanna de toutes ses forces et n'était pas près de la lâcher. Elle dut venir avec lui près d'Auggie.

— Alex ne sait pas quel est son âge, expliqua-t-elle. Je crois qu'il a entre quatre et cinq ans.

Auggie se gratta la barbe.

— Ouvre la bouche, petit. Que je jette un coup d'œil à tes dents. Je te dirai ton âge.

Johanna éclata de rire.

— Ce n'est pas un cheval.

— Pour les dents, ils sont pareils. Surtout les jeunes.

Alex renversa la tête et ouvrit la bouche. Auggie l'examina et grogna son approbation.

— Tu prends soin de tes dents, pas vrai, petit ?

— Papa m'a montré comment les frotter avec une noisette verte et un bout de tissu, expliqua Alex, mais j'oublie de temps en temps.

Auggie acheva son examen.

— Il va avoir cinq ans, annonça-t-il en tripotant ses incisives. Pas plus. Ses premières dents sont encore belles et serrées. Trop solides pour six et trop grosses pour quatre ans. Oui, il va avoir cinq ans. Je suis prêt à le parier.

Alex fut enfin autorisé à fermer la bouche. Il consulta Johanna du regard.

— J'ai cinq ans ?

— Presque, répondit-elle. Maintenant, il faut choisir un jour afin qu'on puisse fêter ton anniversaire. Comme cela, tu auras vraiment cinq ans.

Alex n'avait plus peur du vieux guerrier et il le supplia de lui montrer son jeu. Auggie passa les deux heures qui suivirent à l'initier. Alex ne comprenait pas le maître mot d'Auggie : concentration, et il babillait sans arrêt. Auggie se montra extrêmement patient avec lui, ce qui ne l'empêchait pas d'abreuver Johanna de regards assassins. Le gamin ne se taisait jamais quand Auggie frappait sa pierre.

Assise sur l'herbe, Johanna les observait. Elle écouta les histoires que racontait Auggie à propos des temps anciens. A l'évidence Alex était impressionné : il en redemandait sans cesse.

Le soleil se couchait et Alex étouffait un bâillement quand Johanna décida qu'il était temps de rentrer. Elle se leva, ajusta les plis de son plaid et commença à remercier Auggie.

Elle ne se souvint pas de ce qui arriva ensuite. Elle ouvrit les yeux pour trouver Auggie et Alex penchés au-dessus d'elle. Alex pleurait. Auggie la maintenait tout en essayant de calmer le garçon en même temps.

Elle comprit très vite ce qui s'était passé.

— Oh, Seigneur, je me suis encore évanouie, n'est-ce pas ?

— Comment ça, encore ? fit Auggie en fronçant les sourcils.

Il l'aida à se redresser. Alex vint immédiatement auprès d'elle. Elle prit le garçon apeuré dans ses bras.

— Je vais très bien maintenant, Alex.

— Tu t'es déjà évanouie ? insista Auggie.

Johanna hocha la tête. Elle grimaça : tout tournait encore.

— Hier soir. Gabriel m'a rattrapée. C'est arrivé si vite.

— Pour sûr, approuva Auggie qui continuait à lui masser le dos, que c'est arrivé très vite. Tu étais debout et puis, l'instant d'après, te voilà allongée par terre aussi raide qu'un bout de bois.

Il avait dit cela d'un ton léger pour rassurer Alex.

— Je ne comprends pas ce qui m'arrive, murmura-t-elle.

— Tu ferais mieux d'aller voir Glynis, conseilla Auggie. Elle connaît quelques trucs pour guérir.

— Oui, elle voulait soigner Calum, approuva Johanna. Elle doit avoir un peu d'expérience. J'irai la voir demain.

— Pas question, fit Auggie. Tu y vas tout de suite. Je ramène Alex.

A son air têtu, elle vit qu'il serait inutile de discuter.

— D'accord, accepta-t-elle avant de se retourner vers son fils. Alex, ne parle pas de ce malaise à ton père. Il ne faut pas l'inquiéter, tu comprends ?

— Honte à toi de dire à cet enfant de...

— Auggie, c'est à Gabriel que je pense, dit-elle. Je ne veux pas qu'il s'inquiète.

Le vieil homme haussa les épaules. Il avait bien l'intention de rapporter à son laird ce qui venait de se passer. Il n'avait rien promis, lui.

Ils accompagnèrent Johanna jusqu'à la porte de Glynis. Auggie prit même la précaution de frapper et d'attendre que Glynis apparaisse.

— Lady Johanna a un problème dont elle doit t'entretenir, annonça-t-il. Viens, mon garçon. C'est l'heure de souper.

— Ai-je fait quelque chose qui vous a déplu, milady ? s'enquit Glynis.

Johanna la rassura immédiatement et l'entraîna à l'écart de façon à ce qu'elles ne soient pas entendues par son mari.

— Une de mes amies est malade et j'aimerais avoir ton avis pour pouvoir la soigner.

Glynis parut soulagée. Elle croisa les bras et attendit que Johanna continue.

— Voilà... cela fait deux fois déjà que cette femme s'est évanouie sans raison apparente.

Là-dessus, elle se tut, attendant son diagnostic.

Glynis se contenta de hocher la tête. Dépitée, Johanna se tordit les mains.

— Est-elle en train de mourir d'une étrange maladie ?

— C'est possible, répondit Glynis. Mais j'ai besoin d'en savoir plus avant de pouvoir vous donner mon avis, milady. Votre amie est-elle jeune ou vieille ?

— Jeune.

— Est-elle mariée ?

— Oui.

Etrangement, cette réponse parut satisfaire Glynis.

— Souffre-t-elle d'autres symptômes ?

— Je... c'est-à-dire, elle s'est réveillée en se sentant très mal et elle a même vomi. Son estomac ne l'a pas laissée en paix de toute la matinée. Pourtant, en dehors de cela, elle se sent très bien.

— Je dois vous poser quelques questions personnelles pour vous donner mon opinion à propos de... votre amie, milady, annonça alors Glynis.

— Je te répondrai si je le peux.

— Votre amie a-t-elle manqué son cycle ?

Johanna acquiesça.

— Elle ne l'a pas eu depuis trois mois mais cela n'a rien d'inhabituel pour elle.

Glynis essayait très fort de ne pas sourire.

— Sauriez-vous, par hasard, si ses seins ne sont pas devenus plus tendres ?

Johanna faillit vérifier avant de répondre. Elle se reprit à temps.

— Peut-être juste un petit peu mais pas beaucoup.

— Est-elle nouvellement mariée ?

Johanna trouva cette question étrange. Elle hocha la tête.

— Tu crois que la tension d'un nouveau mariage pourrait causer de tels symptômes ? Je ne crois pas, Glynis, car cette femme a déjà été mariée.

— A-t-elle eu des enfants avec le premier…

Johanna ne la laissa pas achever.

— Elle est stérile.

— Avec cet homme-là peut-être, remarqua Glynis.

Cela laissa Johanna perplexe. Mais Glynis enchaînait.

— Est-ce que vous… je veux dire, est-ce qu'elle dort plus que de coutume ?

— Oh oui, s'écria Johanna, stupéfaite par la pertinence des questions de Glynis. Tu as déjà entendu parler de cette maladie, n'est-ce pas ?

— En vérité, oui, répondit Glynis.

— Va-t-elle mourir ?

— Non, milady. Elle ne va pas mourir.

— Alors, que faut-il qu'elle fasse ?

Johanna était au bord des larmes à présent. Glynis se dépêcha de la rassurer en annonçant avec un large sourire :

— Annoncer à son mari qu'elle porte son enfant.

15

Grâce au Ciel, Glynis était douée d'une force peu commune pour une femme. Elle rattrapa sa maîtresse avant qu'elle ne se fracasse la tête sur le sol. La bonne nouvelle avait assommé Johanna. Celle-ci se réveilla quelques minutes plus tard dans le lit de Glynis. Un cri lui échappa aussitôt.

— Je suis stérile !

Glynis lui caressa la main.

— Avec votre premier mari peut-être mais pas avec notre laird. Vous avez tous les symptômes, milady. Vous êtes enceinte, c'est sûr.

Johanna secoua la tête avec véhémence. Elle n'arrivait pas à se faire à cette idée.

— Les femmes sont stériles, pas les hommes.

Glynis renifla d'un air méprisant.

— C'est ce qu'ils prétendent. Vous et moi, on s'est mal comprises, milady, mais j'aimerais croire que notre différend est réglé. Je vous considère comme une amie, surtout les jours où vous portez le beau plaid des MacLaurin, ajouta-t-elle joyeusement.

— Je suis heureuse d'avoir votre amitié, Glynis, répondit tout aussi joyeusement Johanna.

— Les amies se font des confidences, reprit Glynis. Aussi, je voudrais vous demander si votre premier mari ne fréquentait pas d'autres femmes. Je n'essaye pas de vous faire honte, milady, mais simplement de découvrir la vérité.

Johanna s'assit avant de lui répondre.

— Oui, il fréquentait d'autres femmes, admit-elle. Et beaucoup. Apparemment, il désirait en connaître le plus possible et il aimait les faire défiler devant moi. Mais cela m'était bien égal, ajouta-t-elle vivement devant le regard apitoyé de Glynis, je n'aimais pas mon mari. C'était un être abject.

— Ce que je cherche en fait à savoir, milady, c'est si vous avez jamais entendu parler de naissances illégitimes dues à sa conduite indigne?

— Non, il n'avait jamais de bébés, répondit Johanna. Raulf me disait que ces femmes utilisaient des potions. Il était persuadé que j'en utilisais une moi aussi et il croyait que je le privais volontairement de son héritier.

— De telles potions existent, répondit Glynis. Mais là n'est pas la question. Vous êtes certainement enceinte à présent, milady, ce qui veut dire que vous n'êtes pas stérile. Mais comptez sur moi pour garder le silence: c'est à vous de choisir le moment de l'annoncer à notre laird. Il va être fou de joie.

Johanna quitta le cottage quelques minutes plus tard.

Elle ralentit le pas en pénétrant dans la cour. La réalité de son état commençait à s'imposer à elle.

Auggie la rattrapa avant les marches.

— Je viens au dîner ce soir, commença-t-il. Je vais dire à ton mari ce qui t'est...

Il s'interrompit et l'examina de plus près.

— Qu'est-ce que c'est que cette tête ahurie? On dirait que tu viens de rencontrer le petit Jésus.

— Je te le dirai ce soir, promit-elle. Quelle journée magnifique, n'est-ce pas, Auggie ? Même s'il fait un peu froid pour la saison.

— Ah ! écoute, fillette, il est temps que tu saches à quoi t'en tenir avec le temps ici.

Il en avait assez qu'on se moque de sa naïveté derrière son dos. Keith lui avait révélé que leur maîtresse croyait que l'été régnait toute l'année dans les Highlands. Mais elle passa son chemin sans lui accorder un regard, les pieds sur les nuages, la tête dans les étoiles.

Johanna s'assit avec Alex pendant qu'il soupait. Il était trop jeune pour attendre les adultes. Puis elle l'envoya se laver les mains et le visage.

Elle s'installa près de la cheminée. Dumfries apparut dans le hall. Il rôda ici et là quelques instants avant de venir la rejoindre. Elle lui flatta l'encolure avant qu'il ne s'allonge à ses pieds, la gueule sur ses chaussures.

Alex revint peu après, le visage encore barbouillé de potage. Johanna mouilla un linge propre et le nettoya correctement. Il voulait s'asseoir avec elle dans le fauteuil. Elle ne se fit pas prier pour lui faire un peu de place.

— Veux-tu rester ici avec ton père et moi, Alex, ou bien ton oncle te manque-t-il ?

— Je veux rester ici, déclara-t-il avant de bâiller à s'en décrocher la mâchoire.

— Moi aussi, je veux que tu restes, chuchota Johanna en enfilant du fil sur une aiguille.

— Papa a dit que je t'avais manqué.

— Il a raison. Tu m'as manqué.

La poitrine d'Alex se gonfla d'importance.

— Tu as pleuré comme un bébé parce que je te manquais ?

Elle pouffa de rire.

— Absolument, mentit-elle. Tu veux que je te raconte une histoire avant d'aller dormir ?

Alex hocha la tête. Elle le contemplait avec tendresse et ne remarqua pas l'arrivée de son mari.

— C'est Auggie qui t'a appris des histoires ?

— Non. C'est ma maman. Elle m'en racontait toujours quand j'étais petite. Tiens, écoute celle-ci...

Elle avait à peine achevé la première phrase qu'Alex dormait déjà. Sa tête roula doucement sur la poitrine de Johanna. Elle l'enlaça et murmura une prière de remerciement. Jamais elle ne s'était sentie aussi heureuse. Une seconde plus tard, elle dormait, elle aussi.

Gabriel était bien embêté : lequel des deux porter d'abord au lit ? Calum vint à sa rescousse en soulevant délicatement Alex dans ses bras.

— Où je le mets pour cette nuit, MacBain ? chuchota-t-il pour ne pas réveiller l'enfant.

Gabriel n'en avait aucune idée. La deuxième chambre était occupée par Clare MacKay et il ne voulait pas faire dormir le jeune garçon avec les soldats.

— Mets-le dans mon lit pour l'instant, ordonna Gabriel. On verra plus tard.

Une fois Calum parti, il s'occupa de sa femme. Au moment où il se penchait vers elle, elle ouvrit les paupières.

— Gabriel.

Ce simple murmure lui fit l'impression d'une caresse.

— Rêvais-tu de moi, par chance ?

Il la taquinait mais sa voix était rauque d'émotion. Bon sang, comme il aimait cette femme ! Il se renfrogna.

— Tu devrais monter te coucher. Tu es épuisée,

ça se voit. Tu travailles beaucoup trop. Je t'ai pourtant dit et répété de te reposer mais tu continues à...

Elle leva les doigts et effleura son visage. Il cessa aussitôt ses remontrances. Il commençait à la soupçonner d'utiliser ce stratagème à dessein.

— Je ne travaille pas trop, répondit-elle. Et je ne dormais pas. Je réfléchissais, c'est tout. Il vient d'arriver quelque chose de merveilleux, Gabriel, et j'ai encore peine à le croire. Quand tu sauras, toi aussi... (Elle s'interrompit, lança un regard affolé autour d'elle.) Où est Alex ?

— Ah, tu vois bien que tu dormais ! Tu ne t'es même pas aperçue que Calum avait emmené mon fils se coucher.

— Notre fils, corrigea-t-elle machinalement.

— Oui, notre fils, acquiesça-t-il, trop ravi pour le laisser voir. Et maintenant, dis-moi quelle est cette grande nouvelle.

Le hall se remplissait de soldats pour le dîner. Elle n'avait pas envie de partager cet instant crucial avec tout ce monde.

— Tu devras attendre un peu.

— Dis-moi ça tout de suite.

— Non.

Il ouvrit de grands yeux avant de se redresser de toute sa hauteur et de la soulever de sa chaise.

— Tu oses me dire non ?

Elle sourit.

— J'ose beaucoup de choses ces derniers temps, sois-en remercié, mon cher mari.

Remercié de quoi ? se demanda-t-il, perplexe. Mais, pour l'instant, il voulait connaître cette fameuse nouvelle.

— Tu dois me dire ce qui t'inquiète. Et tu vas me le dire maintenant.

— Je ne suis pas inquiète, répondit-elle. Et je t'annoncerai cette nouvelle quand je serai prête, pas avant. On ne me forcera pas.

— Vas-tu dire à ton laird ce qui s'est passé dans la prairie ?

Auggie avait crié depuis la porte. Johanna se retourna vers le vieillard qui venait droit sur elle. Dumfries se mit à gronder. Auggie lui montra les dents, le chien se recoucha.

— Oui, fit Johanna. Je lui dirai après dîner.

— Si tu ne le fais pas, je m'en chargerai demain matin à la première heure, fillette. Alors, ne m'y oblige pas.

— Nom d'un tonnerre ! Vous...

Elle coupa volontairement les imprécations de son époux en saluant l'arrivée du prêtre.

— Bonsoir, mon père ! s'exclama-t-elle avant d'ajouter à mi-voix pour son mari : Sois patient pour une fois. Je te promets que tu ne le regretteras pas.

Il finit par s'avouer vaincu. En fait, Gabriel faisait de son mieux pour ne pas éclater de rire. Il pensait avoir deviné ce qu'elle lui cachait : Johanna s'était enfin résolue à lui avouer qu'elle l'aimait.

Bah, se dit-il, laissons-la faire. Si elle préférait lui confier cela dans l'intimité de leur chambre à coucher, il n'y avait pas grand mal.

— Les problèmes de cœur sont sacrément déroutants, marmonna-t-il dans sa barbe.

— Pardon ? fit-elle croyant ne pas l'avoir bien entendu.

— Rien, grogna-t-il.

— Vos humeurs, milord, sont comme le temps ici, remarqua-t-elle. Imprévisibles.

Il haussa les épaules. Le temps n'avait rien d'imprévisible dans les Highlands : il pleuvait trois cent soixante jours par an.

L'attention de Johanna fut détournée par l'arrivée de nouveaux soldats. Elle remarqua aussitôt leur manquement aux bonnes manières.

— Vous devriez saluer le laird et son épouse en entrant.

Toute prête à demander à Megan de lui apporter quelques bols, elle attendit leur réaction.

Les hommes inclinèrent la tête. Satisfaite, Johanna quitta son mari pour prendre sa place à la tête de la table des MacBain. Deux jeunes soldats à qui on venait d'accorder le privilège de dîner avec leur laird étaient déjà assis. Elle leur demanda de se lever.

— Personne ne doit s'asseoir avant le laird et sa femme, expliqua-t-elle patiemment.

Ils grognèrent un peu mais obéirent.

Ne tenant pas à accabler les hommes de reproches, Johanna ne leur fit aucune remarque pendant le repas. D'ailleurs, ils progressaient. Ils essayaient vraiment de se montrer polis. Elle n'entendit pas un rot de toute la soirée.

Auggie demanda à son laird ce qu'il avait l'intention de faire de l'or liquide qui dormait dans la cave. Comme il avait posé sa question à voix basse, tout le monde sut aussitôt que quelque chose de mystérieux se tramait. Un silence impressionnant s'abattit sur le hall.

Johanna était abasourdie. Ils avaient ignoré ses cris la veille et voilà qu'ils devenaient muets au premier murmure d'Auggie. Elle enregistra soigneusement cette constatation pour un usage futur.

— De quoi parle Auggie ? demanda Keith à son laird.

Gabriel toisa l'assemblée avant de révéler l'existence des fûts. Cette nouvelle déclencha un véritable délire. Les hommes se mirent à hurler, chanter, s'étreindre. Quand le tumulte s'apaisa enfin, Gabriel ajouta qu'ils devaient tous remercier Auggie.

— Allons chercher un ou deux fûts pour fêter ça dès ce soir, s'écria Bryan, enthousiaste.

Johanna ne laissa pas le temps à son mari d'approuver ou non cette suggestion. Elle se leva en secouant la tête.

Ils se dressèrent tous comme un seul homme, donnant ainsi une preuve impressionnante de leurs bonnes manières.

— Vous partez ou vous restez ? demanda Niall.

— Je reste, répondit-elle. Vous pouvez vous rasseoir, messieurs.

— Mais vous êtes encore debout, remarqua Lindsay. C'est un piège, hein, milady ? Dès qu'on sera assis, vous allez nous lancer des bols à la tête ?

Johanna décida de faire preuve de patience.

— Je ne ferai rien de tel, promit-elle. Je me suis levée uniquement pour réclamer votre attention.

— Pourquoi ?

Elle fusilla du regard le MacBain qui avait posé cette question.

— Si vous me le permettez, c'est ce que je veux vous expliquer. Nous ne devons pas boire les fûts. Cette boisson est trop précieuse. Elle nous servira de monnaie d'échange pour obtenir tout ce dont nous manquons.

Elle s'attendit à des protestations et ne fut pas déçue. Tout le monde se mit à crier en même temps. Seuls le père MacKechnie et Gabriel gardaient le silence. Tous les deux observaient Johanna en souriant tandis qu'elle tentait de calmer la foule.

— Si vous y réfléchissez un peu, vous verrez bien que le troc est notre seule solution !

— Mais pourquoi, au nom du Ciel, voudrions-nous l'échanger ? demanda Keith par-dessus le tumulte.

— C'est un péché de voler, voyez-vous, et si nous pouvons...

Elle s'interrompit en se rendant compte que personne ne l'entendait. Quémandant du regard de l'aide auprès de son mari, elle constata qu'il trouvait cette situation désopilante mais il comprit ce qu'elle désirait et hocha la tête. Convaincue qu'il allait faire entendre raison à ses hommes, elle le remercia d'un signe et se rassit.

— Silence !

Le rugissement de Gabriel fut diablement efficace. Soudain, on n'entendit plus que le souffle de Dumfries qui dormait.

Satisfait, il se tourna vers sa femme.

— Tu peux maintenant expliquer ta position.

— Mais... je croyais que tu allais le faire.

Il secoua la tête.

— C'est à toi de les convaincre. Et moi aussi, par la même occasion.

Elle bondit à nouveau sur ses pieds.

— Tu veux dire que tu n'es pas d'accord avec moi ?

— Non, je ne suis pas d'accord avec toi. Voler nous a toujours aidés dans le passé, Johanna. Et ne me regarde pas comme ça. Je ne t'ai pas trahie.

— Voler est un péché, n'est-ce pas, mon père ?

— Elle dit la vérité, laird, acquiesça le prêtre.

Personne ne l'entendit : les pieds des chaises

raclaient le sol tandis que les hommes se levaient à nouveau.

— Vous pourriez pas vous décider une bonne fois pour toutes, milady ? demanda Keith.

— Elle part, cette fois ? maugréa Niall.

— Elle a pas l'air d'aller où que ce soit, ricana Calum.

— Oh, asseyez-vous, marmonna Johanna.

Ils n'en firent rien tant qu'elle ne fut pas assise à nouveau.

Elle foudroya son mari du regard.

— Il me plairait et, si je puis me le permettre, il plairait aussi au Seigneur, que vous arrêtiez vos pillages et que vous utilisiez ces fûts pour procurer au clan tout ce dont il a besoin.

— Oui, le Seigneur en serait satisfait, renchérit le père MacKechnie. Pardonnez-moi de vous interrompre mais j'ai une suggestion à vous soumettre.

— Laquelle, mon père ? fit Gabriel.

— Donnons simplement une partie des fûts, cela devrait suffire, et gardons le reste pour nous.

Cela déclencha de nouvelles discussions. Les MacLaurin l'approuvaient plutôt mais les MacBain restaient inflexibles : ils garderaient tout le trésor. On aurait dit des enfants têtus qui refusaient de partager leur jouet. Et, malheureusement, Gabriel n'était pas le chef des MacBain pour rien.

Johanna était maintenant furieuse contre lui... ce qui le mettait en joie. Mais cette histoire ayant visiblement une grande importance pour elle, il décida de lui faire plaisir.

— Nous suivrons la recommandation du prêtre, déclara-t-il.

Johanna poussa un soupir de soulagement. Il lui adressa un clin d'œil.

— Ne te réjouis pas trop vite : tu ne gagneras pas à chaque fois, la prévint-il.

— Non, bien sûr que non, acquiesça-t-elle promptement.

Elle était si fière de son mari qu'elle lui prit la main.

— Il va vous falloir un nez.

Auggie avait fait cette étrange déclaration. Tout le monde se tourna vers lui. Les plus jeunes n'avaient aucune idée de ce dont il parlait. Lindsay, après s'être assuré que son nez se trouvait toujours au milieu de sa figure, fut le premier à demander ce que tout le monde pensait.

— On a tous un nez, Auggie, fit-il avec précaution comme pour ne pas froisser le vieillard. Que veux-tu dire ?

— Un nez est un expert, déclara Auggie avec emphase. Il sera capable de nous dire quels fûts garder. Vous ne voulez pas donner les meilleurs, hein ?

— Non, bien sûr que non, s'exclama Niall.

— Il va goûter notre gnôle ? demanda Bryan.

— Pour ça, faites-moi confiance, se vanta Lindsay. Je serai heureux de la goûter pour vous.

Cette remarque déclencha l'hilarité générale puis Auggie s'expliqua.

— Un nez ne goûte pas la gnôle. C'est pour cela qu'on l'appelle un nez. Il la sent, il la respire. Et il est capable de savoir, comme ça, rien qu'à l'odeur, ce qui est bon et ce qui ne l'est pas.

— Si on demandait à Spencer ? suggéra Calum. Il a le plus gros nez des MacBain et des MacLaurin.

Auggie ricana.

— La taille ne compte pas, fils. Le talent, voilà l'important. On peut apprendre à être un nez mais les meilleurs sont ceux qui possèdent un talent naturel. Il y a un nez dans l'île d'Islay qu'on pourrait aller chercher, s'il est encore vivant. Et j'ai entendu parler d'un autre, dans le sud, près des Lowlands. Sûrement un MacDonnell.

— Pas question de faire venir un étranger, protesta Calum. Dès qu'il verra le trésor, il ira le dire à son laird et les MacDonnell nous tomberont dessus comme des mouches sur de la...

Il s'interrompit à temps pour ne pas choquer sa maîtresse. Johanna ne les écoutait plus, occupée qu'elle était à penser à son bonheur. Elle posa la main sur son ventre. Dieu soit loué, elle allait avoir un bébé. Elle entendit vaguement Gabriel demander :

— Alors, c'est réglé ?

Des hurlements d'approbation lui répondirent et c'est alors qu'elle surprit l'expression horrifiée du père MacKechnie. Il la fixait avec de grands yeux comme s'il espérait quelque chose d'elle.

— Qu'est-ce qui est réglé ? s'enquit-elle.

— Tu n'as pas écouté la discussion ?

— Non.

— MacBain, s'écria alors Calum. On ne peut pas simplement envoyer un messager pour leur demander de mettre leur nez à notre disposition. Ils se méfieraient.

— Oui, ils se demanderaient pourquoi on a besoin d'un nez, renchérit Keith. Et ils voudront savoir.

— Il faudra l'enlever, annonça Auggie.

— Comment savoir lequel prendre ? demanda Lindsay.

— Si nous choisissons Nevers, je viendrai avec vous pour vous le montrer.

— Nevers ? C'est pas un nom, ça, remarqua un des MacLaurin.

— Gabriel, aurais-tu la bonté de m'expliquer ce qui se passe ? insista Johanna.

— On vient de régler le problème du nez, répondit Calum à la place de son laird.

— Oui, c'est réglé, affirma Keith qui, pour une fois, était en parfaite harmonie avec Calum.

— Alors, on est tous d'accord ? demanda Auggie. On prend Nevers ?

Johanna en avait plus qu'assez : le père MacKechnie était bouleversé. Elle voulait savoir pourquoi.

— Une minute, s'il vous plaît ! s'exclama-t-elle. Keith, vous avez dit que vous aviez pris une décision à propos du nez...

— On a tous décidé, corrigea-t-il.

— Et ?

— Et quoi, milady ?

— Qu'allez-vous faire ? Le nez rentrera chez lui, n'est-ce pas ?

— Tudieu, non, fillette ! fit Auggie en grimaçant devant une telle incongruité.

— Il ne faut pas qu'il rentre chez lui, milady.

— Et pourquoi pas ? s'enquit-elle.

— Il parlerait de notre trésor à son laird, expliqua Keith.

— Il ne doit pas parler, assena Bryan.

— Et c'est sûr qu'il parlerait, approuva Niall. Moi, je le dirais à mon laird.

— Vous ne m'avez toujours pas répondu. Que comptez-vous faire de lui ?

— Ecoute, Johanna, ceci ne te concerne pas, dit alors Gabriel. Pourquoi n'irais-tu pas t'asseoir près de la cheminée pour faire un peu de broderie ?

De plus en plus inquiète, elle le considéra avec méfiance.

— Je n'ai aucune envie de broder, milord, et je n'irai nulle part tant qu'on ne m'aura pas répondu.

— Une vraie tête de mule, soupira Gabriel.

Tous les soldats hochèrent vigoureusement la tête.

Le prêtre décida d'intervenir.

— Ils envisagent de le tuer, ma fille.

Elle n'en crut pas ses oreilles et demanda au prêtre de répéter. Puis, elle poussa un cri et se dressa d'un bond.

— As-tu soutenu cette position ? demanda-t-elle à son mari.

— C'est le laird, milady, intervint Calum. Il n'a pas donné son opinion.

— C'est seulement quand nous nous sommes tous exprimés que notre laird annonce sa décision.

— Alors, il opposera son veto à une idée aussi monstrueuse, annonça-t-elle.

— Pourquoi ferait-il une chose pareille, milady ? s'enquit Michael. C'est un bon plan.

Gabriel n'avait pas l'intention de voter en faveur du meurtre du nez car ce serait manquer à l'honneur de le remercier ainsi du service qu'il allait leur rendre. Mais il n'appréciait guère de voir sa femme lui dicter sa conduite. Et puis, il fallait trouver une autre solution.

— Personne ne tuera cet homme, annonça Johanna.

Plusieurs grognements mécontents s'élevèrent.

— Mais, milady, songez que c'est la première fois que les MacBain et les MacLaurin sont d'accord sur quelque chose, remarqua Keith.

Ne quittant pas son mari des yeux, Johanna fulminait.

— Ai-je bien compris ? Vous utiliserez l'habileté de cet homme et après, pour lui montrer votre gratitude, vous le tuerez ?

Personne ne lui répondit. Elle toisa l'assistance avant de se retourner vers Gabriel. Il hocha la tête. A l'évidence, ce plan ignoble lui convenait.

C'était hallucinant !

— Gabriel, si voler est un péché, qu'en est-il du meurtre, à ton avis ?

— Une nécessité.

— Quoi ! ?

Rarement Gabriel avait assisté à un spectacle aussi délicieux. Ah, comme elle était belle quand elle était en colère !

— Comment oses-tu sourire, Gabriel ? As-tu perdu l'esprit ?

— C'est toi qui me fais sourire, Johanna. On peut dire que tu as drôlement changé depuis notre mariage. Et Dieu m'en soit témoin, je suis fier de voir que tu oses te dresser contre moi. Oui, je suis fier.

Elle le considéra d'abord avec stupéfaction puis avec méfiance. Il la flattait pour détourner son attention !

— Tant mieux pour toi, aboya-t-elle. Cela n'empêche pas que vous ne tuerez pas cet homme. Je m'y oppose formellement, alors vous ferez bien d'y renoncer. Je ne vous laisserai pas faire.

Elle semblait prête à tuer quelqu'un, lui de préférence, se dit Gabriel. Il ne résista pas à la tentation de la titiller un peu plus.

— J'ai accepté le troc uniquement pour te faire plaisir mais à présent, c'est moi, et moi seul, qui décide du sort du nez.

— Gabriel, si le nez ignore où se trouve la grotte, s'il ne voit pas le chemin qui y mène, alors il ne pourra y conduire personne, n'est-ce pas ? Dans ce cas...

Elle laissa son mari tirer la conclusion qui s'imposait. C'était un barbare, certes, mais un barbare intelligent.

Calum frappa du poing sur la table.

— Bon sang, elle n'a pas tort, MacBain.

— C'est un peu méchant, remarqua Keith. Je crois que je préférerais qu'on le tue mais si notre maîtresse est décidée à ne pas lui ôter la vie, j'estime que c'est une bonne alternative.

— Elle est intelligente, hein ?

La voix d'Auggie était emplie de fierté.

Johanna n'avait aucune idée de ce dont ils parlaient. Le regard planté dans celui de son mari, elle attendait sa réponse.

Il poussa un immense soupir.

— Quel enfer !

Elle interpréta cela comme une acceptation.

— Merci, chuchota-t-elle. Je savais que tu pouvais être raisonnable.

Soulagée, elle s'effondra dans son siège. Les hommes se rassirent.

— On suivra ton conseil, annonça Gabriel.

— C'est méchant mais juste.

On aurait dit que Keith lui adressait un compliment.

— Méchant ? fit-elle.

Cela n'avait aucun sens. Et la lueur amusée qui brillait dans les yeux de Gabriel non plus. Se réjouissait-il d'avoir perdu la partie ?

Elle se tourna vers le père MacKechnie pour voir comment il accueillait leur victoire. Il ne souriait pas. Loin de là. Il semblait aussi inquiet qu'auparavant.

— Keith, qu'est-ce qui, à votre avis, est méchant ? demanda-t-elle, inquiète.

— C'est un plan astucieux, milady, méchant ou pas, dit Calum.

— Quel plan ?

— Celui que vous venez de nous donner. Vous ne vous souvenez pas ?

— Elle a des problèmes de mémoire, remarqua Keith. Elle n'arrive pas à se souvenir des jours. Tiens, même aujourd'hui, elle porte le mauvais plaid.

— Quelqu'un veut-il bien m'expliquer mon plan ?

— Vous l'avez dit, milady : on va lui crever les yeux.

Cette atrocité déclencha une approbation générale.

Elle bondit sur ses pieds. Eux aussi.

— On devrait l'attacher sur sa chaise, maugréa Auggie. Je commence à en avoir assez de me lever et de m'asseoir sans arrêt.

Johanna était à bout. Elle rugit, leur ordonnant de s'asseoir. Non, se dit-elle, il ne fallait pas qu'elle s'énerve. Elle devait les raisonner.

— Ecoutez, il y a toujours plus d'une façon de pénétrer dans un château, commença-t-elle.

— Milady, la coupa Keith. On en a déjà discuté. Vous ne vous souvenez pas ? Il y a l'entrée de derrière et celle...

— Pour l'amour du Ciel, Keith, taisez-vous ou je hurle !

— Vous êtes déjà en train de hurler, milady, remarqua Lindsay.

Elle avala une grande gorgée d'air. Elle leur ferait entendre raison, dût-elle en mourir.

— Personne ne lui crèvera les yeux. Je ne veux

pas en entendre parler. Quand je disais qu'il y a plus d'une façon de pénétrer dans le château, c'était une métaphore. Si vous ne voulez pas que le nez voie la grotte, il suffit de lui mettre un bandeau sur les yeux. Gabriel, je veux ta parole que vous ne ferez aucun mal à cet homme, exigea Johanna.

Soudain, ce fut le chaos : Gabriel était pris d'un subit accès de rage, Lindsay balbutiait des excuses, Niall voulait savoir si on pouvait prendre un château avec une « métaphore » et Keith jugeait nécessaire d'énumérer à nouveau toutes les issues.

— Milady ne devrait-elle pas porter nos couleurs, aujourd'hui ? demanda Michael.

Le plus jeune des MacLaurin venait de remarquer l'erreur de sa maîtresse.

— Elle devrait, acquiesça Keith, d'un air résigné.

La voix de Gabriel domina le vacarme.

— Auggie, pourquoi dis-tu que ma femme est malade ?

— Elle s'est évanouie, cet après-midi, laird, expliqua Auggie. Elle est tombée comme un cadavre.

Le rugissement de Gabriel fit trembler les murs. Tout le monde se figea.

Un mois plus tôt, un tel comportement aurait fait fuir Johanna à toutes jambes. A présent, elle fut simplement irritée.

Il lui faisait mal aux oreilles.

— Es-tu vraiment obligé de hurler ainsi ? demanda-t-elle.

— Tu t'es vraiment évanouie ? Tu ne faisais pas semblant, cette fois ?

Elle l'ignora.

— Pourquoi faut-il que tout le monde crie comme cela ? (Elle parcourut l'assemblée du regard.) Je vous préviens, messieurs, quand maman sera là, il ne sera pas question d'élever la voix.

Ils ne l'approuvèrent pas assez vite à son gré.

— C'est compris!!!? hurla-t-elle.

Les soldats hochèrent la tête à l'unisson. Elle laissa échapper un grognement de satisfaction indigne d'une lady avant de surprendre le sourire du père MacKechnie. Que trouvait-il de si amusant?

Elle ne tarda pas à le découvrir. Gabriel, qui attendait toujours sa réponse, était en ébullition.

— Réponds-moi, bon sang!

Elle grimaça en se voyant déjà passer les six ou sept prochains mois au lit.

— Ce n'est pas grave du tout, dit-elle. Je ne suis pas malade.

— T'es-tu, oui ou non, évanouie?

Gabriel se leva en envoyant dinguer sa chaise. Il se dressa devant elle comme l'archange vengeur de ses rêves, furieux et magnifique.

Elle se leva à son tour.

— Promets-moi de ne faire aucun mal au nez et je t'expliquerai ce qui s'est passé.

Elle tenta de le repousser mais il la saisit par le bras et l'attira contre lui.

— Je ne suis pas d'humeur à négocier, femme. Quelle raison aurais-tu eue de faire semblant devant Auggie?

— Elle ne faisait pas semblant, MacBain. Je m'en serais aperçu.

— Je serais heureux de parler de ça avec toi en privé, chuchota Johanna.

— Je l'ai conduite chez Glynis, poursuivit Auggie.

— Notre laird pense-t-il qu'elle a fait semblant de tourner de l'œil hier soir? demanda Bryan.

— Elle est assez méchante pour avoir essayé de nous tromper, commenta Lindsay.

Calum était parfaitement d'accord avec le MacLaurin.

— Pour ça oui, elle est assez méchante.

Outrée par ces insultes, Johanna s'arracha à son mari et fit volte-face.

— Comment pouvez-vous dire que je suis méchante ?

— Parce que vous l'êtes, milady, lui dit joyeusement Bryan.

Elle se tourna vers Gabriel pour qu'il prenne sa défense.

— Et tu leur permets de me diffamer ?

— Dans leur bouche, c'est un compliment, bon sang. Maintenant, ça suffit. Quand je pose une question, je veux qu'on me réponde.

— Oui, bien sûr, fit-elle dans un souci d'apaisement. Seulement, le moment est mal choisi... (Elle n'arrivait pas à oublier le commentaire des soldats.) Mais comment peuvent-ils dire que je suis méchante ?

— Vous avez tué Le Petit et ses compagnons, lui rappela Calum.

— C'était nécessaire, pas méchant.

— Vous avez proposé de crever les yeux du nez, dit Keith.

— De lui bander les yeux, corrigea-t-elle.

— Vous avez mis une flèche dans la cuisse du MacInnes. Ça, c'était sacrément méchant, milady.

— Et je recommencerais.

— Oui, vous recommenceriez, approuva Keith. C'est pour ça que nous pensons tous que vous êtes méchante, milady. C'est un honneur de vous avoir pour maîtresse.

Des murmures approbateurs saluèrent cette déclaration. Johanna rougit.

— Euh… j'imagine qu'il n'y a pas de mal à ce que vous me trouviez méchante, messieurs, fit-elle, gênée. Mais ne le répétez pas devant maman. Elle ne comprendrait pas.

— Johanna !

Gabriel avait hurlé. Elle se retourna vers lui avec un large sourire.

— Vous désirez quelque chose, milord ?

Les muscles de ses mâchoires se tordirent comme des cordes. Il valait mieux ne pas l'agacer davantage.

— Je n'ai pas fait semblant de m'évanouir hier soir et je me suis à nouveau évanouie aujourd'hui, ajouta-t-elle vivement. Mais je ne suis pas vraiment malade. Glynis m'a expliqué ce qui m'arrivait.

— Au lit. Tout de suite !

— Je savais bien que tu allais t'énerver, s'écria-t-elle.

Il la prit par la main et la traîna à travers le hall.

— Et combien de temps dois-je rester couchée ?

— Jusqu'à ce que tu sois complètement remise, ordonna-t-il. Bon sang, je savais que tu n'étais pas assez solide pour passer l'hiver.

Le cri outragé de Johanna emplit la salle. Les soldats, qui n'en perdaient pas une miette, sourirent à l'unisson devant le commentaire de leur laird et la réaction de sa femme.

— Si tu me croyais si faible, tu n'aurais pas dû m'épouser.

Il grogna. Elle en profita pour se libérer et reculer prestement avant qu'il ne lui remette la main dessus.

— Il ferait bien de prendre garde, murmura Lindsay. Elle va lui faire une méchanceté.

Le père MacKechnie secoua la tête.

— Pas avec notre laird, dit-il. Elle a un faible pour MacBain.

— Tu appelles ça un faible, mon père ? fit Bryan. Eh bien, qu'est-ce que ce serait si elle n'avait pas un faible ? Elle a l'air aussi féroce que lui.

Excédée par l'obstination de son mari, Johanna ne prêtait aucune attention à leur conversation.

— Tu regrettes de m'avoir épousée, n'est-ce pas ?

Il ne répondit pas assez vite à son goût.

— Tu m'as épousée uniquement pour avoir mes biens, reprit-elle avec flamme. Eh bien, quand je serai morte et enterrée, n'oublie pas d'épouser une énorme géante, une qui rotera aussi fort que tes soudards et qui...

Elle s'interrompit en voyant son visage se transformer. Une abominable angoisse semblait soudain s'être saisie de lui.

— Tu ne mourras pas.

Il avait murmuré cela d'une voix brisée qui la stupéfia.

Gabriel était véritablement terrifié.

— Je ne te perdrai pas, ajouta-t-il.

— Non, Gabriel, tu ne me perdras pas.

Elle avança et lui prit la main. Des larmes brillèrent dans ses yeux tandis qu'elle dévisageait l'homme merveilleux qui essayait de lui insuffler un peu de bon sens.

Il l'aimait. Il ne l'avait encore jamais dit mais la preuve était inscrite sur ses traits ravagés. Johanna était bouleversée.

Ils se dirigèrent ensemble vers l'escalier. Elle s'arrêta pour lui faire face.

Les hommes se tordaient le cou pour voir ce qui se passait mais ils étaient trop loin pour les entendre.

— Gabriel, tu te souviens de mon souci avant que nous nous mariions ?

— Tu en avais trop pour que je me souvienne de tous. Ne me repousse pas. Je vais te porter. Tu pourrais te briser le cou si tu t'évanouissais encore au milieu de cet escalier. Tu te fiches peut-être de ta santé mais pas moi.

Il mettait son cœur à nu et il n'aimait pas se montrer sous un jour aussi vulnérable.

— Que dira ta mère quand elle arrivera ici et te trouvera morte ? maugréa-t-il pour se donner une contenance.

Elle sourit.

— Tu vas plaire à maman, Gabriel.

Exaspéré, il la souleva dans ses bras. Elle en profita aussitôt pour l'embrasser.

— N'espère pas m'acheter avec un baiser, annonça-t-il. Tu vas tout droit te coucher.

— Le jour de nos noces, je t'ai dit que j'étais stérile.

— Non. C'est Nicholas qui me l'a dit.

— Je suis sûre de te l'avoir dit... la première nuit.

— C'est vrai. Et plusieurs fois.

Il gravissait les marches. Elle se laissa aller contre son épaule.

— Eh bien, je ne le suis pas, murmura-t-elle.

Elle attendit. Il ne réagit pas, ne prononça pas le moindre mot jusqu'à ce qu'ils atteignent la chambre.

— Tu as entendu ce que je viens de dire ? Je ne le suis pas, répéta-t-elle.

— Tu n'es pas quoi ?

— Je ne suis pas stérile.

Il ouvrit la porte mais hésita sur le seuil, le regard fixé sur sa femme. Il la posa doucement à terre.

— Pourquoi te torturer avec ça ? Tu sais bien que ça n'a aucune importance pour moi. Alex et toi, vous êtes toute la famille que je désire. Je n'ai pas besoin d'un autre enfant. Bon sang, n'as-tu pas encore compris que pour moi tu es… tu comptes…

Par l'enfer, voilà qu'il bafouillait comme une vieille femme. Il la poussa dans la chambre.

— Un guerrier ne doit rien attendre de l'amour, ajouta-t-il.

Il semblait malheureux. Il ne sourit pas. Elle savait qu'il n'aimait pas montrer ses sentiments. Un trait de caractère qu'ils partageaient, songea-t-elle.

— Gabriel…

— Je ne veux plus que tu mentionnes le fait que tu es stérile, Johanna. Plus jamais. Maintenant arrête de gigoter.

Elle pénétra dans la chambre.

— Tu n'as peut-être pas besoin d'un autre enfant, mon cher époux, mais laisse-moi te dire que dans cinq ou six mois tu en auras un.

Il ne comprit pas, fit non de la tête. Elle fit oui.

— Nous allons avoir un bébé !

Pour la première fois de sa vie, Gabriel MacBain resta sans voix.

Sa femme trouva cette réaction tout à fait appropriée. Après tout, on venait de leur accorder un miracle.

16

— Tu es certaine ?

Gabriel chuchotait pour ne pas réveiller son fils. Alex dormait sur un matelas posé à même le sol et seul le sommet de son crâne dépassait de la montagne de couvertures que Johanna lui avait empilées dessus.

Elle était au lit avec Gabriel et il la serrait dans ses bras. Soulagée de l'entendre enfin réagir, elle poussa un petit soupir. Cela faisait plus d'une heure qu'elle lui avait annoncé la nouvelle et il n'avait toujours pas prononcé le moindre mot.

— J'ai tous les symptômes, chuchota-t-elle à son tour. Au début, je n'y croyais pas, bien sûr, parce que j'étais persuadée d'être stérile. Es-tu heureux pour le bébé, Gabriel ?

— Oui.

Elle soupira à nouveau. Il faisait trop sombre dans la chambre pour distinguer son visage mais elle devina qu'il souriait.

— Glynis m'a dit qu'une femme pouvait être stérile avec un homme et fertile avec un autre. Sais-tu ce que cela signifie ?

— Quoi ?

— Que les hommes peuvent être stériles eux aussi.

Il éclata de rire. Elle lui flanqua un coup de coude à cause d'Alex.

— Ton premier mari l'était, en tout cas.

— Pourquoi cela te fait-il autant plaisir ?

— Parce que c'était un bâtard.

Dit comme cela, il n'avait pas tort.

— Pourquoi les hommes ne reconnaissent-ils pas qu'ils peuvent être stériles ?

— Pour préserver leur fierté, j'imagine. C'est plus facile de rendre les femmes responsables. Ce n'est pas juste... seulement plus facile.

Elle laissa échapper un bâillement qui se transforma en un petit bruit de chatte. Gabriel lui caressait doucement le dos et lui donnait envie de dormir. Il lui posa une question qu'elle ne saisit pas. Elle ferma les yeux et sombra dans le sommeil quelques secondes plus tard.

Gabriel ne dormit pas avant une bonne heure. Il serrait Johanna contre lui et pensait au bébé. Il aurait dû désirer un fils car un homme n'a jamais assez de fils pour l'aider à bâtir un empire mais il avait, en fait, envie d'une fille... qui aurait les yeux bleus et les cheveux d'or de sa mère et, si Dieu était prêt à recréer la perfection... son impertinence.

Il s'endormit le sourire aux lèvres.

Laird MacBain annonça l'heureux événement au clan le lendemain matin. Johanna et Alex se tenaient à ses côtés sur les marches devant la cour. Les MacBain aussi bien que les MacLaurin hurlèrent de joie. Alex, déjà prévenu par ses parents, n'avait guère paru passionné par l'arrivée d'une petite sœur ou d'un petit frère. Son manque d'intérêt les convainquit qu'il se sentait en sécurité.

Il avait du mal à tenir en place. Son père avait promis de l'emmener faire du cheval et chaque seconde d'attente lui semblait durer une heure.

Quand Gabriel eut fini de parler, Johanna se retourna vers Calum et Keith.

— J'ai pensé à plusieurs noms dont j'aimerais...

— B... bon Dieu, ma fille, v... vous n'allez pas nous dire le nom du bébé ! s'exclama Keith, tellement horrifié par l'ignorance de sa maîtresse qu'il en bafouillait. Tant que le baptême n'est pas passé, il ne faut le révéler à personne. L'ignorez-vous ?

— Euh... fit-elle avant de se défendre : je ne me suis jamais beaucoup intéressée aux traditions concernant les bébés.

— Pourquoi ça, milady ? demanda Calum. Les femmes mariées sont généralement passionnées par ce sujet.

— Je croyais être stérile.

— Vous ne l'êtes pas, déclara Keith avec force.

Elle sourit.

— Non, je ne le suis pas.

— Nous ferons de notre mieux pour vous guider dans le choix du nom. Mais, surtout, ne nous dites pas lequel vous choisirez. Si une autre personne connaît le nom avant le baptême, elle pourrait l'utiliser pour jeter un sort au bébé.

Calum approuva énergiquement.

Ils ne plaisantaient pas ! se dit Johanna. Ils croyaient vraiment cette idiotie.

— S'agit-il de traditions ou de superstitions ? demanda-t-elle.

Glynis décida de se mêler à la conversation. Elle avait deux ou trois conseils essentiels à donner.

— Si le bébé crie pendant le baptême, alors c'est la preuve que le diable a été chassé de son corps, milady. Ne le saviez-vous pas ?

Johanna secoua la tête. Elle n'avait jamais rien entendu d'aussi grotesque mais elle se garda bien de le dire.

— Dans ce cas, j'espère qu'il criera.

— Vous pourriez peut-être le pincer un tout petit peu pour être sûre qu'il crie, suggéra Glynis.

— J'imagine que certaines mères le font, spécula Keith.

— Si votre bébé naît à minuit ou au crépuscule, reprit Glynis, il aura le don de double vue, bien sûr. Le Ciel aide l'enfant s'il vient au monde à l'instant où les cloches sonnent car alors il aura la possibilité de voir les fantômes et les esprits qui nous restent cachés.

— Papa, on peut y aller ? demanda Alex.

Gabriel hocha la tête. Il ordonna à Johanna de ne pas se fatiguer, souleva son fils sur ses épaules et gagna les écuries.

Leila, qui traversait la cour, inclina la tête au passage de son laird puis se précipita auprès de Johanna pour la féliciter.

— C'est une grande et heureuse nouvelle, dit-elle.

— Oui, approuva Glynis. J'étais justement en train de donner quelques conseils à milady.

— Et j'essaierai de me souvenir de chacun d'entre eux, promit Johanna.

Keith secoua la tête.

— Ça m'étonnerait que vous vous en souveniez. Vous avez déjà oublié quel jour on est. Vous portez encore les mauvaises couleurs.

— Je commence à me demander si elle ne le fait pas exprès, remarqua Calum, égrillard.

A peine avait-il ouvert la bouche que Leila lui tourna ostensiblement le dos et baissa les yeux.

Cette attitude intrigua Johanna. Elle décida d'en avoir le cœur net.

— Glynis, Megan m'a dit que tu es la meilleure du village pour couper les cheveux, intervint-elle.

— Je sais y faire.

— Clare MacKay aurait bien besoin de ton assistance. Les MacInnes l'ont presque tondue.

— Pour que chacun soit témoin de sa honte.

Johanna n'avait aucune envie d'entamer une polémique à propos de Clare.

— Oui, dit-elle, mais son père arrive aujourd'hui et je me demandais si tu pourrais...

— Pas un mot de plus, milady. Je serai heureuse de rendre cette pauvre fille un peu plus présentable.

— Merci, répondit Johanna. Oh, Leila, tu veux bien rester encore un peu ? ajouta-t-elle quand la jeune femme fit mine d'accompagner Glynis.

— Puisque lady Johanna porte les couleurs des MacBain, c'est donc à toi de veiller sur elle, déclara Keith à Calum.

— Je peux très bien me débrouiller toute seule, protesta Johanna. Vous perdez tous les deux votre temps à me suivre ainsi partout.

Ils firent semblant de ne pas l'avoir entendue.

— Oui, c'est à moi de veiller sur elle, annonça Calum.

Elle allait devoir parler de cette règle stupide à Gabriel. Ses seconds continueraient à la suivre à la trace tant qu'il ne leur donnerait pas l'ordre d'arrêter.

Keith s'inclina devant sa maîtresse et s'en fut. Johanna posa alors la main sur le bras de Calum.

— Calum, puis-je vous demander une minute de votre temps ? Je voudrais vous présenter Leila.

Il la dévisagea comme s'il venait de lui pousser un deuxième nez au milieu de la figure.

— Je connais Leila depuis pas mal de temps, milady.

Il se gardait bien de regarder la jeune femme. Johanna se tourna vers Leila qui examinait le sol avec une attention particulièrement soutenue.

— Leila, connaissez-vous Calum ?

— Vous savez bien que oui, milady.

— Alors, dites-moi, s'il vous plaît, tous les deux, pourquoi vous vous conduisez comme si vous ne vous étiez jamais rencontrés ? Je me mêle peut-être de ce qui ne me regarde pas mais j'avais pourtant l'impression que vous n'étiez pas indifférents l'un à l'autre.

— C'est un MacBain.

— C'est une MacLaurin. Si vous voulez bien m'excuser, milady, reprit Calum d'une voix sèche, j'ai du travail. Je n'ai guère de temps à perdre dans des discussions idiotes.

Il ne salua même pas Leila en partant. D'ailleurs, elle ne le regardait pas. Johanna vint vers elle.

— Je suis navrée. Je ne voulais pas vous embarrasser, ni l'un ni l'autre. Calum te plaît, n'est-ce pas ?

La jeune femme hocha très vite la tête.

— C'est plus fort que moi, chuchota-t-elle.

— Je crois que Calum éprouve les mêmes sentiments à ton égard.

— Oh non ! Jamais il ne se permettrait d'être attiré par une MacLaurin.

— Le fossé entre les clans est-il donc si profond ? demanda Johanna.

— N'avez-vous donc pas remarqué la façon dont les hommes vous réprimandent à chaque fois que vous portez le mauvais plaid? Nous essayons de nous supporter mutuellement mais nous restons séparés.

— Mais pourquoi faut-il que vous restiez séparés?

— Je n'en sais rien, confessa Leila. Nous sommes tous reconnaissants de la patience dont fait preuve notre laird à notre égard. On m'a raconté ce que vous aviez dit au dîner, comme quoi ce domaine appartient aux MacBain à présent. Tout le monde en parle, milady. Et certains d'entre nous sont d'accord avec vous. Mais les MacLaurin — les hommes surtout — n'aiment pas entendre la vérité.

— Tu sais ce que je crois? Deux plaids c'est beaucoup trop pour un seul clan.

— Peut-être, approuva Leila. Mais ni les MacBain, ni les MacLaurin ne renonceront à leurs couleurs, même si vous les suppliez.

— Je ne supplierai personne, annonça Johanna. Tu veux bien répondre à une dernière question? Si Calum était un MacLaurin, crois-tu qu'il te ferait la cour?

— J'espère qu'il le ferait. Mais il n'est pas un MacLaurin et il n'éprouve plus aucun sentiment pour moi, de toute façon.

Johanna préféra alors changer de conversation.

— Aimerais-tu revenir au château et reprendre tes anciennes fonctions?

— Oh oui, milady. Comme ça, je pourrais le...

Elle se mordit la lèvre mais Johanna n'était pas dupe.

— Oui, ainsi, tu pourrais voir Calum plus souvent.

Leila s'empourpra.

— Notre laird ne veut pas...

— Bien sûr qu'il veut, la coupa Johanna. Viens au dîner, ce soir, Leila. Tu t'assiéras à mes côtés.

— Je serai très honorée de m'asseoir à votre table, répondit Leila, la voix tremblante d'émotion.

— Je dois rentrer à présent. C'est mon tour de veiller sur Clare. A ce soir, Leila.

Johanna trouva Megan au chevet de Clare.

— Avez-vous monté l'escalier sans assistance, milady ?

— Bien sûr, Megan, répondit Johanna, surprise par son ton de reproche.

— Vous auriez pu tomber. Vous ne devriez pas prendre de tels risques.

— Megan, arrête, tu veux bien ? Tout le monde cherche à me pouponner, c'est à en devenir folle. Je me tiendrai à la rampe, ajouta-t-elle en voyant Megan prête à protester.

— Etes-vous malade, lady Johanna ? s'enquit Clare.

— Elle attend un bébé, comme vous, répliqua Megan avant de s'incliner et de quitter la pièce.

— Félicitations, milady. J'espère que vous donnerez un beau fils à votre mari.

Clare tentait de se redresser dans le lit. Johanna l'aida avant de prendre un siège à ses côtés.

— Oh, nous n'avons rien contre une fille.

Clare secoua la tête.

— Je ne voudrais pas d'une fille. Sur cette terre, les garçons sont mieux lotis. Les filles ne servent que comme monnaie d'échange, n'est-ce pas ?

— Oui, approuva Johanna avec un sourire.

— Alors, pourquoi voudriez-vous d'une fille ? Pour vivre dans la crainte que votre mari ne la donne un jour à un homme indigne et qu'elle passe le restant de ses jours…

— A avoir peur ?

Clare hocha la tête avant d'ajouter dans un murmure :

— Et à souffrir.

— Mon mari ne donnera jamais sa fille à un monstre, dit-elle. Votre père connaissait-il la cruauté de MacInnes ?

Clare haussa les épaules.

— Il n'avait qu'un seul désir : unir les deux clans.

— Votre père vous aime-t-il ?

— Autant qu'un père peut aimer une fille.

Elle avait dit cela d'un ton si désemparé que Johanna en fut toute remuée.

— Les filles sont plus intelligentes, affirma-t-elle alors. Même le père MacKechnie en est persuadé.

— Cela ne les empêche pas de se faire battre et humilier. Vous ne vous rendez pas compte de votre chance, lady Johanna. Votre mari vous traite bien.

— Je ne resterais pas ici dans le cas contraire.

Clare la considéra d'un air incrédule.

— Comment partiriez-vous ?

— Je trouverais un moyen. Clare, lors de mon premier mariage, avec un Anglais, je priais chaque soir pour ne pas concevoir d'enfant. Je ne voulais pas lui donner de fille car je savais qu'il la maltraiterait ; quant à un garçon, il me l'aurait enlevé pour l'élever à son image. Imaginer mon propre fils traiter les femmes d'une façon aussi monstrueuse m'était insupportable.

— Vous battait-il ?

— Oui.

— Comment est mort l'Anglais ? L'avez-vous tué ?

Surprise par cette question, Johanna secoua la tête.

— J'ai souvent eu envie de le tuer et je brûlerai sûrement au purgatoire pour avoir conçu de telles pensées mais je ne l'ai pas fait. Je ne voulais pas être comme lui, Clare.

— Comment est-il mort ?

— D'après le roi John, il est tombé d'une falaise. (Clare hocha la tête.) Au fait, Glynis va venir avec des ciseaux. Elle va essayer d'arranger votre coiffure.

— Quand mon père doit-il arriver ?

— Nous l'attendons cet après-midi.

— Je ne veux pas qu'on touche à mes cheveux. Ils étaient aussi longs que les vôtres avant qu'ils ne me tondent. Je tiens à ce que mon père voie ce que les MacInnes ont fait subir à sa fille.

— Et votre mère ?

— Elle est morte, répondit Clare. Il y a quatre ans. Je suis soulagée qu'elle ne soit plus parmi nous. Cela lui briserait le cœur de me voir ainsi.

— Le bébé que vous portez... son père le...

— Je suis vraiment épuisée maintenant, milady. J'aimerais me reposer.

Johanna la dévisagea longuement. Clare MacKay ferma les yeux, feignant de s'endormir.

— Clare, vous ne pourrez pas continuer ainsi bien longtemps. Il faudra que vous parliez de ce qui est arrivé.

— Je souffre, Johanna. N'avez-vous donc aucune pitié ?

— Je sais que vous souffrez.

— Alors, s'il vous plaît...

— Clare, l'interrompit-elle, mon mari veut absolument connaître le nom de celui de ses soldats...

— Je ne donnerai pas son nom.

Clare éclata en sanglots. Johanna lui prit la main.

— Tout ira bien, murmura-t-elle. Vous ne devez plus avoir peur.

— Vous m'avez dit que vous étiez prise au piège. J'étais comme vous. Je ne pouvais pas épouser ce monstre. Je ne pouvais pas. Alors, j'ai fait quelque chose que je regrette…

— Oui ?

Clare secoua la tête.

— Peu importe, chuchota-t-elle. On découvrira la vérité bien assez vite. S'il vous plaît, laissez-moi me reposer. Je ne suis pas encore assez forte pour en parler.

Johanna capitula. Peu après, Glynis faisait son entrée dans la pièce.

— Je suis prête, annonça-t-elle.

Johanna se leva.

— Clare ne désire pas qu'on touche à ses cheveux.

— Alors, je suis allée jusque chez moi chercher ces ciseaux pour rien ?

— En fait, non, Glynis. Je pourrais utiliser tes services. Cela fait un petit moment que j'avais envie de couper les miens. Viens dans ma chambre.

Glynis retrouva sa bonne humeur : elle ne s'était pas dérangée pour rien. Mais peu après, elle se disputait à nouveau avec sa maîtresse. C'était un crime de sacrifier une telle longueur, mais Johanna se montra inflexible.

Quand elle eut terminé, les cheveux de Johanna lui arrivaient à peine à l'épaule.

— J'admets que cette nouvelle coiffure vous va bien, milady.

— C'est bizarre, ils sont tout bouclés.

— C'est le poids qui les raidissait, expliqua Glynis.

— Merci beaucoup, Glynis. (Elle passa ses doigts

dans sa chevelure.) J'ignore si c'est beau mais, en tout cas, je me sens beaucoup mieux.

— MacBain ne va-t-il pas enrager en voyant ce carnage ?

A son sourire, Johanna comprit que cette idée amusait Glynis.

— Je doute même qu'il le remarque.

— Oh, pour ça, ne vous en faites pas, il le remarquera. Il remarque tout ce qui vous concerne. Il a beaucoup d'affection pour vous, milady.

— Je prie pour qu'il n'oublie pas cette affection, ce soir. Je lui réserve, à lui et à tous les autres, une petite surprise.

Cette annonce piqua la curiosité de Glynis.

— Quelle surprise ?

— Une surprise est une surprise, Glynis. Tu devras attendre comme le autres.

Glynis n'insista pas mais, avant son départ, Johanna avait encore une ou deux choses à lui demander.

— Puis-je t'emprunter tes ciseaux ? Je te les rendrai ce soir.

— Gardez-les ici. Quand Clare voudra que je m'occupe de ses cheveux, je n'aurai pas à courir chez moi. Bonne journée, milady.

— Une question encore, Glynis. Les femmes ont-elles toutes les mêmes symptômes quand elles sont enceintes ?

— Plus ou moins. Pourquoi ?

— Je me demandais, répondit Johanna. Quand est-ce que cela commence à se voir ?

— Cela dépend. Pour certaines, c'est visible dès le quatrième mois. D'autres commencent à grossir au cinquième. Vous n'allez pas tarder à perdre votre taille de guêpe.

— Cela commence déjà, répondit Johanna.

Elle remercia encore une fois Glynis et se mit à préparer sa surprise dès qu'elle eut passé la porte. Elle étala un plaid MacBain sur le lit et le coupa en plein milieu puis en fit de même avec un MacLaurin avant de coudre ensemble les deux moitiés. Quand elle eut terminé, il était impossible de dire où finissaient les couleurs des MacBain et où commençaient celles des MacLaurin.

Johanna savait qu'elle allait créer un véritable cataclysme. Elle n'en avait cure. Il était grand temps que chacun mette ses différences de côté et que les deux clans n'en forment plus qu'un sous le commandement de Gabriel.

Elle aurait probablement dû avertir son mari de son projet mais elle préférait créer un choc. Elle cacha sa nouvelle tenue sous le lit. Elle ne la mettrait pas avant le dîner.

Ceci terminé, elle fut saisie d'une irrésistible envie de faire la sieste. Elle s'allongea, comptant se reposer quelques minutes seulement.

Elle s'endormit en songeant à Clare MacKay. La jeune femme avait failli révéler ce qui lui était arrivé. Elle avait paru vraiment terrifiée. Cette femme était une énigme. Elle avait prononcé une phrase étrange : on découvrirait la vérité bien assez vite. Qu'avait-elle voulu dire par là ?

Trois heures plus tard, Johanna rouvrit les yeux pour découvrir Alex profondément endormi à ses côtés.

Elle se redressa avec précaution de façon à ne pas le déranger et faillit éclater de rire en constatant que Dumfries dormait lui aussi à ses pieds. Décidément, ce lit était très occupé ces temps-ci.

Ne pouvant ordonner au chien de s'en aller sans réveiller Alex, elle se leva, se passa un peu d'eau sur le visage et se vêtit du plaid des MacBain. Prise de nausées, ces gestes simples lui prirent une éternité. Elle dut s'asseoir à plusieurs reprises pour attendre que son malaise passe.

Elle sortit de la chambre au moment où Gabriel arrivait. Il contempla sa nouvelle coiffure — du moins le crut-elle — avec un déplaisir évident.

Arborant un large sourire, elle le rejoignit. Bah, il finirait bien par s'y habituer.

— Tu es beaucoup trop pâle, marmonna-t-il.

— C'est cela qui te met en colère ?

Il hocha la tête. Elle se pinça les joues pour leur donner quelques couleurs.

— Voilà. Tu n'aurais pas, par hasard, remarqué autre chose ?

— Le père de Clare est au bas de la colline.

Soudain inquiète, elle renonça à lui soutirer un compliment sur sa nouvelle coiffure.

— Je veux, reprenait son mari, qu'Alex et toi restiez dans la chambre jusqu'à ce que laird MacKay et ses hommes soient partis.

— Combien de soldats a-t-il avec lui ?

Gabriel haussa les épaules.

— Suffisamment.

— Je voudrais lui parler, annonça-t-elle.

— Il ne sera pas d'humeur à faire des politesses, Johanna. Fais ce que je te dis.

— Sa colère est dirigée contre les MacInnes, pas contre nous.

— Détrompe-toi. Il en veut surtout aux MacBain. Il nous rend responsables de la disgrâce de sa fille.

Johanna ne lui demanda pas comment il avait obtenu cette information. Si Gabriel le disait, c'est que cela devait être vrai. Il n'était pas homme à tirer des conclusions sans d'abord connaître les faits.

— Qui est avec Clare maintenant? demanda-t-elle.

— Hilda, répondit-il. Retourne dans la chambre. Je ne veux pas que tu te retrouves au milieu s'il y a un problème avec MacKay.

Elle n'approuva ni ne désapprouva les ordres de son mari. Elle retourna effectivement dans leur chambre mais n'y resta que le temps de s'assurer que Gabriel était redescendu accueillir le père de Clare.

Puis elle se rua dans la chambre de celle-ci et renvoya Hilda auprès d'Alex.

— Votre père sera là d'un instant à l'autre, Clare. Voulez-vous le voir seule ou bien préférez-vous que je reste avec vous ?

Clare s'efforça de se redresser, en laissant échapper un petit cri de détresse. La peur qui lui déformait les traits faisait peine à voir.

— Restez, s'il vous plaît, demanda-t-elle.

Johanna vint arranger ses couvertures, plus pour dissimuler sa propre nervosité que pour aider Clare.

— Je ne sais pas quoi lui dire, ajouta celle-ci.

— Dites-lui simplement ce qui est arrivé.

Les larmes aux yeux, Clare protesta :

— Je ne peux pas.

Soudain, la vérité frappa Johanna. Fort heureusement, une chaise se trouvait près du lit. Elle s'y laissa tomber.

— Oh, Seigneur, je crois que j'ai enfin compris. Vous avez tout inventé, n'est-ce pas ? Il n'y a pas de MacBain... et vous n'êtes pas enceinte...

Clare éclata en sanglots et secoua la tête pour nier. Mais sa terreur évidente prouvait le contraire.

— Non, ce n'est pas vrai...

— Voilà pourquoi, reprit Johanna, à chaque fois que l'un d'entre nous vous posait des questions, vous faisiez semblant d'être épuisée.

— J'étais épuisée, se défendit Clare.

Johanna sentait la panique la gagner. Elle aurait tant voulu la réconforter mais elle devait aussi connaître la vérité. C'était le seul moyen de l'aider.

— Vous en avez trop dit, vous savez.

— Non.

— Vous avez avoué que vous vous sentiez prise au piège et qu'on finirait par découvrir ce que vous avez fait. S'il n'y a pas de bébé, on ne tardera pas à s'en rendre compte, n'est-ce pas ? On verra que vous ne grossissez pas.

Clare pleurait à chaudes larmes.

— Je ne savais pas quoi faire, confessa-t-elle, la voix brisée.

Johanna soupira doucement.

— Quel épouvantable gâchis ! Qu'allons-nous faire ?

— Nous ? C'est moi qui supporterai les conséquences quand mon père apprendra mon mensonge.

— Pourquoi avoir inventé une histoire pareille ?

— J'étais désespérée, répondit Clare. Ne comprenez-vous pas ? C'était si horrible de vivre là-bas.

— Je ne comprends pas, fit Johanna, mais...

Clare l'interrompit. A présent, elle était anxieuse de tout lui expliquer.

— Mon père m'a placée chez les MacInnes. Je devais épouser le fils du laird six mois plus tard. Il ne m'a pas fallu longtemps pour me rendre compte que c'étaient des monstres. Saviez-vous que le laird avait eu deux filles ? Elles sont nées avant son cher fils. D'après une servante, à chaque fois que le laird apprenait que sa femme lui avait donné une fille, il montait battre la malheureuse sur son lit d'accouchement. Elle est morte après lui avoir donné un fils. Elle a probablement accueilli la mort avec soulagement.

— Et le fils ne valait pas mieux que le père ?

Johanna connaissait déjà la réponse à cette question. Elle se souvenait trop nettement de Robert MacInnes debout devant Clare inanimée, prêt à la frapper.

— Il est pire encore, fit Clare d'une voix déformée par le dégoût. L'idée de devenir sa femme me répugnait. J'ai essayé de parler à mon père mais il a refusé de m'écouter. Je m'étais déjà enfuie une fois et j'étais rentrée chez moi, vous savez...

Brisée par ses larmes, elle fut incapable de poursuivre. Johanna souffrait pour elle. Non seulement Clare avait été placée entre les mains d'un démon mais elle avait été trahie par son père. Ce qui paraissait impensable à Johanna car son propre père aurait tué Raulf de ses mains s'il avait été vivant et s'il avait su les tourments qu'il lui infligeait.

— Votre père vous a ramenée chez les MacInnes, c'est cela, Clare ?

— Oui, gémit-elle. Jamais je ne m'étais sentie aussi abandonnée... aussi désespérée. Quelques jours plus tard, j'ai entendu parler des soldats de MacInnes. Ils avaient repéré des hommes portant les couleurs des MacBain à la frontière de leur territoire.

— Et c'est alors que vous avez tout inventé ?

— Non, pas tout de suite. Les soldats ne savaient pas que je les écoutais. Et ils prononçaient le nom de votre mari avec crainte. J'ai alors pris la décision de retrouver ces soldats. J'ignorais ce qui se passerait si je réussissais. Je n'avais pas de plan, Johanna. Je voulais juste trouver un peu d'aide.

— Oui, approuva Johanna d'une voix apaisante. (Elle lui tendit un linge pour qu'elle essuie ses larmes puis lui prit la main.) J'en aurais fait autant.

— Vraiment ?

— Oui.

Sa conviction rassura Clare. Un lien les unissait désormais, un lien tissé dans les cauchemars qu'elles avaient endurés par la faute d'hommes misérables et vicieux.

— On m'avait déjà battue une fois, poursuivait Clare, et je savais que cela se reproduirait encore et encore. Je n'ai pas trouvé les MacBain. La nuit tombait, j'ai dû arrêter de les chercher. J'ai dormi dans un cottage abandonné. En fait, je n'ai pas dormi de la nuit car j'avais trop peur. Seigneur, comme j'avais peur ! Je ne savais plus quoi faire : rentrer chez les MacInnes me terrifiait autant que de ne pas y retourner. Ils m'ont retrouvée au matin.

Clare lui serrait si fort la main qu'elle lui griffait la peau.

— Cela a dû être terrible, n'est-ce pas ?

— Oh oui, répondit Clare. Mais ce n'est pas encore à ce moment-là que j'ai inventé ce mensonge. Trois mois passèrent et, un matin, le laird m'annonça que la date du mariage avait été avancée. Robert et moi devions nous épouser le samedi suivant. Alors, j'ai menti sans songer aux conséquences. J'ai rassemblé tout mon courage pour affronter Robert. Je lui ai dit que jamais je ne l'épouserais. Il est devenu enragé. Je savais qu'il ne voudrait plus de moi si je m'étais donnée à un autre. Je me suis souvenue des MacBain… voilà comment j'ai fabriqué ce mensonge. Je savais que j'avais tort et je regrette de vous avoir menti. Vous avez été si gentille avec moi, Johanna. Hilda m'a dit ce que vous aviez fait à Robert. Vous auriez dû lui transpercer le cœur. Dieu Tout-Puissant, comme je le hais ! Lui et tous les hommes, même mon père.

— Vous avez de bonnes raisons de mépriser Robert, dit Johanna. Mais, avec le temps, vous vaincrez votre haine. Vous en viendrez même à avoir pitié de lui.

— Ça m'étonnerait.

— Clare, le moment est peut-être mal choisi mais je vous assure que tous les hommes ne sont pas haïssables.

— Ne haïssiez-vous pas votre premier mari ?

Johanna soupira.

— Oui, admit-elle. Mais je ne haïssais pas tous les hommes. Mon père, s'il avait été vivant, m'aurait protégée de Raulf. J'aurais pu me réfugier auprès de lui. Mon frère, Nicholas, est venu à mon secours dès qu'il a su ce qui se passait.

— Dès qu'il a su ? Ne lui aviez-vous donc rien dit ?

— C'est difficile à expliquer, Clare, répondit Johanna. Raulf n'était pas comme Robert et j'étais bien plus jeune à l'époque. Les coups n'ont pas commencé tout de suite. Il a d'abord commencé par saper ma confiance. J'étais naïve et effrayée et quand quelqu'un censé vous aimer et vous protéger vous traite de bonne à rien et d'ignorante en permanence, eh bien une part de vous commence à le croire. Je n'ai rien révélé à mon frère parce que j'avais honte. Je ne cessais de me dire que cela allait bien finir par s'arranger. Je n'ai jamais cru que je méritais un traitement aussi infamant et c'est pour cette raison que j'ai pu, petit à petit, échapper à l'emprise de Raulf. C'est alors que j'ai commencé à chercher un moyen de lui échapper. Je l'aurais fait si Nicholas n'était pas venu à mon aide.

Elle s'interrompit pour reprendre son souffle et se calmer.

— Vous ne haïriez pas Nicholas si vous le connaissiez, reprit-elle. C'est grâce à lui que j'ai pu épouser Gabriel. Et vous ne pouvez pas haïr Gabriel. En vérité, je n'arrive pas à imaginer que quiconque puisse le haïr.

— Je ne le hais pas, répondit Clare. Il m'a protégée et je lui en suis reconnaissante. Mais il m'effraie. Vous ne vous rendez sûrement pas compte que votre époux est un véritable géant, milady, et que ses manières sont... abruptes.

— Oh, il exagère parfois mais seulement si vous le laissez faire, répliqua Johanna avec un sourire. Clare, vous avez montré beaucoup de courage en tenant tête à Robert. Vous saviez ce qui allait se passer. C'était insensé, vous avez failli y rester.

— Je ne mentirai plus, désormais. Je dirai la vérité à mon père. Je vous le promets.

— Vous obligera-t-il à retourner chez les MacInnes ?

— Je l'ignore. Il tient à cette alliance.

Johanna en eut la nausée. L'idée de cette femme remise une nouvelle fois entre les griffes de MacInnes lui était insoutenable. Une chose était certaine : elle ne permettrait pas que cela arrive.

— Ne dites rien à votre père pour l'instant, dit-elle. Il n'est pas question de vous laisser retourner là-bas. Nous devons réfléchir et trouver un moyen d'empêcher cela.

— Pourquoi vous en soucier, milady ? Vous vous

mettez dans une situation délicate en gardant mon secret. Votre compassion ne vous apportera que des ennuis. Mon père…

— Clare, la coupa Johanna. Je crois que vous avez déjà accompli l'essentiel.

— Que voulez-vous dire, Johanna ?

— Vous viviez dans une situation intenable et vous avez fait le premier pas qui vous permettait d'en sortir. Je n'aurais pas choisi ce moyen pour retrouver ma liberté mais là n'est pas la question. Vous l'avez fait. Vous comprenez ? Vous ne pouvez envisager de faire marche arrière à présent.

— Et que se passera-t-il si mon père déclare la guerre aux MacBain à cause de mon mensonge ?

Johanna secoua la tête.

— Nous trouverons un moyen d'empêcher le conflit, affirma-t-elle.

— Comment ?

— Je ne sais pas… pas encore. Mais vous et moi sommes intelligentes. Nous trouverons.

— Mais pourquoi faire courir un tel risque à votre clan ?

— Je crois que si l'une d'entre nous souffre ou est enchaînée, il en va de même pour toutes les autres.

Johanna se rendait compte que ses paroles n'étaient pas très claires : elle avait du mal à traduire ses pensées en mots.

— Les femmes, reprit-elle avec conviction, sont méprisées par certains hommes. Il en existe au sein même de notre Eglise pour nous considérer comme des inférieures. Mais pas Dieu. N'oubliez jamais cela, Clare. Il m'a fallu longtemps pour le comprendre. Ce sont les hommes qui établissent les lois, pas les femmes. Ils nous racontent qu'ils interprètent les paroles du Seigneur et, dans notre naïveté, nous les croyons. Mais la vérité, c'est que nous ne sommes pas inférieures. (Sa voix prenait de la force.) Entre femmes, nous devons nous soutenir... comme des sœurs et quand nous sommes témoins d'une injustice, nous avons le devoir d'intervenir. Unies, ensemble... si nous sommes ensemble, nous parviendrons à faire changer les gens. Oui, c'est cela : ensemble.

— Et comment faire ? Par où commencer ?

— Commençons par nous aider les unes les autres, expliqua Johanna. Plus tard, quand nous aurons des filles et des fils, nous leur apprendrons à s'aimer et à se respecter. Dieu nous a tous faits à son image, hommes ou femmes.

Le bruit de pas dans le couloir interrompit leur discussion. A la surprise de Johanna, Clare ne semblait plus aussi effrayée qu'auparavant. Elle se redressa dans le lit.

La porte s'ouvrit.

— Ensemble, chuchota Clare.

Johanna acquiesça et répéta cette promesse :

— Ensemble.

17

Gabriel fut le premier à entrer. Il ne parut pas particulièrement enchanté de découvrir sa femme qui l'attendait et lui lança un regard réprobateur.

Le père MacKechnie, après avoir introduit laird MacKay dans la pièce, salua Johanna et se tourna vers Clare.

— Vous avez l'air en bien meilleure forme aujourd'hui, annonça-t-il.

Laird MacKay s'avança jusqu'au pied du lit afin de voir sa fille. Soudain, il blêmit et s'immobilisa.

— Dieu Tout-Puissant !

Il contemplait le visage tuméfié de sa fille. Johanna s'était préparée à ne pas aimer cet homme qui avait refusé de comprendre les souffrances de sa fille et l'avait forcée à retourner chez ses bourreaux. Mais sa réaction la forçait à réévaluer son opinion. Il ne s'était sans doute pas rendu compte de la gravité de la situation.

Non, se dit-elle, elle ne lui accorderait pas le bénéfice du doute. Pour elle, il était autant, sinon plus, responsable que Robert MacInnes.

Son apparence n'était guère engageante. De taille moyenne, il semblait assez âgé : d'épaisses mèches grises parsemaient sa chevelure sombre.

De profondes rides lui creusaient le coin des yeux et de la bouche. Comme sa fille, il avait des yeux marron. Son nez était son trait le plus remarquable : grand, tourmenté comme un bec de faucon.

Gabriel vint se placer aux côtés de Johanna.

— Bonjour, père.

Laird MacKay surmonta sa surprise initiale. Il alla jusqu'au lit pour prendre la main de sa fille.

— Clare, qu'as-tu fait ?

Il y avait de l'affection dans sa voix mais Johanna trouva sa question obscène. Elle vit rouge et s'avança délibérément entre le père et la fille. Devant sa fureur, le laird dut lâcher la main de Clare et reculer.

— Ce qu'elle a fait ? Comment osez-vous poser une question pareille ? Vous vous imaginez peut-être qu'elle s'est elle-même infligé ces marques ?

Il écarquilla les yeux et battit encore en retraite.

— Non, bien sûr.

— Les responsables sont Robert MacInnes et son père... ainsi que vous, laird MacKay, annonça-t-elle. Oui, vous aussi êtes responsable.

Il se tourna vers Gabriel.

— Mais qui est cette femme ? s'emporta-t-il.

— Mon épouse, fit Gabriel d'une voix dure. Et je vous conseille de ne pas élever la voix en sa présence.

— Elle n'est pas d'ici, commenta le laird sur un ton considérablement moins belliqueux.

— Elle vient d'Angleterre.

— Les filles d'Angleterre auraient-elles le droit de manquer ainsi de respect à leurs aînés ?

Gabriel se tourna vers Johanna.

— C'est à elle de le dire, fit-il.

Johanna ne quitta pas MacKay des yeux.

— On encourage généralement les filles de mon pays à donner leur opinion, dit-elle. Leurs pères, voyez-vous, les aiment et les chérissent. Ils les protègent aussi, à la différence de certains lairds qui mettent leurs alliances au-dessus du bien-être et de la sauvegarde de leurs enfants.

Le visage de MacKay s'empourpra. Johanna ne parut pas le remarquer.

— Aimez-vous votre fille ? s'enquit-elle.

— Bien sûr, répondit-il. Et je la chéris.

Johanna hocha la tête.

— Vous rendez-vous compte, messire, qu'elle a failli mourir ?

Les épaules du laird s'affaissèrent.

— Je ne m'en rendais pas compte, admit-il.

Le père MacKechnie s'éclaircit la gorge pour intervenir.

— Je devrais peut-être expliquer dans quelles conditions nous avons recueilli Clare.

Il attendit l'approbation du laird puis détailla les circonstances de l'arrivée de la jeune femme. Il dit comment elle avait été enroulée entièrement nue dans un sac de jute, ne passant rien sous silence, pas même le fait que Robert avait craché sur la malheureuse.

— Il allait encore la frapper à coups de pied, ajouta le père MacKechnie, mais la flèche de lady Johanna l'en a empêché.

Le père de Clare ne bronchait pas en écoutant ce récit, il se gardait bien de montrer la moindre réaction. Mais ses yeux le trahissaient : ils s'emplissaient de larmes qui refusaient de couler.

— Le clan des MacInnes paiera pour ces crimes commis contre ma fille, annonça-t-il la voix tremblante de rage. Il n'est plus question d'alliance mais de guerre, MacBain. Ton lieutenant m'a dit que tu cherchais vengeance toi aussi. Pour quelle offense ?

— Robert MacInnes a osé sortir une dague et l'aurait lancée sur ma femme si je ne lui avais troué l'épaule.

Jusque-là, Johanna n'avait pas imaginé que son mari s'engagerait dans une guerre contre les MacInnes. Cette perspective et la colère qui déformait sa voix lui nouèrent la gorge.

— Mais il ne l'a pas touchée, aboya MacKay.

— Où veux-tu en venir, MacKay ?

— Robert m'appartient, répliqua le laird. C'est mon droit de venger ma fille.

Gabriel rechignait à l'approuver.

— C'est à prendre en considération, marmonna-t-il.

Laird MacKay se tourna alors vers sa fille.

— Je croyais que tu exagérais par caprice. Je savais que tu ne voulais pas épouser Robert mais — idiot que j'étais — je pensais qu'avec le temps tu t'entendrais mieux avec lui. Je n'ai jamais envisagé une seule seconde que les MacInnes puissent être de telles brutes. Je ne leur pardonnerai jamais cette insulte... comme je ne me pardonnerai jamais à moi-même, ma fille. J'aurais dû t'écouter. La femme de MacBain a raison : je suis coupable.

— Oh, papa, gémit Clare. Je t'ai fait honte car j'ai...

Un sanglot l'empêcha de se trahir. Johanna vint aussitôt auprès d'elle, un mouchoir à la main.

— Arrête maintenant, ordonna son père. Je n'aime pas te voir pleurer.

— Excuse-moi. Je n'arrive pas à me retenir.

— Ma fille, tu aurais dû me forcer à t'écouter quand tu es rentrée au lieu de te disgracier avec un MacBain. Concevoir un enfant n'était pas la solution. A présent, tu vas me donner le nom du bâtard et je réglerai cette histoire avec lui.

— Pardonnez-moi de vous interrompre, dit Johanna. Mais je pensais que Clare était rentrée chez vous après avoir été battue une première fois. N'est-ce pas vrai ?

— Elle n'avait pas de marques, expliqua le laird. J'ai cru qu'elle inventait cette histoire pour gagner ma sympathie. J'admets que je me suis trompé.

Le père MacKechnie parut heureux d'entendre cette confession.

— Votre repentir est un bon début, remarqua-t-il.

— Donne-moi le nom de cet homme, Clare.

— Père, je regrette de t'avoir déçu. Tu ne dois pas en vouloir aux MacBain car cette faute est la mienne.

— Le nom, ma fille ?

Johanna s'interposa une fois de plus entre le père et la fille. Aussitôt, Gabriel la saisit par le bras. MacKay avait déjà compris ce qu'elle cherchait.

— Vous voudriez protéger ma fille contre moi ? demanda-t-il, incrédule.

Elle essaya de détourner son attention.

— Je vous ai mal jugé, laird, car maintenant je me rends compte que vous aimez votre fille. Clare a besoin de repos. Elle a reçu plusieurs coups sur la tête et elle est très faible. Regardez, en ce moment même, elle a du mal à garder les yeux ouverts.

Elle s'écarta de façon à ce qu'il puisse voir sa fille, en priant le Ciel pour que Clare ait saisi l'allusion.

Elle se retourna. Clare avait les yeux mi-clos et

semblait avoir les plus grandes peines du monde à rester éveillée. Johanna baissa la voix et enchaîna :

— Vous voyez, laird ? Elle a besoin de beaucoup de repos pour guérir. Elle a vraiment failli mourir.

Clare semblait dormir à présent.

— Je voulais la ramener chez nous, chuchota à son tour MacKay.

— Elle est très bien soignée, ici, annonça le père MacKechnie. Votre fille n'est pas encore assez remise pour supporter un voyage. Laird MacBain lui accorde sa protection. Il n'y a pas mieux.

— Il y a mieux, le contredit Gabriel. Elle a aussi la protection de ma femme.

Pour la première fois, laird MacKay sourit.

— Je vois ça.

— Nous pourrions peut-être descendre poursuivre cette discussion ailleurs ? proposa le prêtre. Savoir qui est le père de cet enfant peut encore attendre, n'est-ce pas ?

— L'homme épousera ma fille. Je veux ta parole, MacBain.

Les traits de Gabriel se durcirent.

— J'ai interrogé...

— La plupart de nos hommes, le coupa Johanna. Mais pas tous, bien sûr. Certains ne sont pas au château... Ils voyagent pour le compte de leur laird. N'est-ce pas, mon époux ?

Gabriel ne cilla même pas devant un mensonge aussi éhonté.

— C'est juste, fit-il.

— Mais je tiens à savoir, laird, si tu es de mon côté à propos de ce mariage, maugréa MacKay. Exigeras-tu du soldat qui a déshonoré ma fille qu'il l'épouse pour réparer ses torts ?

— Tu as ma parole.

MacKay parut satisfait. Il gratifia sa fille d'une

caresse maladroite sur l'épaule avant de rejoindre le père MacKechnie qui l'attendait déjà à la porte. Gabriel lança un regard éloquent à sa femme qui signifiait : on-réglera-ça-plus-tard-toi-et-moi.

— Tu as recueilli ma fille, MacBain, tu l'as protégée aussi et ta femme a témoigné d'une grande compassion. Je ne te ferai pas la guerre si un mariage conclut cette affaire. D'ailleurs, une alliance entre nos deux clans...

Le père MacKechnie referma la porte, rendant inaudible la suite de la tirade de MacKay.

Poussant un énorme soupir, Johanna se laissa tomber sur une chaise.

— Vous pouvez ouvrir les yeux, Clare.

— Qu'allons-nous faire, Johanna ? Il faudra bien que je dise la vérité à mon père.

Johanna se mordillait la lèvre tout en réfléchissant.

— Au moins, maintenant nous sommes sûres qu'il ne vous renverra pas chez les MacInnes. La perspective d'une alliance avait peut-être aveuglé votre père mais, à présent, il a ouvert les yeux. Dès qu'il a vu les marques sur votre visage, il a été convaincu. Il vous aime, Clare.

— Je l'aime aussi, murmura celle-ci. Je ne voulais pas dire que je le haïssais. C'était... la colère. Oh, quel gâchis ! Et que va faire mon père quand il saura que je ne suis pas enceinte ?

Un long silence régna. Puis Johanna se redressa sur sa chaise.

— Il n'y a qu'une seule solution.

— Je sais, fit Clare pensant qu'elle allait lui dire de tout révéler. Je dois...

— Vous devez vous marier.

— Quoi ?

— Ne soyez pas si étonnée. C'est une solution raisonnable.

— Qui voudrait de moi? Je suis censée être enceinte!

— Nous sommes assez futées pour trouver une solution, insista Johanna. Et quelqu'un d'acceptable.

— Je ne veux pas me marier.

— Vous vous obstinez ou vous êtes sincère?

— Les deux, j'imagine, admit Clare. L'idée d'épouser quelqu'un qui ressemblerait un tant soit peu à Robert MacInnes me donne envie de vomir.

— Cela, je le comprends mais si on trouvait un homme digne de vous qui vous traite avec respect, ne seriez-vous pas heureuse de l'épouser?

— Un tel homme n'existe pas.

— Mon mari existe bien.

Clare sourit.

— Il est déjà pris.

— C'est vrai, acquiesça Johanna. Mais il existe d'autres hommes presque aussi parfaits.

— Vous avez tellement de chance, Johanna.

— Pourquoi donc, Clare?

— Vous aimez votre mari.

C'était la vérité. Johanna en avait soudain conscience.

— Oui, je l'aime.

Elle semblait émerveillée. Le sourire de Clare s'élargit.

— Vous venez seulement de vous en apercevoir?

— Je l'aime, répéta Johanna, et je me rends compte maintenant que je l'aime depuis le début. C'est bizarre, n'est-ce pas? Je me cachais mes sentiments. Pour me protéger, sans doute, ajouta-t-elle. Personne n'aime se sentir vulnérable. Oh, Seigneur, je l'aime de tout mon cœur.

Son rire emplit la chambre.

— Vous ne le lui avez jamais dit? demanda Clare.

— Non.

— Dans ce cas, que lui répondez-vous quand il dit qu'il vous aime?

— Oh, Gabriel ne m'a jamais dit qu'il m'aimait. Il ne m'aime pas, vous comprenez, en tout cas, pas encore. Mais il éprouve des sentiments de plus en plus tendres envers moi. Je crois qu'avec le temps il apprendra à m'aimer. Mais cela m'étonnerait qu'il me le dise un jour. (Elle s'interrompit pour rire encore.) Mon mari est si différent des barons d'Angleterre et j'en remercie le Seigneur. Ces nobles seigneurs chantent de belles ballades pour les dames qu'ils cherchent à séduire. Ils louent les services de poètes pour leur écrire des mots d'amour qu'ils récitent ensuite. Ils aiment les discours fleuris. En général, c'est parfaitement ridicule et bien peu sincère mais les barons trouvent cette manière de faire chevaleresque. Ils tiennent l'amour courtois en haute estime.

Curieuse, Clare posa plusieurs questions à propos des Anglais. Une bonne heure passa ainsi jusqu'à ce que Johanna insiste pour qu'elle se repose enfin.

— Maintenant que votre père vous a vue, vous pourriez laisser Glynis s'occuper de vos cheveux.

Clare accepta et Johanna s'apprêta à partir.

— Vous allez révéler la vérité à votre mari à mon sujet? demanda Clare.

— Oui, répondit Johanna avant d'ajouter: mais pas tout de suite. Je dois attendre le bon moment.

— Que fera-t-il?

— Il proférera un juron abominable, j'imagine, puis il m'aidera à trouver une solution.

On frappa à la porte. Hilda entra avec un plateau chargé de nourriture.

— Laird MacKay est parti, annonça-t-elle. Il vous laisse ici jusqu'à ce que vous soyez assez forte pour l'accompagner. Lady Johanna, ils vous attendent tous pour dîner en bas. Les hommes sont affamés et ils commencent à bouillir d'impatience. Vous feriez bien d'y aller tout de suite. (Elle déposa le plateau à côté de Clare.) Quant à vous, ma fille, vous allez m'avaler ça jusqu'à la dernière bouchée et sans chichis. Je ne partirai pas d'ici avant. Vous avez besoin de vous nourrir, bonté divine !

Johanna se dirigea vers la porte mais s'arrêta sur le seuil.

— Oh... ne vous inquiétez pas si vous entendez du vacarme en bas. J'ai préparé une petite surprise pour ces messieurs qui devrait faire du bruit.

Hilda et Clare voulurent bien évidemment savoir de quoi il s'agissait.

— Vous verrez bientôt, promit Johanna.

Elle se précipita dans sa chambre et se changea rapidement. Elle lissait les plis du plaid qu'elle avait fabriqué quand Alex fit son entrée.

— Entre, dépêche-toi.

— Pourquoi ? s'étonna le garçon sans attendre son explication.

Il ne remarqua pas sa nouvelle tenue et courut jusqu'à son propre lit, souleva le matelas et sortit une longue épée en bois.

— Auggie va m'apprendre l'escrime, annonça-t-il gravement.

— As-tu soupé ?

— Avec Auggie, répondit Alex en se précipitant vers la porte.

— Une minute, s'il te plaît.

Il s'arrêta de justesse.

— Viens m'embrasser pour me dire au revoir, demanda-t-elle.

— Je ne veux pas que tu t'en ailles ! s'écria-t-il.

— Je ne m'en vais pas.

Il ne fut pas convaincu. Laissant tomber son épée, il se jeta dans ses bras.

— Je ne veux pas que tu t'en ailles, répéta-t-il au bord des larmes.

Seigneur, qu'avait-elle déclenché ?

— Alex, maintenant que je suis ta mère, j'aimerais qu'on s'embrasse à chaque fois que tu t'en vas. Tu comprends ? Tu m'as dit que tu allais avec Auggie, c'est pour cela que je t'ai demandé un baiser.

Il lui fallut encore cinq bonnes minutes pour le rassurer.

— Je ne m'en vais pas, dit-il enfin. Je vais juste dehors.

— Mais tu pars quand même, répliqua-t-elle. Alors, j'ai droit à un baiser.

Elle se pencha. Il lui déposa un baiser mouillé et sonore sur la joue. Puis il ramassa son épée et gagna la porte.

— Va maintenant. Il ne faut pas faire attendre Auggie.

Il disparut aussitôt. Johanna respira profondément à deux ou trois reprises puis sortit à son tour.

Dans l'escalier, elle croisa Megan qui venait justement la chercher. Celle-ci faillit dégringoler jusqu'en bas des marches en découvrant la tenue de sa maîtresse.

— C'est pas possible ! s'exclama-t-elle. Vous n'avez quand même pas froid au point de porter deux plaids ? On étouffe ici.

— Je ne porte pas deux plaids.

Megan l'examina plus attentivement.

— Mon Dieu, vous avez fait un nouveau plaid. Notre laird le sait-il ?

— Pas encore.

Megan se signa rapidement au grand dam de Johanna.

— Tout se passera bien, déclara-t-elle. Mais arrête de faire ça ! ordonna-t-elle tandis que la main de Megan volait une deuxième fois vers son front.

— Personne ne vous a vue ! Il est encore temps de vous changer.

— Ridicule !

Plus troublée par la réaction de Megan qu'elle n'aurait bien voulu le reconnaître, elle se redressa de toute sa hauteur et se mit à nouveau en marche. Megan la doubla à toute allure.

— Où vas-tu comme ça ? s'inquiéta Johanna.

— Chercher cinq ou six bols. Vous en aurez besoin, milady.

Megan disparut avant qu'elle ait le temps de lui dire qu'elle n'avait pas l'intention de casser quoi que ce soit. Le père MacKechnie l'attendait au bas des marches. Elle lui sourit. Il la contemplait bouche bée.

Elle s'arrêta, attendant qu'il récupère de sa surprise.

— Ben ça alors... murmura-t-il. Ben ça alors...

— Bonsoir, mon père.

Toujours en proie à sa stupeur, il ne lui répondit pas. Ce qui n'avait rien de rassurant.

— Vous pensez que mon mari et ses hommes ne vont pas apprécier ?

Soudain, le visage du prêtre s'illumina.

— Je n'en sais rien mais je suis de tout cœur avec toi, ma fille. Je serai très honoré de t'escorter auprès de ton mari.

Il lui prit le bras.

— Bon, ils vont être un peu surpris, c'est vrai, fit-elle.

— Pour sûr, approuva-t-il. Dis-moi, ma fille, à quand remonte ta dernière confession ?

— Pourquoi me demandez-vous ça ?

— Il vaudrait mieux que tu aies reçu l'absolution avant de te présenter devant ton Créateur.

Johanna rit jaune.

— Vous exagérez ! Les hommes n'oseront pas s'en prendre à moi.

— Ce n'est pas à eux que je pensais, répondit-il. Mais à ton mari. Allez, viens, ma fille. Je suis impatient de voir ça. Tu vas provoquer une véritable révolution.

— Ils s'y habitueront.

— Peut-être, spécula-t-il. Vois-tu, Johanna, pour les Highlanders, leur plaid est sacré.

— Oh, Seigneur, je n'aurais pas dû...

— Bien sûr que tu aurais dû, la coupa-t-il tout en essayant de lui décrocher les doigts de la rampe qu'elle serrait de toutes ses forces.

— Mon père, êtes-vous pour ou contre moi ?

— Pour toi, à fond, répondit-il avant d'éclater de rire. Et dire que j'ai failli jeûner aujourd'hui pour faire pénitence. Heureusement que je ne l'ai pas fait. J'aurais manqué...

Il ne termina pas sa phrase. Elle poussa un gémissement.

— Vous me rendez terriblement nerveuse, confessa-t-elle.

— Pardonne-moi, ma fille. Je ne voulais pas te taquiner. Tu sais ? Il faudra bien que tu lâches cette rampe un jour.

— Quoi ? ah oui... Bon, je vais faire comme si de

rien n'était. Comme s'il ne se passait rien d'extraordinaire. Qu'en pensez-vous ?

Elle ne lâcha la rampe que pour mieux se cramponner à son bras.

— Tu ferais mieux de plaider la folie.

Il regretta aussitôt cette plaisanterie : affolée, elle ne voulait plus faire un pas. Il dut pratiquement la traîner dans le hall.

Les soldats étaient tous debout devant les deux tables. Gabriel, dans un coin, bavardait avec Calum et Keith. Il fut le premier à la voir.

Il loucha, ferma les paupières puis la regarda à nouveau. Elle se força à sourire tout en gagnant sa place.

Keith et Calum se retournèrent en même temps.

— Mon Dieu, qu'a-t-elle fait à notre plaid ? rugit l'un.

— Est-ce que je vois ce que je suis en train de voir ? brailla l'autre.

Tout le monde se retourna alors vers Johanna. Un cri de stupeur générale ébranla le hall.

Johanna fit semblant de ne rien remarquer.

— Je vous avais bien dit que tout se passerait bien, se vanta-t-elle à voix basse auprès du prêtre.

Gabriel, tout en continuant à l'observer, s'adossa au mur.

— MacBain, tu ferais bien de faire quelque chose avant qu'il ne soit trop tard, le pressa Calum.

— Il est déjà trop tard, remarqua Gabriel.

Keith était congestionné.

— Lady Johanna, qu'avez-vous fait ?

— J'essaie de vous faire plaisir, Keith.

On aurait dit qu'il allait exploser et s'étouffer en même temps.

— Me faire plaisir ? En mélangeant le plaid des

MacBain avec le mien ? Comment... comment vous... comment je...

Il en bafouillait pour la deuxième fois de la journée.

— Vous savez combien il m'est difficile de suivre le fil des jours. Vous avez remarqué mes trous, n'est-ce pas ?

— Vos trous ?

— De mémoire, expliqua-t-elle. Venez vous asseoir à mes côtés, Keith, je tiens à vous donner mes raisons. Calum, prenez donc la place de Keith à l'autre table.

Johanna ne cessait de lancer des regards inquiets vers son mari. Il n'avait toujours pas réagi.

— Gabriel, es-tu prêt à t'asseoir ?

Elle broyait le bras du père MacKechnie qui lui tapota la main pour la rassurer.

— Où veux-tu que je m'assoie, ma fille ?

— A la gauche de Gabriel. Ainsi, vous ne serez pas trop loin de moi au cas où il faudra m'administrer les derniers sacrements.

— Vous avez oublié quel jour nous sommes ? C'est pour ça que vous portez deux plaids ? voulut savoir Lindsay.

— Ce n'est qu'un seul plaid, répondit Johanna. J'ai cousu une moitié de MacBain avec une de MacLaurin. Les couleurs se marient parfaitement, vous ne trouvez pas ?

Johanna tira sa chaise et se tourna vers Gabriel qui ne bougeait toujours pas et continuait à la fixer. Son silence la rendait nerveuse.

— Gabriel ?

Il ne répondit pas. Elle n'y tint plus : elle devait savoir.

— S'il te plaît, peux-tu me dire ce que tu penses de ce changement ?

Il s'arracha du mur et prit la parole d'une voix dure, cassante.

— Je suis furieux.

Elle baissa les yeux vers la table, essayant de cacher sa peine et sa déception. Elle avait tant espéré qu'il la soutiendrait.

Des grognements approbateurs se firent entendre. Elle ne chercha pas à savoir qui étaient ses adversaires.

Gabriel vint jusqu'à la table. Il lui souleva le menton et passa son bras autour de ses épaules.

— J'aurais dû y penser moi-même, Johanna.

Il lui fallut une bonne minute pour comprendre ce qu'il venait de dire.

— Tu es bien plus intelligente que moi, poursuivit-il.

Elle essaya de le remercier de ce compliment inattendu mais en fut incapable. Elle venait d'éclater en sanglots.

Tout le monde se mit à crier en même temps. Keith reprocha à Calum sa grossière réaction devant la nouvelle tenue de leur maîtresse. Calum se montra tout aussi catégorique : à son avis, les remontrances perpétuelles de Keith à l'égard de milady étaient la vraie cause de ses larmes.

Seul, Gabriel ne semblait pas être trop affecté par les pleurs de sa femme. Il lui ordonna de s'asseoir puis se plaça debout derrière elle. Il posa une main sur son épaule et de l'autre réclama l'attention de ses hommes.

— Voir ma femme ainsi vêtue des deux plaids m'a enfin ouvert les yeux. Je viens seulement de me rendre compte des incroyables efforts que Johanna a dû déployer pour tous vous satisfaire. On lui a dit quel plaid porter, quel fauteuil prendre, avec qui elle devait sortir et ainsi de suite... et elle s'est toujours pliée de bonne grâce au moindre de vos désirs. Depuis son arrivée ici, elle vous a tous acceptés, les MacLaurin comme les MacBain. Elle a traité Calum et Keith avec une égale affection. Elle vous a, à tous, offert sa dévotion et sa loyauté. En récompense, elle n'a reçu que votre dédain et vos critiques. Certains l'ont même traitée de lâche et pourtant elle ne s'en est jamais plainte auprès de moi. Elle a souffert de cette humiliation en silence, prouvant ainsi, sans le moindre doute, une compréhension et une mansuétude que je suis loin de posséder.

Un profond silence accueillit le discours du laird. Gabriel serra l'épaule de sa femme avant de poursuivre :

— Oui, elle s'est montrée clémente. Et moi aussi. (Sa voix se durcit.) J'ai été très patient avec vous et je commence à trouver cela pénible car je n'ai rien d'un homme patient. J'en ai plus qu'assez de ce conflit et, à l'évidence, ma femme aussi. Désormais, nous serons unis en un seul clan. Vous m'avez accepté comme laird. A présent, vous vous accepterez les uns les autres. Ceux qui ne s'en estiment pas capables ont ma permission : ils pourront partir à l'aube.

Plus personne n'osait même respirer dans le hall. Le silence s'éternisa puis Lindsay fit un pas en avant :

— Laird MacBain, quel plaid devrons-nous porter ?

— Vous m'avez juré fidélité et je suis un MacBain. Vous porterez mes couleurs.

— Mais ton père était un MacLaurin, remarqua Keith.

Gabriel lança un regard noir à son second.

— Il ne m'a jamais reconnu et il ne m'a pas

donné son nom, rétorqua-t-il. Et je ne le réclame pas. Je suis un MacBain. Si tu es avec moi, tu porteras mes couleurs.

Keith hocha la tête.

— Je suis avec toi, laird.

— Moi aussi, laird, s'exclama Lindsay avec fougue. Mais qu'allons-nous faire de nos plaids de MacLaurin ?

Gabriel prit le temps de réfléchir avant de répondre.

— Ces plaids appartiennent à votre passé. Vous les transmettrez à vos enfants avec l'histoire de votre clan. Le plaid des MacBain que vous porterez à partir de demain marque le début de votre avenir. Unis, nous deviendrons invincibles.

Cette dernière remarque brisa la tension. Des cris enthousiastes s'élevèrent.

— Il faut célébrer ça, annonça le père MacKechnie.

— Portons un toast, approuva Gabriel.

— Sans en renverser partout, s'écria Johanna.

Pour une raison inconnue, cette dernière injonction déclencha l'hilarité générale. L'alcool des Highlands coula à flots mais Johanna était incapable de prendre part à la fête : elle n'arrivait plus à retenir ses larmes.

Soudain, elle leva les yeux et repéra Leila qui attendait dans l'entrée. Elle se leva aussitôt pour lui faire signe de la rejoindre.

Leila hésita. Les hommes se dressèrent aussitôt, gobelet à la main. Johanna quitta la table pour rejoindre la jeune femme au milieu de la salle.

— As-tu entendu ?...

— Oh oui, milady, l'interrompit Leila. Votre mari a fait un grand et beau discours.

— Viens t'asseoir à mes côtés, Leila.

— Mais je suis une MacLaurin. Enfin, je l'étais encore il y a quelques minutes.

Elle était écarlate. Johanna sourit.

— Tu es encore une MacLaurin mais tu es aussi une MacBain. Calum n'aura plus d'excuse pour ne pas te faire la cour, ajouta-t-elle à voix basse.

Leila rougit encore un peu plus. Johanna l'entraîna avec elle.

Les hommes venaient à peine d'achever leur toast et s'apprêtaient à se rasseoir quand leur maîtresse demanda leur attention.

— J'aimerais procéder à quelques changements autour des tables, annonça-t-elle.

— Mais on est très bien comme ça, protesta Michael.

Elle l'ignora.

— Il est normal que les deux lieutenants partagent la table de leur laird. Keith s'assiéra à la gauche de son laird et Calum à sa droite.

Ce dernier secoua la tête.

— Pourquoi pas ? s'enquit-elle.

— C'est à vous d'être assise à sa droite, fit-il d'un ton inflexible.

— Très bien, acquiesça-t-elle. Alors, Calum, votre place sera à mes côtés. Leila, viens, tu te mettras auprès de Calum.

Et elle poursuivit ainsi pendant plusieurs minutes. Quand elle eut terminé d'adjuger à chacun sa place, un MacBain était assis à côté d'un MacLaurin.

Le père MacKechnie était installé à la tête de la deuxième table, à la place qui était celle de Keith. Et cet honneur le comblait. Keith n'était pas moins ravi de se trouver désormais aux côtés de son laird.

— En quoi est-ce important où nous sommes assis ? s'enquit Lindsay.

Johanna ne tenait pas à lui avouer qu'elle cherchait à éliminer toute différence entre les clans. Elle ne voulait plus jamais voir les MacBain massés à une table et les MacLaurin à l'autre. Ne sachant trop quoi lui répondre, elle opta pour une explication parfaitement illogique.

— Parce que maman va venir, voilà pourquoi.

Lindsay hocha la tête d'un air sentencieux. Absolument convaincu, il se tourna vers le MacBain assis à ses côtés.

— Sa maman vient. Milady veut qu'il en soit ainsi.

L'autre acquiesça.

— Oui, elle a raison.

Johanna ravala à grand-peine un éclat de rire.

Le dîner fut couronné de succès. Dans un premier temps, Calum et Leila ne s'adressèrent pas un mot mais, petit à petit, ils se rapprochèrent l'un de l'autre et finirent le repas en se murmurant à l'oreille. Johanna essayait d'écouter ce qu'ils se disaient quand Gabriel, remarquant son manège, se pencha vers elle.

— Il y a du mariage dans l'air, chuchota-t-il en désignant Calum.

Johanna sourit.

— Oui.

La mention de ce mariage la fit penser à Clare. Elle avait besoin d'un mari et, selon les estimations de Johanna, plusieurs possibilités intéressantes étaient assises autour de cette table.

— Keith? Je me demandais…

Il ne la laissa pas continuer.

— J'attendais que vous évoquiez ce sujet, milady, fit-il.

Elle roula de grands yeux.

— Vraiment?

Comment savait-il qu'elle s'intéressait à son avenir ?

— Il était de mon devoir d'en parler à votre mari, milady. J'ai essayé de tenir ma parole envers vous et je dois avouer que cela était facile pour moi car je me sentais responsable de l'offense qui vous était faite par les femmes de mon clan. Mais c'était un tel dilemme ! Et finalement, je me suis rendu compte que ma loyauté allait d'abord à MacBain.

— De quoi parlez-vous à la fin ?

Pour la première fois de sa vie, Johanna vit rougir un homme adulte.

— Peu importe, milady.

— Qu'avez-vous dit à mon mari ? insista-t-elle.

Gabriel lui répondit.

— Il m'a expliqué cette histoire de surnom, Johanna. Comment Glynis a...

— Elle l'a sincèrement regretté. Tu ne dois pas la réprimander, Gabriel. Promets-moi que tu ne lui en parleras pas.

Dans la mesure où Gabriel avait déjà eu une petite discussion avec Glynis, il n'eut aucun remords à lui donner sa parole.

Satisfaite, Johanna hocha la tête.

— Je me demandais comment tu avais su qu'on m'avait traitée de lâche, dit-elle avant de se retourner, l'air sévère, vers Keith. Mais je n'aurais jamais imaginé que vous lui en auriez parlé.

— C'était son devoir, affirma Gabriel. Tu devrais le remercier.

Johanna allait protester quand Alex fit soudain son apparition dans le hall. Il semblait terrifié. Elle se leva aussitôt.

Le garçon contourna la table et se jeta dans ses bras.

— Que se passe-t-il, Alex? demanda-t-elle, inquiète. Tu as fait un mauvais rêve?

— Il y a quelque chose sous le lit.

Exaspéré, Gabriel leva les yeux au ciel. Il arracha, malgré ses protestations, son fils aux bras de Johanna.

— Ton matelas est à même le sol, Alex, dit Gabriel. Il ne peut rien y avoir dessous.

— Non, papa. J'étais dans ton lit. Et tout d'un coup, il s'est mis à remuer. Il y a quelque chose et, si je ferme les yeux, il m'attrapera.

— Alex... commença son père.

— Tu ferais mieux de monter avec lui, intervint Johanna, et de regarder sous le lit. C'est la seule manière de le convaincre. D'ailleurs, il se pourrait très bien qu'il y ait quelque chose.

— Il y a quelque chose, insista Alex.

Gabriel poussa un gros soupir avant de se plier aux souhaits de sa famille. Son fils dans les bras, il quitta le hall.

Reprenant sa place avec soulagement, Johanna dédia un large sourire à Keith, ravie de mettre à profit l'absence de Gabriel pour lui parler.

— Les enfants, fit-elle d'une voix rêveuse. Quelle joie! Quand vous vous marierez et fonderez votre propre famille, vous me comprendrez mieux. Vous allez bien vous marier un de ces jours, Keith?

— Oui, milady, répondit-il. L'été prochain, en fait. Brigid MacCoy a accepté de devenir ma femme.

— Oh...

Elle fit de son mieux pour dissimuler sa déception. Puis, parcourant la table du regard, elle s'arrêta sur Michael. Ah, il n'était pas mal, lui non plus.

Le soldat surprit son regard. Il sourit. Elle hocha la tête.

— Les enfants, répéta-t-elle. Ils sont merveilleux, n'est-ce pas, Michael ?

— Si vous le dites, milady.

— Oh, je le dis, je le dis, Michael. Une fois marié, vous me comprendrez. Vous envisagez bien de vous marier un jour, n'est-ce pas ?

— Un jour, répondit-il en haussant les épaules.

— Vous avez quelqu'un en tête ?

— Vous seriez pas en train de jouer les marieuses, milady ? s'enquit Keith.

— Qu'est-ce que vous allez imaginer ?

— J'épouserai Helen quand je serai prêt, annonça Michael. D'ici là, elle veut bien attendre.

Johanna fronça les sourcils. Voilà deux possibilités qui s'envolaient en fumée. Elle se tourna vers Niall.

— Les enfants...

— Elle veut arranger un mariage, affirma Keith.

Ce fut comme s'il venait de sonner l'alarme. Les soldats jaillirent de leurs chaises comme des diables. Ils s'inclinèrent vaguement en direction de Johanna et quittèrent la salle sans lui laisser le temps de protester.

Seuls ceux qui ne « risquaient » rien restèrent. Et le père MacKechnie, bien sûr.

A son retour, Gabriel trouva le hall pratiquement vide. Il regarda autour de lui, perplexe, puis haussa les épaules et reprit sa place.

Il souriait.

— Eh bien ? demanda Johanna.

— Il y avait quelque chose sous le lit, annonça-t-il d'un ton malicieux.

— Quoi ?

— Dumfries.

Elle éclata de rire.

Peu après, Calum et Leila se levèrent ensemble. Leila s'inclina devant son laird.

— Je vous remercie de m'avoir accordé l'honneur de dîner à votre table, dit-elle.

Gabriel hocha la tête. Elle rougit.

— Je vous remercie aussi, milady, ajouta-t-elle.

— Il fait nuit, annonça Calum.

Johanna essaya de ne pas sourire.

— Vous pourriez peut-être raccompagner Leila chez elle, suggéra-t-elle. Puisqu'il fait nuit, Calum.

Le soldat hocha la tête.

— Si vous le souhaitez, milady.

Du coin de l'œil, Johanna vit l'air surpris de Keith : apparemment, il venait de se rendre compte que quelque chose se tramait entre Calum et Leila. Soudain, hilare, il se dressa, salua son laird et son épouse et annonça :

— Hé, Calum, attends-moi. Je viens avec vous.

Sa sollicitude n'enchanta nullement Calum.

— C'est inutile...

— Oh, mais j'y tiens, reprit Keith en courant le rejoindre. Il fait si sombre dehors.

Leila continuait d'avancer. Calum repoussa Keith qui ne se laissa pas faire. Ils franchirent la porte en se bousculant.

— Je me demande si ces deux-là s'entendront jamais, remarqua Johanna.

Seul à sa table désormais, le père MacKechnie vint les rejoindre après avoir consciencieusement rempli son gobelet.

— Bah, un peu de rivalité entre deux chefs n'a jamais fait de mal, fit-il. Laird, c'est un beau discours que tu as prononcé ce soir.

— C'est vrai, approuva Johanna. Mais j'aimerais te demander quelque chose. Pourquoi avoir attendu si longtemps ? Pourquoi ne pas avoir fait le même discours il y a un mois ou deux ? Cela m'aurait évité quelques petits soucis.

Gabriel se renfonça dans sa chaise.

— Ils n'étaient pas prêts, Johanna.

— Et pourquoi l'étaient-ils ce soir ?

— Pas pourquoi, ma fille, intervint le prêtre, mais grâce à qui.

Elle ne comprenait pas. Gabriel semblait approuver le prêtre. Une lueur dansait dans ses yeux.

— C'est toi qui leur as fait accepter le changement.

— Moi ? Et comment ai-je fait ?

— Elle veut des compliments, fit Gabriel à l'intention du père.

— On dirait bien, se moqua à son tour le prêtre.

— Je veux surtout comprendre, répliqua-t-elle, sincère.

— C'est à cause de ta manière de les défier, expliqua finalement Gabriel.

Elle ne comprenait toujours pas, à la différence du père MacKechnie qui hochait vigoureusement la tête.

— Vous voudriez bien m'expliquer en quoi je les ai défiés ?

Gabriel éclata de rire.

— Tu ne me feras jamais croire que tu n'arrivais pas à te souvenir des jours, dit-il. Tu faisais exprès de te tromper de plaid, hein ?

— Gabriel, on n'oublie pas volontairement.

Elle n'avait pas délibérément choisi de ne pas respecter l'alternance des plaids. Et elle ne voulait pas qu'on la félicite pour quelque chose qu'elle n'avait pas fait.

— Non, répondit-elle. Je ne suis pas aussi futée.

— Oh oui, tu l'es, répliqua son mari. Tu es parvenue à convaincre laird MacKay d'attendre encore avant de reprendre sa fille chez lui.

— Clare n'est pas en état de voyager.

— Et tu m'as empêché de lui dire qu'aucun de mes hommes ne l'avait touchée. Je sais que tu voulais que Clare reste ici et c'est pour cela que j'ai joué ton jeu. Mais MacKay reviendra et il faudra bien lui dire la vérité.

— Elle la lui dira, affirma Johanna. Elle sera assez forte à ce moment-là.

Et, si Dieu le veut, se dit-elle, elle sera aussi mariée… à condition de lui trouver un mari convenable. Gabriel pouvait peut-être l'aider.

— Je trouve admirable, reprit-elle, que tu aies une telle confiance en tes hommes. Savoir sans le moindre doute qu'aucun d'entre eux ne la toucherait…

— Où as-tu pêché ça ?

— C'est toi qui l'as dit, répondit-elle, surprise.

— Ce n'est pas ce que j'ai dit, fit-il. J'ai dit que j'étais persuadé qu'aucun d'entre eux ne l'avait touchée. Mais je ne crois pas qu'un seul d'entre eux refuserait l'occasion de coucher avec une femme consentante. Et je suis persuadé que, dans ce cas, aucun d'entre eux ne l'abandonnerait à son triste sort mais l'accueillerait sous son toit.

— Et le soldat admettrait certainement avoir couché avec cette fille. Il ne mentirait pas à son laird.

— Exactement, affirma Gabriel. Et tu vois, c'est là le nœud du problème.

Elle ne voyait pas mais elle n'avait aucune envie de se disputer avec son mari. A son avis, il compliquait inutilement les choses.

Le père MacKechnie se leva pour prendre congé. Il félicita à nouveau son laird pour son discours puis se tourna vers Johanna.

— Tu comprends sûrement, ma fille, que tu as sauvé les MacLaurin d'un exil certain ? Tu y es parvenue grâce à ton intelligence et tu as, de plus, gagné leur affection.

Johanna était flattée par cette opinion qu'elle trouvait un peu exagérée. Elle l'en remercia en se promettant de rectifier au plus vite le point de vue du prêtre : c'était grâce à Gabriel que les MacLaurin coopéraient.

Le prêtre s'en fut, les laissant enfin seuls. Johanna se sentait mal à l'aise et tout intimidée après ces compliments qu'elle ne pensait pas mériter.

— Je lui expliquerai la vérité demain, chuchota-t-elle.

— Quelle vérité ?

— Que c'est grâce à toi que les MacLaurin ont finalement entendu raison.

Gabriel l'attira contre lui.

— Tu vas devoir apprendre à accepter les compliments.

— Mais la vérité…

Il ne la laissa pas terminer et lui souleva gentiment le menton pour qu'elle le regarde dans les yeux.

— La vérité est facile à comprendre. Tu es devenue le salut des MacLaurin.

C'était la chose la plus merveilleuse qu'il lui ait jamais dite. Des larmes lui emplirent les yeux. Mais elle ne voulait pas pleurer.

Gabriel tailla cette bonne résolution en pièces en déclarant :

— Et pour moi aussi, Johanna : tu es mon salut.

18

Nicholas arriva deux semaines plus tard. Gabriel l'attendit en haut des marches.

— Tu vas le tuer cette fois ? demanda Calum.

Gabriel secoua la tête.

— Je ne peux pas, répondit-il d'une voix contrite. Cela ferait le malheur de ma femme et, par Dieu, il peut la remercier d'être encore vivant.

Calum retint un gloussement. Il savait que la colère de son laird était feinte. Il examina leur invité.

— Quelque chose ne va pas, MacBain. Nicholas n'arbore pas son habituel sourire de demeuré.

Le frère de Johanna était seul. Et il semblait pressé d'arriver car il sauta de selle avant même que son étalon ne se soit arrêté. L'animal était en nage.

Oui, quelque chose n'allait pas. Nicholas n'était pas homme à abuser inutilement de sa monture.

— Occupe-toi du cheval, ordonna Gabriel à Calum.

Il descendit les marches pour accueillir son beau-frère. Aucun des deux guerriers ne se répandit en effusions. Nicholas prit la parole en premier.

— C'est affreux, MacBain. Où est Johanna ?

— En haut. Elle met Alex au lit.

— Je boirais bien quelque chose.

Gabriel essaya de contenir son impatience. Il accompagna Nicholas à l'intérieur, renvoya Megan qui dressait la table du dîner et attendit que son beau-frère se soit lui-même versé un verre.

— Tu ferais bien de t'asseoir, suggéra Nicholas. C'est une catastrophe et Johanna est en plein dedans.

Johanna descendait les escaliers quand elle entendit la voix de son frère. Au lieu de courir dans ses bras, elle s'immobilisa, saisie d'une sourde inquiétude. Il était rare que Nicholas s'exprimât avec une telle colère et une telle angoisse.

Les écouter en cachette n'était pas très digne mais elle savait que si elle apparaissait, ils changeraient de conversation. Son mari et son frère cherchaient trop à la protéger. Oui, ils voudraient la protéger et il lui faudrait un bon mois de jérémiades pour leur soutirer la vérité. De plus, à l'évidence, ce problème la concernait. Elle descendit encore quelques marches pour mieux entendre ce que son frère avait à dire.

— Si tu parlais enfin, Nicholas, le pria Gabriel.

Johanna approuva silencieusement son mari. Elle était aussi impatiente que lui.

— Raulf est revenu d'entre les morts. Il veut qu'on lui rende sa femme.

Johanna ne capta pas la réaction de Gabriel. Foudroyée sur place, elle était incapable d'entendre quoi que ce soit. Un mur s'était effondré sur elle. Elle aurait voulu hurler mais ses cordes vocales ne lui obéissaient plus. Elle recula, trébuchant sur les marches, puis secoua la tête comme pour nier. Ce ne pouvait être vrai. Raulf était tombé d'une falaise. Il y avait eu un témoin. Il était mort.

Les démons restaient en enfer, non ?

Puis, elle s'enfuit. Elle courut, courut sans but, cherchant uniquement un endroit où elle serait seule jusqu'à ce qu'elle ait dominé sa panique.

Elle arriva à l'étage et comprit ce qu'elle était en train de faire et pourquoi. La peur avait été immédiate, instinctive. C'était une peur héritée de son passé, d'un passé où seule régnait la terreur. A présent, tout était différent.

Elle s'assit sur un banc du couloir et s'adossa contre le mur. Méthodiquement, elle se força à respirer profondément. Après quelques minutes, sa panique se dissipa.

Elle était une femme différente, à présent. Elle avait trouvé le courage et la force et personne, pas même un démon, ne les lui enlèverait.

D'un geste protecteur, elle se massa le ventre. Des larmes lui vinrent aux yeux mais c'étaient des larmes de joie et non d'appréhension tandis qu'elle songeait au miracle qui grandissait en elle.

Elle murmura une prière de remerciement au Seigneur. Elle lui rendit grâces de lui avoir donné Gabriel, Alex et le bébé qui dormait en elle ; de lui avoir procuré un refuge où elle était à l'abri de la peine et de la souffrance ; et finalement, elle Le remercia de l'avoir faite forte et intelligente.

Et cette intelligence devait lui permettre de se sortir de ce mauvais pas.

Johanna resta assise sur son banc pendant près d'une heure mais quand elle se leva enfin, elle avait un plan en tête. Calme, presque sereine, elle avait retrouvé tout son sang-froid.

Oui, elle avait accompli un long chemin. Elle sourit devant ce compliment dont elle se gratifiait. Mais elle n'était pas folle. Si sa lutte avec Raulf se résumait à une lutte d'esprit, elle gagnerait : il n'avait aucune chance. Les hommes qui battent leurs femmes sont des ignorants, des faibles, se dit-elle, toujours incertains d'eux-mêmes. Oui, si la bataille se déroulait à la cour de Londres, elle remporterait la victoire. Elle en savait trop sur lui.

Et si Raulf décidait d'utiliser la force contre elle, eh bien, là non plus, il n'avait aucune chance. Elle ne pourrait l'affronter elle-même mais elle avait Gabriel.

Son champion, son protecteur, son salut. Elle avait une confiance aveugle en lui. Raulf ne lui arrivait pas à la cheville.

Un démon, après tout, pouvait être facilement vaincu par un archange.

Elle soupira. Voilà, elle était prête à rejoindre son mari. Elle ramassa ses jupes et courut dans le hall.

Nicholas l'intercepta au milieu de la salle. Il la souleva dans les airs et la fit tournoyer.

— Oh, Nicholas, je suis si heureuse de te voir, s'écria-t-elle.

— Repose-la, bon sang, rugit Gabriel. Ma femme n'est pas en état d'être jetée en l'air comme ça.

Ils l'ignorèrent. Johanna embrassa son frère et le serra contre elle. Il accepta finalement de la reposer à terre.

— Ma sœur peut paraître délicate, MacBain, mais tu t'es sûrement déjà rendu compte qu'elle est forte comme un bœuf.

— Je me rends surtout compte que tu ne l'as pas encore lâchée, rétorqua Gabriel. Johanna, viens ici. Ta place est avec ton mari.

Il semblait grognon mais l'étincelle dans ses yeux lui disait qu'il était content de la voir heureuse. Elle se dit même qu'il devait apprécier Nicholas. Mais Gabriel préférerait se faire égorger plutôt que de l'avouer. Les hommes, commençait-elle à comprendre, sont des créatures bien compliquées.

Elle se sépara de son frère et rejoignit son mari. Il plaça immédiatement un bras sur son épaule et la serra contre lui.

— Pourquoi maman ne t'accompagne-t-elle pas, Nicholas ? Elle aurait été heureuse de faire le voyage avec toi puisqu'elle doit nous rendre visite. N'est-ce pas, Gabriel ?

Celui-ci hocha la tête.

— Oui, Nicholas, fit-il, pourquoi ne pas l'avoir amenée ?

— Elle n'était pas prête à quitter l'Angleterre tout de suite, répondit Nicholas. D'ailleurs, nous avons un problème, Johanna...

Gabriel ne le laissa pas terminer.

— Ta mère viendra le mois prochain.

— Quel problème ? demanda Johanna.

Les deux hommes évitèrent son regard, ayant sans doute du mal à lui annoncer la mauvaise nouvelle. Mais au bout de quelques minutes, elle dut se rendre à l'évidence : ni l'un, ni l'autre n'avait l'intention de lui parler de Raulf.

Gabriel semblait soudain ne plus pouvoir se passer d'elle et, tout au long du dîner, il n'eut de cesse de lui prendre la main. Nicholas prit place aux côtés de Gabriel et Keith se décala d'un rang. Un petit peu plus tard, Clare les rejoignit.

Quand elle fit son entrée, Nicholas et Gabriel se levèrent en même temps. Johanna dut faire signe aux autres pour qu'ils les imitent.

En deux semaines, les marques qui défiguraient Clare avaient disparu, faisant apparaître un visage d'une remarquable beauté. Ses cheveux avaient été coupés par Glynis et cette coiffure à la garçonne lui allait étonnamment bien.

Nicholas contemplait cette belle jeune femme qui se dirigeait vers eux tandis que Gabriel ne quittait pas des yeux son beau-frère, attendant qu'il se trahisse.

— Tu connais cette femme, Nicholas ? demanda-t-il.

Le ton de la voix de Gabriel ne lui plut guère.

— Et comment pourrais-je la connaître alors que je la vois pour la première fois ?

Johanna fit les présentations. Clare exécuta une révérence mais, comme Nicholas semblait agacé, elle ne sourit pas.

Gabriel n'était pas encore prêt à admettre sa défaite. Il était persuadé de tenir la solution. Les couleurs des MacBain avaient été repérées chez les MacInnes. Nicholas les avait portées en rentrant en Angleterre à la même époque. Aucun de ses soldats n'ayant approché le château des MacInnes, Nicholas devait être celui qui avait engrossé Clare MacKay.

— Tu prétends n'avoir jamais rencontré Clare MacKay ? insista-t-il.

— Je ne prétends rien, j'en suis certain, grogna Nicholas.

— Enfer !

— Gabriel, que se passe-t-il ? demanda Johanna. Clare, venez vous asseoir près de moi, s'il vous plaît.

— Je pensais que ton frère était responsable de l'état de Clare.

— Comment as-tu pu penser une chose pareille ! s'écria Johanna. Jamais il n'abandonnerait...

— C'était une conclusion logique, se défendit Gabriel.

— C'était une conclusion infamante, riposta-t-elle.

Nicholas essayait de comprendre les raisons de cette dispute. Gabriel le blâmait apparemment de quelque chose et Johanna prenait vaillamment sa défense. Mais il n'avait aucune idée de quoi il s'agissait.

— De quoi, exactement, suis-je responsable ?

— Nicholas, cette affaire ne te concerne pas, dit Johanna.

— Comment cela ? s'insurgea Gabriel. S'il est le...

— Il ne l'est pas, le coupa-t-elle d'un ton qui se voulait définitif.

Le regard de Gabriel se glaça.

— Je vois, fit-il.

Il se rassit, invita d'un geste Nicholas à l'imiter, puis se tourna à nouveau vers sa femme.

— Tu sais donc de qui il s'agit, n'est-ce pas, Johanna ?

Elle hocha la tête. Elle avait bien l'intention de tout lui dire mais elle aurait préféré le faire devant moins de monde.

— Nous ne sommes pas seuls, chuchota-t-elle.

Cette fois-ci, il refusa de saisir la perche qu'elle lui tendait.

— Qui est-ce ? demanda-t-il, cassant.

Johanna laissa échapper un soupir. Tête basse, les mains croisées sur son ventre, Clare examinait avec attention la nappe. Elle releva le menton en entendant Gabriel exiger une réponse de sa femme.

— C'est personne, laird MacBain, dit-elle. Cet homme n'existe pas.

Il s'attendait à tout sauf à cette réponse. Il se renfonça dans sa chaise sans quitter Clare des yeux puis il consulta sa femme.

Johanna hocha la tête.

— Il n'existe pas, répéta-t-elle avant de se pencher vers Clare et de déclarer à haute voix : Vous feriez bien de vous préparer.

— A quoi ? s'étonna celle-ci.

— Il va gronder.

Gabriel ne réagit pas à cette pique. Il avait encore du mal à admettre ce qu'il venait d'apprendre et à comprendre qu'une femme se mette dans une situation si périlleuse pour un mensonge aussi grossier.

Il secoua la tête.

— C'est une bonne nouvelle, Gabriel, déclara joyeusement sa femme.

Une lueur de meurtre passa dans les yeux de Gabriel. Visiblement, il ne trouvait pas cette nouvelle si bonne que ça. Quant à Clare, elle tremblait. Johanna se tourna vers elle.

— Vous n'avez pas à avoir peur, annonça-t-elle. Mon mari ne vous fera aucun mal. Il est juste un peu surpris mais d'ici une minute ou deux, il s'y sera fait. Gabriel, nous pourrons reparler de cela plus tard. S'il te plaît ? insista-t-elle comme il s'apprêtait à protester.

Il hocha finalement la tête.

— Nous ne devrions discuter que de choses agréables à table, n'est-ce pas, Clare ?

— Oui, répondit celle-ci. Avez-vous annoncé l'heureux événement à votre frère ?

— Mon mari l'a fait, répondit Johanna.

— Non, fit celui-ci.

Il semblait encore irrité mais elle ne se troubla pas.

— Et pourquoi pas ? s'étonna-t-elle.

— Je pensais que tu aimerais t'en charger.

Elle sourit. Bien évidemment, la curiosité de Nicholas était éveillée.

— Quel événement ?

— Je voudrais que tu lui dises, insista Johanna.

— Me dire quoi ? fit Nicholas.

— Votre frère est un homme très impatient, remarqua Clare. Comme tous les Anglais, d'ailleurs.

— Pas comme tous les Anglais, rétorqua sèchement Nicholas. Tu vas me dire de quoi il s'agit, Johanna ?

Surprise par la rudesse de Nicholas, Clare se raidit et décida qu'il n'était qu'un ours mal léché.

— Elle n'était pas stérile, annonça Gabriel qui avait du mal à cacher sa bonne humeur.

Bonne humeur provoquée par l'état de sa femme et... la colère de son beau-frère.

Tous les soldats approuvèrent gravement.

— En vérité, elle ne l'est pas, ajouta Keith.

Les hommes hochèrent à nouveau la tête. Calum et Leila firent alors leur apparition. La jeune femme tenait la main du soldat mais la lâcha tout de suite. Johanna sourit puis se retourna vers son frère qui n'avait toujours pas compris.

— Je vais avoir un bébé, Nicholas.

— Comment est-ce possible ?

Johanna en rougit, ce qui fit rugir de rire son mari. Gabriel avait bien l'intention de lui mener la vie dure pour lui avoir caché la vérité à propos de Clare MacKay mais il ne voulait pas élever la voix contre elle, étant donné son état.

— Elle a épousé un Highlander, fit-il en réponse à la ridicule question de Nicholas. Voilà comment c'est arrivé !

Nicholas s'esclaffa à son tour.

— C'est une nouvelle magnifique, dit-il d'une

voix tremblante d'émotion. Mère sera très heureuse.

Les yeux brillants, Johanna baissa les paupières.

— Oui, maman sera très heureuse. Promets-moi de lui annoncer la nouvelle en rentrant en Angleterre. Elle voudra coudre des vêtements pour le bébé.

— Tu comprends maintenant pourquoi je ne veux pas que ma femme soit dérangée par de mauvaises nouvelles, déclara Gabriel.

— Je comprends, répondit Nicholas.

Ils ne lui diraient rien à propos de Raulf, Johanna en avait maintenant la certitude. Ils voulaient lui épargner tout souci.

Cette attitude partait d'un bon sentiment mais Johanna en avait assez qu'ils la traitent comme une enfant. D'ailleurs, ils devaient discuter de cette affaire. Elle avait un plan pour réduire Raulf à l'impuissance et elle devait en parler à Gabriel. Elle décida d'attendre la fin du dîner. D'ici là, elle trouverait bien d'autres sujets de discussion.

— Tu as remarqué que notre mur est presque terminé, Nicholas ? Les hommes ont accompli un travail énorme depuis ton départ.

Il opina.

— Vous allez bien ? chuchota-t-elle à l'adresse de Clare.

— Oui, milady.

Johanna ne fut pas convaincue. Clare n'avait pas avalé une miette de son repas et elle n'avait pas non plus pris part à la conversation.

Elle se dit que Nicholas pouvait bien être la raison de la soudaine timidité de Clare qui s'était révélée au cours des semaines être une jeune femme vive dotée d'un solide sens de l'humour. Pour une raison qu'elle ignorait, il semblait que ces deux-là s'étaient déplu au premier regard. Ils ne cessaient de s'épier et dès que l'un surprenait l'autre, il en résultait un froncement de sourcils ou une moue boudeuse.

Leur conduite était bizarre et un peu déprimante car Johanna commençait à éprouver une profonde affection pour Clare.

Elle mit ce problème de côté puis les hommes demandèrent la permission de quitter la table.

— Où est le père MacKechnie ? demanda-t-elle.

Keith se leva avant de répondre.

— Auggie avait besoin de lui pour goûter sa nouvelle mixture.

— Si vous le croisez, vous voudrez bien lui dire que j'aimerais lui parler ?

— De quoi veux-tu lui parler ? s'enquit Gabriel.

— D'un problème important.

— Tu discutes de ce problème important avec moi, ordonna-t-il.

— Bien sûr, fit-elle, conciliante. Mais j'aimerais aussi connaître l'opinion du père MacKechnie.

Elle se retourna vers Clare avant qu'il ne la questionne davantage.

— Que pensez-vous de mon frère ? Il est séduisant, non ?

— Séduisant ? Milady, il est anglais, murmura Clare.

Johanna rit aux éclats.

— Clare ne semble guère apprécier les Anglais, Nicholas.

— C'est ridicule de rejeter un peuple entier, remarqua-t-il.

— Ça n'a rien de ridicule, se défendit Clare. Aux yeux d'une Anglaise, votre frère peut paraître séduisant.

C'était tout ce qu'elle était prête à concéder.

Quant à Nicholas, il semblait se soucier de son opinion comme de sa première cotte de mailles. Mais Johanna n'était pas dupe. Clare MacKay l'intéressait, et plus que cela, même s'il faisait de son mieux pour le cacher.

— Nicholas ?

— Oui, Johanna.

— Quand vas-tu enfin te marier ?

Surpris, son frère éclata de rire.

— Le plus tard possible, dit-il.

— Pourquoi ?

— J'ai des problèmes plus importants dont je dois m'occuper.

— Mais as-tu quelqu'un en tête dans le cas où tu te déciderais ?

Nicholas fit une moue dubitative.

— Je n'y ai pas encore vraiment pensé. Quand je serai prêt, je me marierai. Et maintenant, assez là-dessus.

Mais elle n'en avait pas terminé. Loin de là.

— Tu comptes peut-être sur une belle dot ?

Il soupira.

— Non. Je n'ai pas besoin d'une belle dot.

Elle sourit avant de se tourner vers Clare.

— Il n'a pas besoin d'une belle dot, répéta-t-elle.

Perplexe, Clare fronça les sourcils. Mais cela ne dura pas car elle comprit très vite où Johanna voulait en venir. Elle ouvrit de grands yeux et secoua négativement la tête.

— Vous n'imaginez tout de même pas que j'épouserais un Anglais, chuchota-t-elle de façon à ce que personne d'autre ne l'entendît.

— Oh, je n'envisageais rien, répondit Johanna.

C'était un mensonge patent mais ses motifs étaient louables. D'ailleurs, elle ne pensait pas commettre un péché et elle était parvenue au résultat qu'elle cherchait : semer la graine dans l'esprit de Clare.

— Mon père en mourrait.

— Il s'en remettra.

— Comment se remet-on de la mort ? voulut savoir Gabriel.

Johanna l'ignora.

— Personne ne vous forcera à faire quelque chose contre votre volonté, promit-elle à Clare. N'est-ce pas, Gabriel ?

— N'est-ce pas quoi, Johanna ? Je n'ai aucune idée de ce dont tu parles.

L'irritation de son mari ne la troubla nullement.

— Quand revient le père de Clare ?

— Demain ou après-demain.

Nicholas observait Clare à présent. Et ce qu'il voyait le gênait. L'annonce de l'arrivée de son père lui avait fait monter les larmes aux yeux. Et qu'il soit damné si elle ne semblait pas effrayée ! Nicholas ne comprenait pas pourquoi il réagissait ainsi. Il connaissait à peine cette femme, avait déjà décidé qu'elle ne lui plaisait pas et pourtant il ressentait le besoin de l'aider.

— Vous ne souhaitez pas voir votre père ? demanda-t-il.

— Bien sûr que je veux le voir, répliqua-t-elle.

— Clare ne sera pas prête à rentrer chez elle si tôt, annonça Johanna à son mari. Elle n'est pas encore complètement rétablie.

— Johanna, fit Gabriel d'une voix menaçante.

— Elle m'a l'air en pleine forme, remarqua Nicholas, se demandant de quoi ils parlaient. Avez-vous été malade ?

Clare secoua la tête tandis que Johanna acquiesçait. Nicholas commençait à trouver cela exaspérant.

— Clare a été très malade, dit alors Johanna. Elle a besoin de temps pour retrouver ses forces.

— C'est donc pour cela qu'elle a les cheveux coupés comme un garçon, fit Nicholas. Elle a eu la fièvre, n'est-ce pas ?

— Non, pas la fièvre, répondit Johanna. Gabriel, j'insiste pour que tu dises à laird MacKay que sa fille n'est pas encore prête à supporter les fatigues d'un voyage.

— Ça m'étonnerait qu'il m'écoute, répliqua Gabriel en lançant un regard noir à Nicholas. C'est vraiment dommage que tu ne sois pas le père de l'enfant. Ça résoudrait tous les problèmes.

Nicholas en resta bouche bée.

— Je n'arrive toujours pas à croire que tu aies pu penser que mon frère se soit conduit de façon aussi déshonorante, déclara Johanna.

— C'était logique, bon sang, rétorqua son mari.

— Et en quoi cela aurait-il résolu notre problème ? demanda Johanna.

— Il est ici, fit Gabriel. Le prêtre les aurait mariés. Tu m'as bien entendu promettre un mariage à MacKay, non ?

— Je ne l'épouserai jamais.

Dans la mesure où Clare le désignait en faisant cette déclaration véhémente, Nicholas n'eut aucun mal à comprendre qu'elle parlait de lui.

— Ça, c'est sûr, rétorqua-t-il. Puis-je vous faire remarquer, milady, que je n'ai pas demandé votre main ?

Clare se leva d'un bond.

— Si vous voulez bien m'excuser, s'exclama-t-elle. J'ai besoin d'un peu d'air frais.

Gabriel hocha la tête. Clare quitta immédiatement le hall. Nicholas la suivit du regard avant de se tourner vers sa sœur qui lui faisait les gros yeux.

— Allez-vous enfin me dire ce qui se passe ?

— Tu l'as bouleversée, Nicholas. Tu ferais bien de courir t'excuser.

— Et comment l'ai-je bouleversée ?

— Tu as refusé de l'épouser, expliqua Johanna. N'est-ce pas, Gabriel ?

Celui-ci se délectait du trouble de son beau-frère.

— Pour ça, oui, il a refusé, approuva-t-il.

— Si vous m'expliquiez ?

— Ce serait incorrect de discuter du problème de Clare en son absence, fit Johanna. Elle t'en parlera quand le moment sera venu. Nicholas, pourquoi es-tu venu ?

Ce brusque changement de sujet le prit de court. Incapable de trouver une excuse, il se tourna vers Gabriel.

Fort heureusement pour eux, le père MacKechnie leur vint involontairement en aide en faisant son apparition.

— Keith m'a dit que tu désirais me parler, ma fille ?

Gabriel et Nicholas ne laissèrent pas échapper l'opportunité.

— Venez nous rejoindre, mon père, cria Gabriel.

— C'est bon de vous revoir, s'exclama Nicholas en même temps.

Si un tel enthousiasme surprit le prêtre, il n'en laissa rien paraître.

— On m'avait dit que vous étiez revenu, Nicholas, fit-il. Pour prendre des nouvelles de votre sœur ? Vous voyez qu'elle est heureuse, ajouta-t-il avec un hochement de tête.

— Est-ce pour cette raison que tu es venu jusqu'ici ? demanda Johanna.

C'était une honte de l'admettre mais elle se régalait de l'inconfort de son frère. Sa grimace était éloquente : il souffrait de devoir lui mentir.

Gabriel vint à sa rescousse.

— Avez-vous dîné, mon père ? Johanna, où sont tes manières ? Tu aurais déjà dû demander à ce qu'on le serve.

— J'ai déjà mangé, annonça le prêtre.

Il s'assit aux côtés de Johanna, déclina le verre qu'on lui proposait et se mit en devoir de leur vanter les mérites de la nouvelle mixture d'Auggie.

— C'est du costaud, annonça-t-il. Une gorgée et on est prêt à s'envoler.

Johanna éclata de rire devant une telle exagération.

— Pourquoi êtes-vous ici ? s'enquit le prêtre en regardant Nicholas.

Nicholas n'avait pas le choix, il devait répondre.

— Le temps, annonça-t-il au bout d'un moment. Je ne pouvais plus vivre avec ce mensonge, Johanna. Je suis venu te dire la vérité.

Elle éclata de rire. Nicholas fronça les sourcils mais il s'était trop engagé pour battre en retraite.

— Je t'ai menti. Voilà ce que je suis venu te dire.

— Tu veux dire que tu m'as menti à propos du temps ?

Nicholas sourit. Johanna avait toujours été perspicace. Soudain, il fut pris d'un soupçon. Il se pencha vers elle, le doigt accusateur.

— Tu savais, hein ? Tu savais depuis le début.

Elle hocha la tête.

— Les plaids sont faits de laine, Nicholas. Bien sûr que je savais.

— Tu as un curieux sens de l'humour, Johanna, déclara Gabriel.

— Aussi tordu qu'un bouclier après un duel, renchérit Nicholas.

Elle rit de plus belle. Son rire se transforma en un énorme bâillement. Gabriel lui demanda de monter se coucher.

— D'abord, j'aimerais parler de quelque chose avec vous tous, annonça-t-elle. J'irai me coucher tout de suite après.

— C'est à quel propos ? s'enquit Nicholas.

— J'ai un problème, commença Johanna.

— Je t'aiderai si je le peux, promit le prêtre.

Johanna fixa Gabriel droit dans les yeux pour répondre :

— J'ai deux maris.

19

— Tu n'as qu'un mari, Johanna.

Le ton de Gabriel n'admettait aucune réplique. Elle acquiesça et lui prit la main.

— Tu nous as écoutés parler de Raulf ? demanda Nicholas.

— Oui, reconnut-elle.

— Ce n'était pas très correct de ta part, décréta son mari.

Elle secoua la tête.

— Ce n'est pas non plus très correct de me cacher la vérité, répliqua-t-elle.

— Attendez, j'essaye de comprendre, intervint le père MacKechnie. Le baron Raulf serait vivant ?

— Oui.

— Seigneur Tout-Puissant, marmonna le prêtre. Où se cachait-il depuis tout ce temps ?

— Dans un donjon quelconque de l'autre côté des mers, répondit Nicholas. L'Angleterre n'a pas pris part à la quatrième croisade mais John, pour éviter la colère du pape Innocent, avait envoyé Raulf négocier sa participation. Bien sûr, Raulf était parti avant l'excommunication de John. Le roi se fiche pas mal de la colère du pape maintenant. (Il se retourna vers sa sœur.) Qu'as-tu entendu en nous espionnant ?

— Tout, mentit-elle.

— Bon sang !

— Tu ferais bien d'expliquer la catastrophe au père.

Nicholas vida le contenu de son gobelet.

Soudain, Johanna ressentit le besoin de se rapprocher de son mari. Elle se serra contre lui. Il lui passa la main autour de la taille.

— Raulf est tombé d'une falaise et tout le monde a cru qu'il était mort.

— J'étais en Angleterre quand la nouvelle est arrivée, rappela le prêtre à Nicholas.

— Oui, eh bien, il a survécu et il est de retour... et il est fou furieux parce que sa femme et ses terres ont été distribuées. Le roi tient à apaiser cette crapule, Dieu seul sait pour quelle raison. John a ordonné que l'on rende Johanna à Raulf et, dans le but de calmer la colère de MacBain, lui permet de garder ce domaine.

Le père MacKechnie marmonna quelque chose dans sa barbe.

— Peu importent les ordres de ton roi, mon fils. Le mariage de Johanna a été annulé et c'est un fait. Le pape, lui-même, a signé le décret. N'est-ce pas, ma fille ?

— Oui, approuva-t-elle. Je ne pensais pas que j'aurais un jour besoin de cette annulation. Je l'avais demandée uniquement pour empêcher le roi de m'offrir à un autre homme.

— John s'est nommé pape. Etant excommunié, tous les liens avec le Saint-Père sont rompus. Je ne crois pas qu'il reste plus d'une poignée de prêtres dans tout le royaume d'Angleterre. Pratiquement tous ont dû fuir, la plupart en Ecosse.

— Ainsi ton roi croit pouvoir annuler un mariage en claquant simplement des doigts ? s'enquit Gabriel.

— Oui, répliqua Nicholas. Il ne veut pas entendre raison. J'ai essayé de lui parler mais il a refusé obstinément de m'écouter. Il veut faire plaisir à Raulf. Si seulement je savais pourquoi.

— Que se passera-t-il si notre laird refuse d'abandonner Johanna ? s'enquit le père MacKechnie.

— John donnera une armée à Raulf.

— Dans quel but ? s'étonna le prêtre.

— La guerre.

Nicholas et Gabriel avaient prononcé ces mots ensemble.

— Il ne faut pas que cela arrive, murmura Johanna. Nous venons à peine de reconstruire le château, Gabriel. Je ne permettrai pas qu'on vienne tout détruire.

— Je ne pense pas que tu y puisses grand-chose, Johanna, fit son frère.

— As-tu vu Raulf ? lui demanda-t-elle.

— Si je l'avais vu, je l'aurais tué de mes mains pour ce qu'il t'a fait subir. Non, je ne l'ai pas vu.

Johanna secoua la tête.

— Tu ne dois pas le tuer. Le roi retournerait sa colère contre toi.

— Elle a raison, mon fils, intervint le prêtre avant de soupirer profondément. C'est un drôle de casse-tête que nous avons sur les bras.

— Quand Gabriel doit-il donner sa réponse ?

— Johanna, tu ne peux pas croire que je t'abandonnerais !

— Deux messagers seront ici demain ou après-demain pour exposer à ton mari les conditions du roi John, annonça Nicholas.

— Et où est Raulf? s'enquit Johanna.

— J'ai obtenu du roi la promesse que Raulf resterait à la cour jusqu'à ce que tout soit réglé.

Johanna se laissa aller contre son mari.

— Cela ne nous laisse pas beaucoup de temps, constata le prêtre.

— Au contraire, le contredit Gabriel. Les messagers devront retraverser toute l'Angleterre pour annoncer à leur roi que nous avons repoussé sa demande. Cela nous laissera bien assez de temps.

— Pour quoi faire? voulut savoir Johanna.

— Pour nous préparer, répondit Nicholas.

— Qu'as-tu entendu à propos d'Arthur? On nous a dit que le neveu du roi a disparu. Sais-tu quelque chose à ce sujet?

Nicholas fronça les sourcils. Pourquoi changeait-elle encore de conversation?

— Il court des rumeurs contradictoires, répondit-il. Le baron Goode s'est juré de découvrir ce qui est arrivé à Arthur. Il retourne toutes les pierres du royaume. Certains disent qu'Arthur a été assassiné. C'était un prétendant au trône, expliqua-t-il à l'intention du père MacKechnie. Et une menace sérieuse pour John. Goode n'était pas le seul à soutenir le neveu. Arthur disposait d'une véritable armée.

— Que dit le roi de la disparition d'Arthur? insista Johanna.

— Il jure ne rien savoir. Le bruit le plus courant est que des partisans de John un peu trop zélés ont enlevé Arthur et menacé de le castrer. Il en serait mort de peur.

Le silence accueillit cette nouvelle.

— Mais les spéculations vont bon train, poursuivit Nicholas. Si jamais les barons obtiennent la preuve que le roi est pour quelque chose dans la disparition de son neveu, l'Angleterre entrera en rébellion. Les barons pendront John par les… pieds.

Il s'était repris à temps. Johanna n'aurait sûrement pas apprécié le mot qu'il allait prononcer.

— Voilà pourquoi le roi tient tant à satisfaire Raulf, déclara-t-elle.

Gabriel devina la suite avant qu'elle ne la révèle. Tout était parfaitement clair, à présent : Johanna savait non seulement qu'Arthur avait été assassiné mais elle savait aussi par qui.

— Que veux-tu dire ? s'étonna Nicholas.

Elle allait lui répondre quand Gabriel la pinça discrètement.

— C'est son baron préféré, dit Johanna.

Gabriel soupira de soulagement. Cette réponse parut satisfaire Nicholas. Elle attendrait qu'ils soient seuls pour lui demander pourquoi il l'avait incitée à se taire.

— John ne cherche pas à satisfaire Raulf, dit alors Gabriel. Il cherche à le faire tuer. Voilà pourquoi il me l'envoie.

La discussion se poursuivit mais Johanna était trop épuisée pour continuer à écouter son mari et son frère échanger leurs points de vue.

Elle monta se coucher. Gabriel ne tarda pas à la rejoindre et se glissa dans le lit avec précaution pour éviter de la réveiller. Cela lui prit une bonne minute. Il s'allongea enfin, content de ne pas l'avoir dérangée.

— Gabriel ?

Il sursauta.

— Qu'y a-t-il ?

— J'aimerais te dire quelque chose, chuchota-t-elle dans l'obscurité. Je sais pourquoi John veut se débarrasser de Raulf.

— Repose-toi maintenant, Johanna. Nous parlerons demain matin.

— Je veux en parler tout de suite.

Il se retourna pour la prendre dans ses bras.

— Très bien. Mais si tu commences à t'énerver, on repoussera ça à demain.

— Je voulais te le dire depuis longtemps, commença-t-elle.

— Tu allais tout révéler à Nicholas, n'est-ce pas ?

— Oui. Pourquoi m'en as-tu empêchée ?

— Parce que Nicholas n'est pas simplement ton frère. C'est aussi un baron anglais. S'il apprenait que son suzerain se conduit mal, il serait amené à agir. Pour le moment, personne n'est assez fort pour renverser John. Si Nicholas essaie, il se fera tuer.

Johanna n'avait pas envisagé le problème sous cet aspect-là. Elle remercia le Ciel de lui avoir donné un mari qui savait aussi se servir de sa cervelle.

— Comment as-tu deviné…

— Je n'ai qu'une question à te poser, Johanna. Ta réponse ne franchira pas les murs de cette chambre.

— Je te dirai tout ce que tu veux savoir.

— Est-ce le roi qui a tué Arthur ou bien Raulf ?

Elle n'hésita pas une seconde.

— Raulf a dû s'en charger mais l'ordre émanait du roi John.

— Tu en es certaine ?

— Oui, murmura-t-elle. J'en suis certaine.

Soudain, elle avait l'impression de se débarrasser d'un fardeau qui l'accablait depuis des mois et des mois. Elle éprouvait un tel soulagement que sa gorge se nouait.

— Comment l'as-tu su ?

— J'ai entendu le messager du roi lire son ordre, expliqua-t-elle. Raulf ne savait pas que je les écoutais mais le messager m'a vue dans l'entrée de la pièce. J'ignore s'il l'a dit à Raulf. Mais il a dû le dire au roi. Après la prétendue mort de Raulf, on m'a convoquée immédiatement à Londres et gardée dans le plus total isolement. Le roi est venu me voir plusieurs fois et, à chaque fois, il évoquait Arthur.

— Pour découvrir ce que tu savais, spécula Gabriel.

Johanna hocha la tête.

— Je jouais les ignorantes, bien sûr.

— Qui était ce messager que le roi a envoyé à Raulf ?

— Le baron Williams. John n'aurait jamais eu confiance en un autre. Williams et Raulf étaient ses sbires les plus dévoués.

— Tu as eu une chance incroyable que le roi ne te tue pas. Il a pris un énorme risque en te laissant la vie sauve.

— Il n'était pas certain que je savais quelque chose. D'ailleurs, il ne risque pratiquement rien car je ne peux pas témoigner contre lui. Les femmes n'ont pas le droit de porter des accusations à la cour sinon contre leur propre mari, et encore, pour de rares offenses.

— Le baron Goode est persuadé que tu sais quelque chose. C'est pour cela qu'il tient tant à te rencontrer.

— Oui, approuva-t-elle. Tous les barons connaissent les liens particuliers qui unissent le roi à ses deux favoris, Williams et Raulf. Raulf a quitté l'Angleterre à l'époque de la disparition d'Arthur. Goode pense sans doute que la coïncidence n'est pas innocente mais il ne peut pas savoir que j'ai surpris leur conversation.

— Je veux que tu m'écoutes attentivement, ordonna Gabriel. Tu ne répéteras à personne, tu m'entends ? à personne — pas même à ton frère — ce que tu as entendu ce jour-là. Donne-moi ta parole, Johanna.

— Mais il y a quelqu'un à qui je dois absolument parler, murmura-t-elle.

— Qui ?

— Le roi.

Il se retint à grand-peine de hurler.

— C'est hors de question !

— Je pense pouvoir lui faire entendre raison. C'est le seul moyen. Sinon, c'est la guerre, Gabriel.

Gabriel préféra utiliser la raison pour la convaincre du danger qu'elle courrait.

— Tu viens de me dire que ton témoignage ne servirait à rien. Si tu crois pouvoir le menacer de tout dire aux barons et de déclencher une rébellion dans le royaume, il n'aura d'autre choix que de te réduire au silence. Définitivement.

Une longue minute passa.

— Ce n'est pas exactement ce que j'avais envisagé, chuchota-t-elle finalement.

— Au nom du Ciel, qu'avais-tu « envisagé » ? Croyais-tu pouvoir t'attirer les faveurs de John ?

Elle secoua la tête.

— Non. Je pensais simplement évoquer le message qu'il a envoyé à Raulf.

— Et en quoi cela l'aurait-il convaincu ?

— C'est un message écrit, Gabriel, de sa propre main. Raulf croit l'avoir brûlé.

Il se raidit.

— Et il ne l'a pas fait ?

— Après lui avoir lu le message, Williams a posé le parchemin sur la table et est parti. C'est alors qu'il m'a aperçue. Je l'ai salué et j'ai continué à marcher comme si je venais juste de passer dans le couloir. Je ne voulais pas qu'il croie que je les avais entendus.

— Et alors ? s'impatienta Gabriel.

— Raulf a accompagné Williams dehors. En revenant dans le hall, il a ramassé le parchemin et l'a jeté au feu. Il est resté là à le regarder brûler jusqu'à ce qu'il ait complètement disparu.

Un sourire étira les lèvres de Gabriel. Seigneur, il avait épousé une femme vraiment maligne.

— Et qu'a-t-il brûlé ?

— L'un des sermons de monseigneur Hallwick sur l'infériorité des femmes.

— Raulf ignorait que tu savais lire, n'est-ce pas ?

— Bien sûr, dit-elle. Il m'aurait battue s'il avait su que je l'avais ainsi défié car il ne cessait de me répéter que j'étais trop bête pour apprendre. Bien sûr, il me battait aussi parce que je ne savais pas lire. En fait...

C'était la première fois qu'elle reconnaissait devant lui avoir été battue et, même s'il savait la vérité depuis longtemps, il éprouva un choc.

— En fait ? fit-il d'une voix enrouée par l'émotion.

Elle se serra contre lui avant de poursuivre.

— En fait, tous les prétextes lui étaient bons.

— Il ne te touchera plus jamais, promit Gabriel d'un ton terrifiant.

Sa fureur avait quelque chose de dévastateur.

— Je sais que tu me protégeras.

— Tu peux en être sûre.

Sa dureté ne la troublait plus mais, au contraire, la réconfortait.

— Tu as pris un risque énorme en échangeant les parchemins, dit-il alors. Et si Raulf avait décidé de relire l'ordre du roi ?

— Cela en valait la peine. Il fallait récupérer ce document. Il porte la signature de John et son sceau.

— Où est le parchemin ?

— Je l'ai enveloppé dans un morceau de tissu et caché sous l'autel de la chapelle que Raulf venait de faire construire pour l'évêque. Il est coincé entre deux blocs de marbre.

Gabriel la sentit frissonner et resserra son étreinte.

— J'ai failli le détruire en apprenant la mort de Raulf mais, finalement, j'ai changé d'avis.

— Pourquoi ?

— Pour qu'un jour quelqu'un le trouve et que la vérité soit connue de tous.

— Quant à moi, c'est ta sauvegarde qui me tient à cœur, Johanna. Je ne te permettrai pas d'aller trouver le roi John.

— Je veux empêcher la guerre, murmura-t-elle.

Elle semblait au bord des larmes. Il l'embrassa et lui ordonna de cesser de s'inquiéter.

— Je convaincrai le roi d'Angleterre de nous laisser tranquilles, ajouta-t-il.

Elle essaya de discuter.

— Tu n'envisages quand même pas d'aller en Angleterre ?

Il ne répondit pas.

— Il est tard, Johanna, et grand temps de dormir.

L'épuisement la fit céder. Elle aurait le temps le lendemain matin d'insuffler un peu de bon sens à son mari. Car elle était certaine d'une chose : jamais elle ne le laisserait affronter le roi ou Raulf sans une solide protection. S'il allait en Angleterre, il devrait prendre au moins mille Highlanders avec lui.

Mais, au matin, il était trop tard. Quand, une fois habillée, Johanna descendit retrouver Gabriel, Nicholas lui apprit qu'il était déjà parti.

Rassemblant toute sa volonté, elle ne céda pas à l'hystérie. Elle passa la journée à arpenter le hall et à se mordre les doigts. A l'heure du dîner, elle avait les nerfs en miettes.

Sur son insistance, le père MacKechnie prit place à la tête de la table. Elle s'assit à sa droite, puis venaient Clare et Nicholas. L'idée de manger lui retournait l'estomac. Elle supportait avec peine de voir les autres se nourrir. Elle ne prononça pas un mot avant que les plats eurent disparu.

— Nicholas, pourquoi l'as-tu laissé partir ? s'écria-t-elle alors.

— Johanna, j'ai failli me battre avec lui mais ta tête de mule de mari a refusé de m'écouter.

Elle essaya de se calmer.

— Alors, tu as conscience, toi aussi, du danger…

Il secoua la tête.

— Je n'étais pas contre le fait qu'il parte. Je voulais partir avec lui.

— Il n'a pas pris assez de soldats.

— Il sait ce qu'il fait, le défendit Nicholas.

— Il ne peut pas débarquer comme cela à la cour de John et exiger une audience.

Nicholas sourit.

— Oh oui, il peut. Ton mari sait se montrer très persuasif quand il veut. Il aura son audience.

— Vous auriez dû l'accompagner, Nicholas,

s'exclama alors Clare. Vous êtes un baron. Le roi vous aurait écouté.

Nicholas se tourna vers la belle femme qui le considérait avec une telle indignation.

— C'est ce que je lui ai dit, fit-il.

Johanna secoua la tête.

— Non, seul Gabriel peut lui faire entendre raison.

Nicholas la contempla d'un air inquisiteur.

— Et pourquoi ça, Johanna ?

Elle regretta immédiatement d'avoir laissé échapper cette remarque.

— Parce qu'il est mon mari. D'ailleurs, hier soir, tu nous as dit que tu avais tenté de parler au roi et qu'il a refusé de t'écouter.

— J'aurais quand même dû y aller avec lui.

— Pourquoi ne l'avez-vous pas fait ? demanda Clare.

— Il m'a demandé de rester ici, répondit-il. Pour veiller sur toi, Johanna. Et il sera fort mécontent en rentrant de découvrir que tu te rends malade d'inquiétude.

— S'il revient, murmura Johanna.

— Tu fais honte à Gabriel avec de telles paroles, dit Nicholas. Tu devrais avoir quand même une plus grande confiance en lui.

Johanna éclata en sanglots. Le père MacKechnie la prit aussitôt dans ses bras.

— Allons, allons, ma fille. Tout ira bien.

Tandis qu'il essayait de la réconforter, Clare s'en prit à Nicholas.

— Elle aime son mari, s'écria-t-elle. Comment osez-vous la critiquer ? Elle s'inquiète de sa sécurité et elle n'a certainement pas besoin que vous l'accabliez de reproches.

Elle ponctua cette tirade en se dressant de toute sa hauteur. Les bras croisés, elle le toisait.

Nicholas ne broncha pas. En fait, il ne se sentait nullement offensé par son attitude. Non, il la trouvait admirable de prendre ainsi la défense de Johanna.

— Votre loyauté à l'égard de ma sœur fait plaisir à voir. Qu'a-t-elle fait pour la mériter en si peu de temps ?

Sa voix était douce, conciliante. Elle agit comme un baume sur Clare qui se rassit. Elle rejeta son plaid par-dessus son épaule, chassa une mèche rebelle puis dévisagea à nouveau Nicholas.

Il souriait. C'était vraiment un bel homme, se dit-elle... pour un Anglais. Et puis, il y avait cette tendresse dans ses yeux... Elle secoua la tête et essaya de se souvenir de sa question.

— Votre sœur m'a sauvé la vie.

Johanna s'essuya les yeux et protesta :

— Vous vous êtes sauvée toute seule, Clare.

— Disons qu'elle s'est sauvée et que vous l'avez grandement aidée, commenta le père MacKechnie.

Alex apparut à l'entrée. Johanna vit son fils qui se dandinait d'un pied sur l'autre pour attirer son attention et s'excusa aussitôt.

— Je dois le coucher.

— Redescendrez-vous ? s'enquit Clare.

— Je suis très fatiguée, ce soir, répondit Johanna. Je crois que je vais dormir.

— Je monte avec vous, annonça Clare.

Elle se leva, s'inclina vers le prêtre avant de se tourner vers Nicholas.

— Je ne voulais pas élever la voix contre vous.

Nicholas était debout lui aussi. Elle renversa la tête en arrière pour voir ses yeux. Ils étaient très beaux, se dit-elle... Pour des yeux d'Anglais.

— Je vous ai présenté mes excuses, baron, n'avez-vous rien à me répondre ?

— Pour déclencher un nouveau cataclysme ? Non, merci. Vous dites toujours le contraire de ce que je dis, Clare MacKay.

— Ce n'est pas vrai, se défendit-elle.

Il eut un sourire de loup. Le père MacKechnie ricana lui aussi.

— Il t'a bien eue, cette fois-ci, ma fille. Tu viens de lui donner raison.

Clare rougit et cela la mit en rage. Elle avait perdu assez de temps en compagnie de cet étrange Anglais. Elle marmonna un bonsoir inaudible et se détourna.

— Dormez bien, Clare.

Elle sursauta. Il avait une voix si caressante. Elle lui jeta un dernier regard.

Il lui fit un clin d'œil.

Elle ne courut pas pour traverser le hall mais s'éloigna d'un pas de lady. Et elle ne sourit qu'une fois hors de vue. Elle soupira aussi.

Nicholas l'avait suivie des yeux. Le père MacKechnie lui demanda de se rasseoir.

— Ne partez pas encore. Prenez un verre avec moi. D'ailleurs, personne ne dormira beaucoup cette nuit.

Nicholas cueillit la cruche et servit le prêtre.

— Clare m'intrigue, déclara-t-il.

— Il y a de quoi. C'est un beau brin de fille, non ?

Nicholas hocha la tête, à peine surpris par la liberté de ton du prêtre.

— Etiez-vous là quand elle est arrivée ?

— Oui.

Nicholas attendit la suite. Elle ne vint pas.

— Tant que Clare est dans ces murs, je suis aussi responsable d'elle, mon père, dit-il.

— C'est vrai.

— MacBain m'a dit que son père devait venir la chercher demain ou après-demain.

— Je l'ai entendu dire. Qu'allez-vous faire ? La laisser partir ?

— Vous allez devoir me raconter ce qui lui est arrivé. Je ne peux rien décider sans connaître son histoire. Clare semble bouleversée.

— Vous voulez dire bouleversée parce que son père vient la chercher ?

Nicholas hocha la tête. Le père MacKechnie poussa un long soupir.

— Oui, il vaut mieux que vous sachiez ce qui est arrivé à la pauvre fille. Clare MacKay est arrivée ici dans un tel état qu'on aurait cru qu'elle avait été déchirée par une meute de loups. C'est un miracle qu'elle n'ait pas de cicatrices sur le visage et un plus grand miracle encore qu'elle ne soit pas morte. Je lui avais donné les derniers sacrements, ajouta-t-il pour bien montrer qu'il n'exagérait pas.

Il avala une bonne rasade d'eau-de-vie avant de raconter toute l'histoire à Nicholas. L'étrange conversation de la veille prenait soudain tout son sens pour le jeune homme.

— Oui, MacBain n'arrêtait pas de me demander si je reconnaissais Clare. Il me croyait responsable.

— Personne ne vous accuse à présent, mon fils. Mais cela aurait été bien pratique que vous soyez le père.

Nicholas secoua la tête.

— Que fera le père de Clare en découvrant qu'elle a menti ?

— Difficile à dire. J'essaierai bien sûr d'intercéder pour le calmer. Mais, en vérité, j'ai très peur pour elle. Laird MacKay est un homme dur. Il aime sa fille mais s'il apprend qu'elle a menti, il est capable de la donner au premier homme venu. L'avenir de cette malheureuse est sombre.

Le silence qui suivit cette déclaration s'éternisa.

— J'ai été incapable de sauver Johanna, murmura soudain Nicholas d'une voix sourde comme s'il se confessait.

Le prêtre reposa son gobelet et se tourna vers lui.

— Vous ne pouvez vous en tenir pour responsable. Johanna m'a révélé qu'elle vous dissimulait la vérité parce qu'elle avait honte.

— J'aurais dû deviner, maugréa Nicholas. Raulf la cachait. J'aurais dû être assez malin pour comprendre ses raisons. Il ne voulait pas que je voie la marque de ses coups. Seigneur, comme j'aimerais le tuer !

Le prêtre tenta de changer le cours de ses pensées.

— Vous feriez bien de décider de ce que vous ferez à l'arrivée de laird MacKay. Johanna ne veut pas que Clare parte. Je vous préviens, mon fils. Vous aurez à affronter votre sœur aussi bien que le père de Clare. Et puis, il y aura aussi les messagers du roi qui viendront réclamer Johanna.

— John m'a donné sa parole qu'il n'enverrait que les deux messagers et quatre hommes d'escorte. Je me débarrasserai d'eux en quelques minutes. Ils partiront dès qu'ils connaîtront la réponse de Gabriel.

— Mon laird croit pouvoir faire changer d'avis le roi, n'est-ce pas ?

— Il le croit.

— Je me demande comment il compte accomplir ce miracle, fit le père MacKechnie.

— Il semblait vraiment sûr de lui, annonça Nicholas, mais il n'a rien voulu me dire.

— Avez-vous confiance en votre roi ?

— Je continuerai à servir mon suzerain tant qu'il respectera sa parole. Je suis son vassal.

— Mais avez-vous confiance en lui ?

Nicholas resta muet. Il repoussa sa chaise, s'inclina pour souhaiter une bonne nuit au prêtre et s'en fut.

Son silence était une réponse éloquente.

20

L'enfer leur tomba dessus le lendemain. En prélude au désastre, les éléments se déchaînèrent. Un violent orage éclata peu avant l'aube. La foudre frappa deux arbres géants : l'un d'entre eux s'effondra sur un cottage du village, l'autre creva le toit des cuisines du château. Le tonnerre secouait les murailles comme des murs de papier.

Alex chercha refuge auprès de Johanna. Le bruit le terrifiait et, à chaque roulement de tonnerre, il se terrait dans les bras de sa mère.

Finalement, la tempête s'arrêta enfin, les laissant épuisés. Ils dormirent très tard dans la matinée.

Clare vint secouer Johanna.

— Réveillez-vous, s'il vous plaît, Johanna. Je dois vous parler. Mon père arrive. Que vais-je lui dire ? Il va être furieux. Je ne sais plus quoi faire.

Johanna se redressa avec peine. Alex se blottissait contre elle.

— Clare, s'il vous plaît, aidez Alex à s'habiller. Je dois me dépêcher de me préparer pour parler à Nicholas avant l'arrivée de votre père. Où ai-je mis mon plaid ?

Elle s'habilla en un temps record, ne prenant

même pas le temps de se coiffer, se contentant de passer ses doigts dans ses cheveux.

— Maman, attends-moi, cria Alex.

Elle s'arrêta à la porte. Il courut jusqu'à elle et lui prit la main.

— Ça te plairait d'aller voir Auggie ce matin ? demanda-t-elle en s'engageant dans l'escalier. Lindsay t'amènera chez lui. Il sera content de te voir.

Cette proposition enchanta le garçon. Auggie était devenu son meilleur ami. Il hocha vigoureusement la tête, la lâcha et dévala les marches en hurlant le nom de Lindsay.

Nicholas ne se trouvait pas dans le hall. Clare, qui était allée directement à l'entrée, l'appela.

— Père est ici, chuchota-t-elle. Nicholas l'attend dans la cour.

— Restez à l'intérieur, Clare. Je vais essayer de parler à mon frère...

— Je viens avec vous, affirma Clare.

Johanna ne discuta pas.

Il faisait froid dehors et une mauvaise bruine martelait le sol.

Laird MacKay avisa immédiatement sa fille et la salua d'un bref signe du menton. Il était encore en selle et une bonne vingtaine d'hommes en armes l'accompagnaient.

— Où est MacBain ? s'écria-t-il.

Nicholas attendit qu'il fût descendu de sa monture pour lui répondre.

— Une importante affaire s'est présentée et il a dû partir hier matin. Je vous suggère de revenir dans deux ou trois semaines, il devrait être de retour.

Laird MacKay fronça les sourcils de colère.

— Clare MacKay ! cria-t-il.

— Oui, père ?

— Es-tu mariée ?

La jeune femme descendit les marches et se dirigea vers son père. Dans sa voix perçait la peur.

— Non, père.

— Alors, c'est la guerre, rugit MacKay, les veines du cou saillantes.

Nicholas secoua la tête.

— MacBain n'a pas le temps de vous faire la guerre, annonça-t-il. Il a déjà une autre guerre sur les bras bien plus importante.

Laird MacKay hésita : venait-on de l'insulter, oui ou non ?

— Contre qui est-il en guerre ? voulut-il savoir. Pas contre les MacInnes, ceux-là, il me les a laissés et j'en ai déjà fini avec eux. Alors, les Guillevrey ? Les O'Donnel ? Bah, ça ne fait aucune différence. Ce sont des faibles. Il en a pour une journée à les vaincre.

— Laird MacBain est en guerre contre l'Angleterre, papa, mentit Clare.

Cette nouvelle eut l'effet escompté. Son père parut favorablement impressionné.

— Dans ce cas, j'attendrai, décida-t-il.

— Laird MacKay, vous êtes trempé. Voulez-vous entrer vous réchauffer près du feu ? intervint alors Johanna, espérant ainsi apaiser la fureur du bonhomme. Vous devez être affamé après votre voyage, ajouta-t-elle en descendant à son tour les marches.

— Je n'ai pas faim et je ne vois pas pourquoi j'irais me réchauffer. Il fait une chaleur du diable, aujourd'hui.

— Père, viens au château, s'il te plaît.

Laird MacKay secoua la tête.

— Je ne bougerai pas d'un pas tant que je

n'aurai pas entendu le nom de celui qui t'a déshonorée, Clare. Je veux savoir qui est mon gendre et je veux le savoir tout de suite. Quel est le MacBain qui t'a couvert de honte, ma fille ?

— Aucun, répondit Clare d'une voix tremblante.

Johanna la saisit par le bras avant qu'elle ne poursuive. Clare se tourna vers elle.

— Il faudra bien qu'il l'apprenne, chuchota-t-elle.

— Qu'as-tu dit ? Ce n'était pas un MacBain ? s'étonna son père.

— Père, veux-tu bien m'écouter ? implora Clare. Je dois t'expliquer ce qui s'est passé.

— La seule chose que je veux entendre, c'est le nom de l'homme qui va t'épouser.

Nicholas n'avait pas prononcé le moindre mot depuis le début de cette discussion entre le père et la fille. Il ne semblait nullement concerné. Mais, quand Clare voulut le dépasser pour approcher de son père, il la retint par le bras, l'empêchant de faire un pas de plus.

— Lâchez-moi, s'il vous plaît, demanda Clare, déconcertée par son attitude. Cette affaire ne vous concerne pas.

— Elle me concerne, répliqua-t-il

Elle secoua la tête. Il hocha la sienne.

— Je suis responsable de vous, Clare MacKay, et vous m'êtes redevable. Je ne vous ai pas donné la permission d'aller où que ce soit. Alors mettez-vous derrière moi et restez-y ! conclut-il d'une voix mauvaise.

Trop abasourdie pour répondre, Clare se tourna vers Johanna qui haussa les épaules dans un geste d'impuissance.

— Obéissez ! rugit Nicholas.

Clare recula derrière lui avant même d'y penser.

Puis elle se haussa sur la pointe des pieds et lui murmura à l'oreille :

— Je ne vous suis en rien redevable.

Nicholas ne prit pas la peine de baisser la voix pour lui répondre.

— Vous le serez bientôt.

Pour Clare, cette attitude était parfaitement incompréhensible mais Johanna sentait où il voulait en venir. Elle se dirigea vers lui.

— Nicholas ? Es-tu certain de vouloir faire cela ?

Il ne répondit pas. Laird MacKay venait vers lui.

— MacBain m'a promis un mariage, annonça-t-il. Il n'est pas homme à manquer à sa parole.

— C'est exact, approuva Nicholas. Il y aura bien un mariage.

Le laird émit un grognement : apparemment, il était satisfait.

— Papa, il n'y a pas de…

— Silence, ma fille, pendant que je règle ce détail, ordonna son père sans quitter Nicholas des yeux. Et qui est mon futur gendre ?

— Moi.

La mâchoire du laird en tomba. On aurait dit que ses yeux allaient jaillir de leurs orbites. Il secoua la tête et recula, comme si la proximité du baron lui était insupportable.

— Non ! cria-t-il.

Nicholas s'avança.

— Oui, répondit-il avec autant d'emphase.

Clare le saisit par la manche et essaya de l'obliger à se retourner.

— Avez-vous perdu la tête ?

Johanna contourna Keith et courut auprès de Clare.

— Laissez-le faire, ordonna-t-elle.

Complètement perdue, Clare la dévisagea puis

voulut à nouveau s'en prendre à Nicholas. Johanna l'en empêcha en lui suggérant à voix basse d'attendre un peu.

— C'est un piège, alors ? demanda Clare, pensant que Nicholas essayait simplement de gagner du temps.

— Peut-être, murmura Johanna qui savait pertinemment que son frère ne lançait jamais une parole en l'air.

Il allait épouser Clare MacKay et, à le voir, elle sentait bien que rien sur terre ne l'en empêcherait, pas même une fiancée récalcitrante.

— Tu es anglais, s'époumona le laird. C'est impensable !

Sa fureur n'affectait nullement Nicholas qui souriait.

— Je n'exige qu'une très faible dot.

— Clare MacKay, tu viens de plonger une dague dans le cœur de ton pauvre père, gémit le laird.

— Mais, père...

— Silence, ordonna Nicholas.

Il ne la regardait même pas mais surveillait le laird. Le vieux guerrier, s'il ne retrouvait pas son contrôle de soi, pouvait commettre un geste malheureux.

Johanna essayait de calmer Clare mais elle avait du mal à se concentrer sur cette tâche, tellement la conduite du laird la stupéfiait. Les hommes de son rang ne pleuraient pas mais celui-ci semblait au bord des larmes.

— Ma fille épouser un baron anglais ? fit-il d'un ton geignard. Plutôt mourir.

Johanna cessa de marteler l'épaule de Clare et risqua un pas vers lui.

— Un baron très riche, annonça-t-elle.

Le laird lui adressa un regard indigné.

— La richesse n'a rien à voir là-dedans, marmonna-t-il... Si riche que ça ?

Une heure plus tard, ils étaient mariés.

Ils n'eurent pas le temps de célébrer l'événement. Le père MacKechnie venait à peine de bénir leur union que Michael faisait irruption dans le grand hall. Il cherchait Nicholas ou Keith.

Il aperçut d'abord le baron.

— Une de nos patrouilles vient de nous apporter la nouvelle, dit-il. Des soldats anglais se dirigent par ici. Une armée entière, baron, et ils ne sont plus qu'à une heure de marche.

— Une armée, dis-tu ? fit Keith. Combien ?

— Trop pour qu'on les compte, répondit Michael.

Nicholas poussa un tel rugissement de rage qu'on dut l'entendre jusqu'aux Lowlands. Le vœu sacré qui unissait le vassal à son suzerain était rompu. Le roi l'avait trahi en envoyant une armée à la place des messagers prévus.

Le château serait en état de siège dans moins d'une heure. Keith se chargea immédiatement de mettre en place les défenses sur les murailles tandis que Nicholas prenait la tête d'un contingent pour tenter une attaque de flanc sur l'armée anglaise.

On conseilla au laird MacKay de rentrer chez lui avant la bataille. Le vieux soldat refusa et partit au combat aux côtés de son gendre. Il ordonna à un de ses hommes de galoper jusqu'à son château et de ramener des renforts. Reconnaissant, Nicholas commença à prendre son beau-père en affection.

Clare était au bord de l'hystérie mais elle ignorait si c'était parce qu'elle était maintenant l'épouse d'un Anglais ou bien parce que la guerre menaçait.

Quand Nicholas s'en fut, elle ramassa ses jupes et courut le rejoindre.

— Ne vous avisez pas de faire de moi une veuve, baron. Je veux une annulation, pas des funérailles.

Nicholas s'empara des rênes de son étalon avant de se retourner vers sa femme.

— Vous n'aurez ni l'un ni l'autre.

Elle ne savait plus que dire. Nicholas la contempla longuement puis décida qu'il avait perdu assez de temps comme cela. Il posa le pied sur l'étrier.

— Attendez.

— Oui ?

Mais les mots continuaient à la fuir. Elle se jeta donc dans ses bras. Nicholas se chargea de la suite : il enlaça son épouse tremblante et lui donna un baiser empli de promesse, de tendresse et d'une part non négligeable de désir.

— Votre coiffure est peut-être celle d'un garçon mais il n'y a pas de doute : vous embrassez comme une femme, Clare MacKay.

Elle en oublia de respirer et de penser… jusqu'à ce que son père s'éloigne.

— Veille sur lui, papa, cria-t-elle.

— Comme sur ma propre bedaine, ma fille. Maintenant, rentre et ne bouge plus.

Elle allait lui obéir quand elle aperçut Johanna qui traversait la cour à toutes jambes.

— Johanna, où allez-vous ? Il faut rentrer vous mettre à l'abri.

Johanna ne l'écouta pas. Elle courut jusqu'au cottage d'Auggie et pleurait quand elle y arriva enfin.

Dès qu'il l'aperçut, Alex se mit à sangloter. Elle le prit dans ses bras et le serra très fort contre elle.

— Auggie, conduis Alex dans ma chambre. Je te

rends responsable de lui. Qu'il ne lui arrive rien, tu m'entends ? Donne-moi ta parole.

— Tu as ma parole, dit-il. Et où seras-tu pendant que je veillerai sur le gamin ?

— Je n'ai pas le temps de t'expliquer. Le roi John a envoyé une armée contre nous.

— On a survécu, fillette. On s'en sortira encore cette fois.

Mais le prix à payer était trop important pour Johanna. Elle ne voulait pas qu'un seul homme meure parce qu'elle avait défié le roi d'Angleterre. Elle seule pouvait éviter un massacre.

— Le roi a trahi mon frère, dit-elle. Il a menti, Auggie, mais j'utiliserai la vérité pour arrêter ceci avant qu'il ne soit trop tard. (Elle embrassa Alex avant de le remettre à Auggie.) Va, murmura-t-elle, je sais que vous serez en sécurité ensemble.

— Si la situation devient trop dangereuse, je cacherai le garçon ailleurs. Je le ramènerai quand tout sera terminé.

— Comment quitteras-tu le château ?

— J'ai mes petits secrets, se vanta Auggie. Arrête de pleurer, mon garçon. L'heure de l'aventure a sonné. Allons chercher ton épée de bois et battons-nous à notre manière.

Johanna ne quitta pas le cottage immédiatement. Elle s'agenouilla pour prier le Ciel de lui accorder le courage d'accomplir son devoir.

Elle se figea et se releva. Keith et Clare étaient dans l'entrée et l'observaient.

— Ils grouillent de partout, milady, annonça le soldat. Il va falloir trouver un moyen de vous faire sortir d'ici. On ne pourra pas les retenir longtemps, ils sont trop nombreux.

Clare luttait contre les larmes.

— Papa et Nicholas vont se faire tuer. Je n'ai

jamais vu autant de soldats, Johanna. Qu'allons-nous faire ?

— J'ai un plan, annonça Johanna. Ils sont ici pour venir me chercher, n'est-ce pas ? Keith, vous allez me remettre à eux.

— Impossible, milady.

— Vous n'avez pas le choix, répliqua-t-elle. Ecoutez-moi attentivement. Nous avons été pris par surprise, non ?

Elle attendit qu'il approuve avant de poursuivre :

— Si nous avions eu le temps de nous préparer, qu'aurions-nous fait ?

— Nous aurions appelé nos alliés. Avec eux, nous sommes aussi nombreux que l'ennemi. Déjà, le mot passe dans les Highlands car la nouvelle de la présence d'une telle armée se répand comme l'eau d'un barrage qui se rompt. Mais la plupart de nos amis se trouvent au nord et ils doivent à peine apprendre la nouvelle. Ils viendront.

— Mais il sera trop tard, n'est-ce pas ?

— Il y a toujours l'espoir, milady.

— Il y a surtout un meilleur plan. Si je me rends de ma propre volonté aux Anglais, ils se retireront.

— Ils vous ramèneront en Angleterre ! s'écria Clare.

— Pas si Keith parvient à monter une attaque à temps. Combien de temps vous faut-il pour rassembler assez d'hommes ?

— Pas plus d'une journée, assura-t-il.

— Gabriel n'a pas encore atteint l'Angleterre. Il aura appris la nouvelle. Ajoutez-le à vos renforts.

Johanna continua d'essayer de persuader le soldat. Mais Keith ne pouvait accepter son plan : il préférait mourir que la livrer.

En dernier recours, elle dut utiliser la duplicité et fit mine de renoncer à son plan. Keith lui ordonna de rentrer au château et d'y rester jusqu'à ce qu'il lui envoie des hommes pour la conduire à l'abri.

Johanna acquiesça mais dès que Keith se fut éloigné pour diriger la défense, elle se tourna vers son amie.

— Il faut m'aider. Vous savez que c'est le seul moyen, Clare. Je ne risque rien.

— Vous n'en savez rien, Johanna, murmura Clare, la voix déformée par la crainte. Et le bébé ?

— Tout ira bien. Raulf ne sait pas que je suis enceinte et mon plaid cache suffisamment mon ventre. Oui, tout ira bien.

— C'est le baron Raulf lui-même qui dirige cette armée ? Comment l'empêcherez-vous de vous faire du mal ?

— Je n'ai pas oublié comment trembler devant lui, répondit Johanna avec une infinie tristesse. Je ne provoquerai pas sa colère. Clare, j'aime mon frère et tous ces hommes qui m'ont accueillie ici. Je ne veux pas qu'ils meurent à cause de moi.

— Seigneur, je ne sais pas quoi faire.

— Aidez-moi, je vous en prie.

Clare céda enfin et hocha faiblement la tête.

— Vous n'avez pas peur, Johanna ?

— Oh, oui. Mais pas au point d'en être paralysée. Au fond de moi, je sais que mon plan est bon. Gabriel me retrouvera.

Des larmes ruisselèrent sur le visage de Clare.

— J'aimerais avoir quelqu'un comme Gabriel que j'aimerais et en qui j'aurais toute confiance.

— Mais, Clare, vous l'avez. Nicholas est tout aussi bon et gentil que mon mari.

Un sourire maladroit étira les lèvres de la jeune femme.

— Seigneur, j'oubliais que j'étais mariée. Venez

maintenant. Il faut vous faire sortir d'ici avant que j'oublie que j'ai du courage.

Les deux femmes changèrent de direction et coururent à la porte dérobée du château derrière les écuries. Vingt minutes plus tard, après avoir proféré d'effroyables mensonges, Johanna quittait le château et descendait la colline.

Elle retournait en enfer. Pourtant, quand elle vit Raulf galoper vers elle, son cœur ne s'arrêta pas de battre, son ventre ne se tordit pas.

Johanna n'était plus terrifiée. Elle était déterminée. Elle avait un bon plan.

Et elle avait Gabriel.

21

La reddition de Johanna fut rapide. Sa jument dévala la colline au trot et, très vite, elle fut entourée, avalée par l'armée ennemie.

Muette, elle s'arrêta à deux mètres de Raulf. Il portait son armure de combat et arborait un casque conique qui ne lui recouvrait pas le visage. Le regarder lui était pénible. Il n'avait guère changé. Ses yeux étaient toujours aussi verts, mais quelques rides creusaient à présent le coin de ses lèvres minces. Puis il enleva son casque et elle vit qu'il avait subi une étonnante transformation : ses cheveux si blonds autrefois étaient blancs comme la neige.

— Nous allons rentrer chez nous maintenant, Johanna, et nous oublierons tout ceci.

— Oui, acquiesça-t-elle aussitôt.

Satisfait de cette réponse, il fit avancer sa monture et vint tout près d'elle pour lui toucher le visage.

— Tu es encore plus belle qu'avant, remarqua-t-il. Tu m'as manqué, mon amour.

Johanna baissa les yeux pour lui cacher le dégoût qu'il lui inspirait. Il prit ce geste pour un acte de soumission. Remettant son casque, il fit faire volte-face à son cheval et donna l'ordre du départ.

Pour s'assurer une base arrière, l'armée anglaise avait pris le château des Gillevrey la veille. Si les Highlanders s'étaient montrés courageux au combat, l'évaluation de laird MacKay s'était avérée juste : mal entraînés, peu nombreux, ils avaient succombé en une journée.

Ne s'arrêtant ni pour se désaltérer, ni pour se reposer, ils atteignirent le domaine des Gillevrey à la nuit tombée.

Immédiatement, Johanna plaida l'épuisement. Raulf l'escorta dans le château. L'entrée en était étroite. Des escaliers menant à l'étage se trouvaient juste en face de la porte. Sur la droite, s'ouvrait le hall : une grande pièce carrée entièrement encerclée par le balcon. Johanna remarqua ce détail en grimaçant : si on la gardait dans une des chambres de l'étage, elle ne pourrait en sortir sans être vue par les gardes du hall.

On lui donna la troisième chambre dont la porte se trouvait au centre du balcon. Raulf la précéda dans la pièce puis lui fit signe d'entrer. Elle lui obéit, tête basse. Il voulut l'embrasser. Elle ne lui laissa que sa joue.

Il l'attira violemment contre lui et se mit à jouer avec sa chevelure.

— Ils t'ont obligée à te couper les cheveux ?

Elle ne répondit pas.

— Oui, bien sûr, décida-t-il. Tu ne les aurais jamais coupés sachant à quel point je les aimais longs.

— Oui, je le savais, chuchota-t-elle.

Il soupira.

— Ils repousseront.

— Oui.

Soudain, Raulf lui emprisonna le bras dans une étreinte de fer.

— Pourquoi as-tu fait annuler notre mariage ?

La douleur qu'il lui infligeait la fit grimacer.

— Le roi voulait me faire épouser le baron Williams. J'ai demandé l'annulation pour gagner du temps. Je ne croyais pas à ta mort.

Il éclata d'un rire immonde.

— John ne m'a pas dit que Williams te voulait pour femme. Ce bâtard a toujours bavé devant toi, pas vrai ?

— Je suis très fatiguée. Je ne me sens pas bien du tout.

Raulf la lâcha enfin.

— Toute cette excitation, c'est trop pour toi. Tu as toujours été fragile, Johanna, et je suis le seul à savoir comment prendre soin de toi. Va te coucher à présent. Je ne t'embêterai pas cette nuit. J'ai mis une de tes robes sur le lit. Tu la porteras demain. Quand tu me rejoindras en bas, j'aurai une surprise pour toi.

Il la quitta enfin. La porte possédait une serrure mais on avait enlevé la clé. Elle chercha un moyen de la bloquer car elle n'avait aucune confiance en Raulf : s'il se glissait dans la chambre au cours de la nuit, elle voulait être prête. S'il tentait de porter la main sur elle, elle le tuerait... ou se ferait tuer en essayant.

Jusqu'à présent et malgré sa fatigue, Johanna avait gardé une totale maîtrise de ses émotions. Elle en tirait une légitime fierté. Son unique devoir était désormais de protéger son bébé jusqu'à ce que Gabriel vienne la chercher. Oui, voilà tout ce qu'elle avait à faire.

Des messagers avaient été envoyés à sa poursuite dès qu'on avait repéré l'armée anglaise.

Johanna priait le Ciel pour qu'ils ne doivent pas descendre jusqu'à Londres pour le retrouver. Les alliés des MacBain étaient sûrement prêts à se mettre en marche maintenant. Et demain soir ou le soir suivant au plus tard, elle serait secourue.

Johanna prépara ses défenses dans sa petite chambre. Elle bloqua la porte avec un coffre vide, sachant que cela n'empêcherait personne de l'ouvrir mais le bruit du coffre raclant le sol la réveillerait si, par hasard, elle s'endormait.

Elle se précipita ensuite à la fenêtre et écarta les fourrures qui la recouvraient. Un juron lui échappa. Impossible de s'enfuir par là. Il y avait six bons mètres jusqu'au sol et la muraille parfaitement lisse n'offrait aucune prise.

La pièce était humide et froide. Epuisée, elle gagna le lit.

C'est alors qu'elle vit la robe. Une fureur insensée la saisit. Elle eut envie de hurler comme un guerrier qui se rue au combat.

Il s'agissait de sa robe de mariée. Et il y avait même les chaussures qu'elle avait portées en ce jour maudit et les rubans qui décoraient sa chevelure.

— C'est un dément, murmura-t-elle.

Mais il avait de la suite dans les idées. Telle était sa fameuse surprise : il comptait bien l'épouser à nouveau.

Tremblante de rage, Johanna se saisit de la robe et la jeta à l'autre bout de la pièce. Les chaussures et les rubans suivirent le même chemin.

Ce subit accès de colère avait achevé de l'épuiser. Elle s'étendit sur le lit, dénoua sa ceinture pour s'envelopper dans son plaid. Puis elle tira sa dague et la tint à deux mains.

Une minute plus tard, elle dormait.

Le raclement du coffre sur le sol de pierre la réveilla. Des rayons de soleil se glissaient dans la chambre de chaque côté de la fourrure couvrant la fenêtre. Elle avait lâché sa dague au cours de la nuit. Elle la retrouva dans un pli de son plaid et se redressa, prête à frapper.

— Puis-je entrer, milady ?

Cette requête avait été murmurée par une vieille femme qui hésitait sur le seuil, un plateau dans les mains.

— Oui.

La femme se faufila dans la pièce et referma la porte d'un coup de talon.

— Le baron Raulf m'a ordonné de vous servir, expliqua-t-elle en approchant.

— Tu es une Gillevrey, devina Johanna en remarquant son plaid aux couleurs vives.

— Oui et vous, l'épouse de laird MacBain, n'est-ce pas ?

— Oui, répliqua vivement Johanna. Y a-t-il des gardes devant ma porte ?

— Un seul, répondit la servante.

— Et dans le hall ?

— Une multitude. (Elle posa son plateau au pied du lit.) Mon laird est enfermé à la cave, milady. Ils le traitent comme un vulgaire voleur. Il vous envoie un important message. On m'a autorisée à lui porter de la nourriture ce matin et il m'a chuchoté les mots que je dois vous répéter.

— Quel est le message ?

— MacBain vengera cette atrocité.

Johanna sourit. La servante semblait dans l'expectative.

— Ton laird désire-t-il une réponse ?

— Oui, milady.

— Alors, dis-lui que oui, MacBain nous vengera à coup sûr.

La femme hocha brièvement la tête.

— Qu'il en soit ainsi, murmura-t-elle avec ferveur.

— Quel est ton nom ? s'enquit Johanna.

— Lucy.

Johanna quitta le lit. Après avoir remis de l'ordre dans sa tenue, elle tendit la main à la servante.

— Tu es une femme bonne et courageuse, Lucy, chuchota-t-elle. Et maintenant, j'ai une faveur à te demander.

— Je ferai tout ce qui m'est possible pour vous aider, milady. Je suis vieille et faible mais je vous servirai de mon mieux.

— Je dois trouver un moyen pour rester dans cette chambre le plus longtemps possible. Es-tu douée pour mentir ?

— Quand c'est nécessaire, répliqua Lucy.

— Alors, annonce au baron que tu m'as trouvée profondément endormie. Dis-lui que tu as posé le plateau sans oser me déranger.

— Ce sera fait, promit Lucy. D'ailleurs, le baron ne semble pas pressé de vous voir, milady. Il bout d'impatience, c'est vrai, mais uniquement parce que l'homme qu'il a envoyé chercher n'est pas encore arrivé.

— Quel homme ?

— Je n'ai pas saisi son nom, milady. Mais je sais qu'il s'agit d'un évêque qui vit près des Lowlands.

— L'évêque Hallwick ?

— Milady, je vous en prie, baissez la voix, si vous ne désirez pas que le garde vous entende.

Les battements du cœur de Johanna s'accéléraient.

— Bien sûr, il ne peut s'agir que d'Hallwick, marmonna-t-elle. Les prêtres ont fui vers les Lowlands depuis l'excommunication de John. Le pays entier est frappé d'Interdit. Oui, il attend Hallwick.

— L'évêque vous aidera-t-il, milady ?

— Non, répondit Johanna. C'est un mauvais homme, Lucy. Il aiderait Lucifer pour de l'or. Mais comment as-tu appris que Raulf l'a envoyé chercher ?

— Je suis vieille, personne ne fait attention à moi. Je sais jouer les gâteuses. J'espionne le baron Raulf sans qu'il s'en rende compte. D'ailleurs, c'est très facile, il raconte tout ce qu'il pense à voix haute. Il a envoyé six hommes dans les Lowlands la semaine dernière.

Johanna se frotta les bras pour chasser le froid qui l'envahissait. Raulf avait agi avec méthode. Il avait tout prévu. Elle se demanda quelle autre surprise il lui réservait encore.

— Je ferais mieux de redescendre avant que le baron ne remarque que je suis restée ici trop longtemps. Et vous devriez retourner sous les couvertures, milady, afin que le garde vous voie en train de dormir.

Johanna remercia la servante et obéit à son conseil. Elle se remit au lit, attendant qu'on l'appelle en bas.

Raulf la laissa tranquille jusqu'en fin d'après-midi. Johanna passa une bonne partie de la journée à scruter les collines depuis la fenêtre. Elles grouillaient de soldats anglais. Ils encerclaient le château de toutes parts.

Comment Gabriel allait-il arriver jusqu'à elle ? Elle repoussa cette angoissante question. C'était à lui d'y répondre, pas à elle. Mais, Seigneur, comme elle aimerait qu'il se dépêche.

Lucy revint en début de soirée avec un nouveau plateau.

— Il y a eu des allées et venues toute la journée, milady. A présent, les hommes ont été chercher un baquet et de l'eau chaude. Le baron veut que vous preniez un bain. Je n'y comprends rien, pourquoi songe-t-il à votre confort ?

— Il croit qu'il va m'épouser, expliqua Johanna. L'évêque est arrivé, n'est-ce pas ?

— Oui, milady. Et un autre baron avec lui. J'ai entendu son nom. Il s'appelle Williams et il est laid comme un cochon sauvage. Le baron Raulf et lui n'arrêtent pas de se disputer. Si seulement ils pouvaient s'entre-tuer !

Johanna sourit.

— Ce serait une bénédiction. Lucy, reste avec moi et surveille la porte pendant mon bain.

— Vous allez donc céder aux caprices de cet homme ?

— Je veux être aussi belle que possible pour mon mari, expliqua Johanna. Il ne va plus tarder maintenant.

— Porterez-vous votre robe anglaise ? demanda Lucy en désignant le vêtement qui gisait toujours par terre dans un coin.

— Je porterai mon plaid.

Lucy hocha la tête.

Johanna était bien décidée. Raulf allait être furieux mais il n'oserait pas la frapper devant témoin. Elle n'avait donc qu'une chose à faire : s'assurer de ne jamais rester seule avec lui. Comment accomplir ce prodige ? Elle n'en avait aucune idée. Et, bon sang, où était Gabriel ?

La convocation arriva une heure plus tard. Lucy se tordit les mains mais Johanna resta parfaitement calme. L'heure de la confrontation avait enfin sonné.

Ils la firent attendre devant l'entrée du hall une bonne dizaine de minutes. Raulf et Williams se tenaient devant une table ronde à l'autre bout de la salle, se disputant à propos d'un parchemin que tenait Williams.

D'aspects opposés, les deux barons possédaient le même tempérament. Ils s'aboyaient au visage comme deux chiens enragés, aussi hideux l'un que l'autre.

L'évêque Hallwick se trouvait lui aussi dans le hall. Il avait pris place sur une chaise à haut dossier au centre de la pièce. Il lisait un parchemin et semblait ne pas en croire ses yeux. Il avait considérablement vieilli au cours de ces dernières années. Sa peau jaune et ridée trahissait sa mauvaise santé. Lucifer devait danser de joie, se dit Johanna : Hallwick ne tarderait pas à frapper à sa porte.

Remarquant un mouvement sur le balcon, elle leva les yeux. Lucy ouvrait les portes de chaque chambre. On avait dû lui ordonner de les aérer, pensa Johanna.

— Mais ce mariage n'est qu'une formalité, un renouvellement de nos vœux en quelque sorte, gronda Raulf si fort qu'elle l'entendit.

— Oui, approuva Williams. Un renouvellement. Quand le pape et notre roi auront réglé leur différend, nous enverrons une explication à Rome. D'ailleurs, je doute qu'Innocent se passionne personnellement pour cette affaire.

Raulf se détourna et avisa enfin Johanna dans l'entrée. Il fronça les sourcils en voyant sa tenue.

Williams lui ordonna d'avancer. Johanna lui

obéit mais ne traversa pas la pièce, s'arrêtant à quelques mètres d'Hallwick.

Il la salua. Elle l'ignora.

Williams remarqua son impair.

— Auriez-vous oublié qu'il faut vous agenouiller en présence d'un homme de Dieu, lady Johanna ?

Son ricanement écœura la jeune femme.

— Je ne vois pas d'homme de Dieu dans cette pièce, répliqua-t-elle. Je vois seulement un pantin pathétique arborant la robe de prêtre.

Eberlués, les deux barons ouvrirent des yeux ronds. Williams fut le premier à se ressaisir.

— Comment osez-vous parler ainsi ?

— Quand le saint évêque entendra ta confession, déclara Raulf avec rage, et me donnera ta pénitence, Johanna, tu regretteras tes paroles.

Du coin de l'œil, elle vit Hallwick approuver. Refusant toujours de le regarder directement, elle se concentra sur Raulf.

— Hallwick n'a rien d'un saint, annonça-t-elle. Et je ne m'agenouillerai jamais devant lui pour lui donner ma confession. Il n'a plus barre sur moi désormais, Raulf. Il enseigne des blasphèmes contre les femmes. Il n'est qu'un despote malfaisant. Non, jamais je ne m'agenouillerai devant lui.

— Tu paieras pour tes péchés, femme, s'exclama l'évêque, la voix mauvaise.

Elle se tourna enfin vers lui.

— Et vous paierez pour les terribles châtiments que vous avez infligés à ces femmes honorables qui ont recherché vos conseils et dont la seule faute était de croire que vous représentiez le Seigneur. Elles ne se rendaient pas compte du monstre que vous êtes. Je me demande, Hallwick, si vous dormez bien la nuit. Cela m'étonnerait. Vous êtes vieux et malade. Vous n'allez pas tarder à mourir et, par tout ce qui est vraiment sacré, vous n'allez plus tarder à payer pour vos crimes.

L'évêque bondit sur ses pieds.

— Hérésie ! cria-t-il.

— Non, la vérité, simplement, rétorqua-t-elle.

— Ce soir, tu comprendras que tu aurais mieux fait de te taire, annonça Raulf en venant vers elle.

Elle ne recula pas.

— Tu es un fou, Raulf. Jamais je ne participerai à cette farce de remariage avec toi. J'ai déjà un mari. Tu sembles l'avoir oublié.

— Elle ne peut pas choisir de rester avec le barbare, fit Williams. Son esprit a été brisé, Raulf. Voilà pourquoi le démon parle par sa bouche.

Raulf s'immobilisa.

— L'esprit du mal a-t-il pris possession de toi ?

L'évêque s'empara aussitôt de cette explication. Il hocha frénétiquement la tête et se dirigea vers la porte.

— Il faut la purifier avant qu'elle ne prononce à nouveau ses vœux, déclara-t-il. Je vais chercher l'eau bénite et le bâton, baron. Vous allez devoir la battre pour chasser le diable hors d'elle. Je n'ai plus assez de force.

L'évêque se glissa hors de la pièce sans attendre de réponse. Johanna resta parfaitement impassible devant la menace.

Raulf l'examinait attentivement.

— On dirait que tu n'as pas peur de ce qui va t'arriver, remarqua-t-il.

Elle le dévisagea. Il semblait furieux et perdu en même temps. Elle éclata de rire.

— C'est toi, Raulf, qui as perdu la tête si tu crois que je te préférerais à mon laird.

— Vous ne pouvez pas aimer ce sauvage, quand même ! s'exclama Williams.

Les yeux rivés sur ceux de Raulf, elle lui donna sa réponse :

— Oh oui, je l'aime, répliqua-t-elle avec une absolue conviction.

— Tu seras punie pour ta trahison et ta déloyauté envers moi, annonça Raulf.

Elle n'était ni impressionnée, ni effrayée. Elle considéra cet homme qui l'avait tellement terrifiée par le passé. A présent, Raulf lui semblait pitoyable et elle fut subitement emplie de dégoût.

Jamais plus elle ne se laisserait détruire par un tel homme. Jamais plus.

— Crois-tu honnêtement qu'Hallwick, Williams ou toi soyez supérieurs au moindre des Highlanders ? Vous n'êtes que des imbéciles.

— Nous sommes les plus proches conseillers du roi John ! hurla Williams.

— Ah oui, le roi John, se gaussa-t-elle. Une belle canaille bien digne de vous.

Ce fut comme une gifle pour Raulf qui tremblait de colère à présent.

— Que t'est-il arrivé ? Tu ne m'avais jamais manqué de respect auparavant. Tu te crois libre de parler parce que nous sommes en Ecosse ? C'est ça, hein ? Ou alors, tu t'imagines peut-être que la joie de te retrouver m'empêchera de te punir comme tu le mérites ? Tu ferais bien de te souvenir de ce que tu as enduré par le passé. Tu ferais bien !

Elle ne recula pas, elle ne fit même pas mine de battre en retraite. Raulf la contempla, confondu. Il ne lisait aucune peur dans ses yeux mais seulement une lueur de défi.

— Ce soir, tu apprendras ce que mérite une femme qui oublie sa place, ajouta-t-il pour la terrifier mais il vit qu'il avait échoué. Que t'est-il arrivé ? répéta-t-il.

— Tu es trop ignorant pour jamais comprendre ce qui m'est arrivé, rétorqua-t-elle.

— Ce sont les Highlanders qui l'ont rendue comme ça, s'écria Williams.

— Oui, il n'y a rien de commun entre ces porcs écossais et nous.

Cette fois, elle l'approuva... au grand étonnement de Raulf.

— Tu viens, pour une fois, de dire la vérité, fit-elle. Il n'y a aucun point commun entre mon Gabriel et toi et j'en remercie le Seigneur. Tu m'as juré ton amour des milliers de fois et utilisé tes poings pour me le faire connaître. Gabriel ne m'a jamais dit qu'il m'aimait et pourtant je sais qu'il m'aime. Jamais il ne lèverait la main contre moi ou contre toute autre femme. Il est noble et courageux, et son cœur et son âme sont aussi purs que ceux d'un archange. Oh non, il n'y a rien de commun entre vous.

— Comment oses-tu proférer de tels blasphèmes ! hurla Raulf, congestionné.

Elle savait qu'elle provoquait sa rage mais elle était désormais incapable de retenir les mots qui affluaient dans sa bouche.

— Montre-moi tes amis et je te dirai qui tu es. Ma mère m'a enseigné cette profitable leçon mais je doute que tu en saisisses jamais la signification. J'ai trouvé d'excellents amis ici. Mon clan est ma famille et chacun d'eux est prêt à donner sa vie pour les autres. Ce sont tous des hommes et des femmes fiers et nobles.

Elle secoua la tête et considéra les deux barons avec dégoût avant de continuer :

— Non, tu ne peux pas comprendre. Comment le pourrais-tu ? Tu ignores ce qu'est l'honneur. Regarde tes amis. Vous tueriez père et mère pour un peu de pouvoir. Toi, Raulf, tu as trahi tous les commandements de la Bible de même que ton suzerain. Vous paierez vos forfaits et, très bientôt, vous paierez pour m'avoir forcée à quitter ma demeure. Vous seriez fous de croire que vous en sortirez indemnes. Si mon mari possède un seul défaut, c'est bien celui d'être terriblement possessif. Oui, Gabriel viendra me chercher. Vous avez osé enlever la femme qu'il aime. Il n'aura aucune pitié et je doute qu'une fois mort, Raulf, le Seigneur fasse preuve de pitié envers toi. Tu es un démon, Raulf, et Gabriel est mon archange. Il te détruira.

Pris d'une fureur incontrôlable, Raulf poussa un rugissement effroyable. Johanna tira sa dague.

Il se rua sur elle, le poing levé.

La flèche traversa son poing fermé de part en part. Son cri de rage se mua en hurlement de douleur. Il tituba en arrière et leva les yeux pour chercher l'homme qui l'avait attaqué.

Ils étaient partout.

Le balcon débordait d'hommes portant le plaid des MacBain. Chacun avait une flèche à son arc. Tous le tenaient en joue.

Raulf mourut deux longues secondes plus tard, non sans avoir compris ce qui l'attendait en découvrant le guerrier géant qui se tenait juste à l'aplomb de Johanna. Le regard de Gabriel était fiché dans celui de Raulf. Il tira lentement une deuxième flèche de son carquois. Elle lui perça le front en plein centre, le tuant sur le coup. Puis il y en eut une autre et une autre, et encore une autre... La force de tant de projectiles frappant en même temps souleva Raulf de terre et quand finalement il s'effondra, cinquante flèches au moins hérissaient son corps.

Lucifer tenait son âme.

Johanna se tourna et leva les yeux. Gabriel était juste au-dessus d'elle avec Nicholas à ses côtés. Tous deux tendirent leur arc à un guerrier et descendirent l'escalier.

Elle n'attendit pas que Gabriel arrive jusqu'à elle. Dès qu'il fut parvenu au bas des marches, elle jeta sa dague et courut à lui.

Il refusa de la prendre dans ses bras, ne lui accorda même pas un regard. Il ne détachait pas ses yeux de Williams.

— Ce n'est pas encore terminé, gronda-t-il en la repoussant gentiment. Tu pourras me témoigner ton affection plus tard.

La réponse de Johanna sauva sûrement la vie du baron.

— Tu m'expliqueras alors pourquoi tu as tant tardé.

Un lent sourire décrispa les mâchoires de Gabriel. Il continua à traverser le hall, saisit Williams par le col, le souleva de terre avant de lui écraser son poing sur le visage.

— Tu as de la chance, tu vas vivre, annonça Gabriel, car je veux que tu transmettes un message à ton roi et m'épargner ainsi le voyage. J'ai été trop longtemps déjà séparé de ma femme et l'idée de poser les yeux sur John me donne la nausée.

Le sang coulait du nez cassé du baron Williams.

— Oui, oui, balbutia-t-il. Tout ce que vous voudrez.

Gabriel le traîna jusqu'à la table et le jeta sur une chaise.

Il lui parla ensuite d'une voix trop sourde pour que Johanna l'entende. Elle voulut s'approcher mais se retrouva subitement entourée de soldats qui lui bloquaient la voie.

Nicholas désirait lui aussi entendre ce que disait Gabriel mais les Highlanders l'encerclèrent de la même façon. Il se tourna vers sa sœur et vit qu'elle contemplait la forme inanimée de Raulf. Il se plaça immédiatement devant elle.

— Ne le regarde plus, ordonna-t-il. Il ne peut plus te faire de mal. Il est mort.

C'était l'évidence puisqu'il était couvert de flèches de la tête aux pieds. Elle allait le lui faire remarquer quand il reprit la parole... avec fierté.

— Je l'ai tué.

Keith s'avança.

— Non, Nicholas, c'est moi qui l'ai tué, annonça-t-il d'une voix éclatante.

Puis ce fut au tour de Calum.

— Vous n'aviez même pas bandé vos arcs que je l'avais déjà transpercé.

Soudain, chaque soldat dans le hall se mit à hurler qu'il avait été celui qui avait mis un terme à la vie de Raulf le chien galeux. Johanna ne comprenait pas ce qui se passait mais il semblait essentiel à tous d'être le tueur du baron.

Nicholas souriait. Remarquant la perplexité de Johanna, il s'expliqua :

— Ton mari me protège de mon propre roi, Johanna. Gabriel, cette tête de mule, ne l'admettra jamais mais il s'assure ainsi que je ne pourrai pas être jugé coupable de la mort d'un autre baron. Chacun de ses hommes prétendra qu'il l'a tué. Cela n'empêche pas, ajouta-t-il à l'intention de Keith, que c'est vraiment ma flèche qui l'a tué.

— Non, mon garçon, c'est la mienne, brailla laird MacKay depuis le balcon.

Et le tumulte reprit. Le hall tremblait encore des cris et des vantardises de chacun quand Gabriel releva Williams sans ménagement. Il attendit que le calme soit revenu pour annoncer de façon pleinement audible par tous :

— Et tu diras à ton roi que soixante hommes, pas moins, jurent avoir tué son baron préféré.

— Oui, je le lui dirai.

— Et après lui avoir donné mon autre important message, je te suggère une dernière chose.

— Tout ce que vous voudrez, promit Williams.

Gabriel le considéra longuement avant d'ordonner :

— Cache-toi.

Il n'eut pas besoin d'en dire plus. Williams avait parfaitement compris. Il hocha la tête et quitta le hall à toutes jambes.

Gabriel donna l'ordre qu'on enlève le cadavre.

Nicholas et Johanna se trouvaient côte à côte à l'autre bout de la salle avec Calum et Keith.

— C'est fini, petite sœur, chuchota Nicholas en la prenant par l'épaule. Il ne peut plus te faire souffrir.

— Oui, répondit-elle. C'est fini et maintenant tu ne dois plus te sentir coupable. Tu n'étais pas responsable de ce qui m'est arrivé. Mon destin était entre mes mains, même dans les moments les plus pénibles.

Son frère secoua la tête.

— J'aurais dû deviner. J'aurais dû te protéger.

— C'est pour cela que tu as épousé Clare ? Pour la protéger ?

— Il fallait bien que quelqu'un le fasse.

Johanna sourit. Les raisons pour lesquelles il avait épousé Clare importaient peu finalement. Ce qui comptait, c'était leur avenir ensemble. Clare, elle en était persuadée, tomberait amoureuse de Nicholas. C'était un homme si bon, au cœur si loyal. Et Nicholas ne tarderait pas à être fou d'elle.

Clare était une femme merveilleuse. Oui, se dit Johanna, c'était un beau mariage.

Gabriel la contemplait. Laird MacKay, à ses côtés, lui parlait avec véhémence mais Gabriel secouait la tête.

— Pourquoi laird MacKay est-il aussi agité? s'enquit Johanna.

— Il veut sans doute piller le château avant de laisser sortir les Gillevrey de la cave, expliqua Nicholas.

Johanna n'arrivait pas à détacher son regard de son mari. Quand allait-il enfin se décider à la prendre dans ses bras?

— Pourquoi m'ignore-t-il? demanda-t-elle à son frère.

— Je ne peux pas lire dans son esprit. Mais j'imagine qu'il a besoin de se calmer avant. Tu lui as flanqué une de ces peurs. Tu ferais bien de préparer des excuses. A ta place, je me ferais toute petite.

— Des excuses? Mais pourquoi, au nom du Ciel?

Keith se chargea de lui répondre.

— Vous n'êtes pas restée à votre place, milady.

Nicholas ravala à grand-peine un éclat de rire. A voir sa mine, sa sœur n'appréciait guère cette explication. Si elle avait eu des poignards à la place des yeux, Keith serait en train de se tordre de douleur sur le sol.

Johanna s'écarta de son frère.

— J'ai fait ce qui était nécessaire.

— Ce que tu jugeais nécessaire, corrigea Gabriel.

Elle se rendit compte qu'il suivait leur conversation.

Elle reprit la parole d'une voix beaucoup plus basse.

— En partant, je protégeais le clan.

— Chacun d'entre nous donnerait sa vie pour les autres.

C'était Calum. Il souriait en lui répétant ses propres paroles.

— Vous avez tout entendu ? murmura-t-elle.

— Tout, fit Calum avec force.

Keith hocha la tête.

— Oui, milady, et pour une fois nous avons parfaitement compris votre sermon.

Elle se sentit rougir.

— Vous nous avez rendus très fiers, milady, chuchota Calum avec émotion.

Du rouge, elle passa au violet. S'ils continuaient, elle allait se mettre à pleurer. Elle changea de sujet. Jetant un coup d'œil vers le balcon, elle se tourna vers Keith.

— Comment avez-vous fait pour entrer ? Cela semble impossible.

Keith rugit de rire.

— Je n'arrive pas à croire que vous me posiez une telle question.

— Eh bien, je vous la pose, fit-elle en se demandant ce qu'il trouvait si amusant. Expliquez-moi comment vous êtes entrés.

— Lady Johanna, il n'y a pas qu'une façon d'entrer dans un château.

Elle éclata de rire à son tour. A l'autre bout de la pièce, Gabriel réagit violemment à ce rire si joyeux, si insouciant. Sa gorge se serra, son cœur s'emballa et il eut du mal à reprendre son souffle. S'il ne la prenait pas très vite dans ses bras, il en perdrait sûrement la tête.

Bonté divine, il l'aimait plus que tout !

Il esquissa un pas vers elle et se força à s'arrêter. Non, d'abord, elle devait apprendre ce qu'elle lui avait fait subir. Il avait vieilli de vingt ans en une seule journée par sa faute. Quand ses hommes étaient venus lui apprendre qu'elle était aux mains de Raulf, il avait, pour la première fois de sa vie, connu la terreur. Une terreur immonde. Sur la route qui le conduisait à Gillevrey, il avait eu l'impression de mourir cent fois, mille fois. Une autre frayeur comme celle-ci et il irait tout droit dans sa tombe. Non, il ne la prendrait dans ses bras qu'après avoir obtenu sa parole que plus jamais elle ne prendrait de tels risques.

Il demanda à MacKay de descendre libérer Gillevrey puis se tourna enfin vers Johanna.

— MacBain réclame ton attention, Johanna, la prévint Nicholas à voix basse.

Elle regarda son mari. Il lui fit signe de venir le rejoindre.

Elle fit mine de lui obéir puis s'immobilisa, les sourcils froncés, les bras croisés.

Elle espérait avoir l'air en colère.

Mais son but fut atteint : Gabriel était étonné.

— Johanna ? fit-il d'une voix incertaine.

Elle eut envie de sourire mais n'osa pas.

— Oui, Gabriel ?

— Viens ici.

— Dans un instant, milord, répondit-elle avec la sérénité d'une brise d'été. D'abord, j'aimerais te poser une question.

— Laquelle ?

— L'expression « juste à temps » signifie-t-elle quelque chose pour toi ?

Il lui lança un regard noir en comprenant ce qu'elle tentait de faire : le culpabiliser de n'être pas arrivé plus tôt. Oh, mais elle n'allait pas renverser les rôles aussi facilement : c'était à elle de présenter des excuses.

Il secoua la tête et fit un pas vers elle, puis un autre.

— Tu n'auras pas assez de ta vie entière pour me calmer.

Elle ne tenait pas à contredire son mari mais elle était certaine qu'il ne lui faudrait pas plus d'une minute ou deux. Elle vint se placer juste devant lui.

Puis, ouvrant tout grand ses beaux yeux bleus, elle sourit et Gabriel sut qu'il allait céder au sortilège.

— Et toi, te faudra-t-il une vie entière pour dire à ta femme que tu l'aimes ?

Elle lui caressa doucement la joue de ce geste qui leur était devenu si familier à présent.

— Je t'aime, Gabriel MacBain.

— Pas autant que moi je t'aime, Johanna, répondit-il d'une voix enrouée.

Puis elle fut dans ses bras et ils s'embrassèrent avec une tendre fureur. Plus rien n'avait d'importance autour d'eux. Gabriel se mit à marmonner des phrases sans suite où il était question d'amour, du « centre de sa vie » et d'autres choses tout aussi délicieuses et insensées.

Johanna pleurait sans s'en rendre compte. Comme dans un rêve, ils traversèrent lentement le hall sous le regard des soldats rieurs mais silencieux et gravirent l'escalier. Gabriel conduisit Johanna dans la première chambre qu'il trouva et referma la porte derrière eux.

Alors, enfin, ils purent être ensemble. Le dernier rempart, leurs vêtements, disparut. Ils firent l'amour avec une intensité bouleversante. Il était doux, elle était exigeante et ils trouvèrent chacun ce qu'ils cherchaient en l'autre.

Longtemps après, Gabriel roula sur le côté, la couvrit avec son plaid et la prit dans ses bras. Elle étouffa un bâillement.

— Tu devrais dormir maintenant, chuchota-t-il.

— Je ne suis pas faible, Gabriel.

Il sourit dans l'obscurité.

— Non, tu n'es pas faible, approuva-t-il. Tu es forte, courageuse et noble. (Il l'embrassa sur le front avant de poursuivre :) Mais tu es enceinte, mon amour. Tu dois te reposer pour le salut du bébé. Alex et moi serions perdus sans toi. Tu es le centre de notre famille, Johanna. J'ai compris cela depuis longtemps et je pense que c'est pourquoi je me suis montré un peu trop protecteur. Je voulais te garder sous clé afin que rien ne t'arrive.

— Tu voulais bien me laisser coudre, plaisanta-t-elle.

— Dis-moi encore que tu m'aimes. J'aime te l'entendre dire.

Elle se nicha contre lui.

— Je t'aime, chuchota-t-elle. Depuis le premier jour.

— Non, pas le premier jour. Tu avais peur de moi.

— Plus après ta promesse.

— Quelle promesse ?

— Que tu ne mordais pas.

— Tu avais quand même peur.

— Peut-être un tout petit peu, reconnut-elle. C'est alors que Dieu m'a envoyé le signe et j'ai su que tout irait bien.

— Quel signe ? demanda-t-il, intrigué.

— Tu vas rire.

— Non.

— C'était ton nom, murmura-t-elle. Je ne l'avais jamais entendu avant la cérémonie du mariage.

Nicholas t'appelait MacBain comme tes hommes. Mais quand tu as donné ton vrai nom au prêtre, j'ai su que j'étais en sécurité avec toi.

Il ne respecta pas sa parole et s'esclaffa. Elle ne s'en offusqua pas et reprit son explication.

— Tu avais reçu le nom du plus grand des anges. Maman m'avait appris à adresser mes prières à l'archange Gabriel. Tu sais pourquoi ?

— Non, mon amour, je ne sais pas pourquoi.

— Parce qu'il est le protecteur des innocents, le vengeur du mal. Il veille sur les femmes et les enfants.

— Si tu dis la vérité, il n'a vraiment pas accompli son travail avec toi, fit Gabriel en songeant aux années qu'elle avait passées sous l'emprise de Raulf.

— Oh, mais mon archange m'a protégée, assura-t-elle.

— Comment ?

— Il t'a offert à moi.

Elle s'étira et lui embrassa le menton.

— Peu m'importe que tu me comprennes ou que tu penses que je suis folle, Gabriel. Aime-moi, cela me suffit.

— Je t'aime, petite, je t'aime. As-tu idée de la fierté que j'ai éprouvée en t'entendant ce soir ?

— Quand tu étais sur le balcon ?

— Oui.

— Il fallait que Raulf entende la vérité. Il n'a aucune idée de ce qu'est le vrai amour.

Puis elle ne résista pas à l'envie de se vanter :

— Je sais à quel moment tu t'es rendu compte que tu m'aimais, ajouta-t-elle. C'est quand tu m'as trouvée dans l'arbre avec les loups.

Il secoua la tête.

— Non. C'était bien avant ce satané incident.

Elle lui chatouilla les côtes pour qu'il s'explique :
— C'était quand tu as immédiatement accepté Alex. Quand il t'a demandé si je t'avais fait un cadeau de mariage, te souviens-tu de ce que tu lui as dit ? Je me rappelle chaque mot. Tu as dit : « Il m'a donné un fils. » Voilà quand j'ai commencé à t'aimer. Il m'a simplement fallu un peu de temps pour m'en rendre compte.
La mention de leur fils la fit sourciller.
— Alex doit s'inquiéter. Je veux rentrer... avec toi. Je ne veux pas que tu ailles en Angleterre.
— Je n'ai pas besoin d'y aller. Williams sait ce qu'il doit dire à John.
— Quoi donc ?
— De nous laisser tranquilles.
— Tu lui as parlé du parchemin que j'ai caché dans la chapelle ?
— Non.
Cette réponse surprit Johanna.
— Mais je pensais...
— Raulf est mort, expliqua Gabriel. Le roi n'a plus aucune raison de nous chercher querelle. S'il décide d'envoyer une armée jusqu'ici, alors on utilisera cette preuve contre lui.
Elle réfléchit longuement avant de convenir qu'il avait raison. Le roi n'avait pas besoin de savoir qu'elle avait gardé le parchemin.
— Tu veux qu'il croie que tout est terminé ?
— Exactement.
— Quelqu'un saura-t-il jamais la vérité à propos d'Arthur ?
— La plupart des barons sont déjà convaincus que le roi est pour quelque chose dans sa disparition, fit Gabriel. Même Nicholas a des soupçons. Et il a encore une autre raison de se tourner contre son suzerain.

— Laquelle ?
— John a trahi sa confiance. Il avait donné sa parole qu'il n'enverrait que deux messagers et que Raulf resterait à Londres.
— Il a menti.
— Oui.
— Que va faire Nicholas ?
— Rallier Goode et les autres barons.
— Une rébellion ?
Il sentit l'angoisse dans sa voix.
— Non, mais un roi sans vassaux fidèles et sans armée n'a que peu de pouvoir. Nicholas m'a dit que le plan des barons était de forcer le roi à faire les concessions nécessaires. Sais-tu pourquoi Nicholas t'a offerte à moi ?
Son vocabulaire la fit sourire.
— Il ne m'a pas offerte, murmura-t-elle. Il jouait les marieurs, c'est tout.
— Il t'aimait.
Elle ne comprit pas.
— C'est mon frère. Bien sûr qu'il m'aimait.
— Il était là à ta naissance et il t'a vue grandir mais il m'a dit qu'il a dû partir à la guerre pour son roi quand tu avais neuf ou dix ans. Il n'est revenu que plusieurs années plus tard.
— Oui, dit-elle. Il n'est revenu que quelques mois avant qu'on ne m'oblige à épouser Raulf.
— Tu étais devenue une belle jeune femme, dit Gabriel. Et Nicholas a soudain eu des pensées indignes d'un frère à ton propos.
Elle sursauta.
— C'est pour cela que vous vous êtes battus le jour du mariage ?
Il hocha la tête.
— En entendant son nom complet, j'ai su qu'il n'était pas ton frère de sang... Et j'avais déjà

remarqué qu'il était un peu trop protecteur pour un frère.

Elle n'arrivait pas à le croire.

— Tu te trompes, affirma-t-elle.

— Il te rendait rarement visite lors de ton mariage avec Raulf. Il en conçoit maintenant un immense remords car, s'il n'avait pas autant tenu à dissimuler ses sentiments, il aurait vu comment ce bâtard te traitait.

Elle nia encore.

— Il semble avoir surmonté son affliction maintenant, remarqua-t-il en la serrant dans ses bras.

— Cette affliction n'a jamais existé. D'ailleurs, il est marié désormais.

— Nicholas ?

Sa stupéfaction la fit sourire.

— Oui. Il a épousé Clare MacKay. Arrête de rire, que je t'explique... Ils seront heureux ensemble...

Le rire de Gabriel emplit la chambre.

— Je me demandais pourquoi ce vieux pingre de MacKay s'était rallié à nous.

— Il ne t'a rien dit ?

— Il a simplement dit qu'il protégeait ses intérêts. Il n'a pas mentionné le mariage. Je ne l'aurais probablement pas entendu s'il l'avait fait. Je ne pensais qu'à arriver jusqu'à toi.

— Il t'en a fallu du temps.

— Il ne m'a fallu rien du tout. J'avais déjà fait demi-tour et j'étais sur le chemin du château quand mes hommes sont venus m'avertir que tu avais été prise.

— Tu avais fait demi-tour ? Alors, tu savais pour l'armée anglaise ?

— Oui. Un MacDonald m'a prévenu.

— Je ne vous ai même pas entendus sur le balcon. Tes hommes et toi vous êtes aussi discrets que des voleurs, le félicita-t-elle.

— Nous sommes des voleurs, lui rappela-t-il.

— Vous l'étiez, corrigea-t-elle. Vous ne l'êtes plus. Le père de mes enfants ne vole pas. Il fait du troc pour obtenir ce qu'il désire.

— J'ai déjà tout ce que je désire, chuchota-t-il. Johanna... ces choses que tu as dites sur moi... t'entendre les dire... savoir que tu es convaincue...

— Oui ?

— Je ne suis pas doué avec les mots, marmonna-t-il.

— Oh mais si, tu l'es, murmura-t-elle. Tu m'as dit que tu m'aimais. Je n'ai besoin de rien d'autre. Tu me plais tel que tu es.

Elle ferma les yeux et poussa un soupir de contentement.

— Tu ne prendras plus de risques inconsidérés à l'avenir, lui dit-il. As-tu idée de ce que j'ai enduré ?

Elle ne devait pas se rendre compte car elle ne répondait pas. Il attendit encore avant de s'apercevoir qu'elle s'était endormie.

Il quitta la chambre quelques instants plus tard pour remercier laird Gillevrey de son hospitalité. Privée de son chef, l'armée anglaise s'était dispersée dans les collines sous la surveillance de leurs alliés du nord. Les Highlanders étaient les plus nombreux à présent et le faisaient savoir. Williams aurait été fou de tenter une attaque maintenant. Mais, même si Gabriel était persuadé que le bonhomme ne s'arrêterait de courir qu'une fois arrivé à Londres, il ne voulut prendre aucun risque et fit doubler la garde et insista pour que ses alliés restent tant que Johanna se trouverait dans ce château.

Elle dormit douze heures d'affilée et se réveilla

en pleine forme avec une seule idée en tête: rentrer chez elle. Avant de partir, elle tint toutefois à revoir une des servantes du château. Devant son mari et laird Gillevrey, elle prit la femme dans ses bras.

— Je ne pouvais pas partir sans vous dire à quel point Lucy est une femme merveilleusement courageuse. Vous n'avez personne de plus loyal qu'elle, laird Gillevrey.

Elle passa cinq bonnes minutes à faire son éloge, tant et si bien que son laird annonça:

— Tu seras richement récompensée, Lucy.

Satisfaite d'avoir accompli son devoir, Johanna salua le laird, remercia Lucy une dernière fois puis s'apprêta à partir.

Soudain, elle se figea.

L'évêque Hallwick se tenait à l'autre bout du hall et il la contemplait avec mépris.

Il arborait la robe pourpre de cardinal. Johanna se demanda s'il s'était accordé cette promotion au cours de la nuit. Ses sacoches de voyage se trouvaient à ses pieds. Deux soldats du clan Gillevrey se tenaient derrière lui.

La simple vue de cet homme lui donnait des frissons de dégoût et elle serait partie sans le saluer si elle n'avait remarqué le long bâton de pénitence qui jaillissait d'une des sacoches. Elle serra les dents: il lui restait encore une tâche à accomplir.

Elle traversa le hall, les yeux fixés sur l'objet de sa colère. Avant qu'Hallwick ne songe même à l'en empêcher, elle avait tiré le bâton de la sacoche.

Elle s'arrêta devant lui.

Hallwick recula mais les soldats lui bloquaient la sortie. Il ne pouvait fuir.

Johanna leva lentement le bâton devant les yeux de l'évêque dont la haine se mua en peur.

Elle resta ainsi une bonne minute sans prononcer un seul mot. Elle fixait le bâton. Hallwick la fixait. Un silence assourdissant régnait dans le hall. Les hommes étaient convaincus qu'elle allait frapper l'évêque mais Gabriel la connaissait mieux que cela. Il l'avait suivie et se tenait à présent juste derrière elle.

Soudain, Johanna changea sa prise sur le bâton, attrapant chaque extrémité. A nouveau, elle le plaça devant les yeux de l'évêque. Son étreinte était aussi féroce que sa détermination. De toutes ses forces, elle essayait de briser le bâton.

Il était trop épais, d'un bois trop frais mais elle refusait d'abandonner. Ses bras tremblaient violemment sous l'effort qu'elle leur imposait.

Et soudain, elle eut la force d'un géant. Gabriel plaça ses mains sur les siennes. Il attendit sa permission. Elle la lui donna.

Le bâton se brisa. Le craquement résonna comme un coup de tonnerre dans le hall silencieux. Gabriel recula. Johanna continua à tenir les deux bouts de bois pendant quelques secondes avant de les jeter aux pieds de l'évêque. Puis elle tourna les talons, prit la main de son mari et quitta le hall à ses côtés.

Pas une seule fois elle ne se retourna.

Les soirées étaient le moment préféré de Gabriel. Il aimait traîner à table pour bavarder avec ses soldats des événements de la journée et des plans du lendemain. Il n'écoutait pas vraiment les propos de ses hommes. En fait, il ne s'intéressait qu'à Johanna.

Nicholas et Clare étaient partis pour l'Angleterre voilà plus de trois mois. Clare ne voulait pas quitter les Highlands et il avait fallu à Nicholas une patience d'archange pour la convaincre.

Un parent était parti, un autre arrivait. La mère de Johanna serait enfin là le lendemain. Une escorte de MacBain l'avait accueillie à la frontière du domaine.

Dans deux semaines, Gabriel irait assister à son premier conseil avec les autres lairds. Il ne partirait pas longtemps car le bébé de Johanna naîtrait d'ici un mois.

Auggie et Keith avaient enlevé le nez du clan Kirkaldy. Laird Gillevrey leur avait appris son existence en ajoutant qu'il était le meilleur nez des Highlands. Le bonhomme, parfaitement inoffensif, s'appelait Giddy. Après un mois ou deux d'ennui, Auggie le prit en pitié et le laissa essayer son jeu. En moins d'une heure, Giddy avait attrapé le virus. A présent, il y avait deux fanatiques qui creusaient des trous partout dans la cour, dans la prairie et dans la vallée. Gabriel était convaincu que même si on lui laissait le choix, Giddy préférerait rester. Auggie et lui étaient devenus les meilleurs amis du monde et, quand ils ne cognaient pas leurs pierres, quand ils ne se disputaient pas, ils ne cessaient de ramener toutes sortes de pots, marmites et autres alambics au cottage d'Auggie pour améliorer sa production d'*uisgebreatha*.

Johanna s'asseyait près du feu chaque soir et travaillait à sa tapisserie. Dumfries attendait qu'elle soit bien installée pour se vautrer sur ses pieds. Le rituel voulait aussi qu'Alex s'endorme à ses côtés tandis qu'elle lui racontait de merveilleuses histoires de preux chevaliers à l'armure étincelante et de belles dames. Les histoires de Johanna n'avaient qu'un seul défaut : en général, c'étaient les belles dames qui sauvaient les preux chevaliers.

Gabriel ne pouvait lui en vouloir. Elle racontait la vérité à Alex. Le fait était que les belles dames pouvaient secourir d'arrogants guerriers. Johanna l'avait bien sauvé d'une existence morne et vide. Elle lui avait donné un foyer et une famille. Elle était son amour, sa joie, sa compagne.

Elle était son salut et sa grâce.

ÉPILOGUE

Angleterre, 1210

Les prêtres et les élèves se pressaient dans la chambre où régnait l'odeur de la mort. Ils tenaient des cierges et récitaient des prières pour leur estimé évêque.

Hallwick agonisait. Son souffle était faible et irrégulier. Il n'avait plus la force d'ouvrir les yeux. Toute sa vie, il avait haï et méprisé les femmes mais, à son dernier instant, il se contredit.

Il mourut en pleurant le nom de sa mère.

Amour et Destin

Les romans de la collection Amour et Destin présentent des femmes exceptionnelles, qui découvrent dans l'amour le sens de leur vie. Elles iront jusqu'au bout de leur quête, quel qu'en soit le prix.

Héroïnes modernes, elles ont décidé de prendre en main leur destin et de l'assumer, dans un monde trop souvent hostile.

Dans la collection Amour et Destin, des femmes courageuses et intransigeantes affrontent la réalité, tout en sachant que l'amour, seul, pourra leur apporter l'épanouissement dont elles rêvent.

BENNETT ELIZABETH
Le balancier du cœur
3598/6
Jolie, douée mais obèse et malheureuse, Janie quitte un jour la Nouvelle-Angleterre pour devenir directrice artistique dans une agence de publicité new-yorkaise. Elle y gagnera son indépendance, perdra les kilos qui la gênaient et surtout découvrira, après quelques errances, le véritable amour.

BENZONI JULIETTE
Le Gerfaut
– Le Gerfaut
2206/6
– Un collier pour le diable
2207/6
– Le trésor
2208/5

BINGHAM CHARLOTTE
Ombre et lumière
3493/7 Inédit

BLAKE JENNIFER
Les secrets du passé
3323/6
Dans le décor luxuriant de La Nouvelle-Orléans, les passions se déchaînent autour de Riva, prisonnière d'un mystérieux passé.

Délices et fureurs
3525/6

BRISKIN JACQUELINE
C'est écrit dans le ciel
3139/7
Au sommet de sa gloire, Alyssia del Mar, star secrète et fascinante, convoque les Cordiner. Elle a fait autrefois partie de cette famille de magnats du cinéma. Ils l'ont humiliée et elle a décidé de se venger...

Cœurs trahis
3431/7

BROWN SANDRA
Texas !
– Le destin de Lucky
3282/3
Il s'appelle Lucky, mais sa chance l'a peut-être abandonné le soir où il a croisé cette inconnue. Au moment où il rencontre enfin l'amour, il a le sentiment que son destin lui échappe !

– Le destin de Rocky
3432/3
– Le destin de Sally
3563/3
French Silk
3472/7
Des secrets bien gardés
3617/6 (Février 94)
La vengeance de Jade
3666/6 (Avril 94)

CLARKE BRENDA
Au-delà du monde
3618/5 (Février 94)
Deux mois après la disparition de son mari au Liban, Christiane Saxelby apprend que Rowland était déjà marié lorsqu'il l'a épousée. Anéantie par cette découverte, elle se replonge dans leur passé. Qui était cet homme auprès de qui elle a vécu durant vingt-cinq ans ? Rowland l'a-t-il vraiment aimée ?

COOKSON CATHERINE
Le bonheur secret d'Emma
3343/5
Dès son plus jeune âge, Emma a compris qu'un seul homme compterait pour elle : le pasteur Henri Grainger. C'est pourtant un autre qu'elle se résoud à épouser. Mais le véritable amour peut-il s'oublier ?

Les tourments d'Annabella
3487/7

DAILEY JANET
Le mal-aimé
1900/4
Prisonniers du bonheur
2101/4
Le triomphe de l'amour
2430/5

DEJONG LINDA RENÉE
Illusions brisées
3395/6
La voiture fait une embardée et c'est l'accident. Lorsqu'elle se réveille à l'hôpital, elle a tout oublié : amnésie. Elle ne reconnaît pas cette famille ni l'image qu'ils semblent avoir d'elle. Qui était vraiment Amanda ?

Amour et Destin

DELINSKY Barbara
Une femme trahie
3396/7
Lorsque Jeff, son mari, disparaît brusquement, Laura se trouve confrontée à une situation financière catastrophique. Avec horreur, elle comprend alors qu'elle vivait auprès d'un inconnu.
La quête de Chelsea Kane
3450/6
Empreintes
3576/6

DEVERAUX Jude
Entre ses mains
3544/6 Inédit

FIELDING Joy
Les amours déchirées
3545/5

GOLDREICH Gloria
Rencontre
3471/5

HOAG Tami
L'homme des marais
3706/5 (Juin 94)

JAGGER Brenda
L'amour revient toujours
3390/5
En 1840, dans une Angleterre en plein essor industriel, deux femmes, éprises du même homme, s'affrontent et luttent pour sauvegarder leur amour.

KRENTZ Jayne Ann
Le petit-fils prodigue
3707/5 (Juin 94)

LAROSA Linda
Princesse Alexandra
3358/7
Par un beau matin d'été de 1868, une jeune femme s'enfuit du domicile conjugal, en Autriche, et se réfugie à Paris, sous une fausse identité. C'est Alexandra, cousine de l'empereur François-Joseph...

MANSELL Jill
Malentendu
3685/6 (Mai 94)

MAREZ Marnie de
L'épouse indésirable
3686/5 (Mai 94)

McNAUGHT Judith
L'homme qui haïssait les femmes
3665/4 (Avril 94)

PEARSON Michael
Une femme d'argent
3359/5
De New York à Londres, en ce début de siècle, l'irrésistible ascension de Victoria dans le monde implacable de la haute finance.

PLAIN Belva
Les trésors de la vie
3524/7

RENICK Jeanne
Fais-moi confiance
3597/6

SELINKO Annemarie
Désirée
3374/5 & 3375/5

SIMPSON Pamela
Revers de fortune
3451/7

SMITH Deborah
L'amour par Miracle
3564/7 Inédit
Le saule bleu
3645/7 (Mars 94)

TAYLOR Lucy
Les années de feu
3646/6 (Mars 94)
Trois sœurs. Trois personnalités. Trois destins. A l'ère de l'amour libre et du féminisme, Anna, Luisa et Tina, partent, chacune à sa manière, à la recherche du bonheur.

THOMAS Rosie
Célébration
3357/5
Œnologue réputée, Bell est fermement décidée à faire carrière dans un monde habituellement fermé aux femmes. L'amour va, toutefois, orienter différemment son destin.
La belle conquérante
3510/9

3662

Composition Interligne B-Liège
Achevé d'imprimer en Europe (France)
par Brodard et Taupin à La Flèche (Sarthe)
le 9 mars 1994. 1050J-5
Dépôt légal mars 1994. ISBN 2-277-23662-4
Éditions J'ai lu
27, rue Cassette, 75006 Paris
Diffusion France et étranger : Flammarion